Née en Écosse dans les années 1950, Val McDermid est, à 17 ans, la première élève issue d'une école publique à fréquenter la célèbre université d'Oxford. Elle travaille comme journaliste pendant quinze ans, notamment à Glasgow et à Manchester, avant de vivre de sa plume. Elle est désormais critique de littérature policière pour la presse et participe à des programmes sur BBC Radio 4 et BBC Radio Scotland.

Auteur de trois séries policières d'une grande noirceur, notamment celle mettant en scène l'inspectrice Carol Jordan et le profileur Tony Hill dans *Le chant des sirènes* ou encore *La fureur dans le sang*, elle développe dans ses romans ses thèmes de prédilection de femme engagée et féministe.

Elle a reçu de nombreux prix littéraires anglo-saxons, dont le Gold Dagger Award en 1995 pour *Le chant des sirènes*, le Anthony Award pour *Au lieu d'exécution* en 2001, premier polar anglais à remporter cette récompense américaine, et le Barry Award pour *Quatre garçons dans la nuit* en 2004. Elle a reçu le prestigieux Diamond Dagger Award 2010 pour l'ensemble de son œuvre.

Le chant des sirènes

Du même auteur
aux Éditions J'ai lu

LES ENQUÊTES DE CAROL JORDAN ET TONY HILL

LA DERNIÈRE TENTATION
N° 7409
LA FUREUR DANS LE SANG
N° 8391
LE CHANT DES SIRÈNES
N° 8392
LA SOUFFRANCE DES AUTRES
N° 8672
SOUS LES MAINS SANGLANTES
N° 9545

LE TUEUR DES OMBRES
N° 6778

AU LIEU D'EXÉCUTION
N° 6779

QUATRE GARÇONS DANS LA NUIT
N° 8025

NOIRS TATOUAGES
N° 8964

VAL

McDERMID

Le chant des sirènes

Traduit de l'anglais par Annie Hamel,
et revu par Agnès Colomb

J'AI LU

Titre original :
THE MERMAIDS SINGING

Toutes les épitaphes en tête de chapitre sont extraites de
Du meurtre considéré comme un des beaux-arts
de Thomas de Quincey (1827).

Remerciements

Il arrive que la vie semble imiter l'art, ce qui est toujours inquiétant. J'ai eu l'idée de ce livre au printemps 1992, bien avant la série de meurtres qui a secoué la communauté gay à Londres. J'espère sincèrement qu'il n'y a rien, dans ces pages, qui puisse offenser ou chagriner quiconque.

Comme d'habitude, j'ai pillé les esprits et totalement exploité mes amis durant mon travail de recherche sur ce livre et pendant sa rédaction. J'aimerais remercier tout particulièrement le psychiatre et profileur Mike Berry, de l'hôpital psychiatrique de haute sécurité d'Ashworth, à Liverpool, pour avoir été si prodigue de son temps et de ses compétences. Grâce à lui, j'ai obtenu des informations d'une valeur inestimable.

Je remercie également Peter Byram, de l'unité d'informatique avancée de l'université de Blackburn. Alison Scott et Frankie Hegarty m'ont été d'une aide précieuse dans le domaine médical. Le divisionnaire Mike Benison, de la police du Sussex, a généreusement pris le temps de m'informer sur la façon dont on mène les plus grandes enquêtes criminelles. Grâce à Jai Penna, Diana Cooper et Paula Tyler, j'ai eu la preuve, une fois de plus, que certains avocats sont généreux de leur temps et de leurs connaissances.

Pour leur soutien, leur patience et leurs conseils tout au long de ce travail, j'aimerais exprimer ma reconnaissance à Brigid Baillie et Lisanne Radice. Il n'est pas toujours simple de supporter quelqu'un qui passe ses journées dans la tête d'un tueur en série…

Bradfield, ville du Nord, est le fruit de mon imagination, de même que les attitudes et le comportement de divers professionnels, dont certains officiers de police, créés davantage pour satisfaire les besoins de la fiction que par souci de vraisemblance. Nous avons la chance, en Angleterre, d'avoir peu de tueurs en série, parce que nous arrêtons la plupart d'entre eux après leur premier meurtre. Espérons que les profileurs et policiers pourront continuer à perpétuer cette tradition.

J'ai entendu les sirènes chanter, les unes pour les autres,
Je ne pense pas qu'elles chanteront pour moi.
T.S. Eliot, *La chanson d'amour de J. Alfred Prufroc.*

L'essence de la torture est masculine.
Légende, musée de la Criminologie et de la Torture,
San Gimignano, Italie

Pour Tookie Flystock,
mon bien-aimé tueur d'insectes en série.

Extrait d'une disquette de trois pouces et demi intitulée : Sauvegarde 007 – Dossier amour 001

On se souvient toujours de la première fois. N'est-ce pas ce qu'on dit à propos du sexe ? Et c'est tellement plus vrai du meurtre ! Jamais je n'oublierai un seul des délicieux moments de ce drame étrange et exotique. Même si je vois, avec le recul et l'expérience, qu'il s'agissait là d'une exécution d'amateur, elle garde un pouvoir d'émotion – mais pas de satisfaction.

Bien que je ne l'aie réalisé qu'au moment où la décision d'agir s'est imposée à moi, j'avais pavé le chemin conduisant au meurtre longtemps à l'avance. Imaginez une journée d'août en Toscane. Un autocar avec l'air conditionné nous transportant d'une ville à l'autre sans faiblir. Un car entier de gens du Nord assoiffés de culture, avides de remplir chaque moment de notre précieux voyage organisé de deux semaines.

J'ai aimé Florence, les églises et les galeries d'art remplies d'images étrangement contradictoires de supplices et de madones. J'ai gravi les hauteurs vertigineuses du dôme de Brunelleschi, qui coiffe l'immense cathédrale. J'ai adoré l'escalier qui va de la galerie jusqu'à la minuscule coupole, les marches en pierre usées, prises en sandwich entre le plafond du dôme et son toit. J'avais l'impression d'être à l'intérieur de mon ordinateur, comme dans un jeu de rôle où, à travers le labyrinthe, je me frayais un chemin vers la lumière. Il ne manquait plus que les monstres à tuer au passage. Mais quand j'ai émergé en plein soleil, à la fin de cette ascension à l'étroit, j'ai trouvé un vendeur de cartes postales et de souvenirs, un petit homme souriant à la peau tannée, tout courbé d'avoir dû monter, depuis des années, sa marchandise jusque-là. Si ç'avait vraiment été un jeu, j'aurais pu lui acheter de l'élixir de vie. Je me suis contenté de cartes postales. Plus de cartes que je n'avais de gens à qui les envoyer.

Après Florence, San Gimignano, qui se dresse dans la verte plaine toscane, ses tours en ruine s'élançant vers les cieux comme des doigts crochus tentant d'accrocher l'air au-dessus d'une tombe. Le guide parla d'un Manhattan médiéval, une métaphore grossière de plus à ajouter à toutes celles dont il nous gratifiait depuis Calais.

Alors que nous approchions de la ville, mon sentiment d'excitation grandit. Dans tout Florence, j'avais vu des publicités pour la seule attraction touristique que je désirais réellement visiter. Suspendues à des réverbères, en rouge et or sublimes, des bannières m'invitaient ardemment à entrer au Museo Criminologico di San Gimignano. En consultant mon dictionnaire, j'avais eu la confirmation de ce que je pensais : il s'agissait d'un musée de criminologie et de torture. Inutile de préciser qu'il ne figurait pas au programme de notre itinéraire culturel.

Je n'eus pas à chercher longtemps. À peine franchi l'imposant portail en pierre scellé dans les murs moyenâgeux de la ville, on me fourra dans les mains un papier sur le musée, avec tous les renseignements, y compris le plan. Retardant le moment du plaisir, je déambulai d'abord au hasard dans les rues, m'émerveillant des monuments de dysharmonie civique qu'étaient ces tours. Autrefois, chaque famille puissante possédait sa propre tour fortifiée, qu'elle défendait contre ses voisins avec tous les moyens possibles, de l'huile bouillante aux boulets de canon. À l'apogée de son histoire, la ville aurait compté deux cents tours. Comparé à San Gimignano, un soir sur les quais après la fermeture des bars n'est plus qu'une promenade au jardin d'enfants, et les marins des amateurs en mutilation du corps humain.

Comme je ne pouvais plus résister à l'attrait du musée, je traversai la *piazza* centrale, jetai une pièce bicolore de deux cents lires dans le puits pour me porter chance et descendis une ruelle sur quelques mètres, où les bannières rouge et or à présent familières ornaient les vieux murs de pierre. L'excitation bourdonnant en moi comme un moustique fou de sang, je pénétrai dans l'entrée fraîche et achetai calmement mon ticket, ainsi qu'un exemplaire en couleurs et en papier brillant du guide illustré du musée.

Comment décrire cette expérience ? Par quoi commencer ? La réalité fut tellement plus saisissante que toutes les sensations suggérées par les photos, les vidéos et les livres. Le premier objet exposé était un chevalet, dont la note explicative décrivait les fonctions avec force détails charmants, en italien et en anglais. Les épaules sortaient de leurs cavités articulaires, les hanches et les genoux cédaient avec des bruits de cartilages brisés et de ligaments arrachés, les colonnes vertébrales s'étiraient jusqu'au moment où les vertèbres se séparaient, telles les perles d'un collier cassé.

Les victimes, disait laconiquement la note, mesuraient souvent entre quinze et vingt-trois centimètres de plus après avoir subi le chevalet. Les inquisiteurs avaient une imagination fabuleuse. Non contents d'interroger les hérétiques pendant qu'ils étaient vivants et qu'ils souffraient, ils exigeaient d'autres réponses de leurs corps violentés.

L'exposition était un monument élevé à l'ingéniosité humaine. Comment ne pas admirer ces esprits qui connaissaient le corps humain au point d'être capables d'inventer une souffrance aussi subtile et aussi finement dosée ? Avec leurs moyens relativement peu sophistiqués, ces cerveaux médiévaux ont conçu des appareils de torture si raffinés qu'on les utilise encore aujourd'hui. La seule amélioration, semble-t-il, qu'ait réussi à apporter notre société moderne postindustrielle, est le frisson dû à l'emploi de l'électricité.

Je marchai de salle en salle, jouissant de chaque jouet, depuis les verges de Nuremberg jusqu'à la machinerie plus élaborée et plus élégante des poires, ces objets segmentés de forme ovoïde et allongée, qu'on insérait dans le vagin ou dans l'anus. Ensuite, on tournait le rochet, et les segments se séparaient, prenaient de l'ampleur, jusqu'à ce que la poire se métamorphose en une fleur étrange, aux pétales frangés de dents tranchantes comme des lames de rasoir. Enfin, on l'enlevait. Parfois, les victimes survivaient, ce qui était sans doute un destin plus cruel encore que la mort.

La gêne, l'impression d'horreur se lisaient sur les visages, transparaissaient dans les voix de certains visiteurs. Je voyais bien toutefois que c'était de l'hypocrisie. Ils jouissaient secrètement de cette vision, mais la respectabilité leur interdisait toute expression d'excitation. Seuls les enfants ne cachaient pas leur intense fascination. J'aurais volontiers parié que j'étais loin d'être la seule personne, dans ces salles fraîches aux couleurs pastel, à ressentir une vive excitation sexuelle en regardant ces objets. Je me suis souvent demandé combien d'aventures sexuelles estivales avaient été pimentées par le souvenir secret de ce musée de la torture.

Dehors, dans une cour inondée de soleil, un squelette dans une cage se tenait tout ramassé, avec des os aussi propres que si des vautours l'avaient nettoyé. À l'époque où les tours se dressaient, intactes, ces cages étaient suspendues aux murs extérieurs de San Gimignano, pour signifier aux habitants de la ville comme aux étrangers qu'on encourait des peines sévères si l'on ne respectait pas la loi. Je me sentais une étrange parenté avec ces villageois. Je respecte moi aussi le principe de la punition, à la suite d'une trahison.

Près du squelette, une énorme roue avec des rayons en métal était appuyée contre le mur. Elle eût été parfaite en Angleterre, dans un musée de l'agriculture. Mais la notice fixée au mur indiquait un usage beaucoup plus imaginatif. Les criminels étaient attachés à la roue. Tout d'abord, on les écorchait avec des fouets qui leur arrachaient la chair des os, exposant leurs entrailles à la foule excitée. Puis on brisait leurs os sur la roue, avec des barres de fer. Je me surpris à penser à la carte de tarot représentant la roue de la fortune.

Quand j'ai compris que j'allais devoir tuer, le musée de la Torture s'est matérialisé devant moi, telle une muse. J'ai toujours été habile de mes mains.

Après la première fois, une part de moi-même espérait que je ne serais pas dans l'obligation de recommencer. Mais je savais que, s'il le fallait, ce serait plus réussi la fois suivante. À travers nos erreurs, nous comprenons les imperfections de nos actions. Et puis, c'est en forgeant qu'on devient forgeron.

1

« Messieurs, j'ai eu l'honneur d'être désigné par votre comité pour lire le discours de William sur le meurtre considéré comme un des beaux-arts. Une tâche sans doute plus simple il y a trois ou quatre siècles, à une époque où l'art était rarement compris, et où peu de grands modèles connaissaient la célébrité. Mais aujourd'hui, des chefs-d'œuvre d'excellence ont été exécutés par de vrais professionnels, et il semble évident que le public s'attendra à quelque chose de mieux encore. »

Tony Hill mit ses mains derrière sa tête et fixa le plafond. Il y avait un fin réseau de craquelures autour de la rosace de plâtre ouvragée qui entourait le lustre, mais il ne les vit pas. La faible clarté de l'aube se teintait d'orangé, couleur de la lumière des réverbères au sodium. Cette clarté filtrait par une brèche triangulaire, en haut des rideaux, mais cela n'intéressait pas davantage Tony. Inconsciemment, il enregistra le bruit du chauffage central qui redémarrait, se préparant à adoucir le froid humide qui s'insinuait par les jointures de la porte et des fenêtres. Tony avait le nez froid, l'œil sableux. Quand avait-il passé une nuit normale pour la dernière fois ? Il ne s'en souvenait pas. S'il s'était réveillé en plein rêve, cette nuit, c'était à cause de ce qu'il allait devoir faire aujourd'hui.

Mais il y avait aussi autre chose. Beaucoup d'autres choses.

Cette journée était pourtant en elle-même une source d'inquiétude suffisante. Il savait ce qu'on attendait de lui, mais passer à l'acte était une autre histoire. Certaines personnes s'en arrangeaient avec un léger flottement dans l'estomac, mais pas Tony. Il avait besoin de toutes ses ressources intérieures pour garder intacte la façade qu'il lui faudrait arborer tout le long de cette journée. En des circonstances comme celles-ci, il comprenait à quel point les comédiens formés à la méthode Stanislavski devaient dépenser d'énergie pour réussir ces numéros d'acteurs qui captivaient leur public. Ce soir, il ne serait plus bon à rien. Excepté à essayer vainement de dormir huit heures.

Il bougea dans son lit, sortit une main de sous ses couvertures et la passa dans ses cheveux bruns et courts. Puis il gratta sa barbe naissante sur son menton et soupira. Il savait très bien ce qu'il aurait aimé faire, aujourd'hui. Cependant, ç'aurait été un suicide professionnel, il le savait également. Il n'ignorait pas qu'un tueur en série se promenait en liberté dans Bradfield. Mais peu importait qu'il eût cette information. Il ne pouvait se permettre d'être le premier à la divulguer. Son estomac se crispa, et il gémit. Avec un soupir, il repoussa les couvertures, sortit du lit, secoua les jambes pour défaire les plis de son pantalon de pyjama tire-bouchonné.

Traînant les pieds jusqu'à la salle de bains, il alluma la lumière. Tout en vidant sa vessie, il mit la radio de sa main libre. Le journaliste chargé de faire le point sur la circulation annonça plusieurs bouchons en perspective, et ce avec une bonne humeur qu'aucun automobiliste n'aurait pu ressentir sans une forte dose de Prozac. Ce matin, heureusement, Tony ne conduisait pas.

Il se tourna vers le lavabo et plongea dans son propre regard bleu. Ses yeux, profondément enfoncés dans leurs orbites, étaient encore voilés de sommeil. « Ceux qui disent que les yeux sont le miroir de l'âme sont des charlatans », pensa-t-il ironiquement. Et c'était sans doute mieux ainsi, car autrement, il n'y aurait plus eu un seul miroir intact chez lui. Il déboutonna le premier bouton de sa veste de pyjama, puis ouvrit l'armoire murale et tendit la main vers sa mousse à raser. Il vit que cette main tremblait, ce qui l'arrêta net dans son mouvement. Il referma la porte de l'armoire d'un geste agacé et prit son rasoir électrique. Il détestait se raser de cette façon-là, car il n'avait jamais cette sensation de fraîcheur, de propreté, que procure un rasage à la main. Mais il préférait se sentir vaguement sale plutôt que de se présenter telle une illustration de la mort aux mille coupures, comme dans les supplices chinois.

Autre inconvénient du rasoir électrique : Tony n'avait pas à se concentrer vraiment sur ce qu'il faisait, laissant son esprit libre d'imaginer la journée à venir. Il était parfois tentant de se dire que les autres faisaient la même chose que lui, qu'ils se levaient le matin et se choisissaient un rôle à jouer pour la journée. Mais, pour avoir étudié la psychologie des autres pendant des années, il savait qu'il n'en était pas ainsi. Pour la majorité des gens, les possibilités étaient cruellement limitées. Par ses connaissances, son habileté, et par nécessité, Tony pouvait se mettre dans la peau de divers personnages. Un certain nombre de gens auraient aimé lui ressembler, sans nul doute. Mais il était différent d'eux.

Tony arrêtait son rasoir quand il entendit les accords frénétiques annonçant le bulletin d'informations sur Bradfield Sound. Saisi d'un pressentiment, il se tourna pour faire face à la radio, tendu, en alerte, tel le coureur attendant le coup de pistolet du départ. À la fin des cinq minutes d'informations, il poussa un soupir de soulagement, puis ouvrit le rideau de la douche. Il s'était attendu à une révélation qu'il lui eût été impossible d'ignorer. Mais jusqu'ici, ils n'avaient toujours que trois corps.

À l'autre bout de la ville, John Brandon, adjoint au directeur de la crime de Bradfield, section des enquêtes criminelles, se pencha au-dessus du lavabo et se regarda dans la glace d'un œil morne. Même la mousse à raser qui lui couvrait le bas du visage comme une barbe de Père Noël ne réussissait pas à lui donner l'air bon enfant. S'il n'avait pas choisi la police, il eût fait un formidable entrepreneur de pompes funèbres, avec son mètre quatre-vingt-cinq, sa minceur qui confinait à la maigreur, ses yeux sombres et ses cheveux prématurément gris. Même quand il souriait, son visage allongé ne se départait pas de son air mélancolique. Un limier avec un rhume de cerveau, voilà à quoi il ressemblait aujourd'hui, décida-t-il. Au moins avait-il des raisons d'être malheureux. Il allait se lancer dans une entreprise que son divisionnaire allait apprécier à peu près autant qu'un prêtre catholique dans une loge protestante.

Brandon poussa un profond soupir, envoyant de la mousse à raser sur la glace. Derek Armthwaite, son chef, avait l'œil bleu ardent du visionnaire, mais pas la fibre révolutionnaire. Il préférait voir les policiers lire l'Ancien Testament que le *Police And Criminal*

Evidence Act. Selon lui, les méthodes d'investigation policière les plus modernes étaient non seulement inefficaces, mais hérétiques. Derek Armthwaite pensait qu'en fouettant les criminels, comme au bon vieux temps, on éradiquerait le crime. Une opinion qu'il exprimait fréquemment. Cette méthode lui paraissait plus efficace que tous les bataillons possibles d'assistantes sociales, sociologues et psychologues. S'il avait eu la moindre idée de ce que Brandon prévoyait de faire ce matin-là, il l'aurait immédiatement affecté à la circulation.

Avant que la déprime de Brandon ne puisse fléchir sa volonté, on frappa à la porte de la salle de bains.

— Papa ? cria sa fille aînée. Tu en as encore pour longtemps ?

Brandon attrapa son rasoir, le trempa dans l'eau du lavabo et traça une bande verticale sur sa joue avant de répondre :

— Cinq minutes, Karen. Désolé, chérie.

Dans une maison dotée de trois adolescents et d'une seule salle de bains, les occasions de broyer du noir étaient rares.

Carol Jordan vida le reste de sa tasse de café dans le lavabo et entra dans la douche d'un pas chancelant. Elle faillit trébucher sur le chat noir qui s'enroula autour de ses chevilles.

— Une minute, Nelson, marmonna-t-elle, tout en fermant la porte sur le miaou interrogateur de l'animal. Et ne réveille pas Michael.

Carol avait cru que sa promotion au grade d'inspecteur principal – et son départ conjoint de la patrouille aux horaires bizarres – lui permettrait enfin de jouir des huit heures de sommeil dont elle rêvait depuis qu'elle était entrée dans la police. C'était bien sa chance que sa promotion ait coïncidé avec ce que son équipe appelait, en privé, « les meurtres homos ». Le chef Tom Cross avait beau répéter à la presse, ainsi qu'à Carol et à ses collègues, que l'expertise médico-légale ne permettait d'établir aucun lien entre les meurtres, que rien ne suggérait la présence d'un tueur en série à Bradfield, l'équipe chargée de l'enquête ne partageait pas son avis.

Alors que l'eau chaude ruisselait sur son corps, fonçant ses cheveux blonds, Carol se dit, et pas pour la première fois, que l'attitude de Cross était davantage dictée par ses préjugés qu'utile à la communauté. Plus longtemps il dissimulerait à la population qu'un tueur en série s'attaquait à des hommes d'apparence respectable ayant une vie homosexuelle cachée, plus il mourrait d'homosexuels dans cette ville – puisqu'on ne pouvait plus les chasser des rues en les arrêtant, qu'un tueur en série se charge d'eux. Qu'il les fasse disparaître en les tuant ou en les terrorisant ne changeait pas grand-chose.

Cette politique transformait toutes leurs heures d'enquête en un travail absurde. Sans parler des centaines de milliers de livres qu'elles coûtaient aux contribuables. Cross voulait voir traiter chaque meurtre comme un cas isolé. Chaque fois que l'une des trois équipes débusquait une information qui, semblait-il, permettait d'établir un lien entre les meurtres, il l'éliminait grâce à cinq points de dissemblance. Les similitudes avaient beau être toujours nouvelles, et les cinq différences chaque fois le même vieux quintette, quelle importance ? Cross était le patron. Et le directeur de la crime s'en lavait les mains.

Carol se massa la tête pour faire mousser le shampoing et se sentit émerger de son état d'abrutissement. Sa vision de l'enquête n'allait certainement pas s'échouer sur le roc des préjugés de Popeye Cross. Même si certains jeunes policiers de la brigade de Carol optaient pour le point de vue borné du patron afin de justifier leurs enquêtes mal inspirées, Carol n'exigerait pas moins d'eux un investissement personnel total. Et dans la bonne direction. Elle avait travaillé comme une dingue pendant neuf ans pour obtenir de bonnes notes, puis pour justifier sa place sur la liste des promus. Elle ne voulait pas que sa carrière finisse sur une voie de garage, simplement parce qu'elle avait fait l'erreur de choisir un service peuplé d'hommes de Neandertal.

Sa décision prise, Carol sortit de la douche, les épaules bien droites, une étincelle de défi dans ses yeux verts.

— Viens, Nelson, dit-elle en enfilant son peignoir et en se baissant pour attraper ce paquet de muscles couverts de fourrure noire. On va manger de la viande rouge, mon gars.

Tony étudia l'image projetée sur l'écran derrière lui pendant encore cinq secondes. La majorité de ses auditeurs ayant exprimé leur manque d'intérêt pour sa conférence en ne prenant aucune note, il voulait au moins donner l'occasion à leurs subconscients d'enregistrer son schéma sur la façon d'établir un profil criminel.

Il se tourna de nouveau vers son auditoire.

— Je ne vous dirai pas ce que vous savez déjà. À savoir que les profileurs n'attrapent pas les criminels. Ce sont les flics qui s'en chargent.

Il sourit à cette assemblée d'officiers de police haut gradés, à ces représentants du ministère de l'Intérieur, les invitant à partager ce trait d'autodérision. Quelques-uns sourirent, mais les autres restèrent de marbre, la tête inclinée sur le côté.

Quelle que fût la façon dont il présentât les choses, Tony savait qu'il ne pourrait convaincre la plupart de ces officiers de police au sommet de leur carrière qu'il n'était pas un universitaire hermétique venu leur expliquer comment faire leur travail. Réprimant un soupir, il jeta un coup d'œil à ses notes et poursuivit son exposé, veillant à établir un contact visuel le plus souvent possible, imitant la gestuelle désinvolte des comiques célèbres dont il avait étudié la technique, dans les boîtes du nord du pays.

— Mais parfois, nous voyons les choses autrement, nous les profileurs, dit-il. Et ce nouvel éclairage peut tout changer. Les morts racontent des histoires aux profileurs, des histoires différentes de celles qu'ils racontent aux policiers. Un exemple : on retrouve un corps dans des buissons, à trois mètres d'une route. Un officier de police notera ce fait et passera le terrain alentour au peigne fin, cherchant des indices. Mais pour moi, ce simple fait n'est que le point de départ de spéculations qui, ajoutées aux autres informations à ma disposition, pourraient bien conduire à des conclusions utiles concernant le tueur. Je me poserai les questions suivantes : « A-t-on délibérément placé le corps à cet endroit ? Le tueur a-t-il été trop épuisé pour aller plus loin ? A-t-il caché ce corps ou s'en est-il seulement débarrassé ? Voulait-il qu'on retrouve ce corps ? Combien de temps désirait-il qu'il reste caché ? Que signifie cet endroit pour lui ? »

Tony haussa les épaules et écarta les mains, paumes vers le ciel, en un geste interrogateur. L'auditoire le regarda, pas plus ému que ça. Combien de lapins allait-il devoir sortir de son chapeau avant d'obtenir une réaction ? La sueur, qui jusqu'ici embuait et picotait le haut de sa nuque, se mit à couler sur sa peau, sous le col de sa chemise, puis le long de son dos. C'était une sensation déplaisante, qui lui rappelait qui il était, derrière le masque dont il usait pour cette apparition en public. Mais il s'éclaircit la voix et poursuivit :

— Le profilage n'est qu'un outil de plus pour aider les enquêteurs à affiner leurs recherches. Notre travail consiste à donner un sens au bizarre. Nous ne pouvons deviner le nom, l'adresse et le numéro de téléphone d'un criminel. En revanche, nous pouvons vous donner un aperçu du genre d'individu qui a commis un crime présentant certaines caractéristiques. Parfois, nous pouvons indiquer le lieu où il a des chances de vivre, la profession qu'il est susceptible d'exercer. Je sais que certains d'entre vous doutent de la nécessité de créer une unité de profilage criminel à l'échelle nationale. Vous n'êtes pas les seuls. Les défenseurs des libertés publiques renâclent, eux aussi.

Enfin, songea Tony avec un profond soulagement, des sourires et des hochements de tête approbateurs dans l'assemblée. Il lui avait fallu quarante minutes pour en arriver là, mais il avait finalement fait fondre la glace. Cela ne voulait pas dire qu'il pouvait se détendre, mais au moins, il se sentait moins mal à l'aise.

— Après tout, poursuivit-il, nous ne sommes pas comme les Américains. Chez nous, il n'y a pas un tueur en série à chaque coin de rue. Nous vivons encore dans une société où plus de quatre-vingt-dix-neuf pour cent des meurtres sont commis par un membre de la famille ou par des gens que les victimes connaissaient.

Il commençait à les mettre dans sa poche. Des jambes, des bras se décroisaient, comme à l'exercice.

— Mais l'art du profilage ne consiste pas seulement à épingler le prochain Hannibal le Cannibale. Nous avons déjà eu des résultats notables dans la capture des pirates de l'air, des trafiquants de drogue, des violeurs récidivistes, des incendiaires, etc. En outre, le profilage a été utilisé tout aussi efficacement pour affiner la technique d'interrogatoire des suspects. Ce n'est pas que vos officiers de police soient incompétents. Simplement, nos connaissances psychologiques ouvrent la voie à de nouveaux moyens d'approche, souvent plus productifs que les techniques habituelles.

Tony prit une profonde inspiration et se pencha en avant, agrippant le bord de la table. Son dernier paragraphe lui avait paru très bon, devant la glace. Il pria pour que sa tirade touche en plein dans le mille, plutôt que de froisser les sensibilités.

— Mon équipe et moi-même arrivons à présent à la moitié de notre étude sur la pertinence de la création d'une unité de profilage nationale. Cette étude sera achevée dans un an. J'ai déjà fait parvenir un rapport provisoire au ministère de l'Intérieur, qui m'a confirmé hier sa volonté de former cette unité dès que mon rapport définitif serait achevé. Mesdames et messieurs, cette révolution dans la lutte contre le crime va avoir lieu. Il vous reste toute une année pour vous assurer qu'elle se concrétisera de façon à être pour vous d'un accès aisé. Mon équipe et moi-même avons l'esprit ouvert. Nous sommes tous du même côté. Nous voulons que les délinquants violents et les criminels récidivistes se retrouvent derrière les barreaux, comme vous le souhaitez vous-mêmes. Je pense que vous pourriez bénéficier de notre aide. Et je sais que nous pouvons tirer profit de la vôtre.

Tony fit un pas en arrière et savoura les applaudissements, non parce qu'ils étaient particulièrement enthousiastes, mais parce qu'ils sonnaient le glas des quarante-cinq minutes qu'il avait redoutées pendant des semaines. Parler en public l'avait toujours mis mal à l'aise, au point qu'il avait renoncé à une carrière universitaire à l'issue de son doctorat, afin de ne pas avoir à affronter l'épreuve de la conférence, du discours en amphithéâtre. Ses talents d'orateur n'étaient pas une raison en soi pour se résoudre à sauter le pas. D'une certaine façon, il trouvait moins menaçant de passer ses journées à fureter dans les replis tordus des esprits de fous criminels.

Tandis que crépitaient les derniers applaudissements, l'ange gardien de Tony au ministère se leva d'un bond de son siège au premier rang. Si Tony suscitait une espèce de retenue méfiante parmi les policiers présents dans le public, George Rasmussen provoquait l'irritation générale, tel un moustique. Son sourire carnassier ne collait pas du tout avec le poste élevé qu'il occupait dans la fonction publique, ni avec la coupe parfaite de son costume gris à fines rayures et son accent très collège privé – trop, en fait. Tony était persuadé que Rasmussen avait fréquenté les établissements secondaires des quartiers pauvres. Le profileur n'écouta les conversations que d'une oreille, tout en rassemblant ses notes et en replaçant ses transparents dans leur chemise.

— Nous avons assisté là à une belle démonstration de psychologie appliquée, bla, bla, bla… le café et les petits gâteaux délicieux, bla, bla, bla… une occasion de poser des questions à titre officieux, bla, bla, bla…

Le reste du laïus de Rasmussen fut couvert par le brouhaha des gens se dirigeant vers la sortie. Tony prit une profonde inspiration. C'était le moment d'abandonner le rôle de conférencier. À présent, il lui fallait être le collègue charmant, bien informé, désireux d'apprendre, d'écouter. Il devait donner l'impression à ces représentants des forces de l'ordre qu'il était de leur côté.

John Brandon se leva et fit un pas dans la travée pour permettre aux autres personnes, dans sa rangée, de quitter leur siège. La conférence de Tony Hill ne lui en avait pas appris autant qu'il l'espérait. Il avait glané de nombreuses informations sur le profilage psychologique, mais presque rien sur l'homme, hormis le fait qu'il paraissait sûr de lui sans être arrogant. Les quarante-cinq dernières minutes ne l'avaient pas davantage convaincu qu'il optait pour la meilleure stratégie. Mais il ne voyait pas d'autre solution. Tout en restant près du mur, Brandon avança à contre-courant, jusqu'à ce qu'il arrive au niveau de Rasmussen. Voyant que le public manifestait son peu d'enthousiasme en partant, le représentant du ministère avait abruptement achevé son *speech* et cessé de sourire. Alors que ce dernier rassemblait les papiers qu'il avait laissés sur son siège, Brandon passa devant lui, puis se dirigea vers Tony Hill, qui refermait son vieux sac Gladstone.

Brandon s'éclaircit la voix et dit :

— Docteur Hill ?

Tony leva les yeux d'un air poliment interrogateur. Brandon refoula ses doutes et poursuivit :

— Nous ne nous connaissons pas, mais vous avez travaillé dans mon secteur. Je suis John Brandon...

— De la brigade criminelle ? coupa Tony, souriant tout à coup.

Il avait beaucoup entendu parler de John Brandon. C'était un homme qu'il voulait dans son camp.

— Je suis ravi de faire votre connaissance, monsieur Brandon, dit-il en s'efforçant d'adopter un ton chaleureux.

— John. Appelez-moi John, répondit Brandon, avec plus de brusquerie qu'il ne l'aurait voulu.

Il s'aperçut avec étonnement qu'il était nerveux. Il y avait quelque chose, dans l'assurance tranquille de Tony Hill, qui le déstabilisait.

— Je me demandais si nous pouvions parler un moment...

Avant que Tony ait pu répondre, Rasmussen s'interposa entre eux.

— Excusez-moi, lança-t-il sans la moindre humilité, le sourire de nouveau d'actualité. Tony, si vous voulez bien venir à la cafétéria, je suis sûr que nos amis policiers sont impatients d'avoir avec vous une conversation plus détendue. Monsieur Brandon, si vous voulez être des nôtres...

Brandon sentit la colère monter. Cette situation le mettait déjà suffisamment mal à l'aise pour qu'il n'ait pas en plus à essayer d'échanger des propos confidentiels avec Hill dans une salle remplie de flics buveurs de café.

— Pourrais-je juste dire un mot au Dr Hill ?

Tony jeta un coup d'œil à Rasmussen et nota que les deux rides verticales entre ses sourcils se creusaient. En temps normal, cela l'aurait amusé d'ignorer Rasmussen et de poursuivre sa conversation avec Brandon. Il aimait bien moucher les prétentieux, réduire les gens pompeux à l'impuissance. Mais trop de choses dépendaient des contacts qu'il aurait aujourd'hui avec d'autres officiers de police. Aussi décida-t-il de se priver de ce plaisir. Il se détourna délibérément de Rasmussen et dit :

— John, vous rentrez à Londres en voiture, après déjeuner ?

Brandon acquiesça d'un hochement de tête.

— Alors, vous pourrez peut-être me déposer ? Je suis venu en train, mais je préférerais ne pas subir les aléas des chemins de fer britanniques au retour, si toutefois ma présence ne vous dérange pas. Vous pourrez toujours me laisser à l'entrée de la ville, si vous ne voulez pas être vu en train de copiner avec le chouchou du ministère.

Brandon sourit, et une myriade de rides simiesques apparut sur son visage allongé.

— Je prends le risque de vous accompagner jusqu'au quartier général de la police, déclara-t-il.

Il se redressa et, tout en regardant Rasmussen entraîner Tony vers la sortie avec empressement, s'efforça de chasser cette sensation déconcertante qu'il avait éprouvée au contact du Dr Hill. Il avait tellement l'habitude de maîtriser la situation ! Demander de l'aide était devenu pour lui une expérience étrange, qui le mettait désormais mal à l'aise. Il ne voyait pas d'autre explication à ce qu'il ressentait.

Brandon haussa les épaules et suivit la foule jusqu'à la cafétéria.

Tony attacha sa ceinture et goûta le confort de la Range Rover banalisée. Il resta silencieux tandis que Brandon manœuvrait pour sortir du parking du quartier général de la police de Manchester, puis se dirigeait vers le réseau autoroutier. Tony voulait éviter de distraire son chauffeur. Un conducteur se concentre toujours plus pour se repérer dans une ville inconnue. Alors qu'ils s'engageaient sur un échangeur, Tony rompit le silence.

— Si cela peut vous aider, je pense savoir ce dont vous voulez me parler.

Les mains de Brandon se crispèrent sur le volant. Il décocha un bref coup d'œil à Tony. Le psychologue paraissait détendu, les jambes croisées au niveau des chevilles, les mains sur les cuisses. Il avait l'air de quelqu'un qui était plus à l'aise en sweat-shirt et en jean. Même John pouvait voir que le costume de Tony avait vécu. Il compatissait, car ses filles émettaient régulièrement des commentaires peu flatteurs sur ses propres vêtements civils.

— Je crois qu'un tueur en série sévit à Bradfield, déclara-t-il tout de go.

Tony laissa échapper un petit soupir satisfait.

— Je commençais à me demander si la police s'en était aperçue, dit il, ironique.

— C'est loin d'être une opinion unanime, ajouta Brandon, ressentant le besoin d'informer Tony de cet état d'esprit avant même de lui demander son aide.

— J'en étais arrivé aux mêmes conclusions en lisant la presse, dit Tony. Si cela peut vous réconforter, je suis persuadé que votre analyse est la bonne.

— Ce n'est pas exactement l'impression que j'ai eue en lisant vos propos dans le *Sentinel Times* après le dernier meurtre, rétorqua Brandon.

— Mon travail, c'est de coopérer avec la police, pas de saper ses efforts. Je me suis dit que vous aviez vos raisons pour laisser dans l'ombre l'hypothèse du tueur en série. Au cours de cette interview, j'ai déclaré que cette possibilité m'avait effleuré en lisant les journaux, mais que ça n'allait pas au-delà, ajouta Tony, son ton aimable démenti par la crispation soudaine de ses mains sur son pantalon.

Brandon sourit. Il n'avait perçu que la voix de Hill.

— Touché. Alors, est-ce que ça vous intéresserait de nous donner un coup de main ?

Tony éprouva une grande bouffée de satisfaction. Cela faisait des semaines qu'il attendait ça.

— Il y a une aire de stationnement dans une dizaine de kilomètres. Voulez-vous que nous prenions un thé ?

L'inspecteur Carol Jordan regardait fixement ce chaos de chair brisée qui avait été un humain, s'efforçant d'en avoir une vision floue. Elle regrettait d'avoir avalé un sandwich au fromage à la cantine. D'une certaine façon, il restait acceptable, pour un jeune officier de police, de vomir lorsqu'il se trouvait confronté au spectacle d'une mort violente. Cette réaction suscitait même la compassion. Mais en dépit du fait que les femmes étaient censées manquer de cran, lorsque des officiers de police de sexe féminin dégobillaient sur le lieu d'un crime, ils perdaient aussitôt le respect qu'ils avaient pu réussir à gagner et devenaient des objets de mépris, les victimes de plaisanteries douteuses de la part des cow-boys de la cantine. « Allez comprendre ça ! » songea Carol avec amertume, en crispant plus fort les mâchoires. Elle plongea ses mains dans les poches de son trench-coat et serra les poings, ses ongles enfoncés dans les paumes de ses mains.

Puis elle sentit une main sur son bras, juste au-dessus de son coude. Ravie de pouvoir regarder ailleurs, elle tourna la tête et vit son sergent baisser les yeux vers elle. Don Merrick faisait vingt bons centimètres de plus que son chef, et il se voûtait curieusement quand il lui parlait. Au début, Carol avait trouvé cela suffisamment drôle pour le raconter à ses amis autour d'un verre, ou lors d'un dîner, quand elle réussissait à avoir une soirée de libre. À présent, elle ne le remarquait même plus.

— On a condamné toute la zone avec un cordon, madame, dit Merrick avec son accent très doux. Le légiste va arriver. C'est le numéro quatre, d'après vous ?

— Ne dites pas ça devant le chef, Don, répondit-elle, ne plaisantant qu'à moitié. Mais d'après moi, oui, c'est le numéro quatre.

Carol jeta un coup d'œil autour d'elle. Ils étaient dans le quartier de Temple Fields, dans la cour arrière d'un pub qui pourvoyait aux besoins d'une clientèle essentiellement homosexuelle, et dont le bar, au premier, était réservé aux lesbiennes trois fois par semaine. Malgré les sarcasmes machistes dont elle avait été victime dans les concours de promotions, c'était un bar que Carol n'avait jamais eu de raisons de fréquenter.

— Et le portail ?

— Pince-monseigneur, dit Merrick, laconique. Il n'est pas relié au système d'alarme.

Carol regarda les grandes poubelles et les piles de cageots vides.

— Il n'y a pas de raison pour qu'il le soit, commenta-t-elle. Qu'est-ce que le propriétaire a à dire ?

— Whalley est en train de lui parler, madame. Il a fermé vers 23 h 30, hier soir, semble-t-il. Ils ont des poubelles sur roulettes, derrière le bar, pour les bouteilles vides. Et à la fermeture, ils les roulent dans cette cour.

Merrick désigna d'un geste la porte de service du pub, à côté de laquelle étaient stationnées trois poubelles bleues de la taille d'un chariot de supermarché.

— Ils n'en trient pas le contenu avant l'après-midi du lendemain.

— Et c'est à ce moment-là qu'ils ont trouvé ça ? demanda Carol en levant le pouce par-dessus son épaule.

— Oui. La proie des éléments, si l'on peut dire.

Carol hocha la tête en signe d'acquiescement. Un frisson la parcourut, qui n'avait rien à voir avec le vent cinglant. Elle fit un pas en direction du portail.

— OK. Laissons ça aux gars du labo, pour le moment. Nous ne faisons que gêner le passage.

Merrick la suivit dans la ruelle étroite derrière le pub. Il y avait tout juste la place de garer une voiture. Carol regarda des deux côtés de la ruelle, fermée par des bandes jaunes et gardée par deux agents de police à chaque extrémité.

— Ce type connaît son affaire, dit-elle, songeuse.

Elle recula dans la ruelle, sans quitter le portail des yeux. Merrick la suivit, attendant ses ordres.

Au bout de la ruelle, Carol s'arrêta et fit volte-face pour inspecter la rue. Face à elle se dressait un ancien entrepôt reconverti en ateliers d'artisans. Le soir, ça devait être désert, mais en plein milieu d'après-midi, il y avait des visages curieux à presque toutes les fenêtres, reluquant le drame, en bas, depuis leurs pièces bien chauffées.

— Peu de chances que quelqu'un ait regardé par la fenêtre au moment crucial, dit Carol.

— Et même s'il y avait eu du monde, personne n'aurait rien remarqué, fit Merrick, cynique. Après la fermeture, les rues grouillent de monde, par ici. Chaque entrée d'immeuble, chaque ruelle, la moitié des voitures garées abritent deux pédés en train de s'enculer. Pas étonnant que le chef appelle Temple Fields Sodome et Gomorrhe.

— Vous savez, dit Carol, je me suis souvent posé la question. Ce qu'ils fabriquaient à Sodome, on l'a compris, mais quel était le péché de Gomorrhe, à votre avis ?

Merrick eut l'air perplexe. Cette expression accentuait sa ressemblance avec un labrador en détresse, à tel point que c'en était gênant.

— Je ne vous suis pas, madame, dit-il.

— Ce n'est pas grave. Je suis surprise que M. Armthwaite n'ait pas dit à la brigade des mœurs d'arrêter ces types pour attentat à la pudeur.

— Il a essayé, il y a quelques années, mais la commission municipale lui a mis des bâtons dans les roues. Il s'est opposé, mais on l'a menacé d'en référer au ministère. Et après l'affaire de Holmwood Tree, il avait déjà perdu une bonne partie de son crédit auprès des politiques, aussi a-t-il fait marche arrière. Ce qui ne l'empêche pas de les sacquer dès qu'il le peut.

— Oui, eh bien, j'espère que notre cher tueur de proximité aura laissé davantage d'indices derrière lui, sinon notre chef bien-aimé risque de reporter son courroux ailleurs, la prochaine fois qu'il aura envie de sacquer quelqu'un.

Carol redressa les épaules.

— Bien, Don. Je veux une enquête de voisinage. Tout de suite. Et ce soir, nous irons poser des questions dans la rue.

Avant que Carol ait pu achever ses instructions, une voix l'interrompit.

— Inspecteur Jordan ? Penny Burgess, du *Sentinel Times*. Inspecteur ? Vous avez des déclarations à faire ?

Carol ferma les yeux un bref instant. S'arranger des chefs puritains était une chose, mais les rapports avec les journalistes, c'était bien pire. Regrettant de ne pas être restée dans la cour avec l'effroyable cadavre, Carol prit une profonde inspiration et marcha vers le cordon.

— Que je comprenne bien : vous voulez bénéficier de mes services pendant toute la durée de l'enquête, mais vous souhaitez que cette collaboration reste secrète ?

Une lueur d'amusement dans les yeux de Tony masqua sa colère à l'idée que les policiers influents rechignaient à reconnaître la valeur de son travail.

Brandon poussa un soupir. Tony ne lui facilitait pas les choses. Mais pourquoi l'aurait-il fait ?

— Je veux éviter toute allusion à votre collaboration dans la presse. La seule chance que j'aie de vous voir réellement participer à l'enquête, c'est de persuader le chef que vous n'allez pas voler la vedette à ses flics.

— Et que personne ne saura que Derek Armthwaite, la main droite de Dieu, a demandé l'aide des rats d'université, dit Tony, avec une note d'agacement dans la voix plus sensible qu'il ne l'aurait souhaité.

Brandon eut un sourire cynique. Ça faisait du bien de voir qu'on pouvait provoquer quelques vagues sur cette surface lisse.

— Techniquement, c'est à la brigade de jouer, et le chef n'est pas censé intervenir, sauf si je fais quelque chose qui va contre la politique du ministère. Or, c'est la politique du ministère d'utiliser l'assistance d'experts quand c'est nécessaire.

Tony faillit s'étrangler de rire.

— Et vous pensez qu'Armthwaite va m'accepter comme nécessaire ?

— Je pense qu'il préfère éviter toute nouvelle confrontation avec le ministère ou la commission municipale. Il doit prendre sa retraite dans dix-huit mois, et il crève d'envie d'être fait chevalier.

Brandon n'en revenait pas d'avoir dit cela. Il ne commettait jamais ce genre d'indiscrétions, même avec sa femme. Qu'est-ce qui l'avait poussé à se confier à Tony Hill aussi vite ? Il y avait peut-être quelque chose, finalement, dans cette farce qu'était la psychologie. Brandon se conforta dans l'idée qu'il avait agi pour la bonne cause : ce quelque chose allait servir la justice.

— Alors, quelle est votre réponse ?

— Quand est-ce que je commence ?

Extrait d'une disquette de trois pouces et demi intitulée : Sauvegarde 007 – Dossier amour 002

Même la première fois, j'ai préparé l'événement encore plus minutieusement qu'un metteur en scène les représentations d'une nouvelle pièce. J'ai peaufiné l'expérience dans ma tête jusqu'à en faire un rêve parfait, magnifique, qui m'apparaissait chaque fois que je fermais les yeux. J'ai vérifié, encore et encore, chaque geste chorégraphié, m'assurant que je n'avais pas laissé passer un détail essentiel qui menacerait ma liberté. Quand j'y repense à présent, le film mental que j'avais créé était presque aussi jouissif que l'acte lui-même.

Première étape : trouver un endroit sûr où l'emmener, un lieu où nous serions dans l'intimité. J'ai immédiatement exclu ma maison. J'entends les disputes sordides de mes voisins, les aboiements de leur berger allemand hystérique, le martèlement irritant des basses de leur chaîne stéréo. Je n'avais aucune envie de partager mon apothéose avec eux. En outre, j'habite une rue où les maisons sont attenantes les unes aux autres et où les voisins ont une tendance marquée à la curiosité. Je ne voulais pas de témoins de l'arrivée ou du départ d'Adam.

J'ai envisagé de louer un box, mais abandonné l'idée pour les mêmes raisons. Et puis, ça avait un côté minable, cliché, ça rappelait trop ce qu'on voit au cinéma ou à la télé. Je voulais un environnement en rapport avec ce qui allait se passer. Alors, j'ai pensé à Doris, la tante de ma mère. Doris et son mari Henry élevaient des moutons sur la lande, au-dessus de Bradfield. Puis Henry est mort, il y a huit ans de ça. Doris a essayé de continuer seule pendant un moment, mais quand son fils Ken l'a invitée, l'année dernière, à passer des vacances prolongées avec sa famille, en Nouvelle-Zélande, elle a vendu les moutons et fait ses bagages. Ken m'avait écrit à Noël, pour me dire que sa mère avait eu une crise cardiaque sans gravité et ne rentrerait pas dans l'immédiat.

Ce soir-là, j'ai profité d'une accalmie à mon travail pour téléphoner à Ken. Tout d'abord, il a paru surpris de m'entendre, puis il a marmonné :

— Tu téléphones du bureau, j'imagine.

— Ça fait des mois que j'ai envie d'appeler, ai-je répondu. Je voulais prendre des nouvelles de tante Doris.

Par satellite, c'est plus facile de témoigner de la sollicitude. J'ai émis les bruits adéquats, tandis que Ken m'assommait avec des détails sur la santé de sa mère, sur sa femme, ses trois mômes, et leurs moutons.

Au bout de dix minutes, j'ai estimé que j'en avais assez supporté.

— À part ça, Ken, je m'inquiète pour la maison, ai-je menti. C'est tellement désert, là-haut. Quelqu'un devrait surveiller un peu les lieux.

— Tu n'as pas tort, a-t-il dit. Le notaire de ma mère est censé s'en occuper, mais je ne crois pas qu'il le fasse.

— Tu veux que j'aille faire un tour là-bas pour voir si tout va bien ? C'est facile, maintenant que je suis de retour à Bradfield.

— Tu ferais ça ? Ça me déchargerait d'un poids, je peux te le dire. Tout à fait entre nous, je ne suis pas sûr que maman retrouve sa forme d'antan et puisse jamais revenir. Mais je ne supporterais pas l'idée qu'il arrive quelque chose à notre maison de famille, ajouta Ken avec passion.

Il détesterait qu'il arrive quelque chose à son héritage, oui. Je connaissais Ken. Dix jours plus tard, j'avais les clés. Dès que j'eus un jour de congé, je pris la route pour aller confronter mes souvenirs à la réalité. Le chemin plein d'ornières qui mène à Start Hill Farm était envahi d'herbes folles. Mon 4 × 4 renâcla sur les cinq derniers kilomètres, après que j'eus quitté la départementale. Je coupai le moteur à une douzaine de mètres du petit cottage sinistre et passai cinq minutes dans la voiture, à écouter les bruits. Le vent mordant des landes faisait frémir les haies trop hautes ; de temps à autre, un oiseau chantait. Mais il n'y avait aucun bruit humain, pas même le bourdonnement lointain de la circulation.

Je quittai la voiture et je fis le tour du propriétaire. Une extrémité de l'étable s'était écroulée dans un éparpillement de foin, mais ce qui me plut, c'est que je ne vis aucun indice d'une fréquentation humaine : pas de restes de pique-nique ni de canettes de bière rouillées, pas de journaux froissés, de mégots de cigarette, de préservatifs usagés. Puis je pénétrai dans la maison.

Il y avait deux pièces en haut et deux en bas. Rien de plus. L'intérieur me parut très différent de la ferme confortable que j'avais gardée en mémoire. Tous les objets personnels – photographies, bibelots, médaillons de cuivre, objets anciens – étaient emballés dans des cageots, une précaution commune aux gens du Yorkshire. Un certain soulagement m'envahit : rien ne ferait resurgir des souvenirs qui risquaient d'interférer avec ce que j'avais à faire. J'étais devant une table rase, toutes humiliations, gênes et souffrances effacées. Aucun élément de mon passé ne rôdait là pour me surprendre. La personne que j'avais été s'était envolée.

Je traversai la cuisine, entrai dans le cellier. Les étagères étaient vides. Dieu seul savait ce que Doris avait fait de ses confitures et condiments en rangs serrés, de ses vins maison. Peut-être les avait-elle expédiés en Nouvelle-Zélande par bateau, pour se prémunir contre toute nourriture étrangère. Il y avait une trappe dans le sol. Je m'accroupis et tirai sur l'anneau de fer rouillé. Après quelques secondes, le battant céda et s'ouvrit en grinçant. En humant l'air de la cave, je sus avec certitude que les dieux étaient avec moi. J'avais craint que l'atmosphère ne soit humide, fétide, confinée. Mais c'était frais, aéré, avec une odeur légèrement sucrée.

J'allumai ma lampe à gaz et descendis prudemment la volée de marches de pierre. En bas, je découvris une pièce assez spacieuse, d'environ dix mètres sur sept. Au sol, des dalles de pierre. Un large banc de pierre courait sur toute la longueur d'un mur. Je levai la lampe et vis les grosses poutres du plafond. Tout me sembla en parfait état dans cette cave, hormis quelques brèches dans le plâtre du plafond, que je pourrais facilement réparer avec du Placoplâtre – ainsi, la lumière ne passerait pas. À angle droit avec le banc, un évier de grès. Je me souvins que la ferme était alimentée en eau par sa propre source. Le robinet était dur à tourner, mais je réussis finalement à le décoincer, et l'eau coula, claire et pure.

Près de l'escalier, un établi en bois rayé d'entailles, avec un étau et des pinces. Les outils de Henry étaient accrochés au-dessus, en plusieurs rangs bien ordonnés. Je m'assis sur le banc de pierre et serrai mes bras autour de moi. Quelques heures de travail, et j'aurais transformé ce lieu en un donjon bien supérieur à toutes les inventions sorties de l'imagination des créateurs de jeux vidéo.

Je vins à la ferme pendant mes heures de loisir, et à la fin de la semaine, j'avais achevé le travail. Rien de sophistiqué. J'avais fixé un cadenas et des serrures sur la trappe, réparé le plafond et couvert les murs de deux couches de blanc de chaux. Je voulais que la pièce soit la plus claire possible, pour améliorer la qualité de la vidéo. J'avais même fait une dérivation depuis le câble principal, pour avoir l'électricité.

J'avais longuement réfléchi à la façon de punir Adam. Finalement, j'avais arrêté mon choix sur ce que les Français appellent « chevalet », les Espagnols *escalero*, les Allemands « échelle », les Italiens *veglia* et les Anglais, poètes, « la fille du duc d'Exeter ». Le chevalet doit ce nom au très imaginatif John Holland, duc d'Exeter et comte de Huntington. Après une carrière de soldat couronnée de succès, le duc devint intendant de la Tour de Londres, et aux alentours de 1420, il amena sur nos rivages ce magnifique instrument de persuasion.

La version primitive consistait en un cadre ouvert, rectangulaire, monté sur pieds. Le prisonnier était allongé en dessous, attaché par des cordes aux chevilles et aux poignets. À chaque coin, les cordes étaient reliées à un treuil actionné par un gardien. Cette mécanique inélégante et nécessitant l'emploi de plusieurs personnes devint plus sophistiquée avec le temps, pour se transformer en table ou échelle horizontale avec les années, dotée d'un rouleau à pointes en son milieu. Ainsi, quand le prisonnier bougeait, son dos était déchiqueté. On inventa également des systèmes de poulies qui liaient les quatre cordes, afin qu'une seule personne puisse manœuvrer la machine.

Heureusement, ceux qui ont infligé cette punition à travers les âges ont été minutieux dans leurs comptes rendus, descriptions et dessins à l'appui. Je pus également me référer aux photos du guide du musée. Avec l'aide d'un logiciel de dessin, je créai mon chevalet. Pour le mécanisme, je démontai une vieille essoreuse dénichée dans un magasin d'antiquités, puis j'en réutilisai les pièces. J'achetai aussi une vieille table en acajou dans une vente aux enchères. Je la transportai directement à la ferme, puis la désassemblai dans la cuisine. Il me fallut deux jours pour construire mon chevalet. Il ne me restait plus qu'à l'essayer.

2

« Que le lecteur s'imagine l'horreur pure, quand, dans cette expectative inavouée, alors qu'il s'attendait à ce que le bras inconnu frappe une fois de plus, mais ne croyait pas à une telle audace, et que tous les yeux guettaient... un deuxième cas de la même et mystérieuse nature, un meurtre appartenant au même plan d'extermination, fut perpétré dans le même quartier. »

Juste au moment où Brandon mettait le contact, le téléphone cellulaire suspendu au tableau de bord sonna. Il s'en saisit et aboya : « Brandon. » Tony entendit la voix enregistrée déclarer : « Vous avez des messages. Veuillez appeler le 211. Vous avez des messages... »

Brandon écarta le téléphone de son oreille, appuya sur les touches adéquates, puis écouta de nouveau. Cette fois, Tony n'entendit pas ce qui fut dit. Au bout d'un moment, Brandon composa un autre numéro.

— Ma secrétaire, expliqua-t-il. Désolé... Martina ? John. Vous me cherchiez ?

Quelques secondes pour la réponse, puis Brandon ferma les yeux en les crispant, comme s'il souffrait.

— Où ? demanda-t-il d'une voix sans timbre. OK, je vois. J'y serai dans une demi-heure. Qui s'en occupe ? Très bien. Merci, Martina.

Brandon rouvrit les yeux et coupa la communication. Il remit soigneusement l'appareil en place, puis il se tourna pour faire face à Tony.

— Vous vouliez savoir quand vous commenciez ? Que diriez-vous de commencer tout de suite ?

— Un autre corps ? s'enquit Tony.

— Un autre corps, acquiesça Brandon, l'air sinistre. Il mit le contact.

— Comment pensez-vous réagir devant un cadavre ? demanda-t-il.

Tony haussa les épaules.

— Je vais sans doute y laisser mon déjeuner, mais c'est un plus pour moi, de les voir dans leur état originel.

— L'état dans lequel ce salopard les laisse n'a rien d'originel, grogna Brandon en pénétrant sur l'autoroute à vive allure.

Il s'engagea sur la voie rapide. L'aiguille du compteur monta jusqu'à cent soixante avant qu'il ne lève le pied.

— Il est retourné à Temple Fields ? s'enquit Tony.

Surpris, Brandon lui lança un rapide coup d'œil. Tony regardait fixement devant lui, les sourcils froncés.

— Comment le saviez-vous ?

Tony ne s'était pas préparé à répondre à ce genre de questions.

— Appelez ça un pressentiment, dit-il pour gagner du temps. À mon avis, la dernière fois, il a eu peur que Temple Fields ne devienne un lieu trop risqué. Le fait d'abandonner le corps dans Carlton Park a attiré l'attention de la police ailleurs. Et entre-temps, les gens ont quelque peu relâché leur vigilance. Mais il aime Temple Fields. Soit parce qu'il connaît vraiment bien le quartier, soit parce que ce lieu joue un rôle important dans son fantasme. Ou peut-être est-ce pour lui une manière d'exprimer quelque chose, ajouta Tony, réfléchissant à haute voix.

— Vous avez toujours une douzaine d'hypothèses à proposer quand on vous soumet un fait ? demanda Brandon en faisant un appel de phares à une BMW qui rechignait à quitter la voie rapide. Tire-toi, connard, avant que je ne dise à la police de la route de te faire dégager, lança-t-il d'une voix rageuse.

— J'essaie, dit Tony. C'est comme ça que j'avance. Peu à peu, divers éléments me font abandonner mes hypothèses de départ. Une espèce de schéma finit par apparaître.

Il retomba dans le silence et se mit à imaginer ce qu'il allait trouver sur le lieu du crime. Il avait une sensation de vide dans l'estomac, comme un musicien avant un concert. Habituellement, il n'avait que des versions aseptisées des scènes du crime, des versions de seconde main. Si bons les photographes et les légistes fussent-ils, Tony travaillait toujours sur la vision de quelqu'un d'autre. Cette fois, il allait s'approcher plus près que jamais d'un tueur. Pour un homme qui passait sa vie derrière le rempart des comportements acquis, pénétrer l'esprit d'un assassin était le plaisir suprême.

Pour la onzième fois, Carol déclara :

— Pas de commentaires.

Penny Burgess pinça les lèvres. Elle jeta un regard alentour, cherchant désespérément un flic plus bavard que Carol. Popeye Cross avait beau être un sale phallocrate, il pimentait toujours ses remarques condescendantes de déclarations mémorables. Ne sachant que faire, Penny se tourna de nouveau vers Carol.

— Et la solidarité entre femmes, Carol ? plaida-t-elle. Allez, faites un effort. Il doit bien y avoir quelque chose que vous pouvez me dire.

— Je suis navrée, mademoiselle Burgess. Mais vos lecteurs n'ont vraiment pas besoin de demi-vérités, d'informations douteuses sur lesquelles spéculer. Dès que j'aurai quelque chose de concret, vous serez la première à le savoir.

Carol sourit, pour faire passer ces propos sans appel. Elle tourna les talons pour s'éloigner, mais Penny agrippa sa manche.

— Et à titre officieux ? demanda-t-elle. Juste pour me donner un axe, histoire que je n'écrive pas un article complètement à côté de la plaque. Vous savez ce que c'est, Carol. Je travaille dans un bureau où il n'y a que des hommes. Ils m'attendent au tournant.

Carol soupira. C'était difficile de résister. Elle se tut seulement à la pensée de ce que Cross irait raconter, si jamais elle parlait à Penny.

— Je ne peux pas, dit-elle. Et de toute façon, vous vous en êtes très bien tirée jusqu'ici.

Elle finissait sa phrase quand une Range Rover qu'elle connaissait bien apparut au coin de la rue.

— Merde, marmonna-t-elle en se dégageant, car la journaliste la tenait toujours par le bras.

Et si John Brandon la prenait pour la source policière du *Sentinel Times*, qui délirait sur l'hypothèse du tueur en série ? Surtout pas ça ! Carol se dirigea rapidement vers la voiture de Brandon, qui stoppa dans un hoquet. Elle attendit qu'on enlève les rubans qui empêchaient les badauds de pénétrer dans le périmètre, puis regarda les agents se précipiter pour impressionner l'adjoint au directeur de la crime. La Range Rover avança. Carol vit le passager, un inconnu pour elle. Alors que les deux hommes descendaient, elle observa attentivement l'étranger, s'efforçant de classer cette image dans sa banque de données personnelles – on ne sait jamais à quel moment on peut avoir besoin d'une bonne description. Un mètre soixante-dix, mince, belles épaules, hanches étroites, jambes et tronc bien proportionnés, cheveux châtain foncé, coupés court, raie sur le côté, yeux sombres, probablement bleus, cernes sous les yeux, belle peau, nez de taille moyenne, grande bouche, lèvre inférieure plus charnue que la lèvre supérieure. Dommage que l'élégance vestimentaire ne suive pas. Le costume datait encore plus que celui de Brandon. Cependant, il n'avait pas l'air usé. Première déduction : cet homme ne portait pas de costumes dans son travail. Deuxième déduction : il n'était sans doute pas marié, pas plus qu'il ne vivait en concubinage. N'importe quelle femme dont l'amant avait besoin d'un costume occasionnellement lui aurait fait acheter un modèle classique, qui n'aurait pas paru aussi ridicule au bout de cinq ans.

Carol en était là de ses réflexions quand Brandon arriva à ses côtés. Il fit signe à son compagnon de les rejoindre.

— Carol, dit-il.

— Monsieur Brandon.

— Tony, je vous présente l'inspecteur principal Carol Jordan. Carol, voici le Dr Tony Hill, du ministère de l'Intérieur.

Tony sourit et tendit la main. Joli sourire, ajouta Carol à sa liste, tout en lui serrant la main. Et bonne poignée de main. Pas moite, et ferme, mais sans ce besoin machiste de vous écraser les os qu'avaient tant d'officiers de police plus âgés.

— Enchanté, dit-il.

Une voix étonnamment grave, un très léger accent du Nord. Carol garda son sourire réservé. On ne sait jamais, avec le ministère de l'Intérieur.

— Moi de même, dit-elle.

— Carol dirige l'une des équipes qui enquêtent sur ces meurtres. L'équipe numéro deux, n'est-ce pas ? s'enquit Brandon, qui connaissait déjà la réponse.

— C'est exact, monsieur. Paul Gibbs.

— Tony est chargé de l'étude de faisabilité d'une unité de profilage au niveau national. Je lui ai demandé de jeter un coup d'œil sur ces meurtres. Il pourrait nous trouver quelques indices.

Brandon plongea son regard dans celui de Carol, pour s'assurer qu'elle avait bien compris qu'il fallait lire entre les lignes.

— Toute l'aide que pourra nous apporter le Dr Hill sera la bienvenue, monsieur. D'après ce que j'ai vu de la scène du crime, il n'y a pas plus d'indices que les autres fois.

Carol venait d'indiquer qu'elle avait compris le message de Brandon. Ils marchaient tous deux sur la même corde raide, chacun à une extrémité. Brandon ne pouvait pas se permettre d'être surpris en train de saper l'autorité de Tom Cross. Quant à Carol, si elle voulait que sa vie reste supportable au sein de la police de Bradfield, elle ne pouvait contredire ouvertement son supérieur immédiat, même si l'adjoint au directeur de la crime abondait dans son sens à elle.

— Le Dr Hill veut-il voir la scène du crime ? s'enquit Carol.

— Nous allons jeter un coup d'œil, dit Brandon. Vous pouvez me faire un résumé en chemin ? De quoi s'agit-il, exactement ?

Carol ouvrit la marche.

— Le corps a été retrouvé dans l'arrière-cour du pub. À l'évidence, ce n'est pas le lieu du crime. Pas de sang, nulle part. La victime est un homme de race blanche, nu, qui doit approcher la trentaine. Nous ne connaissons pas son identité. Visiblement, il a été torturé avant de mourir. Ses deux épaules semblent avoir été disloquées, et peut-être ses hanches et ses genoux. Il lui manque des touffes de cheveux par endroits. Il repose sur le ventre, aussi n'avons-nous pu voir toutes ses blessures. Je dirais que la mort a été causée par une blessure profonde à la gorge. Il semble également que le corps ait été lavé avant d'être abandonné là.

Carol acheva son énumération monocorde en arrivant à la grille de la cour. Elle jeta un coup d'œil à Tony. Il serrait les lèvres. C'était le seul changement que ce récit avait opéré en lui.

— Prêt ? lui demanda Carol.

Il acquiesça d'un hochement de tête et prit une profonde inspiration.

— Pas vraiment, non, mais je ne pourrai guère faire mieux.

— Restez de l'autre côté des rubans, s'il vous plaît, Tony, dit Brandon. Les gars du labo ont encore beaucoup à faire. Ce n'est donc pas la peine que nous ajoutions de faux indices sur la scène du crime.

Carol ouvrit la grille et fit signe aux deux hommes d'entrer. Si Tony avait cru que le résumé de Carol l'avait préparé à l'affreux spectacle, un simple coup d'œil le détrompa. C'était grotesque, d'autant plus surnaturel qu'il n'y avait pas de sang. La logique voulait qu'un corps aussi abîmé nage dans un bain de sang, mais Tony n'avait jamais vu de corps aussi propre, hormis dans des salons funéraires. Sauf qu'au lieu de reposer, calme comme une statue de marbre, ce cadavre était entortillé dans une parodie de silhouette humaine aux membres disjoints, telle une marionnette molle, écroulée sur le sol après qu'on eut coupé ses fils.

Quand les deux hommes entrèrent dans la cour, le photographe de la police cessa de mitrailler le corps et salua John Brandon d'un hochement de tête.

— Alors, Harry ? dit Brandon, apparemment peu ébranlé par ce spectacle.

— J'ai photographié à distance et à mi-distance. Il ne me reste que les gros plans, répondit le photographe. Il y a de nombreuses plaies, et beaucoup de bleus. Je veux être sûr de ne rien laisser passer.

— Bien, mon garçon, déclara Brandon.

Carol, qui était derrière eux, ajouta :

— Harry, quand tu auras fini, pourrais-tu photographier toutes les voitures garées dans le coin ?

Le photographe haussa les sourcils.

— Toutes ?

— Toutes, confirma Carol.

— Bonne idée, Carol, renchérit Brandon, avant que le photographe, peu enthousiaste, ait pu protester davantage. Il y a toujours une chance que notre gars ait quitté les lieux à pied, ou dans la voiture de la victime. Il peut avoir laissé la sienne ici, dans l'idée de la récupérer plus tard. Et des photos, c'est plus difficile à contester que les notes d'un agent de police.

Le photographe inspira sèchement, l'air furieux, puis il tourna les talons et retourna près du corps. Ce bref échange avait donné le temps à Tony de maîtriser les contractions de son estomac. Il avança d'un pas vers le cadavre, puis fit une première tentative pour comprendre le cerveau humain qui avait réduit un homme à cela.

À quoi tu joues ? Qu'est-ce que ça signifie, pour toi ? Quels sont les liens entre cette chair meurtrie et ton désir ? Je croyais que c'était moi, l'expert dans l'art de brouiller les pistes ? Mais tu es différent des autres, hein ? Tu es le cas parmi les fous hors pair. Tu es vraiment à part. Tu vas devenir la référence, dans l'histoire des tueurs en série. Bienvenue au premier plan.

Réalisant qu'il était dangereusement près d'admirer un esprit d'une complexité aussi inquiétante, Tony s'efforça de se concentrer sur la réalité qui gisait là, à ses pieds. Le coup terrible, porté avec un objet tranchant, avait quasiment décapité l'homme, laissant la tête détachée du buste, comme si elle pendait à la nuque par un morceau de peau. Tony prit une grande inspiration et dit :

— D'après le *Sentinel Times*, ils sont tous morts après avoir été égorgés. Est-ce exact ?

— Oui, dit Carol. Ils ont été torturés vivants, mais ce sont les blessures à la gorge qui, à chaque fois, leur ont été fatales.

— Et ces blessures étaient toutes aussi profondes que celle-ci ?

Carol secoua la tête.

— Je ne connais réellement que le deuxième cas, et le coup porté est loin d'avoir été aussi violent que celui-là. Mais j'ai vu des photos des deux autres, et pour le dernier, l'entaille est presque aussi affreuse que celle-ci.

Grâce à Dieu, nous avons des similitudes frappantes, se dit Tony. Il recula de quelques pas et observa toute la zone en détail. Hormis le corps, rien ne différenciait ce lieu de la cour de n'importe quel pub. Des cageots de canettes et de boîtes de bière étaient empilés contre les murs, les couvercles des grosses poubelles bien fermés. Le tueur n'avait rien emporté de notable, rien laissé de visible derrière lui. Excepté le corps.

Brandon s'éclaircit la voix.

— Bien, Carol. Apparemment, la situation est maîtrisée. Je ferais mieux d'aller dire un mot aux journalistes. J'ai vu Penny Burgess vous tirer par la manche quand je suis arrivé. À présent, il doit y en avoir un vrai troupeau. Je vous verrai plus tard au QG. Passez me voir dans mon bureau, je veux vous parler du rôle du Dr Hill. Tony, je vous laisse entre les mains compétentes de Carol. Quand vous aurez fini ici, peut-être pourrez-vous organiser une séance de travail avec elle, pour compulser les dossiers sur les différents cas.

Tony acquiesça d'un hochement de tête.

— Ça me semble être une très bonne idée. Merci, John.

— Je vous contacterai. Et merci encore.

Sur ce, Brandon s'en alla, prenant soin de refermer la grille derrière lui.

— Alors, vous faites du profilage, dit Carol.

— J'essaie, répondit Tony, prudent.

— Grâce à Dieu, les autorités concernées sont enfin devenues raisonnables, ajouta-t-elle sèchement. Je commençais à croire qu'elles ne se résoudraient jamais à admettre que nous avons affaire à un tueur en série.

— Je pensais la même chose que vous, approuva Tony. J'étais inquiet après le premier meurtre, mais depuis le deuxième, je n'ai plus aucun doute.

— Fichue bureaucratie, commenta Carol d'un ton las.

— C'est un point délicat. Même quand nous aurons mis notre unité sur pied, je crains que nous ne devions continuer à attendre que les forces de police viennent nous demander de l'aide.

La réponse de Carol se perdit dans un fracas de métal : on venait d'ouvrir la grille de la cour. Carol et

Tony pivotèrent sur leurs talons. À l'entrée de la cour apparut l'homme le plus grand que Tony ait jamais vu. Il avait assez de muscles pour être pilier dans l'équipe de rugby nationale. Sa bedaine de buveur de bière précédait des épaules massives d'une bonne quinzaine de centimètres. Ses yeux saillaient de son visage charnu comme deux groseilles bouillies – c'était pour ça qu'on appelait Tom Cross « Popeye ». Sa bouche, comme celle de son modèle de dessin animé, était d'une petitesse incongrue. Il commençait à perdre ses cheveux ternes, et sa coiffure prenait l'allure d'une tonsure.

— Monsieur, dit Carol pour saluer le nouveau venu.

Deux pâles sourcils se froncèrent, donnant à Cross l'air mécontent. À en juger par les deux barres verticales entre ses yeux, il s'agissait là d'une expression naturelle chez lui.

— Qui êtes-vous, bon Dieu ? demanda-t-il, autoritaire, en pointant un doigt boudiné sur Tony.

Automatiquement, Tony remarqua qu'il avait l'ongle rongé. Avant qu'il ait pu répondre, Carol prit judicieusement la parole.

— Monsieur, je vous présente le Dr Tony Hill, du ministère de l'Intérieur. Il est chargé de l'étude de faisabilité d'une unité de profilage nationale. Docteur Hill, je vous présente le divisionnaire Tom Cross, responsable des enquêtes criminelles.

La seconde partie des présentations de Carol fut gommée par la réaction tonitruante de Cross.

— Qu'est-ce que ça veut dire, ma fille ? C'est la scène d'un crime, ici. On ne laisse pas n'importe quel gratte-papier du ministère la fouler !

Carol ferma les yeux un rien plus longuement que le temps d'un clignement. Puis elle répondit, d'un ton enjoué qui surprit Tony :

— Monsieur, M. Brandon a amené le Dr Hill avec lui. L'adjoint au directeur de la crime pense que le Dr Hill peut nous aider à profiler notre tueur.

— Comment ça, notre tueur ? Combien de fois devrai-je vous le dire ? Nous n'avons pas affaire à un tueur en série, juste à une bande d'homos cinglés qui reproduisent le même meurtre. Vous savez quel est le problème avec vous, les diplômés ? demanda Cross en se penchant vers Carol, l'air agressif.

— Je suis certaine que vous allez me le dire, déclara Carol, affable.

Cross resta un moment en arrêt, avec l'air légèrement dérouté du chien qui entend une mouche mais ne la voit pas. Finalement, il déclara :

— Vous êtes tous assoiffés de gloire ! Vous voulez être des vedettes, faire les gros titres des journaux. Vous refusez le côté pénible de l'humble métier de flic. Vous savez que vous ne deviendrez pas célèbres en résolvant plusieurs meurtres l'un après l'autre, alors vous essayez d'en faire une seule et unique affaire, afin d'avoir le moins de travail et le plus de presse possible.

« Et vous, ajouta-t-il en se tournant vers Tony, vous pouvez vous arracher de ma scène du crime sur-le-champ. Nous ne voulons pas d'un intello au cœur tendre qui nous explique que nous cherchons un pauvre gars qui n'avait pas de nounours quand il était petit. Ce n'est pas avec des grands discours qu'on attrape les criminels, mais grâce au travail des policiers.

Tony sourit.

— Je ne puis qu'approuver votre point de vue, monsieur le divisionnaire. Mais M. Brandon semble penser que je pourrais vous aider à déterminer le sens dans lequel diriger vos efforts.

Cross était un vieux routier qui n'allait pas se laisser prendre au jeu des politesses.

— Je dirige l'équipe la plus efficace de cette brigade, rétorqua-t-il. Et je n'ai pas besoin d'un foutu docteur pour me dire comment attraper une bande de tueurs pédés.

Il se retourna vers Carol.

— Veuillez escorter le Dr Hill hors de cette cour, inspecteur.

Il s'arrangea pour que son titre sonne comme une insulte.

— Et quand vous aurez fait ça, vous pourrez revenir ici et me mettre au courant de ce que vous avez trouvé sur notre dernier tueur.

— Très bien, monsieur. Oh, mais à propos, vous désirez peut-être rejoindre l'adjoint au directeur de la crime. Il donne une conférence de presse à l'entrée du pub.

Cette fois, il y avait quelque chose d'acerbe dans le ton de Carol.

Cross jeta un regard négligent au corps exposé dans la cour.

— Il ne va aller nulle part, hein ? remarqua-t-il. Bien, inspecteur, je veux un rapport dès que j'en aurai fini avec l'adjoint et la presse.

Cross pivota sur ses talons et sortit de la cour comme un ouragan.

Carol prit Tony par le coude et le conduisit jusqu'à la grille.

— C'est quelque chose qui mérite d'être vu, lui marmonna-t-elle à l'oreille en le poussant dans la ruelle, sur les pas de Cross.

Une demi-douzaine de reporters avaient rejoint Penny Burgess derrière les rubans de plastique jaune. En approchant du petit groupe, ils entendirent la cacophonie de questions dont ils accablaient John Brandon. Carol et Tony restèrent en retrait. Cross bouscula tout le monde pour parvenir aux côtés d'un agent stationné à la droite de Brandon et cria :

— Un seul à la fois, mesdames et messieurs. Vous pourrez tous poser vos questions.

Brandon se tourna à moitié vers Cross, le visage dépourvu d'expression.

— Merci, monsieur le divisionnaire.

— Avons-nous un tueur en série en liberté dans Bradfield ? demanda Penny Burgess, dont la voix s'éleva dans le silence soudain comme le cri d'un oiseau de mauvais augure.

— Il n'y a aucune raison de supposer que… commença Cross.

Brandon l'interrompit, glacial.

— Laissez-moi répondre à ça, Tom, dit-il. Comme je l'ai dit il y a quelques minutes, nous avons retrouvé, cet après-midi, le corps d'un homme de race blanche d'une trentaine d'années. Il est trop tôt pour affirmer qu'il s'agit de l'œuvre d'un tueur en série, mais certains éléments portent à croire que ce meurtre pourrait être lié à trois homicides perpétrés à Bradfield durant les cinq derniers mois.

— Cela signifie-t-il que vous enquêtez sur ces meurtres comme sur ceux d'un tueur en série ? s'enquit un jeune homme, son magnétophone brandi comme un nerf de bœuf.

— Nous étudions l'hypothèse selon laquelle un seul meurtrier serait l'auteur des quatre crimes.

Cross avait la tête d'un homme qui aurait bien frappé quelqu'un : les poings sur les hanches, les sourcils tellement froncés qu'il devait avoir du mal à voir clair.

— Bien qu'il s'agisse seulement d'une possibilité, à ce stade, ajouta-t-il, rebelle.

Penny profita du désaccord pour poser sa question.

— En quoi cela va-t-il modifier votre façon d'aborder l'enquête, monsieur Brandon ?

— Nous allons fondre les trois enquêtes criminelles de ces derniers mois avec celle-ci, en faire une seule grande enquête. Nous allons utiliser à fond le Programme Informatique des Enquêtes Majeures du ministère de l'Intérieur, afin d'analyser toutes les données disponibles. Nous avons bon espoir que de nouvelles pistes apparaissent, répondit Brandon.

Son ton se voulait optimiste, mais son expression était lugubre.

— Ouais, c'est ça, marmonna Carol entre ses dents.

— Vous n'avez pas un peu trop tardé ? Le meurtrier n'a-t-il pas une longueur d'avance parce que vous n'avez pas voulu reconnaître que c'était un tueur en série ? cria une voix furieuse à l'arrière du troupeau.

Brandon redressa les épaules et prit l'air sévère.

— Nous sommes des policiers, pas des voyants. Nous ne théorisons pas sans preuves. À partir de maintenant, nous allons tout faire pour amener ce tueur devant la justice avec la plus grande célérité possible.

— Allez-vous faire appel aux services d'un profileur ?

Penny Burgess, de nouveau.

Tom Cross fusilla Tony du regard. Un regard de haine pure.

Brandon sourit.

— C'est tout pour le moment, mesdames et messieurs. Le service de presse de la police fera un communiqué. Maintenant, si vous voulez bien nous excuser, une lourde tâche nous attend.

Il eut un hochement de tête bienveillant à l'adresse des journalistes. Après quoi, il fit demi-tour et s'éloigna, prenant fermement Cross par le coude. Ils retournèrent dans la ruelle. Cross avait le dos crispé sous l'effet de la fureur. Carol et Tony suivaient, quelques pas derrière. Alors qu'ils s'en allaient, la voix de Penny Burgess retentit derrière eux.

— Inspecteur Jordan ? Qui est la nouvelle victime ?

— Mon Dieu, cette femme ne lâche jamais l'affaire, marmonna Carol.

— Mieux vaut que je l'évite, alors, remarqua Tony. Me retrouver en première page des journaux représenterait un risque sérieux.

Carol s'arrêta net.

— Vous voulez dire que le tueur pourrait s'en prendre à vous ?

Tony sourit.

— Non. Je voulais dire que votre divisionnaire aurait une crise d'apoplexie.

Le désir irrépressible de répondre à son sourire monta en elle. Cet homme ne ressemblait en rien aux fonctionnaires du ministère qu'elle avait pu croiser. Non seulement il avait le sens de l'humour, mais il n'avait pas peur de prendre des libertés. Mais avant tout, il appartenait à cette catégorie d'hommes que son amie Lucy trouvait « à croquer ». À bien des égards, il semblait être un homme intéressant. Or, cela faisait bien longtemps que Carol n'en avait pas rencontré un dans son métier.

— Vous pourriez bien avoir raison, dit-elle d'un ton neutre.

Ils arrivèrent au coin de la ruelle, à temps pour voir Tom Cross s'en prendre à Brandon.

— Permettez-moi de vous dire, monsieur, que vous venez de tenir à ces cons le discours inverse du mien.

— C'est le moment d'adopter une approche différente, Tom, répliqua Brandon calmement.

— Dans ce cas, pourquoi ne pas en avoir discuté avec moi avant, au lieu de me faire passer pour une tête de nœud devant ces journaleux ? Sans parler de mes hommes.

Cross inclina le buste d'un air menaçant et tendit le bras, index pointé, comme s'il allait poignarder Brandon avec. Mais le bon sens et le carriérisme l'emportèrent, et son bras retomba.

— D'après vous, il suffisait que je vous fasse venir dans mon bureau, que je vous suggère une nouvelle approche, pour arriver à mes fins ?

Une froideur d'acier brillait sous l'apparente courtoisie des propos de Brandon. Cross le sentit.

— Au bout du compte, dit-il, la mâchoire inférieure propulsée vers l'avant, c'est moi qui décide de la marche à suivre.

Sous ce côté belliqueux, Tony voyait le petit garçon, le petit dur qui en voulait aux adultes d'avoir encore le pouvoir de décider pour lui.

— Je suis l'adjoint au directeur de la crime, section des enquêtes criminelles, dit Brandon. Je prends les décisions de base. Or, il se trouve que je viens d'en prendre une qui affecte votre sphère d'activité. À partir d'aujourd'hui, il s'agit d'une grande enquête criminelle. Une enquête unique. Est-ce bien clair, Tom ? Ou bien voulez-vous pousser cette discussion plus loin ?

Pour la première fois, Carol comprenait pourquoi John Brandon avait grimpé si haut sur le mât savonneux de la hiérarchie policière. La menace, dans sa voix, n'était pas une pose. Il était prêt à faire ce qu'il faudrait pour arriver à ses fins. En outre, il avait l'assurance des hommes habitués à gagner. Tom Cross ne disposait d'aucune échappatoire.

Cross se tourna vers Carol.

— Vous n'avez rien à faire, inspecteur ?

— J'attends pour vous faire mon rapport, monsieur, comme vous me l'avez demandé, dit-elle.

— Avant cela, Tom, je veux vous présenter le Dr Tony Hill, dit Brandon en faisant signe à Tony de s'approcher.

— Nous nous sommes déjà rencontrés, dit Cross, l'air maussade comme un écolier.

— Le Dr Hill a accepté de travailler en étroite collaboration avec nous sur cette enquête. Il a également accepté de rester discret sur cette collaboration.

Tony eut un sourire d'autodénigrement très diplomate.

— C'est exact, compléta-t-il. La dernière chose que je souhaite est de voir votre enquête devenir une attraction de cirque. S'il y a des honneurs à recevoir, quand nous choperons ce salopard, je veux qu'ils aillent à votre équipe. Ce sont eux qui auront fait le travail, après tout.

— Vous n'avez pas tort, grommela Cross. Je ne veux pas de vous dans mes pattes.

— Personne n'a envie de ça, Tom, dit Brandon. C'est pourquoi j'ai demandé à Carol d'être l'agent de liaison entre nous et Tony.

— Je ne peux pas me permettre de perdre un officier de police gradé dans un moment pareil, protesta Cross.

— Vous ne perdez pas un officier, dit Brandon, vous en gagnez un qui vous fera bénéficier d'une vue globale de tous les cas étudiés. C'est un avantage unique, et qui pourrait se révéler d'une valeur inestimable, Tom.

Brandon regarda sa montre.

— Il vaut mieux que j'y aille. Le chef va vouloir un rapport sur ce cas. Tenez-moi au courant, Tom.

Brandon les salua d'un signe de la main, puis il s'éloigna dans la rue et disparut à la vue.

Cross sortit un paquet de cigarettes de sa poche et en alluma une.

— Vous savez quel est votre problème, inspecteur ? dit-il. Vous n'êtes pas aussi intelligente que vous le croyez. Un pas de travers, et je vous réduis en compote.

Il prit une grande bouffée de sa cigarette, puis il se pencha pour souffler la fumée vers Carol. Peine perdue : une rafale de vent dispersa la fumée avant qu'elle n'arrive sur la jeune femme. L'air dégoûté, Cross tourna les talons et repartit à grands pas vers la scène du crime.

— On rencontre des gens sympathiques, dans ce métier, dit Carol.

— Au moins, maintenant, je sais dans quel sens souffle le vent, répondit Tony, tandis qu'une goutte de pluie s'écrasait sur sa joue.

— Oh, merde ! s'exclama Carol. On n'avait vraiment pas besoin de ça. Pouvons-nous nous voir demain ? Je prendrai les dossiers ce soir et je les parcourrai rapidement. Ensuite, vous pourrez vous plonger dedans.

— Très bien. 10 heures, à mon bureau ?

— Parfait. Comment fait-on pour y aller ?

Tony donna toutes les informations nécessaires à Carol. Puis il la regarda descendre la ruelle en se hâtant. Une femme intéressante. Et séduisante. La plupart des hommes auraient pensé la même chose. Parfois, Tony souhaitait presque être capable d'une réaction simple. Mais il avait depuis longtemps passé le cap au-delà duquel il s'autorisait à répondre au charme d'une femme comme Carol Jordan.

Il était plus de 19 heures lorsque Carol revint au quartier général. Elle essaya de joindre John Brandon par le téléphone intérieur et fut agréablement surprise de le trouver encore dans son bureau.

— Montez, lui dit-il.

Elle fut encore plus étonnée, en pénétrant dans le bureau de sa secrétaire, de le trouver la cafetière à la main, en train de leur servir deux tasses de café brûlant.

— Lait et sucre ? lui demanda-t-il.

— Ni l'un ni l'autre, dit-elle. Je ne m'attendais pas à boire du café. C'est une bonne surprise.

— J'ai arrêté de fumer il y a cinq ans, lui confia Brandon. À présent, il n'y a plus que la caféine qui me tienne éveillé. Entrez.

Carol entra dans son bureau, sa curiosité en alerte. Elle n'avait encore jamais franchi le seuil de cette pièce. Le décor était du blanc cassé réglementaire, les meubles identiques à ceux du bureau de Cross, sauf que là, le bois brillait, dénué de toute éraflure, brûlure de cigarette ou marque laissée par des tasses bouillantes. Contrairement à la plupart de ses semblables, Brandon n'avait affiché ni ses photos de policier, ni ses citations au mur. À la place, il avait accroché une demi-douzaine de reproductions de tableaux représentant Bradfield au détour du siècle. Pittoresques, émouvantes, souvent baignées de pluie, ces différentes scènes de rue se posaient en regard de la vue spectaculaire qu'on avait depuis cette fenêtre du dix-septième étage. Le seul détail peu surprenant était la photo de sa femme et de ses enfants, sur le bureau. Mais même cette photo-là n'était pas posée : il s'agissait d'un agrandissement d'une photo de vacances prise à bord d'un voilier.

D'un geste, Brandon désigna à Carol deux chaises devant son bureau. Puis il s'assit sur une autre.

— Il y a une chose sur laquelle je tiens à être clair : vos rapports au chef Cross, déclara-t-il sans ambages. Bien qu'il soit chargé de cette opération, je veux voir des copies de vos rapports et de ceux du Dr Hill. Et je veux connaître toutes les théories que vous échafauderez l'un et l'autre, mais que vous ne désirez pas noter dans vos comptes rendus. Vous pensez pouvoir vous tirer de cette double contrainte ?

Carol haussa les sourcils.

— Il n'y a qu'une façon de le vérifier, monsieur.

Brandon eut un demi-sourire. Il avait toujours préféré l'honnêteté au baratin.

— OK. Je veux que vous vous assuriez d'avoir accès à tous les dossiers. S'il y a le moindre problème, si vous soupçonnez la moindre rétention d'informations à votre encontre et à celle du Dr Hill, je veux en être averti immédiatement, peu importe qui est derrière. Je parlerai moi-même à la brigade dès demain, afin que plus personne n'ignore les nouvelles règles du jeu. Sinon, puis-je faire quelque chose pour vous ?

« Me donner douze heures de plus par jour », songea Carol. Certes, elle aimait les défis. Mais cette fois, ce penchant prenait des allures de lutte continuelle.

Tony referma la porte de sa maison derrière lui. Il laissa tomber sa serviette à ses pieds, puis s'appuya contre le mur. Il avait obtenu ce qu'il voulait. Ce serait le combat de deux intelligences : sa perspicacité contre les faux-semblants du tueur. Quelque part, dans la trame de ces crimes, se trouvait le labyrinthe qui menait droit au cœur du criminel. D'une certaine façon, Tony devait suivre ce chemin tortueux, en se méfiant des ombres trompeuses, en veillant à ne pas rester derrière l'arbre qui cachait la forêt.

Il s'écarta du mur, se sentant soudain épuisé, et se dirigea vers la cuisine, tout en ôtant sa cravate et en déboutonnant sa chemise. Il allait s'accorder une bière glacée, puis il lirait son maigre butin de coupures de presse sur les trois meurtres précédents. Il venait à peine d'ouvrir le réfrigérateur pour prendre une canette de Boddington quand le téléphone sonna. Il referma la porte un peu fort et décrocha le combiné de la cuisine avec une certaine agressivité, le tout en jonglant avec sa canette glacée.

— Allô ? dit-il.

— Anthony ? demanda la voix.

Tony déglutit péniblement.

— Ce n'est pas le moment, répondit-il, sa voix sèche contrastant avec le contralto sexy à l'autre bout du fil.

Il posa la canette sur le plan de travail et tira sur l'anneau de l'ouverture d'une main.

— On joue à l'insaisissable ? OK, ça fait partie du jeu. Mais je pensais t'avoir guéri de cette manie de me fuir. Je croyais que nous avions dépassé cela. Ne me dis pas que tu vas régresser et recommencer à me raccrocher au nez !

La voix s'exprimait sur le ton de la plaisanterie.

— Je ne joue pas à l'insaisissable, dit-il. Mais ce n'est vraiment pas le moment.

— C'est toi qui décides. C'est toi l'homme. Le patron… À moins, bien sûr, que tu n'aies envie de nouveauté, si tu vois ce que je veux dire.

La voix n'était plus qu'un soupir sensuel.

— Alors, je n'ai pas le droit de dire non ? Les femmes sont les seules à pouvoir refuser ? persiflat-il, tandis que la colère montait comme de la bile dans sa gorge.

— Oh, Anthony, ta voix est tellement sexy quand tu es en colère, susurra son interlocutrice.

Dérouté, Tony écarta le combiné de son oreille et le regarda comme s'il s'agissait d'un objet venu d'ailleurs. Parfois, il se demandait si les mots qui sortaient de sa bouche étaient les mêmes que ceux qui arrivaient à l'oreille de l'autre. Avec un détachement clinique qu'il était loin d'éprouver envers la personne qui l'appelait, il constata que les jointures de ses doigts étaient blanches, tant il serrait le combiné. Au bout d'une minute, il colla de nouveau le téléphone contre son oreille.

— Le simple fait d'entendre ta voix me fait mouiller, Anthony, disait-elle. Tu ne veux pas savoir comment je suis habillée, ce que je fais en ce moment ?

La voix était aguicheuse, la respiration plus perceptible qu'au début.

— Écoute, j'ai eu une dure journée, j'ai du travail pour toute la soirée, et j'ai beau apprécier nos petits jeux, je ne suis pas d'humeur ce soir.

Tony était agité. Il parcourut sa cuisine des yeux, comme s'il cherchait une sortie de secours.

— Tu as l'air tellement tendu, mon chéri. Laisse-moi te libérer de tes tensions. On peut jouer. Pense à moi comme à une technique de relaxation. Tu sais que tu travailles mieux après. Tu vas jouir comme jamais. Avec un beau mec comme toi et une bête de sexe comme moi, tout est possible. Pour commencer, tu vas avoir droit au coup de téléphone le plus sexy, le plus excitant de notre histoire.

Soudain, la colère de Tony rencontra un point de moindre résistance dans le barrage et éclata.

— Pas ce soir ! hurla-t-il.

Il raccrocha le combiné avec une telle violence que la canette de bière sauta. De la mousse crémeuse envahit l'ouverture triangulaire et prit du volume. Tony regarda cette mousse avec dégoût. Il prit la canette et la balança dans l'évier en acier inoxydable, ce qui produisit un bruit métallique. La boîte roula d'un côté, puis de l'autre. La bière et la mousse jaillirent en petits torrents bruns et blancs, tandis que Tony s'accroupissait, la tête penchée en avant, les mains sur la figure. Ce soir, il allait plonger dans les cauchemars de quelqu'un d'autre. Aussi ne voulait-il pas se retrouver confronté à ses propres défaillances, que les coups de fil ne manquaient jamais de lui rappeler. Le téléphone sonna de nouveau. Tony resta immobile, les yeux fermés, les paupières crispées. Quand le répondeur prit la communication, la personne, à l'autre bout de la ligne, raccrocha.

— Salope, dit-il méchamment. Salope.

Extrait d'une disquette de trois pouces et demi intitulée : Sauvegarde 007 – Dossier amour 003

Quand mes voisins partent travailler, le matin, ils lâchent leur berger allemand dans la cour de derrière. Toute la journée, il cavale d'un bout à l'autre du périmètre, quadrillant la surface bétonnée avec la diligence d'un gardien de prison qui aime vraiment son travail. Il est puissant, noir moucheté de fauve, avec de longs poils. Chaque fois que quelqu'un pénètre dans l'une des cours qui jouxtent la sienne, il aboie. De grands aboiements caverneux, une véritable cacophonie qui se prolonge après que la personne est rentrée chez elle. Lorsque les éboueurs passent dans la ruelle de derrière pour vider nos poubelles après les avoir fait rouler bruyamment sur le bitume, le chien devient hystérique, se dresse sur ses pattes de derrière, gratte inutilement le lourd portail de bois. Je l'ai observé depuis un angle idéal, de la fenêtre de ma chambre. Il est presque aussi grand que le portail. Parfait, vraiment.

Le lundi suivant, j'ai acheté deux livres de steak, que j'ai coupé en cubes de deux centimètres et demi, comme dans les meilleures recettes. Puis j'ai fait une petite incision dans chaque cube, et j'y ai inséré un tranquillisant. Mon médecin insiste pour me les prescrire. Je n'en ai jamais voulu, et je n'en ai jamais pris, mais je me suis toujours dit qu'un jour ils pourraient servir.

En sortant par ma porte de derrière, j'ai écouté le concert d'aboiements avec plaisir. Je pouvais me permettre de me réjouir : c'était la dernière fois que j'aurais à les supporter. J'ai plongé la main dans le bol de viande humide, puis j'ai balancé les morceaux de l'autre côté du mur par poignées. J'ai regagné la maison, je me suis lavé les mains. Puis j'ai retrouvé mon point d'observation, à l'étage, dans ma chambre, près de l'ordinateur. Comme atmosphère, j'ai choisi Darkseed, calmant mon excitation avec le monde souterrain, gothique et macabre que j'avais fini par si bien connaître. Tout en jouant, je ne pouvais m'empêcher de jeter un coup d'œil par la fenêtre toutes les deux minutes. Au bout d'un moment, le chien s'est écroulé par terre, la langue pendant sur le côté. J'ai arrêté mon jeu, puis j'ai mis mes lunettes. Il semblait respirer, mais il ne bougeait plus.

J'ai couru au rez-de-chaussée prendre le sac de sport que j'avais préparé, et j'ai grimpé dans le 4 × 4. J'ai remonté la ruelle en marche arrière, jusqu'à ce que le hayon arrive au niveau du portail de la cour. J'ai coupé le contact. Silence. Je n'ai pu m'empêcher d'éprouver une satisfaction vaniteuse en prenant ma pince-monseigneur et en sautant à terre. Il m'a fallu un certain temps pour forcer le portail d'à côté. Alors qu'il s'ouvrait, j'ai vu que le chien était toujours à la même place. J'ai ouvert le sac, rentré sa langue dans sa gueule, puis j'ai fermé son museau avec une bande de sparadrap. Je lui ai lié les pattes, celles de devant ensemble, puis celles de derrière. Ensuite, je l'ai tiré, puis hissé dans la voiture. Il était lourd, mais je me maintiens en forme. Ça n'a donc pas été trop dur de le monter à l'arrière.

Lorsque nous sommes arrivés à la ferme, il respirait en émettant de légers ronflements. Mais il demeurait inconscient. Il n'a pas réagi quand j'ai soulevé ses paupières. Je l'ai renversé dans la brouette que j'avais laissée là-bas, je l'ai poussé jusqu'à la trappe, et je l'ai balancé en bas de l'escalier. J'ai allumé les lumières, puis j'ai hissé le chien sur le chevalet comme un sac de pommes de terre. Ensuite, j'ai passé en revue mes couteaux. J'avais installé une bande aimantée au mur, et ils étaient alignés là, tous affûtés comme des outils de professionnel. Couperet, couteau à désosser, couteau à découper, couteau à éplucher, couteau de tanneur. J'ai choisi le couteau de tanneur, j'ai coupé la bande adhésive qui attachait les pattes du chien, puis j'ai étalé celui-ci sur le ventre. Je l'ai fixé au chevalet avec une bande adhésive en travers du corps, et quatre autres pour chaque patte. Et là, j'ai réalisé que j'avais un problème.

À un moment donné, durant ces trois dernières minutes, le chien avait cessé de respirer. J'ai appliqué mon oreille contre les poils épais de sa poitrine, attendant un battement, mais il était trop tard. À l'évidence, j'avais mal dosé les tranquillisants, je lui en avais donné trop. J'étais en colère, je dois l'admettre. La mort du chien ne m'empêcherait en rien de tester mon appareil, mais j'avais espéré le voir souffrir – piètre revanche pour les douzaines de fois où ses aboiements déments avaient eu raison de mon sommeil, surtout les jours où nous avions eu un travail fou dans l'équipe de nuit. Mais il était mort sans souffrir une seule seconde. Ses derniers moments s'étaient passés à dévorer du steak. Cela ne me plaisait pas qu'il soit mort heureux.

Ce n'était pas tout. Je m'aperçus bientôt qu'il y avait un deuxième problème. Les bandes adhésives que j'avais collées sur ses pattes étaient très bien pour des chevilles et des poignets humains. Mais le chien n'avait ni mains ni pieds pour l'empêcher de libérer ses membres.

La question fut vite résolue. Ce n'était pas une solution élégante, loin de là, mais cela me permit de mener à bien mon entreprise. J'avais fait des réparations, des modifications dans cette cave, et il me restait quelques clous de quinze centimètres. J'ai soigneusement placé sa patte avant gauche de sorte qu'elle passe sur une brèche dans le bois d'œuvre. J'ai cherché l'espace entre les os, et d'un coup de marteau, j'ai enfoncé le clou à angle droit avec la patte, juste au-dessus de la dernière articulation. J'ai fixé le bracelet de cuir sous le clou, et je l'ai serré. J'ai su que ça allait tenir suffisamment longtemps.

Cinq minutes plus tard, j'avais attaché les autres pattes. Une fois que le chien a été bien arrimé, j'ai enfin pu entamer le vrai travail. Il s'agissait d'une simple expérimentation. Néanmoins, je sentais l'excitation monter jusqu'à en avoir une boule dure au fond de la gorge. Ce fut presque inconsciemment que ma main s'égara vers le levier du chevalet. Je la regardai, insensible, comme s'il s'agissait de la main d'une autre personne. Elle caressa les dents de l'engrenage, passa légèrement sur le rouage lui-même et vint se poser sur la poignée. L'odeur de l'huile lubrifiante était encore sensible, mêlée à celle, discrète, de la peinture et du renfermé. J'ai pris une profonde inspiration, j'ai frissonné de plaisir anticipé, et j'ai commencé à tourner doucement la poignée.

3

« Je n'adhère pas à cette opinion selon laquelle tout homme qui se mêle de meurtre a des pensées erronées et des principes véritablement incorrects. »

Don Merrick baissa la fermeture de sa braguette. Avec un soupir de soulagement, il détendit ses muscles et vida sa vessie sur le point d'exploser. Derrière lui, la porte des toilettes s'ouvrit. Une grosse main se posa sur son épaule, et son plaisir s'envola.

— Sergent Merrick. Juste l'homme que je voulais voir, s'exclama Tom Cross.

Merrick s'aperçut que, de façon inexplicable, il ne pouvait finir ce qu'il avait commencé.

— Bonjour, monsieur, dit-il, prudent, secouant son sexe et le mettant rapidement hors de vue.

— L'inspecteur Jordan vous a parlé de sa nouvelle affectation, n'est-ce pas ? demanda Cross, la bonhomie personnifiée.

— Elle y a fait allusion, oui, monsieur.

Merrick regarda vers la porte avec envie. Mais il n'y avait pas moyen de s'échapper. Pas avec la main de Cross toujours refermée sur son épaule.

— J'ai entendu dire que vous aviez l'intention de passer votre examen d'inspecteur, dit Cross.

L'estomac de Merrick se serra.

— C'est exact, monsieur.

— Vous allez donc avoir besoin de tous les amis haut placés que vous pourrez trouver, hein, mon garçon ?

Merrick s'efforça de retrousser les lèvres, pour répondre au sourire de Cross.

— Si vous le dites, monsieur.

— Vous avez l'étoffe d'un bon officier, Merrick. Tant que vous savez envers qui rester loyal. Je sais que l'inspecteur Jordan va être une dame très occupée dans les prochaines semaines. Elle pourrait ne pas toujours avoir le temps de me tenir parfaitement au courant de tout.

Cross lui lança un regard suggestif.

— Je compte sur vous, reprit-il, pour me tenir informé de tous les développements de cette affaire. Vous comprenez, mon garçon ?

Merrick acquiesça d'un hochement de tête.

— Oui, monsieur.

Cross ôta sa main de l'épaule de son subordonné et se dirigea vers la porte. Il l'ouvrit, puis il se tourna vers Merrick et ajouta :

— Surtout si elle baise avec notre ami le docteur.

La porte se referma lentement derrière Cross.

— Merde et re-merde, marmonna Merrick, tout en se dirigeant vers le lavabo.

Il entreprit de se frotter vigoureusement les mains sous le robinet d'eau chaude.

Tony était assis à son bureau depuis 8 heures du matin. Jusqu'ici, tout ce qu'il avait fait, c'étaient des photocopies du rapport type d'analyse du crime, qu'il avait imaginé pour la future unité de profilage. Essentiellement inspiré du questionnaire du FBI sur le programme d'arrestation des criminels usant de violence particulière, ce rapport tentait de classifier tous les aspects du crime, depuis la victime jusqu'aux preuves matérielles mises en évidence par le labo. Tony feuilleta distraitement ses formulaires, puis il arrangea ses coupures de journaux en une pile bien nette. Il justifiait son manque d'activité à ses propres yeux en se disant qu'il ne pouvait pas faire grand-chose avant que Carol ne lui ait apporté les dossiers de police. Mais c'était là une excuse un peu facile.

S'il ne parvenait pas à se concentrer, c'était qu'elle lui occupait de nouveau l'esprit. La femme mystérieuse. Au début, il s'était senti vulnérable, peu désireux d'entrer dans son jeu. Exactement comme ses patients, pensa-t-il ironiquement. Combien de fois avait-il dit que toute personne refusait de coopérer dans une thérapie, à un niveau ou à un autre ? Il ne comptait plus les fois où il avait violemment raccroché, au début. Mais elle avait insisté. Patiemment, elle avait continué à lui susurrer des phrases apaisantes et sexy, jusqu'à ce qu'il se détende, puis participe.

Elle l'avait complètement déstabilisé. Dès le début, elle avait semblé deviner son point faible. Cependant, elle ne s'y était jamais attaquée. Elle était tout ce qu'un homme pouvait désirer d'une amante fantasmatique, douce et lubrique. Tony n'arrivait pas à déterminer s'il était pathétique parce qu'il jouissait des coups de téléphone érotiques d'une étrangère, ou s'il devait se féliciter d'être équilibré au point de savoir ce dont il avait besoin et ce qui marchait avec lui. Mais il ne pouvait s'empêcher d'avoir peur de devenir dépendant de ces coups de fil, même si ce n'était pas encore le cas. Déjà incapable d'avoir une relation sexuelle normale, allait-il s'enferrer dans sa pathologie ? Une seule façon de le savoir : passer du fantasme à la réalité. Mais il était encore trop fragilisé par sa dernière humiliation pour franchir le pas. Pour le moment, semblait-il, il lui faudrait se contenter de cette mystérieuse étrangère, car chaque fois, grâce à elle, il avait l'impression d'être un homme suffisamment longtemps pour pouvoir tenir ses démons à distance.

Tony soupira et prit sa tasse. Le café était froid, mais il le but quand même. Malgré lui, il se mit à repenser à des conversations passées. Comme s'il ne les avait pas suffisamment rejouées comme ça, à l'aube, quand le sommeil se montrait aussi insaisissable que le tueur en série de Bradfield. La voix de la femme bourdonnait dans ses oreilles comme le Walkman du passager d'à côté dans un compartiment de train. Tony essaya de dominer ses émotions, d'analyser ces coups de fil avec l'objectivité intellectuelle dont il était capable dans son travail. Il lui fallait simplement se fermer à tout affect, comme lorsqu'il examinait les fantasmes pervers de ses patients. Il pouvait très bien en écarter les échos en lui. Il avait suffisamment d'expérience pour ça.

Arrête la voix. Analyse. Qui est-elle ? Qu'est-ce qui la motive ? Peut-être prend-elle simplement plaisir, tout comme toi, à aller voir ce qui se passe dans les esprits dérangés. Cela expliquerait au moins comment elle avait réussi à se frayer un chemin à travers les barrages de Tony. C'était sans doute un genre de créature différent des femmes qui travaillaient pour ces réseaux minables de téléphone sexy. Avant de commencer ce travail pour le ministère de l'Intérieur, il avait fait une étude sur les réseaux de téléphone rose. Un nombre significatif de criminels récemment incarcérés, avec lesquels il avait eu des entretiens, avaient admis être des habitués de ces lignes érotiques très coûteuses. Grâce à elles, ils pouvaient déverser leurs fantasmes sexuels, si bizarres, obscènes ou pervers soient-ils, dans l'oreille de femmes mal rémunérées, que leurs patrons encourageaient à écouter n'importe quoi, tant que leurs correspondants étaient prêts à payer. Tony avait téléphoné lui-même à plusieurs de ces réseaux, pour savoir ce qu'ils proposaient, et avait découvert, en utilisant la transcription des fantasmes de ses patients, qu'on pouvait aller très loin avant que le dégoût l'emporte sur l'appât du gain ou le besoin poignant de gagner sa vie.

Finalement, il avait sélectionné quelques-unes des femmes du téléphone rose, qu'il avait interrogées. La seule chose qu'elles avaient en commun était ce sentiment d'être violées, dégradées, même si quelques-unes d'entre elles présentaient les choses avec le mépris qu'elles réservaient à leurs clients. Tony en avait tiré plusieurs conclusions, mais elles ne figuraient pas toutes dans l'article qu'il avait écrit sur le sujet. Certaines n'avaient pas été mentionnées parce qu'elles étaient trop bizarres, d'autres parce qu'elles risquaient de révéler trop de choses sur son propre psychisme. Cela incluait sa conviction qu'un homme qui avait déjà eu recours au téléphone rose ne réagirait pas de la même façon à un coup de fil érotique d'une femme. Au lieu de raccrocher violemment ou de rapporter la chose aux télécoms, il serait soit amusé, soit excité. Et dans un cas comme dans l'autre, il voudrait en entendre davantage.

Tony devait à présent découvrir pourquoi, contrairement aux employées des réseaux de téléphone rose, cette femme trouvait si excitant de parler de sexe au téléphone avec un inconnu. Il voulait satisfaire sa curiosité de scientifique, tout autant qu'explorer l'horizon érotique qu'elle lui avait ouvert. Peut-être devrait-il lui suggérer une rencontre. Avant qu'il ait pu aller plus loin dans ses réflexions, le téléphone sonna. Tony tendit la main vers le combiné, l'arrêta à mi-chemin.

— Oh, pour l'amour du Ciel, marmonna-t-il avec impatience, en secouant la tête comme un plongeur qui refait surface.

Il décrocha.

— Tony Hill.

— Docteur Hill, c'est Carol Jordan.

Tony ne dit rien, soulagé que ses pensées n'aient pu faire surgir sa mystérieuse correspondante au bout du fil.

— Inspecteur Jordan. Police de Bradfield, ajouta Carol comme il gardait le silence.

— Bonjour. Excusez-moi, j'essayais de... faire de la place sur mon bureau, dit Tony d'une voix hésitante, sa jambe droite se mettant à tressauter comme une tasse de thé dans un train.

— Je suis réellement désolée, mais je ne vais pas pouvoir être là à 10 heures. M. Brandon a convoqué toute la brigade pour une réunion d'information, et je crains qu'il ne soit pas très diplomate de la rater.

— Non, sans doute pas, dit Tony, tandis que sa main libre se saisissait d'un stylo et griffonnait machinalement une jonquille. Ça va déjà être suffisamment difficile pour vous de jouer les intermédiaires, sans en plus donner l'impression que vous vous désolidarisez de l'équipe. Ne vous inquiétez pas.

— Merci. Écoutez, je ne pense pas que cette réunion dure très longtemps. Je viens vous voir dès que je peux. Sans doute vers 11 heures, si toutefois cela n'interfère pas dans vos projets.

— C'est parfait, dit-il, soulagé de ne pas avoir trop de temps devant lui pour broyer du noir. Je n'ai pas de réunions prévues aujourd'hui, alors prenez votre temps. Vous ne bouleversez rien, croyez-moi.

— OK. À tout à l'heure, alors.

Carol raccrocha. Jusqu'ici, tout était parfait. Tony Hill ne semblait pas prisonnier de son ego d'homme brillant, contrairement à plusieurs experts auxquels elle avait eu affaire. Et puis, chose rare pour un homme, il avait perçu les éventuels problèmes auxquels elle s'exposait, compati sans condescendance. Enfin, il l'avait encouragée à agir au mieux de ses intérêts.

Avec agacement, Carol se souvint qu'il lui avait plu et chassa cette pensée. Elle n'avait ni le temps ni l'envie de s'impliquer dans une histoire sentimentale. Elle partageait un appartement avec son frère, essayait d'entretenir quelques belles amitiés, ce qui lui prenait toute son énergie. En outre, la façon dont s'était terminée sa dernière histoire avait porté un coup terrible à son amour-propre. Aussi n'était-elle pas prête à se lancer dans une autre aventure à la légère.

Carol avait eu une liaison avec un chirurgien en traumatologie de Londres, une histoire qui n'avait pas survécu à son départ pour Bradfield. Dans l'esprit de Rob, c'était Carol qui avait décidé de quitter la capitale pour s'installer dans le Nord glacial. Aussi, les trajets aller et retour en voiture, sur l'autoroute, pour passer des moments ensemble, lui incombaient-ils, à elle. Son amant n'avait pas l'intention de perdre une minute de son précieux temps libre, ni d'ajouter inutilement des kilomètres au compteur de sa BMW uniquement pour aller dans une ville dont Carol était le seul élément rédempteur. En outre, les infirmières étaient beaucoup moins difficiles et critiques ; elles s'accommodaient des heures supplémentaires, du travail en équipe aussi bien qu'un homme, si ce n'est mieux. L'égoïsme brutal de Rob avait secoué Carol. Elle s'était sentie dupée, idiote d'avoir investi des émotions et de l'énergie dans cet amour. Tony Hill avait beau être séduisant, charmant, voire intelligent et intuitif, Carol n'était pas prête à risquer de nouveau son cœur, *a fortiori* avec un collègue. Certes, elle avait beaucoup de mal à le chasser de son esprit. Mais la raison en était simple : elle était fascinée par tout ce qu'il pourrait lui apprendre, pas par lui.

Carol plongea la main dans ses cheveux et bâilla. Elle avait très exactement passé cinquante-sept minutes chez elle durant ces dernières vingt-quatre heures. Sur ce temps limité, elle était restée vingt minutes sous la douche, dans une tentative de se prémunir contre les effets du manque de sommeil. Raté. Elle avait consacré une grande partie de la soirée à frapper aux portes de Temple Fields avec son équipe, à poursuivre une enquête qui n'avait rien donné, parmi les habitants du quartier plutôt inquiets, les employés et les clients réguliers des boîtes gays. Elle et ses hommes s'étaient heurtés à tout un éventail de réactions de la part de ces gens, allant de l'absence totale de coopération à l'agressivité. Carol n'avait pas été surprise. L'endroit n'était qu'un bouillon de sentiments contradictoires.

D'un côté, les boîtes gays n'avaient nulle envie de voir le quartier grouiller de policiers, car c'était mauvais pour les affaires. D'un autre côté, les clients homosexuels exigeaient d'être réellement protégés, puisque la police avait finalement décidé qu'un tueur en série gay errait en liberté dans la ville. Une partie des clients avaient été horrifiés qu'on les interroge. En effet, leur vie homosexuelle était ignorée de tous, famille, amis, collègues. Un autre groupe d'hommes avaient joué les machos, clamant qu'ils ne se mettraient jamais dans une situation où un fou meurtrier les tuerait sauvagement. Un troisième clan s'était montré avide de détails et sexuellement excité, selon Carol, par ce qui pouvait arriver quand un homme perdait le contrôle de ses actes. Ils avaient aussi interrogé une petite bande de lesbiennes séparatistes pures et dures qui n'avaient pas caché leur joie à l'idée que, cette fois, c'étaient des hommes, les cibles du tueur.

— Maintenant, ils vont peut-être comprendre pourquoi, à l'époque où l'on recherchait l'Éventreur du Yorkshire, nous étions si outragées que des hommes proposent un couvre-feu pour les femmes célibataires, avait lancé l'une d'entre elles, moqueuse, à Carol.

Épuisée par tous ces remous, Carol était repartie au quartier général et avait commencé sa pêche dans les dossiers des enquêtes en cours. Il régnait un calme inhabituel dans les bureaux de la brigade. La plupart des inspecteurs étaient à Temple Fields, enquêtant dans diverses directions. Les autres profitaient de quelques heures libres pour renouer avec la bouteille, le sommeil ou leur vie sexuelle. Carol avait déjà demandé à ses collègues chargés des deux autres enquêtes criminelles de consulter leurs dossiers. Ceux-ci avaient accepté avec réticence, à condition qu'elle ait tout remis sur leurs bureaux dès le lendemain matin – exactement la réaction à laquelle elle s'était attendue : apparemment coopératifs, mais en réalité bien déterminés à entraver la poursuite de son enquête.

Lorsqu'elle avait franchi la porte de son bureau, elle avait été consternée par le volume de papiers sur toutes les surfaces libres. Piles d'interrogatoires, rapports des légistes et du labo, dossiers bourrés de photos. Pourquoi Tom Cross n'avait-il pas décidé d'utiliser HOLMES, le programme informatisé, pour les premiers meurtres ? Ainsi, toutes les informations auraient été disponibles dans l'ordinateur, classées, selon qu'elles se recoupaient ou non. Carol n'aurait plus eu qu'à sélectionner le matériel intéressant pour Tony et à l'imprimer.

En grommelant, elle avait quitté son bureau, puis remonté les corridors vides jusqu'au bureau du sergent en uniforme. Le moment était venu de tester l'ordre de l'adjoint au directeur de la crime – coopérer avec elle.

Même avec l'aide que lui avait accordée, de mauvaise grâce, un agent de police, ç'avait été un véritable enfer que de passer en revue tous les dossiers. Carol avait écumé ce monceau de rapports, extrayant tout ce qui lui semblait significatif et le passant au policier pour qu'il le photocopie. Même après ce tri, il était resté une pile de dossiers intimidante, qu'elle et Tony devraient examiner dès le lendemain.

Quand son assistant avait déclaré forfait, à 6 heures, Carol avait chargé, un peu lasse, les photocopies dans deux cartons, avant de descendre jusqu'à sa voiture avec ce fardeau, titubant sous l'effort. Elle avait pris des jeux complets de photos des victimes et des scènes du crime, puis rempli un formulaire pour demander d'autres tirages destinés aux équipes chargées des diverses enquêtes.

Ensuite, elle rentra enfin chez elle. Même là, elle n'eut droit à aucun répit. Nelson attendait derrière la porte. Il miaula avec humeur quand elle entra, enroula son corps sinueux autour de ses chevilles, l'obligeant à aller directement dans la cuisine, droit sur l'ouvre-boîtes.

Lorsqu'elle posa le bol de nourriture devant lui, il l'étudia, suspicieux. La faim l'emporta sur son désir de punir Carol, et il engloutit tout son plat sans faire la moindre pause.

— Ça fait plaisir de voir que je t'ai manqué, dit Carol d'un ton sec, tout en se dirigeant vers la douche.

Lorsqu'elle en émergea, Nelson avait, à l'évidence, décidé de lui pardonner. Il la suivit partout, ronronnant sans discontinuer, s'asseyant sur chaque vêtement qu'elle sortait de sa garde-robe et posait sur le lit.

— Tu es vraiment insupportable, grommela Carol en tirant son jean noir de sous le chat.

Nelson continua de lui vouer la même adoration, en ronronnant de plus belle. Carol enfila le jean, en admira la coupe dans la glace de la penderie. C'était un jean Katherine Hammet, mais elle ne l'avait payé que vingt livres dans un magasin de vêtements dégriffés de Kensington Church Street. Elle y allait deux fois par an, à la pêche aux vêtements de marque, qu'elle adorait mais ne pouvait s'offrir, même avec un salaire d'inspecteur principal.

Elle ôta quelques poils de chat noirs d'un gilet gris et surprit le regard de reproche de Nelson.

— Tu sais que je t'aime. Simplement, je n'ai pas besoin de t'avoir sur moi en permanence.

— Ça te ferait un drôle de choc, s'il te répondait, dit une voix d'homme depuis la porte.

Carol se tourna et se retrouva face à son frère, appuyé contre le montant, en caleçon, ses cheveux blonds ébouriffés, les yeux encore tout ensommeillés. Son visage était étrangement semblable à celui de Carol, comme si quelqu'un avait scanné une photo d'elle et en avait subtilement modifié les traits pour les faire pencher du féminin vers le masculin.

— Je ne t'ai pas réveillé, n'est-ce pas ? s'enquit-elle, inquiète.

— Non. Je dois aller à Londres, aujourd'hui. Les financiers sont arrivés.

Il bâilla.

— Les Américains ? demanda Carol.

Elle s'accroupit et gratta le chat derrière les oreilles. Nelson roula promptement sur le dos, offrant son ventre à la caresse.

— Exact. Ils veulent voir ce qu'on a fait jusqu'ici. J'ai dit à Carl que pour le moment, ce n'était pas très spectaculaire, mais lui pense qu'ils veulent juste être rassurés. Savoir qu'ils ne déversent pas leur argent dans un puits sans fond.

— Les joies de la recherche dans le domaine du *software*, dit Carol, tout en ébouriffant la fourrure de Nelson.

— La recherche de pointe en matière de logiciels, je te prie, corrigea Michael. Et toi ? Qu'est-ce qui se passe dans la fabrique de meurtres ? J'ai entendu aux nouvelles, hier, que vous aviez une autre victime.

— Oui. Au moins les autorités ont-elles finalement admis que nous avions un tueur en série en liberté. Et elles nous ont octroyé les services d'un profileur.

Michael émit un sifflement d'admiration.

— Putain, la police de Bradfield fait une plongée subite dans la modernité. Comment Popeye prend-il les choses ?

Carol fit la grimace.

— Il apprécie à peu près autant cette nouveauté qu'un grand coup de matraque dans l'œil, dit-elle. Il pense que c'est une perte de temps inadmissible.

Carol avait parlé en baissant la voix d'une octave, pour imiter l'accent de Tom Cross, un accent typiquement du Nord.

— Mais quand on m'a nommée agent de liaison avec le profileur, il s'est soudain ragaillardi.

Michael hocha la tête, l'air cynique.

— Il pourrait faire d'une pierre deux coups, dit-il.

Carol sourit.

— Ouais, mais il lui faudra d'abord me tuer.

Nelson émit un petit miaulement de protestation. Carol soupira et se dirigea vers la porte.

— Il faut que je retourne travailler, Nelson. Merci de m'avoir distraite de ces morts, dit-elle.

Michael s'écarta pour la laisser passer et la serra un instant contre lui.

— Ça fait des prisonniers en moins, sœurette, dit-il.

Carol éclata de rire.

— Je crains que tu n'aies pas bien saisi le principe de base du métier de policier, petit frère.

Quand elle se glissa dans sa voiture, le chat et Michael n'appartenaient déjà plus à son univers. Elle était de nouveau avec le tueur.

Quelques heures plus tard, après avoir lu les piles de rapports rédigés par les équipes de nuit, sa maison lui apparaissait comme un souvenir aussi lointain que ses vacances d'été à Ithaque. Elle se força à se lever de sa chaise, se saisit des dossiers et se dirigea vers le plus grand bureau de la crime.

Il n'y avait plus de places assises quand elle arriva. Les policiers d'autres postes en ville s'étaient frayé un chemin dans la foule pour trouver une chaise. Deux inspecteurs bougèrent pour faire de la place à Carol. L'un d'eux lui offrit son siège.

— Putain de lèche-bottes, dit une voix de l'autre côté de la salle.

Carol ne vit pas qui avait dit cela, mais la voix n'était pas celle d'un homme de son équipe. Elle sourit et secoua la tête en signe de dénégation à l'adresse de son jeune subordonné, choisissant de s'asseoir sur le bureau, à côté de Don Merrick, qui la salua d'un air morose. La pendule indiquait 9 h 39. La pièce sentait le cigare bon marché, le café, les manteaux mouillés.

L'un des autres inspecteurs accrocha le regard de Carol et entreprit de venir la rejoindre. Mais avant qu'ils puissent se parler, la porte s'ouvrit et Tom Cross s'encadra dans l'embrasure, large comme une barrique, bientôt suivi de John Brandon. Le divisionnaire entra dans la salle, l'air énergique mais bienveillant, ce qui était inquiétant. Les troupes s'écartèrent automatiquement sur son passage, lui laissant la voie libre, ainsi qu'à Brandon, jusqu'à la table blanche à l'autre bout de la salle.

— Bonjour, les gars, dit Cross cordialement. Et les filles, ajouta-t-il après coup. Personne ici n'ignore que nous avons quatre meurtres irrésolus sur les bras. Nous connaissons l'identité des trois premières victimes – Adam Scott, Paul Gibbs et Gareth Finnegan. Pour le moment, nous ne savons toujours pas qui est la quatrième. Les gars de la morgue essaient de lui refaire un visage qui ne fasse pas trop peur, avant de le photographier pour la presse.

Cross prit une profonde inspiration. S'il avait fallu noter un changement dans son expression, on aurait seulement pu dire qu'elle se fit encore plus bienveillante.

— Comme vous le savez tous, je ne suis pas un homme enclin à théoriser sans preuves. J'ai d'abord répugné à voir un lien entre ces meurtres, pensant que ça ne manquerait pas de déclencher une réaction hystérique parmi la population. À en juger par les journaux de ce matin, j'avais raison sur ce point.

Il désigna plusieurs des journaux que certains inspecteurs avaient à la main.

— Néanmoins, à la lumière de ce dernier meurtre, nous allons devoir réviser notre stratégie. Depuis hier après-midi, j'ai fondu les quatre enquêtes criminelles en une seule.

Un murmure de soutien accueillit ces paroles. Don Merrick se pencha et glissa à l'oreille de Carol :

— Il change de musique plus souvent qu'un jukebox.

Elle acquiesça d'un hochement de tête.

— J'aimerais bien qu'il change aussi souvent de chaussettes.

Cross jeta un regard mauvais dans leur direction. Il ne pouvait pas avoir entendu ces remarques, mais le fait d'avoir vu bouger les lèvres de Carol était une excuse suffisante.

— Restez tranquille, dit-il d'un ton sévère, parce que je n'ai pas fini. Bien, inutile d'être un inspecteur hors pair pour comprendre que cet endroit est trop petit pour nous et les activités habituelles de ce poste de police. C'est pourquoi, dès la fin de la matinée, nous déménagerons dans notre ancien poste de Scargill Street, fermé il y a six mois pour être rénové, certains d'entre vous s'en souviennent. Cette nuit, une équipe de maintenance, des petits génies de l'informatique et des ingénieurs des télécommunications britanniques ont rendu ces lieux de nouveau opérationnels.

Un grognement s'éleva parmi les officiers de police. Personne n'avait versé une larme quand la vieille bâtisse victorienne, sur Scargill Street, avait été fermée. Plein de courants d'air, mal conçu, disposant de places de parking et de toilettes pour dames en nombre insuffisant, manquant de tout sauf de cellules, le bâtiment avait été déclaré bon à démolir, puis à reconstruire. De façon typique, le Budget avait manqué des fonds nécessaires pour mener son projet à terme.

— Je sais, je sais, dit Cross, coupant court aux plaintes. Mais nous serons tous sous le même toit, aussi pourrai-je avoir l'œil sur vous. C'est moi qui supervise l'enquête. Deux inspecteurs prendront vos rapports, Bob Stanfield et Kevin Matthews. Ils vous donneront vos affectations dans une minute. L'inspecteur Jordan aura d'autres fonctions. Elle travaillera sur un projet de M. Brandon.

Cross marqua une pause.

— Projet auquel vous apporterez tous votre coopération, j'en suis certain.

Carol garda la tête haute et regarda autour d'elle. Les visages qu'elle voyait affichaient, pour la plupart, un cynisme déclaré. Aucune chaleur dans ces regards. Même ceux qui avaient des chances d'encourager cette expérience de profilage étaient jaloux que le travail de choix soit allé à une femme plutôt qu'à l'un des gars.

— Aussi Bob endossera-t-il les responsabilités de Carol Jordan dans l'enquête sur les meurtres de Paul Gibbs et Adam Scott. Quant à Kevin, il sera chargé de la victime d'hier, ainsi que de Gareth Finnegan. Nous avons fait appel à l'équipe HOLMES pour participer à l'enquête. L'inspecteur Dave Woolcott, dont certains d'entre vous se souviennent – il a été sergent ici –, en sera le superviseur. Je vous cède la place, monsieur Brandon.

Cross recula d'un pas et fit signe à l'adjoint au directeur de la crime d'avancer. Son geste était à la limite de l'insolence, tout en restant poli.

Brandon prit le temps de parcourir l'assemblée des yeux. Jamais il n'avait eu à faire un discours aussi important. La plupart des inspecteurs étaient fatigués et frustrés. Nombre d'entre eux travaillaient sur l'un des trois premiers meurtres depuis des mois, quasiment sans résultat. Le talent de Tom Cross pour motiver ses hommes était légendaire, mais même lui se retrouvait à présent confronté à une situation difficile – entre autres pour avoir refusé d'admettre que ces meurtres étaient liés. Il était temps de battre Cross à son propre jeu. Le franc-parler n'avait jamais été le point fort de Brandon, mais il s'était entraîné toute la matinée. Dans la douche, devant la glace en se rasant, silencieusement en mangeant son toast, dans la voiture en allant au poste. Brandon plongea une main dans la poche de son pantalon et croisa les doigts.

— C'est certainement la tâche la plus difficile à laquelle nous ayons jamais été confrontés dans nos carrières. D'après ce que nous savons, ce type opère à Bradfield. D'une certaine façon, j'en suis heureux, car je n'ai jamais vu de meilleurs inspecteurs que dans cette ville. Si des flics peuvent épingler ce salopard, c'est vous. Vos supérieurs vous soutiennent à cent dix pour cent et mettront à votre disposition tous les moyens dont vous aurez besoin, que cela plaise ou non aux politiciens.

Le ton légèrement belliqueux de Brandon provoqua un murmure d'approbation dans la salle.

— Nous allons attaquer ce tueur sur plusieurs fronts. Vous êtes tous au courant du projet du ministère de l'Intérieur : créer une unité nationale capable d'établir le profil des criminels récidivistes. Nous serons les cobayes de cette expérience. Le Dr Tony Hill, envoyé par le ministère, a accepté de travailler avec nous. Et même si certains d'entre vous pensent que le profilage, c'est bidon, nous adopterons cette méthode d'investigation dans l'avenir, que ça nous plaise ou non. Si nous coopérons et travaillons avec Tony Hill, nous avons toutes les chances de voir cette nouvelle technique prendre une forme qui nous convienne. Est-ce que cela est bien clair pour tout le monde ?

L'air sévère, Brandon parcourut de nouveau l'assemblée du regard, sans oublier Tom Cross. Au mieux, les hochements de tête furent enthousiastes, au pire, à peine perceptibles.

— Je suis ravi de voir que nous nous comprenons. Le travail du Dr Hill consiste à analyser les éléments que nous lui fournissons, puis à proposer un profil du tueur qui nous aidera à mieux cibler notre enquête. J'ai nommé Carol Jordan officier de liaison entre la brigade criminelle et le Dr Hill. Inspecteur Jordan, pourriez-vous vous lever une minute ?

Surprise, Carol se leva maladroitement, laissant tomber ses dossiers. Don Merrick se mit aussitôt à genoux pour rassembler les papiers épars.

— Pour ceux d'entre vous qui viennent d'autres circonscriptions et ne connaissent pas Carol Jordan, la voici, reprit Brandon. L'inspecteur Jordan devra avoir accès à tout document concernant cette enquête. Je veux qu'elle soit tenue informée de tout fait nouveau. Quiconque suit une piste prometteuse devra en discuter avec elle. En outre, toute requête de l'inspecteur Jordan devra être considérée comme urgente. Si j'apprends que quelqu'un fait le malin et tente de tenir l'inspecteur Jordan ou le Dr Hill à l'écart de l'enquête, je ne ferai pas de quartier. Cela est également valable pour toute personne qui ferait part à la presse de cet aspect de l'enquête. Alors, réfléchissez-y. À moins que vous n'ayez pour ambition d'endosser de nouveau un uniforme et d'arpenter les rues de Bradfield sous la pluie tout le reste de votre carrière, vous ferez tout ce qui est en votre pouvoir pour aider Carol Jordan. Il ne s'agit pas d'une compétition. Nous sommes tous du même côté. Le Dr Hill n'est pas ici pour capturer le tueur. C'est votre…

Brandon s'interrompit au milieu de sa phrase. Personne n'avait vu la porte s'ouvrir, mais les mots du sergent chargé des transmissions captèrent l'attention de tous plus vite qu'une balle crachée par un automatique.

— Désolé de vous interrompre, monsieur, dit-il, la voix tendue. Nous avons l'identité de la dernière victime. C'est l'un des nôtres, monsieur.

Extrait d'une disquette de trois pouces et demi intitulée : Sauvegarde 007 – Dossier amour 004

Un journaliste américain a dit : « J'ai vu l'avenir, je sais que ça marche. » Je vois tout à fait ce qu'il voulait dire. Après le chien, je savais que ce serait facile avec Adam.

J'ai passé le reste de la semaine dans un état de tension nerveuse. J'ai même failli essayer l'un des tranquillisants, mais j'ai résisté. Ce n'était pas le moment de s'abandonner à la faiblesse. En outre, je devais garder une parfaite maîtrise de moi-même. Mes années de discipline personnelle payèrent. Je doute que quelqu'un, au travail, ait rien remarqué d'inhabituel dans mon comportement. Excepté le fait que je n'ai pu me résoudre à faire le week-end supplémentaire pour lequel je me porte généralement volontaire.

Le lundi matin, tout était fin prêt. Le parfait assassin en puissance. Même le temps était de mon côté. C'était un matin d'automne clair et frais, le genre de temps qui rend souriants y compris les banlieusards. Juste avant 8 heures, j'ai fait un tour en voiture devant la maison d'Adam, une maison de ville neuve, de trois étages, attenante à sa voisine et disposant d'un garage sur toute la surface du rez-de-chaussée. Les rideaux de sa chambre étaient tirés, la bouteille de lait toujours devant la porte. Le *Daily Mail* dépassait à moitié de sa boîte aux lettres. J'ai garé la voiture deux rues plus loin, devant des magasins, puis je suis revenu sur mes pas. Les rideaux de sa chambre étaient ouverts, le lait et le journal avaient disparu. Une fois au bout de la rue, j'ai traversé jusqu'au petit parc d'en face. Un banc n'attendait que moi.

J'ai ouvert mon propre *Daily Mail* et imaginé Adam lisant les articles que je fixais sans les voir. J'ai changé de position, afin de pouvoir surveiller sa porte d'entrée sans être obligé d'épier par-dessus mon journal. La porte s'est ouverte à 8 h 30, comme prévu, et Adam est apparu. J'ai replié mon journal avec désinvolture, je l'ai jeté dans la corbeille près du banc, puis j'ai descendu la rue sans hâte, dans son sillage.

La station de tramway était à moins de dix minutes à pied. J'étais juste derrière lui quand il est monté sur la plate-forme surélevée, déjà noire de monde. Le tramway est arrivé quelques minutes plus tard, et Adam a avancé avec le flot des voyageurs. Restant légèrement en retrait, j'ai laissé deux personnes entre nous. Je ne voulais prendre aucun risque.

Adam a tendu le cou en pénétrant dans le wagon. Je savais exactement pourquoi. Lorsque leurs regards se sont croisés, Adam s'est faufilé dans la foule afin qu'ils puissent discuter pendant le trajet jusqu'à la ville. Je l'ai regardé quand il s'est penché. Je connaissais toutes les expressions de ce visage, tous les gestes de ce corps mince et musclé. Les petites boucles de ses cheveux encore humides sur sa nuque, sa peau rose, éblouissante, fraîchement rasée, l'odeur d'*Aramis*, son eau de toilette. Quelque chose, dans la conversation, l'a fait rire de façon sonore, et j'ai eu dans la bouche un goût amer. Le goût de la trahison. Comment pouvait-il ? Ç'aurait dû être moi, là-bas, en train de lui parler ; son visage aurait dû s'éclairer grâce à moi ; j'aurais dû, moi, faire naître ce beau sourire sur ses lèvres sensuelles. Si ma détermination avait faibli, le fait de les voir tous deux prendre plaisir à leurs retrouvailles du lundi matin aurait rendu ma décision inébranlable.

Comme d'habitude, il est descendu du tram à Woolmarket Square. J'étais dix mètres derrière lui. Il s'est retourné pour saluer son amante d'un geste de la main, son amante qui serait bientôt en deuil. J'ai aussitôt pivoté et feint de regarder les horaires de tram. Je ne voulais surtout pas qu'il me repère, qu'il réalise que je le suivais. J'ai laissé passer quelques secondes, puis j'ai continué ma filature. À gauche, dans Bellwether Street. Je voyais ses cheveux bruns disparaître et reparaître dans la foule d'employés de bureau et de vendeurs qui marchaient sur le trottoir en se hâtant. Adam a coupé sur la droite, par la ruelle, et j'ai émergé sur Crown Plaza juste à temps pour le voir pénétrer dans l'immeuble des contributions directes, où il travaillait. Il s'agissait bien d'un lundi comme un autre. J'ai traversé la place, dépassé l'immeuble trapu tout de verre et de métal, puis déambulé sous les arcades victoriennes fraîchement restaurées.

J'avais du temps *pour* tuer. Du temps *à* tuer. Cette pensée m'a fait sourire.

J'ai retrouvé mon sujet favori à la bibliothèque centrale. Ils n'avaient rien reçu de nouveau, aussi ai-je consulté l'un de mes livres préférés : *Le Meurtre pour compagnon*. Le cas de Dennis Nilsen n'a jamais cessé à la fois de me fasciner et de me dégoûter. Il a assassiné quinze jeunes gens sans que personne s'inquiète jamais de leur disparition. Qui aurait pu se douter qu'un tueur en série traquait les sans-logis, les hommes sans racines ? Il devenait ami avec eux, les emmenait chez lui, les faisait boire, mais il ne pouvait s'occuper d'eux qu'une fois morts. Rendus parfaits par la mort. Alors, il pouvait les étreindre, avoir des relations sexuelles avec eux, les chérir. Mais c'est là l'œuvre d'un taré. Ces hommes n'avaient rien fait pour mériter un tel destin. Ils n'avaient pas commis de trahison, n'avaient trompé personne.

Nilsen n'a commis qu'une erreur : sa façon d'éluminer des corps. Comme s'il avait inconsciemment cherché à se faire prendre. Les découper en morceaux et les faire cuire, c'était très bien, mais pourquoi les balancer dans les toilettes et tirer la chasse d'eau ? Il aurait dû être évident, pour un homme aussi intelligent que lui, que les conduites d'évacuation ne pourraient chasser un tel volume de solides. Je n'ai jamais compris pourquoi il ne les avait pas tout simplement donnés à manger à son chien.

Néanmoins, il n'est jamais trop tard pour tirer un enseignement des erreurs des autres. Les bévues des tueurs ne laissent pas de me surprendre. On n'a pas besoin d'être très intelligent pour comprendre comment la police et les médecins légistes opèrent et pour prendre les précautions nécessaires, d'autant que les hommes qui gagnent leur vie à essayer de capturer des tueurs ont obligeamment écrit des livres détaillés sur la nature précise de leur travail. Par ailleurs, presque toujours, nous n'entendons parler que des échecs. Je savais donc que je n'apparaîtrais jamais dans ces anthologies de l'incompétence. J'avais tout planifié trop finement, réduit chaque risque au minimum. Le seul compte rendu de mon œuvre sera ce journal, qui ne verra pas l'encre d'une imprimante avant que mon dernier souffle ne soit plus qu'un lointain souvenir. Mon seul regret, c'est que je ne serai plus là pour lire les articles de presse.

J'étais de retour à mon poste à 16 heures, bien que je sache qu'Adam ne quittait jamais son travail avant 16 h 45. J'ai attendu à la terrasse couverte du *Burger King*, sur Woolmarket Square, l'endroit idéal pour surveiller l'entrée de la ruelle conduisant à son bureau. Adam est sorti à 16 h 47, comme prévu, et s'est dirigé vers l'arrêt de tramway. J'ai rejoint le groupe de gens qui attendaient sur la plate-forme surélevée, souriant doucement pour moi-même, alors que le tram klaxonnait au loin. *Ça va être ton dernier voyage en tram, Adam. Profites-en bien.*

4

« La vérité, c'est qu'il me plaisait, et je résolus de m'attaquer d'abord à sa gorge. »

Lorsque Damien Connolly, agent de police affecté à la documentation de la division F, au sud de la ville, ne s'était pas présenté à l'heure où commençait son équipe, le sergent de service ne s'était pas inquiété outre mesure. Bien que l'agent de police Connolly fût l'une des meilleures recrues de la brigade, et un spécialiste performant de HOLMES, la ponctualité n'avait jamais été sa principale qualité. Au moins deux fois par semaine, on le voyait franchir l'entrée du poste de police à la hâte, avec dix bonnes minutes de retard sur l'horaire imparti à son équipe.

Quand il eut dépassé l'horaire d'une demi-heure, le sergent Claire Bonner éprouva une vague irritation à son égard. Même Connolly avait suffisamment de bon sens pour savoir que s'il devait avoir plus d'un quart d'heure de retard, il lui fallait téléphoner. Surtout aujourd'hui : le quartier général exigeait la présence de tous les spécialistes de HOLMES pour l'enquête concernant le tueur en série.

Tout en soupirant, le sergent Bonner chercha le numéro personnel de Connolly dans son dossier et le composa.

Le téléphone sonna de nombreuses fois, avant que l'appel ne soit automatiquement déconnecté. Claire Bonner se sentait à présent vaguement inquiète. Dans sa vie privée, Connolly était un solitaire. Il était plus discret et sans doute plus réfléchi que la plupart des agents de la brigade volante du sergent Bonner. Il ne participait que de loin à la vie sociale du poste. D'après ce que savait Claire Bonner, Connolly n'avait pas de petite amie chez qui faire la grasse matinée. Quant à sa famille, elle vivait à Glasgow, aussi Claire Bonner ne pouvait-elle joindre aucun parent de Connolly dans les environs. Elle essaya de rassembler ses souvenirs. La veille avait été un jour de congé pour la brigade volante. Après qu'ils avaient terminé leur travail en équipe de nuit, Connolly était venu prendre un petit déjeuner avec elle et une demi-douzaine d'autres gars. Il avait dit qu'il passerait sa journée à rattraper ses heures de sommeil en retard et à bricoler sa voiture, une vieille Austin Healey décapotable. Il n'avait pas évoqué d'autres projets.

Le sergent Bonner traversa la salle des transmissions et demanda à son collègue d'envoyer une voiture de patrouille chez Connolly, pour voir s'il n'était pas malade ou blessé.

— Voyez s'ils peuvent jeter un coup d'œil dans le garage, s'assurer que le cric n'a pas glissé de cette putain de bagnole, avec lui en dessous, ajouta-t-elle.

Il était 8 heures passées quand le sergent responsable des transmissions se présenta au bureau de Claire Bonner.

— Les gars sont allés chez Connolly. Personne n'a répondu à leurs coups de sonnette. Ils ont fait le tour de la maison. Tous les rideaux étaient ouverts. Le lait était sur le pas de la porte. Ils n'ont repéré aucun signe de vie. Un détail, cependant, leur a paru bizarre : la voiture de Connolly était garée dans la rue, ce qui est très curieux. Il tient à cette auto comme à la prunelle de ses yeux, inutile de vous le dire.

Le sergent Bonner fronça les sourcils.

— Peut-être était-il avec quelqu'un ? Un parent, une petite amie ? Peut-être les a-t-il laissés ranger leur voiture dans son garage ?

Le sergent secoua la tête en signe de dénégation.

— Non. Les gars ont regardé par la fenêtre du garage. Il était vide. Et n'oubliez pas le lait.

Le sergent Bonner haussa les épaules.

— Je ne vois pas bien ce qu'on pourrait faire de plus, dit-elle.

— Il a plus de vingt et un ans. Je pensais qu'il aurait l'intelligence de ne pas disparaître sans prévenir, mais vous savez ce qu'on dit de l'eau qui dort.

Le sergent Bonner poussa un soupir.

— Je lui passerai un sacré savon quand il refera surface. À propos, j'ai demandé à Joe Smith de remplacer Connolly pour entrer les données.

Le sergent responsable des transmissions leva les yeux au ciel.

— Quel choix judicieux ! Vous n'auriez pas pu trouver quelqu'un d'autre ? C'est tout juste si Smith connaît les lettres de l'alphabet.

Avant que le sergent Bonner ait pu protester, on frappa à la porte.

— Oui ? cria-t-elle. Entrez.

Un agent de la salle des transmissions entra d'un pas hésitant. La jeune femme n'avait pas l'air dans son assiette.

— Chef, dit-elle d'une voix inquiète, je crois que vous devriez jeter un coup d'œil là-dessus.

Elle lui tendit un fax dont le bas était dentelé, car on l'avait déchiré à la hâte.

Le sergent responsable des transmissions, qui se trouvait plus près de la jeune femme, prit la fine feuille de papier et y jeta un coup d'œil. Il inspira bruyamment, puis ferma les yeux un court instant. Sans un mot, il tendit le fax au sergent Bonner.

D'abord, elle ne vit que le côté austère de la photo en noir et blanc. Pendant quelques instants, elle eut une réaction de défense face à l'horreur. Puis ses yeux traduisirent en mots les signes figurant sur le papier.

Fax urgent à tous les postes de police. Voici la victime du meurtre découverte hier après-midi dans la cour du pub La Reine de cœur, *dans le quartier de Temple Fields, à Bradfield. Veuillez faire circuler et afficher. Pour toutes informations, contactez l'inspecteur principal Kevin Matthews, dans la salle d'opérations de Scargill Street, téléphone : 2456.*

Le sergent Bonner regarda les deux autres policiers d'un air désolé.

— Il n'y a aucun doute, n'est-ce pas ?

L'agent de police baissa les yeux vers le sol, le visage pâle et moite.

— Je crains que non, chef, dit-elle. C'est Connolly. On ne peut pas dire que ce soit très ressemblant, mais c'est lui, sans nul doute.

Le sergent affecté aux transmissions prit le fax.

— Je vais avertir l'inspecteur principal Matthews immédiatement, dit-il.

Le sergent Bonner recula sa chaise et se leva.

— Je ferais mieux d'aller à la morgue. Il faut que quelqu'un identifie le corps, pour qu'ils puissent commencer l'enquête.

— Cela change toutes les données de la partie, déclara Tony d'un air sombre.

— L'enjeu devient plus important, dit Carol.

— Je me demande simplement si le Bricoleur savait qu'il tuait un flic, dit Tony en faisant pivoter son fauteuil pour regarder les toits de la ville.

— Je vous demande pardon ?

Il eut un sourire triste et dit :

— Non, c'est moi qui devrais m'excuser. Je leur donne toujours un nom. Ainsi, j'ai l'impression que l'affaire me touche de plus près.

Il pivota de nouveau, pour se retrouver face à Carol.

— Ça vous ennuie ? dit-il.

Carol secoua la tête.

— C'est mieux que le surnom qu'on a trouvé au poste.

— Qui est ? demanda Tony en haussant les sourcils.

— Le Tueur homo, répondit Carol, visiblement dégoûtée.

— Si cela peut les aider à s'arranger avec leur peur et leur colère, ce n'est peut-être pas si mal, commenta Tony.

— Je n'aime pas ce surnom. Pour moi, c'est complètement anonyme, le Tueur homo.

— Et quand vous êtes-vous sentie concernée ? Quand il a tué l'un des vôtres ?

— Bien avant. Dès le deuxième meurtre, celui dont je me suis occupée, j'étais convaincue que nous avions affaire à un tueur récidiviste. C'est à ce moment-là que je me suis sentie concernée. Je veux coincer ce salopard. J'ai besoin de l'arrêter. Professionnellement, personnellement, peu importe.

La véhémence froide qui perçait dans la voix de Carol donna confiance à Tony : cette femme chasserait tous les obstacles de son chemin, afin qu'il puisse faire son travail dans des conditions parfaites. Le ton de sa voix, les mots qu'elle avait choisis étaient un défi ; elle se fichait éperdument de ce que son désir trahissait. Cette femme était exactement ce dont il avait besoin. Professionnellement, en tout cas.

— Nous en avons besoin tous les deux, dit Tony. Et ensemble, nous pouvons y arriver. Vous savez, la première fois que j'ai réellement travaillé sur une enquête en tant que profileur, je traquais un incendiaire récidiviste. Après une demi-douzaine d'incendies dévastateurs, je savais comment il procédait, pourquoi il faisait ça, ce que ça lui apportait. Pourtant, je n'arrivais pas à lui trouver un nom, ni un visage. Ça m'a rendu fou de frustration, pendant un temps. Puis j'ai réalisé que ce n'était pas mon boulot, mais celui de la police. Tout ce que je peux faire, c'est vous montrer la direction dans laquelle chercher.

Carol eut un sourire résolu.

— Montrez, et je démarrerai au quart de tour, tel un chien de chasse, dit-elle. Vous vous demandiez, tout à l'heure, s'il savait que Damien Connolly était flic. Pourquoi vous posez-vous cette question ?

Tony se passa la main dans les cheveux, qui restèrent hérissés, comme ceux d'un punk.

— OK. Nous avons deux scénarios possibles. Le Bricoleur peut ne pas savoir que Damien Connolly était flic. Il s'agirait alors d'une coïncidence, même si c'est là une coïncidence particulièrement déplaisante pour les collègues de Damien. Je ne pencherais pas pour cette version-là. Mon opinion sur ce cas, d'après le peu que j'en sais, est que le Bricoleur choisit soigneusement ses victimes, qu'il planifie tout dans le moindre détail.

— Il ne laisse pas les choses au hasard, c'est évident, dit Carol.

— Exact. Second scénario : le Bricoleur savait très bien que sa quatrième victime était un policier. Cela nous offre une autre alternative.

« Premièrement : le Bricoleur sait qu'il a tué un flic, mais ce fait est sans rapport avec la signification que le meurtre a pour lui. En d'autres termes, Damien Connolly remplissait tous les critères qui font une victime potentielle pour le Bricoleur. Et eût-il été chauffeur de bus, il serait tout aussi mort à l'heure qu'il est.

« Deuxièmement – l'hypothèse que je préfère – le fait que Damien était policier a été déterminant pour le tueur. Ç'a été l'une des raisons majeures pour lesquelles il l'a choisi.

— Vous voulez dire qu'il cherche à nous provoquer ? s'enquit Carol.

Grâce à Dieu, elle était vive. Cela allait leur faciliter le travail. Elle avait du mérite d'avoir grimpé les échelons si vite, vu qu'elle était à la fois belle et intelligente. N'importe lequel de ses attributs sans son conjoint eût rendu toute promotion beaucoup plus aisée.

— C'est assurément une possibilité, reconnut Tony. Mais d'après moi, c'est davantage une blessure d'orgueil qui l'a poussé à agir ainsi. Il en avait assez, je pense, de voir le divisionnaire Cross nier son existence. Ce dément se considère comme très fort. Comme le meilleur. Il mérite donc, selon lui, d'être reconnu. Or, ce désir de reconnaissance a été contrarié par le refus de la police d'admettre que ces meurtres étaient l'œuvre d'un seul et unique tueur. Certes, le *Sentinel Times* parle d'un tueur en série depuis le deuxième meurtre, mais ce n'est pas la même chose que de se voir offrir l'accolade par la police elle-même. Et j'ai très bien pu ajouter de l'huile sur le feu après le troisième meurtre, ce qui n'est pas à mon honneur.

— Vous voulez parler de votre interview dans le *Sentinel Times* ?

— Oui. Le fait de suggérer qu'il y avait peut-être deux tueurs à l'œuvre l'aura rendu furieux : on ne le reconnaissait pas comme le maître dans son art.

— Seigneur ! fit Carol, partagée entre la fascination et la répulsion. Alors, il a massacré un policier pour qu'on le prenne au sérieux ?

— C'est une possibilité. Mais, bien entendu, il n'a pas choisi n'importe quel policier. Affirmer son existence face aux autorités est important pour le Bricoleur, certes, mais le moteur majeur de ses meurtres, c'est que ses victimes remplissent ses propres critères, des critères très personnels.

Carol fronça les sourcils.

— Vous supposez donc qu'il y avait quelque chose, chez Connolly, qui le différenciait des autres flics.

— Il semblerait, oui.

— Peut-être sa sexualité, suggéra Carol. Il n'y a pas tellement de gays, dans la police. Et ceux qui le sont ont tendance à le cacher avec un talent qui tromperait même les plus avertis.

— Ouah ! rigola Tony en tendant ses mains devant lui comme pour se protéger d'elle. Pas de théorisation sans données. Pour le moment, nous ne savons pas si Damien était gay. Il pourrait être utile, cependant, de connaître ses horaires de ces deux derniers mois. Cela nous donnera une idée des moments où il était chez lui et pourrait aider les policiers qui interrogeront ses voisins. Nous devrions également poser des questions sur lui à tous les autres officiers de police, voir s'il rentrait toujours seul chez lui ou s'il déposait parfois quelqu'un. Il nous faut tout savoir sur Damien Connolly, à la fois en tant qu'homme et en tant que policier.

Carol sortit son calepin et griffonna quelque chose dessus.

— Les horaires, marmonna-t-elle.

— Il y a autre chose chez Connolly qui nous donne une indication sur le Bricoleur, dit Tony, qui venait juste d'avoir cette idée.

Carol leva la tête vers lui, l'œil en alerte.

— Allez-y, dit-elle.

— Il est très bon dans ce qu'il fait, répondit Tony. Réfléchissez. Un policier est quelqu'un dont le sens de l'observation est très aiguisé. Même le plus lent, le plus bête des agents de police est plus attentif à ce qui se passe autour de lui que le commun des mortels. Or d'après ce que vous m'avez dit, Damien Connolly était un type intelligent. Il s'occupait de la gestion informatique des données, ce qui signifie qu'il était encore plus informé sur la criminalité que les autres policiers. D'après ce que j'ai compris, le travail d'un archiviste consiste à devenir l'encyclopédie vivante du poste de police. C'est très bien d'avoir toutes les informations sur les criminels locaux, mais si l'archiviste n'est pas astucieux, le système ne vous est d'aucune utilité, pas vrai ?

— Exact. Un bon archiviste vaut une demi-douzaine de policiers sur le terrain, dit Carol. Et Connolly était l'un des meilleurs, tout le monde s'accorde à le dire.

Tony se cala contre le dossier de sa chaise.

— Alors, si le Bricoleur a pu massacrer Damien sans avoir jamais éveillé ses soupçons, il est très fort. Admettez-le, Carol, si un homme vous suivait de façon régulière, vous le repéreriez, non ?

— J'espère bien, dit Carol d'un ton sec. Mais je suis une femme. Peut-être sommes-nous un peu plus sur nos gardes que les hommes.

Tony fit non de la tête.

— Je pense qu'un flic aussi intelligent que Damien aurait remarqué quiconque l'aurait suivi, excepté un professionnel.

— Vous voulez dire que nous pourrions chercher dans notre propre maison ? demanda Carol.

Sa voix monta d'un ton, tandis qu'elle exprimait l'inexprimable.

— C'est une possibilité. Je ne pourrai rien dire de plus tant que je n'aurai pas eu connaissance de tous les éléments de l'enquête… C'est ça ? demanda-t-il en désignant du menton le carton que Carol avait posé près de la porte de son bureau.

— Seulement une partie. Il y a encore un autre carton et quelques jeux de photos dans la voiture. Et c'est ce qui reste après avoir procédé à un tri sévère.

Tony fit la grimace.

— On va compulser tout ça ?

Carol se leva.

— Pourquoi ne commencez-vous pas pendant que je vais récupérer le reste ?

— Ce sont les photos que je voudrais voir en premier, alors autant que je vienne, comme ça je pourrai vous aider, dit-il.

— Merci, dit Carol.

Dans l'ascenseur, ils se mirent chacun d'un côté, tous deux gênés de la proximité de l'autre.

— Vous n'avez pas l'accent de Bradfield, remarqua Tony, alors que les portes coulissaient.

S'il voulait que sa collaboration avec Carol Jordan soit fructueuse, il lui fallait connaître les ressorts à la fois de la femme et de l'officier de police. Plus il en apprendrait sur elle, mieux ce serait.

— Je suis originaire de Warwick. Puis l'université de Manchester, et la police de Londres, sans transition. Et vous ? Je ne suis pas une spécialiste des accents, mais je peux dire que vous êtes du Nord, bien que vous n'ayez pas l'air d'être originaire de Bradfield non plus, dit Carol.

— Je suis né à Halifax, où j'ai passé mon enfance et mon adolescence. Puis l'université de Londres et Oxford, pour un doctorat de philosophie. Ensuite, huit ans dans des hôpitaux spécialisés. Il y a dix-huit mois, le ministère de l'Intérieur m'a débauché, par l'intermédiaire de chasseurs de têtes, pour diriger cette étude de faisabilité d'une unité de profilage.

Donner un minimum d'informations pour en obtenir un maximum, pensa Tony avec une ironie désabusée. Qui essayait de sonder qui ?

— Alors, nous sommes tous les deux des *outsiders*, dit Carol.

— C'est peut-être pour ça que John Brandon vous a choisie pour travailler avec moi.

Les portes de l'ascenseur coulissèrent et ils traversèrent le parking souterrain, vers la zone réservée aux visiteurs où Carol avait laissé sa voiture. Tony souleva le carton qui était dans le coffre.

— Vous devez être plus costaud que vous n'en avez l'air, haleta-t-il.

Carol prit les dossiers de photos et sourit.

— Et je suis ceinture noire en Cluedo, rétorqua-t-elle. Dites-moi, Tony, si ce maniaque est dans la police, à votre avis, il laissera quel genre d'indices ?

— Je n'aurais pas dû dire ça. Je théorisais avant d'avoir les données nécessaires. N'accordez aucun crédit à cette hypothèse, OK ? Gommez-la du dossier, dit Tony, essoufflé.

— D'accord, mais quels seraient les signes évocateurs ? insista-t-elle.

Ils reprirent l'ascenseur.

— Un comportement qui trahirait une familiarité avec les procédures policière et médico-légale, dit-il. Mais cela ne prouve rien en soi. Il y a tellement de séries policières et de livres inspirés de crimes réels, aujourd'hui ! N'importe qui peut connaître ces détails. Écoutez, Carol, sortez-vous ça de la tête. Il nous faut garder l'esprit ouvert à toutes les possibilités. Sinon, notre travail ne servira à rien.

Carol réprima un soupir.

— OK. Mais si vous pensez toujours que le tueur est un flic après avoir pris connaissance des données dont nous disposons, vous me le direz, n'est-ce pas ? Car s'il s'agit de quelque chose de plus sérieux qu'une simple possibilité, nous devrons repenser la façon dont nous menons l'enquête.

— Je vous le promets, dit-il.

Les portes de l'ascenseur s'ouvrirent, comme pour mettre un point final à la conversation.

De retour dans son bureau, Tony sortit le premier jeu de photos de leur étui.

— Avant que vous ne commenciez, pourriez-vous m'expliquer comment vous avez l'intention de procéder ? demanda Carol, son calepin en main.

— Je vais d'abord regarder toutes les photos, puis je vous demanderai de me relater votre enquête dans les détails. Après quoi, je passerai en revue tous les documents. Ensuite, généralement, j'établis le profil de chaque victime. Puis nous avons une nouvelle réunion de travail là-dessus, ajouta-t-il en brandissant ses formulaires. Alors seulement, je m'aventure sur la corde raide et j'établis le profil du criminel. Cela vous paraît sensé ?

— Ça me paraît très bien. Combien de temps cela devrait-il prendre ?

Tony fronça les sourcils.

— Difficile à dire. Deux à trois jours, sans doute. Cependant, le Bricoleur semble obéir à un cycle de huit semaines et ne montre aucun signe d'accélération. Ce qui est inhabituel dans ce genre de cas, d'ailleurs. Dès que j'aurai examiné les documents, j'aurai un meilleur aperçu de son degré de maîtrise, mais je pense que nous avons probablement un peu de temps devant nous avant qu'il ne tue de nouveau. Cela dit, il pourrait très bien avoir déjà choisi sa prochaine victime, aussi devons-nous nous assurer qu'aucune de nos découvertes ne filtrera dans la presse.

Carol émit un grondement.

— Êtes-vous toujours aussi optimiste ?

— Cela va avec ma fonction. Oh, une dernière chose : si vous avez des suspects, je préférerais ne rien savoir sur eux. Je risquerais de modifier mon profil en fonction de ces renseignements – inconsciemment, bien sûr.

Carol rit.

— J'aimerais qu'on ait cette chance.

— C'est si catastrophique que ça ?

— Oh, nous avons interrogé tous les hommes fichés pour attentat à la pudeur ou violences physiques sur des hommes gays, mais aucun d'entre eux ne colle, même de loin, avec notre tueur.

Tony eut un sourire compatissant. Puis il prit les photos du corps d'Adam Scott et entreprit de les regarder. Il se munit d'un stylo, fit glisser son bloc devant lui et leva les yeux vers Carol.

— Café ? dit-il. Je voulais vous en proposer avant, mais j'étais trop intéressé par ce que nous disions.

Carol sourit intérieurement. Elle aussi avait pris plaisir à leur conversation, tout en éprouvant un rien de culpabilité : des meurtres à répétition ne devraient pas être une source de plaisir. Parler avec Tony, c'était communiquer sur un pied d'égalité avec un homme dont le souci premier était de trouver une voie vers la vérité, et non d'entretenir son ego. Un avantage dont, jusqu'ici, elle n'avait pas bénéficié en menant cette enquête.

— Moi aussi, admit-elle. Quant au café, je crois en avoir un besoin urgent. Vous voulez que j'aille en chercher ?

— Grands dieux, non ! s'exclama Tony. Ce n'est pas pour ça que vous êtes là. Attendez-moi, je reviens tout de suite. Comment aimez-vous votre café ?

— Noir, sans sucre. De préférence en intraveineuse.

Tony sortit une grande Thermos de son classeur de rangement, puis il disparut. Cinq minutes plus tard, il revenait avec deux tasses fumantes. Il en tendit une à Carol et lui désigna la Thermos d'un geste.

— Je l'ai remplie. J'ai pensé que nous en avions peut-être pour un moment. Prenez-en autant que vous voudrez.

Carol avala une gorgée de café avec reconnaissance.

— Vous m'épouseriez ? lui demanda-t-elle sur un ton faussement romantique.

Tony se mit à rire, pour masquer l'appréhension rampante qui gagnait son ventre, réaction habituelle au plus anodin des flirts.

— Il y a peu de chances que vous réitériez votre demande d'ici un jour ou deux, dit-il, évasif, en reportant son attention sur les photos. Première victime,

Adam Scott, ajouta-t-il pour lui-même, en notant quelque chose sur son bloc.

Il passa les photos en revue, une par une, puis recommença. Sur la première photo, une place carrée, entourée de grandes maisons XVIIIe, de bureaux modernes et d'une enfilade de boutiques, de bars et de restaurants. Au milieu de la place, un jardin public, traversé par deux allées en diagonale. Au centre du jardin, une fontaine victorienne ouvragée. Autour du parc, un mur de brique d'un mètre de haut. Sur deux côtés du jardin, des buissons touffus. L'ambiance était un rien sordide. Le stuc des maisons pelait par endroits. Tony s'imagina debout au coin de la place, s'absorbant dans la contemplation des lieux, respirant l'air humide imprégné de vapeurs d'essence, de l'odeur du vin aigre et des hamburgers, écoutant les bruits de la nuit – moteurs de voitures, talons hauts sur le bitume, rires soudains, cris portés par le vent.

Où t'es-tu arrêté, Bricoleur ? Selon quel axe as-tu repéré le terrain ? Qu'as-tu vu ? Entendu ? Ressenti ? Pourquoi ici ?

Sur la deuxième photo, un morceau de mur et des buissons, vus depuis la rue. Certains buissons avaient des branches cassées, des feuilles froissées. Sur la troisième photo, le corps d'un homme, gisant face contre terre. Ses membres formaient des angles étranges. Tony se laissa absorber par la photo, essaya de se glisser dans la peau du Bricoleur.

Quelle impression ça faisait, Bricoleur ? Tu étais fier ? Tu exultais ? Tu avais peur ? As-tu éprouvé des regrets d'abandonner ainsi l'objet de ton désir ? Combien de temps t'es-tu autorisé à jouir de sa vue, de cet étrange tableau que tu avais créé ? Des bruits de pas t'ont-ils décidé à partir ? Ou bien est-ce que tu t'en fichais ?

Tony leva les yeux. Carol le regardait. Pour une fois, et à sa grande surprise, il ne se sentit pas gêné par le regard d'une femme posé sur lui. Pourquoi ? Sans doute parce que leur relation avait des assises professionnelles fermes, sans mettre en jeu de compétition directe. La tension en lui se relâcha d'un cran.

— Parlez-moi de l'endroit où l'on a trouvé le corps.

— Crompton Gardens, dit Carol, au cœur de Temple Fields. Le village gay, avec ses bars de nuit, déborde un peu sur ce périmètre. C'est mal éclairé, essentiellement à cause des prostitués, qui détruisent les réverbères pour opérer plus discrètement. Le sexe va bon train à Crompton Gardens. Dans les buissons, sur les bancs du parc, sous les arbres, sous les porches des immeubles, dans les caves des maisons. Prostitués, dragueurs, il y a du monde toute la nuit, mais pas le genre à se vanter d'avoir vu quelque chose de bizarre.

Tony avait pris des notes.

— Et le temps ? dit-il.

— Un temps sec, même si la terre était plutôt humide.

Tony retourna aux photos. Le corps avait été photographié sous différents angles. Après qu'on l'eut enlevé, on avait fait plusieurs gros plans du sol. Aucune empreinte visible, mais des morceaux de plastique noir, à l'endroit où le corps avait reposé. Tony les montra à Carol avec la pointe de son stylo.

— On sait ce que c'est ?

— Des sacs-poubelle municipaux. Un modèle standard pour certains bureaux et blocs d'immeubles où les poubelles sur roulettes ne peuvent être utilisées. Cette catégorie de sacs est utilisée depuis deux ans. Apparemment, rien ne permet de déterminer s'ils étaient déjà là avant ou s'ils ont été déposés avec le corps, dit Carol.

Tony haussa les sourcils.

— Vous semblez avoir assimilé un nombre incroyable de détails, depuis hier après-midi.

Carol sourit.

— Ce serait tentant de jouer les Superwoman, mais en fait, dès le début, j'ai essayé de rassembler le maximum d'informations sur les deux autres enquêtes, celles dont je n'étais pas chargée. J'étais convaincue que ces meurtres étaient liés, même si mon chef jurait le contraire. Et par loyauté envers mes collègues, je dois dire que les inspecteurs chargés des deux autres enquêtes n'étaient pas sourds à cette hypothèse. Ils m'ont donc laissée puiser dans leurs dossiers à l'occasion. Faire un tri dans tout ça cette nuit m'a simplement rafraîchi la mémoire.

— Vous êtes restée debout toute la nuit ?

— Ça fait partie des obligations liées à la profession. Je devrais tenir jusque vers 16 heures, puis ça va me tomber dessus comme une massue, ajouta Carol.

— Message reçu, dit Tony.

Puis il se replongea dans la contemplation des photos. Il étudia une série de clichés de l'autopsie. Le corps reposait sur le dos, sur une table de dissection, les horribles blessures visibles pour la première fois. Tony examina soigneusement toute la série de photos, revenant parfois sur des clichés qu'il avait déjà regardés. Lorsqu'il fermait les yeux, il voyait le corps intact d'Adam Scott, se couvrant lentement de blessures et de bleus, comme une espèce de floraison inconnue. Tony était presque capable de recréer en pensée, et au ralenti, la vision des mains qui avaient mis la chair de cet homme dans cet état-là.

Au bout de quelques minutes, il ouvrit les yeux et déclara :

— Que dit le légiste de ces bleus sur le cou et sur la poitrine ?

— Marques de succion. Comme des suçons.

Une tête qui se penche, prédatrice, une parodie d'amour bizarre...

— Et ces parties du cou et de la poitrine, aux trois endroits où la peau a été découpée ? s'enquit Tony d'une voix distante.

— Ces morceaux de peau ont été prélevés après la mort. Peut-être aime-t-il les manger ?

— Peut-être, dit Tony, dubitatif. Vous vous souvenez s'il y avait des traces d'ecchymoses dans les tissus restants ?

— Je crois que oui, répondit Carol, la surprise perçant dans sa voix.

Tony hocha la tête.

— Je vérifierai sur le rapport du légiste. Il est drôlement intelligent, le Bricoleur. Spontanément, je dirais que ce ne sont pas des souvenirs qu'il a emportés et qu'il n'a aucune tendance cannibale. Je pense que ça pourrait être des marques de morsures. Or, le Bricoleur est féru de médecine légale. Des empreintes dentaires font figure de preuve irréfutable, et il le sait. Aussi, dès que sa folie meurtrière est un peu retombée, a-t-il retrouvé son sang-froid et fait disparaître les preuves. Ces coupures sur les parties génitales – avant ou après la mort ?

— Après. Le légiste a noté qu'elles semblaient hésitantes.

Tony eut un grand sourire satisfait.

— A-t-il dit ce qui avait occasionné le traumatisme sur les membres ? D'après les photos prises sur le site, le corps donne l'impression d'être une poupée de chiffon.

Carol soupira.

— Le légiste ne voulait pas qu'on le pousse à donner un avis officiel. Les quatre membres étaient disloqués, et certaines vertèbres n'étaient plus dans l'alignement de la colonne. Il a dit…

Elle s'interrompit et singea la déclaration sinistre du légiste.

— « Ne répétez pas ce que je vais vous dire, mais les hommes à qui l'Inquisition faisait subir le supplice du chevalet devaient présenter ce genre de blessures. »

— Le chevalet ? Merde, nous avons affaire à un vrai détraqué. OK. Série de photos suivante. Paul Gibbs. C'est le vôtre, celui-là, n'est-ce pas ? s'enquit Tony.

Il remit les photos d'Adam Scott dans leur étui et sortit celles de Paul Gibbs, qu'il passa en revue, comme précédemment.

— Quel rapport entre la scène de ce meurtre et celle du meurtre précédent ? demanda Tony.

— Attendez une minute. Je vais vous montrer.

Carol ouvrit l'un des cartons et en sortit une carte à grande échelle qu'elle déplia entièrement sur le sol. Tony se leva de sa chaise et vint s'accroupir à côté d'elle. Elle eut aussitôt conscience de son odeur, un mélange de shampoing et de sa propre odeur, légère, animale. Pas d'après-rasage de macho, pas d'eau de Cologne. Elle regarda sur la carte ses mains carrées et pâles, ses doigts courts, trapus, aux ongles nets, avec quelques fins poils noirs sur la première phalange. Elle réalisa, consternée, qu'elle ressentait du désir. « Tu es aussi pathétique qu'une adolescente, se sermonna-t-elle furieusement. On dirait une gamine tombant amoureuse du premier professeur qui lui fait un compliment sur son travail. Grandis, Jordan ! »

Sous prétexte de lui montrer les scènes des crimes sur la carte, Carol s'éloigna de quelques centimètres.

— Crompton Gardens est là, dit-elle. Canal Street est à environ sept cents mètres, par là. Et *La Reine de cœur* est juste ici, à peu près à mi-chemin entre les deux.

— Peut-on aller jusqu'à penser qu'il connaît bien toute cette zone ? s'enquit Tony en établissant sa propre carte mentale des scènes des crimes.

— Je crois, oui. Crompton Gardens est un lieu évident pour abandonner un corps, mais les deux autres sous-entendent une connaissance précise de Temple Fields.

Carol s'assit sur ses talons, en essayant de déterminer, d'après les lieux où l'on avait retrouvé les corps, si le tueur pouvait venir chaque fois de la même direction.

— Il faudrait que je jette un coup d'œil sur les scènes des crimes. De préférence à l'heure où les corps ont été déposés. Savons-nous quand c'était ? s'enquit Tony.

— Nous ne savons pas pour Adam. L'heure de sa mort se situe entre 23 heures et 1 heure du matin. Paul est décédé juste après 3 heures du matin. Quant à Gareth, il a succombé à ses blessures entre 19 heures et 22 heures, la veille du jour où l'on a retrouvé son corps. Damien, lui, a expiré à 23 h 30.

Carol avait récité tout cela en fermant les yeux, pour mieux se souvenir.

Tony se surprit à la regarder, ravi de la liberté que lui offraient ses paupières baissées. Elle était belle. Ses yeux verts et vifs momentanément clos, il admira l'ovale de son visage, son grand front, sa peau claire et pâle, et ses cheveux épais, blonds, à la coupe un rien sauvage. Sa bouche était ferme, volontaire. Un sillon se creusait entre ses sourcils quand elle se concentrait. « On dirait que je suis en train de faire d'elle une étude clinique, d'après une photo vue dans un dossier médical », songea Tony. Pourquoi se fermait-il chaque fois qu'il se retrouvait en face d'une femme que n'importe quel homme eût jugée attirante ? Était-ce parce qu'il se refusait à éprouver les premiers remous sensuels qui risquaient de le conduire là où il perdrait le contrôle, où l'humiliation le guettait ? Les yeux de Carol se rouvrirent, surpris de voir qu'il la regardait.

Il sentit ses oreilles chauffer et se tourna de nouveau vers la carte.

— Ainsi, c'est un oiseau de nuit, dit-il abruptement. Ce soir, j'irais bien jeter un coup d'œil dans le périmètre concerné. Vous pouvez peut-être trouver quelqu'un pour m'accompagner. Comme ça, vous pourrez rattraper vos heures de sommeil.

Carol secoua la tête.

— Non. Si nous avons fini vers 17 heures, je rentrerai chez moi dormir quelques heures. Je passerai vous prendre vers minuit, et nous irons faire un tour là-bas. Ça vous va ? s'enquit-elle, un peu tardivement.

— C'est parfait, dit Tony en se levant et en retournant derrière son bureau. Tant que ça ne vous dérange pas.

Il prit les photos et s'efforça de nouveau de se mettre dans la peau du Bricoleur.

— Il a fait un beau gâchis de celui-là, non ?

— Paul est le seul qui ait été battu aussi sauvagement. Gareth a des entailles sur le visage, mais rien d'aussi violent. La figure de Paul a été réduite en bouillie – nez cassé, dents brisées, pommettes fracturées, mâchoires disloquées. Les blessures rectales sont tout aussi abominables. Il a été en partie éviscéré. Le degré de violence manifesté ici est l'une des raisons pour lesquelles Tom Cross a pensé qu'il s'agissait d'un autre tueur. Et puis, aucun de ses membres n'a été désarticulé, contrairement à ceux des trois autres.

— C'est celui dont les journaux ont dit qu'il était recouvert de sacs-poubelle ? s'enquit Tony.

Carol acquiesça d'un hochement de tête.

— Les morceaux de plastique retrouvés sous le corps d'Adam proviennent de sacs identiques.

Ils passèrent à Gareth Finnegan.

— Il va falloir que je réfléchisse sérieusement sur ce cas-là, dit Tony. Le tueur a changé son *modus operandi* de façon significative sur au moins deux plans. Tout d'abord, le lieu où il abandonne les cadavres : il passe de Temple Fields à Carlton Park. Hormis le fait qu'il s'agit d'un lieu de drague homosexuelle, c'est une aberration.

Tony s'interrompit et eut un rire caverneux.

— Non, mais écoutez ce que je raconte ! Comme si tout son comportement n'était pas fondamentalement aberrant. La deuxième chose, c'est la lettre et la vidéo au *Sentinel Times*. Pourquoi a-t-il décidé de revendiquer la paternité de ce crime, et pas des autres ?

— J'ai réfléchi à ça, dit Carol. Et je me suis demandé s'il n'avait pas fait ça de crainte que le corps ne soit pas découvert avant plusieurs jours, voire plusieurs semaines.

Tony prit des notes sur son bloc, tout en dressant le pouce de sa main libre.

— Ces blessures aux mains et aux pieds... Je sais que ça paraît dingue, mais on dirait presque qu'il a été crucifié.

— Là non plus, le légiste n'était pas très chaud pour s'engager de façon formelle. Mais les blessures aux mains, ajoutées à la dislocation des deux épaules, font de la crucifixion la torture la plus probable. D'autant que ça s'est passé le jour de Noël.

Carol se leva et se frotta les yeux pour chasser l'engourdissement qui la gagnait, mais elle ne put s'empêcher de bâiller à se rompre la mâchoire. Elle arpenta le petit bureau, en bougeant les épaules pour en chasser les tensions.

— Le malade, le salopard, marmonna-t-elle.

— Les mutilations génitales s'aggravent, observa Tony. Il a pratiquement castré celui-là. Puis il y a eu la blessure fatale, l'égorgement. La plaie est plus profonde, cette fois.

— Cela signifie quelque chose ? On pourrait l'exploiter ? s'enquit Carol d'une voix presque inaudible, tellement elle bâillait.

— Tout comme votre légiste, je suis un peu réticent à théoriser dès maintenant, dit Tony.

Il s'attaqua au dernier jeu de photos. Pour la première fois, Carol vit son masque professionnel tomber. Le visage de Tony exprima l'horreur. Ses yeux s'agrandirent, et il inspira de l'air en sifflant. Carol n'était pas surprise. Lorsqu'ils avaient retourné Damien Connolly, un inspecteur d'un mètre quatre-vingts, et qui jouait au rugby, était tombé dans les pommes. Même le légiste avait détourné la tête momentanément, luttant visiblement pour ne pas vomir.

La *rigor mortis* avait figé les membres de Damien Connolly en une parodie de gestuelle humaine. Ses articulations disloquées formaient des angles bizarres. Mais il n'y avait pas que ça. Et le reste était pire. Son pénis avait été sectionné et enfoncé dans sa bouche. Son tronc était marqué, de la poitrine jusqu'au bas-ventre, d'un motif bizarre de brûlures au fer rouge, dont les plus grandes ne faisaient pas plus de douze millimètres de diamètre.

— Mon Dieu ! souffla Tony.

— Il commence vraiment à avoir le coup de main, n'est-ce pas ? dit Carol, amère. Il est fier de son travail, non ?

Tony ne dit rien, s'efforçant d'étudier ces clichés effroyables avec la même minutie que les jeux de photos précédents.

— Carol, finit-il par dire, est-ce que quelqu'un a avancé une hypothèse sur la nature de l'objet dont il s'est servi pour faire ces brûlures ?

— Non.

— Ces marques sont étranges, ajouta-t-il. Les motifs varient. J'ai repéré au moins cinq formes différentes. Vous avez quelqu'un qui pourrait faire une analyse des motifs par ordinateur ? Voir s'il y aurait là un message caché ? Ces maudites brûlures se comptent par dizaines !

Carol se frotta de nouveau les yeux.

— Je ne sais pas, dit-elle. Entre les ordinateurs et moi, ça marche à peu près aussi bien qu'entre Charles et Diana. Dès que je retournerai au bureau, je poserai la question. Et si nous ne trouvons personne, je demanderai à mon frère.

— Votre frère ?

— Michael est un génie de l'informatique. Il travaille dans la création de jeux vidéo. Si vous voulez décrypter le sens d'un motif mystérieux, il est votre homme.

— Il sait tenir sa langue ?

— S'il ne savait pas rester discret, il ne pourrait pas faire ce métier-là. La compagnie pour laquelle il travaille n'a qu'un objectif : mettre sur le marché un jeu toujours plus perfectionné que ses concurrents. Ça représente des millions de livres à chaque fois. Alors, croyez-moi, Michael ne parle pas à tort et à travers.

Tony sourit.

— Je ne l'attaquais pas en disant cela.

— C'est vrai.

Tony poussa un soupir.

— J'aurais vraiment voulu qu'on me confie ce travail plus tôt. Le Bricoleur ne va pas s'arrêter là. Il aime trop ce qu'il fait. Regardez ces photos. Ce salopard va continuer à capturer, à torturer et à tuer des hommes jusqu'à ce que vous l'arrêtiez. Carol, ce type est un tueur ambitieux.

Extrait d'une disquette de trois pouces et demi intitulée: Sauvegarde 007 – Dossier amour 005

J'ai remonté l'allée bravement et j'ai appuyé sur la sonnette d'Adam. En attendant qu'il réponde, j'ai essayé d'adopter un sourire d'excuse. J'ai vu le contour flou de sa tête et de ses épaules quand il a remonté le couloir. Puis la porte s'est ouverte et nous nous sommes retrouvés face à face. Il a eu un vague sourire. Il paraissait perplexe, comme si c'était la première fois qu'il me voyait.

— Excusez-moi de vous déranger, ai-je dit. Ma voiture est tombée en panne, et je n'ai pas trouvé de cabine téléphonique. Alors, j'ai pensé que je pourrais utiliser votre téléphone pour appeler un dépanneur. Je vous paierai la communication, bien sûr…

Son sourire s'est fait plus franc. Il se détendait. Les coins de ses yeux noirs se sont plissés.

— Pas de problème. Entrez.

Il a reculé, et j'ai franchi le seuil. D'un geste, il m'a désigné le bout du couloir.

— Il y a un téléphone dans le bureau. Juste à droite, là.

J'ai avancé dans le couloir tout doucement, l'oreille aux aguets, attendant le bruit de la porte d'entrée qui se refermerait derrière moi. Adam a continué à remonter le couloir. Lorsque j'ai sorti la bombe paralysante, il n'était plus qu'à cinquante centimètres de moi. Ça n'aurait pas pu être mieux. Je lui en ai balancé plein la figure.

Il a eu un rugissement de douleur, a reculé en titubant vers le mur, les mains plaquées sur le visage. J'ai agi rapidement. Un pied entre ses chevilles, les mains sur ses épaules, une petite torsion, et il a touché terre, la figure dans le tapis, haletant. En deux secondes, j'étais sur lui. J'ai agrippé l'un de ses poignets. Je lui ai tordu le bras derrière le dos, puis j'ai refermé une menotte sur son poignet. Il luttait contre moi, à présent, des larmes ruisselant sur son visage, mais j'ai réussi à attraper son autre bras qui battait l'air et à l'emprisonner dans le deuxième bracelet.

Ses jambes s'agitaient violemment sous moi, mais mon poids était suffisant pour le clouer au sol, le temps de sortir un sac en plastique à fermeture hermétique de mon sac à dos, d'en extraire une compresse imprégnée de chloroforme et de la lui coller sur le nez et la bouche. L'odeur écœurante s'est insinuée dans mes narines, me donnant une légère sensation de vertige, de vagues nausées. J'espérais que le chloroforme ne s'était pas éventé. J'avais la bouteille depuis deux ans : je l'avais volée dans l'infirmerie d'un navire russe, quand j'avais passé la nuit avec le second.

Adam a lutté de plus belle lorsqu'il a senti la compresse froide l'empêcher de prendre de l'air, mais en moins de deux minutes, ses jambes ont cessé de s'agiter inutilement. J'ai attendu encore un peu, juste pour ne pas courir de risque, puis j'ai roulé sur le côté. J'ai attaché ses jambes avec du sparadrap chirurgical, remis la compresse de chloroforme dans son sac hermétique. Ensuite, j'ai appliqué une bande adhésive sur la bouche d'Adam.

En me relevant, j'ai pris une profonde inspiration. Jusqu'ici, tout marchait comme sur des roulettes. J'ai enfilé des gants en latex et j'ai fait le point. Je connais la théorie du médecin légiste français Edmond Locard – il en a fait la démonstration pour la première fois en 1912, lors d'un procès criminel. Selon lui, tout contact laisse des traces. Un criminel prendra toujours quelque chose sur le lieu de son crime et laissera toujours quelque chose derrière lui. Me souvenant de ça, j'avais soigneusement choisi les vêtements que je mettrais ce jour-là : un Levis 501, car j'avais souvent vu Adam porter des jeans de cette marque, et un pull ample, décolleté en V, la réplique exacte de celui que je l'avais vu acheter chez *Marks et Spencer*, quelques semaines plus tôt. Toute fibre que je laisserais derrière moi serait aussitôt identifiée comme provenant d'un vêtement d'Adam.

J'ai parcouru le bureau des yeux rapidement. Son répondeur, un vieux modèle avec une seule cassette, a attiré mon attention. J'ai ouvert l'appareil et pris la cassette. Ce serait bien d'avoir un souvenir du son normal de sa voix. Je savais que la bande-son de la vidéo n'aurait pas ce côté détendu.

La porte du garage était fermée à clé. J'ai pris l'escalier. À l'étage, j'ai trouvé sa veste de costume négligemment jetée sur le dossier d'une chaise de la cuisine. Le trousseau de clés était dans la poche de gauche. Au rez-de-chaussée, j'ai déverrouillé le hayon de sa Ford Escort, vieille de deux ans, avant de revenir chercher Adam. Il avait repris connaissance, évidemment. Il avait le regard paniqué et poussait des grognements étouffés par le bâillon. Je lui ai souri, en pressant de nouveau la compresse de chloroforme sur son nez. Cette fois, bien sûr, il n'a pu lutter efficacement un seul instant.

Je l'ai tiré en position assise, avant d'aller chercher une chaise dans le bureau. J'ai réussi à l'installer dessus et, de là, j'ai pu le mettre sur mon dos et traverser le garage en titubant. Je l'ai laissé tomber à l'endroit réservé aux bagages, puis j'ai refermé le hayon. De l'extérieur, on ne voyait plus son corps.

J'ai vérifié l'heure à ma montre. 18h03. Il me faudrait attendre encore une heure. Il ferait alors suffisamment noir pour qu'aucun voisin passant par hasard ne voie quelqu'un sortir du garage d'Adam au volant de sa voiture. J'ai mis ce temps à profit pour fouiller dans son intimité. Sur des photos, j'ai découvert ses amis, je l'ai vu dîner en famille à Noël. J'aurais parfaitement pu m'intégrer dans sa vie. Nous aurions pu tout avoir, s'il ne s'était pas conduit comme un imbécile.

La sonnerie du téléphone a interrompu ma rêverie. Je l'ai laissé sonner, et j'ai fouillé dans la cuisine. J'ai trouvé une bouteille de produit ménager, un chiffon, et j'ai frotté les peintures du couloir. Puis j'ai mis le chiffon sale dans mon sac à dos, en allant chercher l'aspirateur. Je l'ai passé dans le couloir, partout, lentement, effaçant toute trace de lutte sur le tapis berbère à poils durs. Après quoi, j'ai tiré l'aspirateur derrière moi jusque dans le garage, où je l'ai laissé dans un coin. Il semblait avoir toujours été là. Pensant avoir fait disparaître toute trace de mon passage, j'ai grimpé dans la voiture d'Adam, pressé le bouton d'ouverture automatique de la porte du garage sur son porte-clés. Puis j'ai mis le contact, tandis que la porte du garage s'ouvrait lentement devant moi.

J'ai refermé la porte derrière moi et manœuvré pour sortir dans la rue. J'entendais des bruits étouffés, à l'arrière. J'ai fouillé dans la boîte à gants, jusqu'à ce que je trouve une cassette de Wet Wet Wet. Je l'ai glissée dans le lecteur, puis j'ai monté le son. J'ai chanté sur la musique, en sortant de la ville et en prenant la route de la lande.

J'avais craint que la voiture d'Adam ne puisse arriver en haut du chemin. Et j'avais eu raison de m'inquiéter. À environ six cents mètres de la maison, la route devient pleine d'ornières et d'herbes touffues. En soupirant, j'ai dû me résigner à aller chercher la brouette. Lorsque j'ai ouvert le hayon pour le faire basculer dans la brouette, Adam avait les yeux grands ouverts, il me regardait fixement. Ses appels étouffés n'ont cependant eu aucun effet sur moi. Je l'ai tiré de la voiture sans cérémonie et chargé dans la brouette. Ces six cents mètres en côte ont été assez pénibles, car il luttait constamment pour sortir de la brouette, ce qui la rendait plus difficile à diriger. Heureusement, tatie Doris avait été suffisamment prévoyante pour acheter une brouette de maçon, celles qui ont deux roues à l'avant.

Lorsque nous sommes arrivés à la ferme, j'ai ouvert la trappe. La cave, en contrebas, était sombre, accueillante. Les yeux d'Adam se sont agrandis sous l'effet de la terreur. J'ai caressé ses cheveux très doux et je lui ai dit :

— Bienvenue dans le dôme du plaisir.

5

« Quant à la masse des gens qui lisent les journaux, ils se satisfont de tout, pourvu que ce soit assez sanglant. Mais l'esprit sensible est plus exigeant. »

Après avoir accompagné Carol à sa voiture, Tony traversa le campus en direction des boutiques et s'acheta un exemplaire du journal du soir. Si le Bricoleur voulait de la publicité, il avait réussi son coup. La peur et le dégoût régnaient sur les pages du *Bradfield Evening Sentinel Times*. Sur cinq d'entre elles, pour être exact. Les pages 1, 2, 3, 24, 25, plus un éditorial étaient consacrés au Tueur homo. Vu que le surnom était apparu dans la presse, il y avait de sacrées fuites dans la police.

— Ça ne va pas te plaire qu'on t'appelle le Tueur homo, n'est-ce pas, Bricoleur ? marmonna Tony dans sa barbe, en retournant dans son bureau.

Une fois assis à sa table de travail, il étudia l'article. La première page titrait : *Le Tueur homo a encore frappé !* en grosses lettres. Un sous-titre en caractères plus discrets annonçait aux lecteurs : *La police admet qu'un tueur en série est en liberté dans la ville.*

Sous cette dernière accroche, un compte rendu terrifiant de la découverte du corps de Damien Connolly, et une photo de lui lors du défilé de sa promotion. Pages deux et trois, un résumé sensationnel des trois premiers meurtres, avec une carte à main levée. Tony passa aux pages centrales : *LES GAYS TERRORISÉS PAR LE TUEUR HOMO*. Un titre qui ne laissait pas de doute, pour le journal, sur la frange de la population visée. Le papier s'articulait sur l'hystérie qui s'était emparée de la communauté homosexuelle de Bradfield. Il était illustré par des photos prises dans les cafés, les bars et les clubs, clichés suffisamment sordides pour jouer bassement sur les préjugés des lecteurs.

— Oh ! la la ! dit Tony. Tu vas vraiment détester ça, Bricoleur.

Puis il revint à l'éditorial.

La police a enfin admis ce que nombre d'entre nous pensent depuis un certain temps. Il y a un tueur en série en liberté dans Bradfield, qui s'attaque à des hommes jeunes, célibataires, qui fréquentent les bars gays et sordides de la ville.

C'est une honte que la police n'ait pas mis en garde plus tôt les homosexuels de la ville. Dans ce monde crépusculaire où s'opèrent la drague sauvage et les rencontres de hasard, il n'est sans doute pas difficile pour ce monstrueux prédateur de trouver des victimes consentantes. Le mutisme de la police n'a pu que faciliter la tâche au tueur. La réticence de la police à parler du tueur en série a probablement accru la méfiance déjà bien ancrée de la communauté gay à son égard, lui laissant croire que la vie des homosexuels, aux yeux des autorités, a moins de prix que celle des autres membres de la communauté.

De même que l'Éventreur du Yorkshire a dû s'attaquer à des femmes innocentes après avoir tué des prostituées pour que la police s'intéresse à son cas, il a fallu qu'un officier de police se fasse assassiner pour que la police de Bradfield prenne ce Tueur homo au sérieux.

Malgré cela, nous exhortons la communauté gay à coopérer de façon inconditionnelle avec la police. Et nous exigeons que la police enquête sur ces horribles meurtres avec diligence, qu'elle ait de la compassion pour l'inquiétude des homosexuels de Bradfield. Plus tôt ce tueur ignoble sera sous les verrous, plus vite nous nous sentirons, tous autant que nous sommes, en sécurité.

— Le mélange habituel d'autosatisfaction, d'indignation et d'exigences irréalistes, dit Tony, s'adressant au lierre sur le rebord de la fenêtre.

Il découpa les articles, puis les étala sur son bureau. Il appuya ensuite sur la touche lecture de son magnétophone.

— Le *Bradfield Evening Sentinel Times*, 27 février. Le Bricoleur a enfin atteint la gloire. Je me demande jusqu'à quel point c'est important pour lui. D'après les profileurs de tueurs en série, ceux-ci ont autant besoin de publicité que d'oxygène. Mais cette fois, je ne jurerais pas que cela lui importe autant que ça. Il n'y a pas eu de messages après les deux premiers meurtres, et la découverte des corps n'a pas donné lieu à beaucoup de publicité. Et même si le tueur a adressé un message à la police *via* un journal pour lui permettre de découvrir le troisième corps, l'homme ne revendique pas la paternité des deux autres meurtres dans cette missive. Je me suis interrogé sur ce fait, jusqu'à ce que l'inspecteur Carol Jordan me propose une explication concernant cette lettre et cette vidéo : sans indications, il était possible que la police ne découvre pas le corps avant plusieurs semaines. Le Bricoleur peut ne pas rechercher à faire les gros titres des journaux, ni à créer la panique, mais il est clair qu'il veut qu'on retrouve les corps tant qu'ils portent encore les marques visibles des traitements qu'il leur a fait subir.

Tony coupa l'enregistrement dans un soupir. Bien qu'il ait renoncé à tout le cirque académique des années auparavant, il ne pouvait échapper à ce qu'on lui avait appris : chaque étape de la recherche devait être enregistrée. La perspective de voir cette enquête lui fournir la matière brute de plusieurs articles, voire d'un livre, ne lui déplaisait pas.

— Je suis un cannibale, dit-il au lierre. Parfois, je me dégoûte.

Il ramassa les coupures de presse et les rangea dans le dossier prévu à cet effet. Il ouvrit les cartons et en sortit des chemises de documents. Carol les avait toutes clairement étiquetées. Des capitales bien formées, nota Tony. Une femme à l'aise avec l'écriture.

Pour chaque victime, un rapport du légiste et un rapport préliminaire du labo. Les dépositions des témoins se divisaient en trois catégories : milieu socioculturel de la victime, témoins sur la scène du crime et divers. Choisissant d'étudier le milieu socioculturel des victimes, Tony fit rouler son fauteuil jusqu'à l'autre bout du bureau, où se trouvait son ordinateur. Lorsqu'il était arrivé à Bradfield, l'université lui avait proposé un poste relié à son réseau. Il avait refusé cette offre, peu désireux de perdre du temps à se familiariser avec un nouveau mode de maniement. En effet, il était parfaitement à l'aise avec son propre PC. À présent, il était bien content de ne pas avoir à réinventer des mots de passe pour garantir la sécurité de ses données. Il avait suffisamment de sujets d'inquiétude pour le tenir éveillé la nuit.

Tony ouvrit le logiciel créé pour les profileurs, et qui allait lui permettre de faire des comparaisons entre les victimes. Puis il s'attela au travail de titan qui consistait à entrer les données.

Après avoir passé cinq minutes au poste de police de Scargill Street, Carol réalisa qu'elle aurait dû rentrer directement chez elle. Pour arriver jusqu'au bureau qu'on lui avait alloué pour la durée de l'enquête, il lui fallait traverser la grande salle de la brigade. Des exemplaires du journal du soir traînaient sur presque tous les bureaux, la narguant de leurs gros titres noirs. Bob Stanfield discutait avec deux inspecteurs, au fond de la salle. Il la héla et lui dit :

— Le bon docteur s'est déjà écroulé, hein ?

— D'après ce que j'ai vu du « bon docteur », Bob, il pourrait en remontrer à certains de nos chefs sur le chapitre des heures supplémentaires, dit Carol, regrettant de n'avoir rien trouvé de plus percutant.

Sans nul doute, ça lui viendrait d'ici quelques heures, sous la douche.

Elle s'arrêta et demanda :

— Du nouveau ?

Stanfield dit à ses subordonnés :

— Très bien, les gars. Continuez.

Puis il alla rejoindre Carol et déclara :

— Rien du tout. L'équipe d'informaticiens qui travaille sur HOLMES n'arrête pas une minute. Ils entrent tout ce que nous avons dans l'ordinateur, essaient de voir quelles corrélations pourraient bien apparaître. Cross nous a donné l'ordre de rentrer les dossiers de tous les délinquants interrogés. Il est convaincu que l'un d'entre eux est le bon.

Carol secoua la tête.
— C'est une perte de temps.
— Vous l'avez dit. Ce salopard n'est pas fiché, j'en mettrais ma main au feu. Mais l'équipe de Kevin va essayer autre chose, ce soir, ajouta-t-il en tirant sa dernière cigarette de son paquet et en l'allumant.
Il balança le paquet dans la corbeille la plus proche.
— Si on ne s'arrête pas bientôt, je vais demander une augmentation pour couvrir mes besoins en nicotine.
— Moi, je bois tellement de café que je deviens plus nerveuse qu'une danseusc de boogie-woogie, dit Carol d'un air piteux. Alors, quelle est l'idée de Kevin ?
Y aller mollo. D'abord établir le contact, ensuite poser des questions. Obtenir des informations de ses collègues relevait de la même stratégie qu'interroger des suspects. Étrange, se dit Carol.
— Il y a des hommes qui sortent incognito chez les gays. Essentiellement dans les pubs et les clubs à tendance SM, ricana Stanfield.
— Ça vaut le coup d'essayer, dit Carol.
— Ouais, eh bien, espérons que ce ne sont pas des pédés honteux, comme Damien Connolly, dit Stanfield. On aurait l'air malin, si une bande de tapettes de la crime nous revenaient, menottes aux poignets.
Carol refusa de donner une valeur à cette remarque en y répondant. Elle tourna les talons et se dirigea vers son bureau. Elle posait la main sur la poignée quand la voix de Cross tonna dans la pièce.
— Inspecteur Jordan ? Ramenez-vous !
Carol ferma les yeux et compta jusqu'à trois.
— J'arrive, monsieur, dit-elle d'un ton joyeux.
Elle fit demi-tour et traversa la pièce dans sa longueur pour rejoindre le bureau provisoire de Cross. Il n'était là que depuis vingt-quatre heures, mais il

avait déjà marqué son territoire. Des mégots flottaient dans des gobelets en polystyrène où restait un fond de café, gobelets stratégiquement placés sur le rebord de la fenêtre et le dessus du bureau. Il y avait même un calendrier avec des pin-up au mur, preuve que le sexisme était bien vivant et qu'il faisait toujours recette dans la pub.

Laissant la porte ouverte pour avoir un peu d'air, Carol entra dans le bureau de Cross.

— Monsieur ?

— Il en est où, Wonder Boy ?

— C'est un peu tôt pour tirer des conclusions, monsieur. Il faut qu'il lise tous les rapports que j'ai photocopiés pour lui.

Cross émit un grognement.

— Oh, ouais, j'avais oublié que nous avions affaire à un putain de professeur.

Il avait craché le mot de façon sarcastique.

— Tout dans les dossiers, hein ? Kevin a du nouveau, pour Connolly. Il faudra que vous le voyiez. Vous aviez autre chose à me dire, inspecteur ? demanda-t-il, l'air belliqueux, comme si c'était elle qui lui avait imposé sa présence.

— Le Dr Hill a une suggestion à faire, monsieur. À propos des marques de brûlures sur le corps de l'agent Connolly, il se demandait si un membre de l'équipe HOLMES pouvait faire une étude statistique des motifs.

— Qu'est-ce qu'une étude statistique de motifs, bordel ? dit Cross en laissant tomber son mégot de cigarette dans une tasse de café.

— Je pense que ça veut dire…

— Peu importe, peu importe, coupa Cross. Allez donc voir si quelqu'un chez eux sait de quoi vous parlez.

— Oui, monsieur. Oh, et puis, monsieur, si nous ne pouvons pas le faire ici, mon frère travaille dans l'informatique. Je suis certaine qu'il y arrivera.

Cross la regarda fixement, une expression indéchiffrable sur le visage. Pour une fois, il finit par parler aimablement.

— Très bien. Allez-y. M. Brandon vous a donné carte blanche, après tout.

Carol alla voir les hommes de HOLMES, au rez-de-chaussée. Cinq minutes de conversation avec un Dave Woolcott harassé confirmèrent ses craintes : l'équipe de HOLMES n'avait ni les logiciels ni les compétences nécessaires pour effectuer l'analyse de motifs que voulait Tony. Carol se rendit à la cantine et tomba sur Kevin Matthews. Elle espérait que Michael saurait faire le travail de façon confidentielle. Rester discret sur les progrès technologiques, c'était une chose. Résister au désir de parler d'une grande enquête criminelle en était une autre. S'il ne réussissait pas à tenir sa langue, elle pouvait dire adieu à son avenir d'inspecteur principal.

Kevin était tout seul, penché au-dessus de sa tasse de café, une assiette avec des restes de friture à côté de lui. Carol tira la chaise en face de lui.

— Ça vous ennuie si je m'assois ?

— Je vous en prie, dit Kevin.

Il leva les yeux et la gratifia de l'ombre d'un sourire, en repoussant les boucles rousses et rebelles qui lui tombaient sur le front.

— Comment ça se passe ? demanda-t-il.

— C'est sûrement plus facile pour moi que pour vous et Bob.

— Et le psy, comment il est ?

Carol réfléchit quelques instants à la question.

— Il est prudent. Rapide, intelligent. Mais pas imbu de lui-même. Ce n'est pas le genre à nous dire comment faire notre boulot. C'est vraiment intéressant de le regarder travailler. Il voit les choses sous un autre angle que nous.

— C'est-à-dire ? s'enquit Kevin avec intérêt.

— Pour résoudre une affaire criminelle, nous cherchons des indices concrets, des pistes, des choses qui nous disent qui interroger, quels lieux fouiller. Mais lui, lorsqu'il examine un crime, il ne s'intéresse pas à tout cela. Il veut savoir pourquoi on a tel genre d'indices. À partir de là, il peut commencer à se demander qui a laissé ces indices-là. Nous utilisons l'information pour progresser, lui s'en sert pour étudier l'affaire à rebours. Est-ce que je suis claire ?

Kevin fronça les sourcils.

— Je crois, oui. Vous pensez qu'il a les capacités nécessaires pour faire ce boulot ?

Carol haussa les épaules.

— C'est encore un peu tôt pour juger. Mais je dirais qu'à première vue, il a quelque chose à offrir.

Kevin sourit.

— À l'enquête, ou à vous ?

— La ferme, Kevin, dit Carol, fatiguée des allusions douteuses dont elle était la cible perpétuelle.

Kevin eut l'air momentanément mal à l'aise.

— Je plaisantais, Carol, vraiment.

— Une plaisanterie, c'est censé être drôle.

— OK, OK. Désolé. Sinon, c'est bien de travailler avec lui ? Il est sympa ?

Carol parla lentement, pesant ses mots.

— Si l'on considère le fait qu'il passe sa vie à pénétrer dans l'esprit de psychopathes, il semble plutôt normal. Il y a quelque chose d'un peu fermé chez lui. Il garde ses distances. Il ne se livre pas. Mais il me traite comme son égale, pas comme s'il me croyait bête. Il est de notre côté, Kevin, et c'est le principal. À mon avis, c'est le genre à passer sa vie à bosser. Pour lui, l'essentiel est d'arriver à un résultat. À propos de résultat, Popeye dit que vous avez une piste, pour Connolly ?

Kevin poussa un soupir.

— Ça vaut ce que ça vaut, hein. L'une des voisines est rentrée de son travail à 17 h 50. Elle est sûre de l'heure : elle écoutait la radio dans sa voiture, et les infos venaient juste de commencer. Connolly était dans son allée, en train de refermer la capote de sa voiture. Il portait une combinaison de mécanicien. La femme dit qu'il avait dû travailler sur son moteur. Il passait son temps à ça. Quand la voisine est sortie de sa voiture, Damien rentrait sa décapotable en marche arrière dans son garage. La même voisine est ressortie une heure plus tard, pour aller jouer au squash, et elle a vu la voiture de Connolly garée dans la rue. Ça l'a surprise, car il ne laissait jamais sa décapotable dehors. Surtout le soir. Elle a également noté qu'il y avait de la lumière dans le garage de Connolly. Et voilà, c'est tout.

— Le garage occupe tout le rez-de-chaussée ? s'enquit Carol.

— Non, mais il est rattaché à la maison. Il y a une porte, dans la cuisine, qui donne dans le garage.

— Alors, on l'aurait kidnappé chez lui ?

Kevin haussa les épaules.

— Qui sait ? Il n'y a aucune trace de lutte. J'ai parlé à l'un des types du labo qui ont passé la maison au peigne fin, et il dit qu'il ne faut pas s'attendre à un miracle.

— Ça rappelle les deux premiers.

— C'est ce que dit Bob.

Kevin recula sa chaise.

— Je ferais mieux de m'agiter un peu. On sort en ville, ce soir.

— On risque de se croiser plus tard, dit Carol. Le Dr Hill veut faire le tour des scènes des crimes, aux environs des heures où on a déposé les corps.

Kevin se leva.

— Surveillez-le. Qu'il n'adresse pas la parole à un homme avec un drôle d'air.

Tony sortit le petit bac en plastique de lasagnes du four à micro-ondes et s'assit au comptoir de sa cuisine. Il avait entré toutes les données qu'il avait trouvées sur les quatre victimes, puis il avait transféré ses fichiers sur disquette, afin de pouvoir travailler chez lui en attendant Carol. Dès qu'il était arrivé à l'arrêt du tram, il avait réalisé qu'il mourait de faim. Il s'était alors souvenu qu'il n'avait rien mangé de la journée, hormis un bol de céréales au petit déjeuner. Il avait travaillé dans un tel état de concentration qu'il ne s'en était même pas aperçu. Cette sensation de faim tardive lui avait fait plaisir. En effet, cela signifiait qu'il avait été tellement absorbé par sa tâche qu'il avait perdu conscience de lui-même. Il savait, par expérience, qu'il ne travaillait jamais aussi bien que dans cet état-là, quand il réussissait à se fondre dans la personnalité d'un autre être humain, à sentir la logique spécifique de l'autre, à vibrer en accord avec une autre gamme d'émotions.

Il s'attaqua à ses lasagnes avec plaisir, les engloutissant le plus vite possible, afin de pouvoir s'installer devant son ordinateur et poursuivre ses profils de victimes. Il lui restait encore quelques bouchées à avaler quand le téléphone sonna. Sans réfléchir, Tony décrocha.

— Allô ? fit-il d'un ton joyeux.

— Anthony ? dit la voix.

Tony laissa tomber sa fourchette, envoyant les pâtes par-dessus le comptoir.

— Angelica, dit-il.

Au son de cette voix, Tony replongeait dans son monde, se retrouvait ancré dans sa propre tête.

— On se sent d'humeur plus sociable, aujourd'hui ? s'enquit la voix douce et sexy.

— Je ne me sentais pas asocial, hier. J'avais des choses à faire. Des choses urgentes. Et tu m'as distrait, répondit Tony, en se demandant pourquoi il prenait la peine de se justifier vis-à-vis d'elle.

— C'était un peu l'idée de base, dit-elle. Mais tu me manquais, Anthony. J'avais tellement envie de toi, et tu m'as envoyée paître comme une indésirable. Ça m'a gâché la fin de la journée.

— Pourquoi m'appelles-tu ? demanda-t-il.

Il avait déjà posé cette question, mais chaque fois, elle noyait le poisson.

— Parce que tu me mérites, dit la voix. Parce que je te veux, plus que tout au monde. Et que tu n'as personne dans ta vie qui puisse te faire du bien.

Toujours la même stratégie : liquider le problème en baratinant. Mais cette fois, ça ne marcherait pas. Ce soir, Tony voulait des réponses, pas de flatterie.

— Qu'est-ce qui te fait penser ça ? demanda-t-il.

La voix ricana doucement.

— J'en sais plus sur toi que tu ne peux l'imaginer. Anthony, tu n'es plus obligé d'être seul.

— Et si j'aime ça, être seul ? N'est-ce pas naturel de penser que je suis seul parce que je veux l'être ?

— Tu n'as pas la tête d'un homme heureux. Certains jours, tu as l'air d'avoir besoin qu'on t'étreigne. Parfois, tu sembles avoir dormi seulement quelques heures. Anthony, je peux t'apporter la sérénité. Des femmes t'ont blessé, nous le savons l'un et l'autre. Mais moi, je ne te blesserai pas. Je peux apaiser ta souffrance. Je peux te faire dormir comme un bébé, tu le sais. Tout ce que je veux, c'est te rendre heureux.

La voix était gentille, apaisante.

Tony poussa un soupir. Si seulement…

— Je trouve cela difficile à croire, dit-il pour gagner du temps.

La première fois, il avait voulu raccrocher violemment, couper net cette délicieuse torture. Mais le scientifique en lui voulait écouter ce qu'elle avait à dire. Et l'homme blessé intérieurement était suffisamment lucide pour savoir qu'il avait besoin d'être soigné. Pourquoi pas comme ça ? Il se rappela ses résolutions du début : ne jamais la laisser s'insinuer en lui, ne pas l'avoir dans la peau. Ainsi, il pourrait en finir sans souffrir.

— Mais tu me laisses essayer.

La voix était ferme. Elle était sûre de son pouvoir sur lui.

— J'écoute, oui. Je participe. Je n'ai pas encore raccroché, dit-il, s'efforçant d'avoir l'air chaleureux.

— Pourquoi ne pas le faire ? Pourquoi ne pas poser ce téléphone et me prendre sur l'autre poste, dans ta chambre ? On serait plus à l'aise.

La peur, glacée, frappa Tony à la poitrine. Il s'efforça de formuler sa question de façon professionnelle. Pas « Comment le sais-tu ? », mais :

— Qu'est-ce qui te fait penser que j'ai un téléphone dans ma chambre ?

Une pause. Si brève que Tony se demanda s'il ne se faisait pas des idées.

— Je ne sais pas. Mais tu es le genre d'homme à avoir un téléphone près de son lit.

— Bien vu, dit Tony. OK, je raccroche et je te prends dans la chambre.

Il posa le combiné et fonça dans son bureau, où il mit le répondeur en position d'enregistrement. Puis il reprit son téléphone.

— Allô ? Me revoilà, dit-il.

— Sommes-nous assis confortablement ? Dans ce cas, je commence.

De nouveau ce léger ricanement, sexy, rauque.

— Nous allons bien nous amuser, ce soir. Attends de voir ce que je t'ai préparé. Oh, Anthony, dit-elle, sa voix se faisant presque murmure. J'ai rêvé de toi. J'ai imaginé tes mains sur mon corps, tes doigts effleurant ma peau.

— Comment es-tu habillée ? demanda Tony.

C'était la question rituelle, il le savait.

— Comment aimerais-tu que je sois habillée ? J'ai une garde-robe très variée.

Tony ravala le désir violent et fou de dire : « Des cuissardes de pêcheur, un tutu et un ciré. »

Il déglutit péniblement et dit :

— De la soie. Tu sais comme j'aime toucher la soie.

— C'est pour ça que tu aimes ma peau. Je me donne beaucoup de mal pour garder un corps parfait. Ce soir, pour toi, j'ai mis une culotte en soie noire, et une petite chemise en soie noire. Oh, j'adore sentir la soie sur mon corps. Oh, Anthony ! gémit-elle. Le frottement de la soie sur le bout de mes seins ! C'est doux, ce serait la même sensation avec tes doigts. Oh, les bouts de mes seins sont durs, dressés, en feu, à cause de toi.

Malgré lui, Tony commença à se sentir intéressé. Elle était douée, aucun doute là-dessus. La plupart des femmes qu'il avait entendues sur les réseaux de téléphone rose avaient l'air blasées, plus très fraîches.

Leurs réponses étaient prévisibles et stéréotypées. Tout ce qu'elles débitaient n'avait jamais suscité chez Tony qu'un intérêt scientifique. Mais Angelica était différente. Pour commencer, on avait l'impression qu'elle pensait ce qu'elle disait.

Elle eut un doux gémissement.

— Oh, je suis mouillée, souffla-t-elle. Mais je ne te laisserai pas me toucher tout de suite, il faut que tu attendes. Allonge-toi. Voilà, c'est bien. Oh, j'adore te déshabiller. Je passe mes mains sous ta chemise. Je te caresse, j'effleure tes seins du bout des doigts. Seigneur, tu es magnifique, gémit-elle.

— C'est bon, dit Tony, qui jouissait de la caresse de cette voix.

— Ce n'est que le début. Maintenant, je m'assois sur toi. Je déboutonne ta chemise. Je me penche sur toi, mes bouts de seins touchent ta poitrine, à travers la soie. Oh, Anthony ! s'exclama la voix, sous l'emprise du plaisir. Tu adores me regarder, hein ? Tu bandes à mort. Oh, j'ai tellement envie de me la mettre.

Ses derniers mots glacèrent Tony. Son érection mourut comme un flocon de neige dans une flaque d'eau. Ça recommençait.

— Je crois que je vais te décevoir, dit-il, et sa voix se brisa.

De nouveau le ricanement sexy.

— Sûrement pas ! Tu dépasses déjà toutes mes espérances. Oh, Anthony, touche-moi ! Dis-moi ce que tu veux me faire !

Tony fut incapable de trouver les mots.

— Ne sois pas timide, Anthony. Il n'y a pas de secrets, entre nous. Rien que nous ne puissions faire. Ferme les yeux. Laisse-toi aller. Touche-moi les seins, suce les bouts, lèche-moi, que je sente ta langue partout.

Tony gémit. C'était presque plus qu'il n'en pouvait supporter, même dans l'intérêt de la science.

La voix d'Angelica se faisait plus haletante, comme si ses propres mots l'excitaient autant qu'ils auraient dû l'exciter, lui.

— C'est ça, ô mon Dieu, Anthony. C'est merveilleux. Oh, oh, oh, dit-elle en gémissant de façon saccadée. Je t'avais dit que j'étais mouillée. Mets-moi deux doigts bien profond. Ô mon Dieu, tu es le meilleur… Je vais… je vais… ô Seigneur, je vais te sucer !

Tony entendit un bruit de fermeture Éclair à l'autre bout de la ligne.

— Angelica… commença-t-il.

Une nouvelle fois, tout s'écroulait.

— Oh, Anthony, elle est belle. Je n'ai jamais vu une bite comme la tienne. Oh, je vais te sucer…

La voix laissa la place à un bruit de succion.

Le sang afflua au visage de Tony, comme une vague de honte brutale. Il raccrocha violemment, puis redécrocha le combiné. Grands dieux, il n'était même pas capable de bander au téléphone ! Quel homme pitoyable ! Et quel scientifique minable ! Il n'arrivait même pas à mettre en sommeil ses propres failles pour recueillir des données.

Le pire, c'était qu'il identifiait parfaitement ses symptômes. Combien de fois, en séance d'analyse, s'était-il retrouvé face à un violeur, un incendiaire ou un tueur récidivistes, qui, en revivant les événements, ne supportaient soudain plus de se voir tels qu'ils étaient ? Alors, tout comme lui, ils se fermaient. Ils raccrochaient. À la longue, bien sûr, si l'on trouvait la bonne thérapie, ils brisaient ces résistances et réussissaient à regarder en face ce qui les avait menés là où ils en étaient. C'était la première étape vers la guérison. Une part de Tony priait pour qu'Angelica en sache suffisamment sur la théorie et la pratique de la psychologie pour rester avec lui jusqu'au moment où il pourrait briser ses propres résistances et regarder en face ce qui avait fait de lui un infirme émotionnel et sexuel.

Mais l'autre part de lui-même espérait qu'elle ne rappellerait jamais.

John Brandon épongea le reste de sauce dans son assiette avec le dernier morceau de pain indien et sourit à sa femme.

— C'était délicieux, Maggie, dit-il.

— Mmm, renchérit son fils Andy, la bouche pleine d'aubergine et d'agneau au curry.

Brandon remua sur sa chaise, mal à l'aise.

— Si ça ne t'ennuie pas, je crois que je vais retourner à Scargill Street une petite heure. Juste pour voir si ça avance.

— Je croyais que les officiers gradés, comme toi, n'avaient pas à travailler le soir, dit Maggie avec bonne humeur. Tu m'avais bien dit que les troupes n'avaient pas besoin que tu sois sans arrêt derrière leur dos ?

Brandon avait l'air piteux.

— Je sais. Mais je veux juste voir comment les gars s'en tirent.

Maggie secoua la tête, avec un sourire résigné.

— Vas-y, ça te tranquillisera. Je préfère ça à te voir t'agiter toute la soirée devant la télé.

Karen leva la tête.

— Papa, si tu retournes en ville, est-ce que tu peux me déposer chez Laura, qu'on finisse cet exposé d'histoire ?

Andy pouffa.

— Pour que tu puisses retrouver Craig McDonald, oui !

— Tu dis n'importe quoi ! siffla Karen. Alors, papa ?

Brandon se leva.

— Seulement si tu es prête à partir immédiatement. Je passerai te rechercher en revenant.

— Oh, papa, gémit Karen. Tu as dit que tu ne serais parti qu'une heure. Ça ne suffira pas pour tout ce qu'on a à faire.

À son tour, Maggie Brandon éclata de rire.

— Si ton père est de retour avant 21 h 30, je ferai des pancakes.

Karen regarda chacun de ses parents tour à tour, la difficulté à choisir éclatant sur son visage de quatorze ans.

— Papa ? dit-elle. Tu pourras me reprendre vers 21 heures ?

Brandon sourit.

— Pourquoi ai-je l'impression de m'être fait manipuler ?

Brandon arriva dans la salle de HOLMES vers 19 heures. Même à cette heure-là, tous les terminaux étaient allumés. On entendait le bruit des doigts pianotant sur les claviers, quelques techniciens discutant à voix basse. L'inspecteur Dave Woolcott était assis à côté de l'un des archivistes, qui lui montrait quelque chose, le doigt sur l'écran. Personne ne leva la tête quand Brandon entra.

Il se plaça derrière Woolcott et attendit qu'il ait fini de parler avec l'archiviste. Brandon réprima un soupir. Il fallait vraiment qu'il pense à la retraite. Que les agents en uniforme aient l'air de bébés, soit. Mais à présent, même les inspecteurs lui paraissaient trop jeunes. Pour lui, ils avaient l'âge d'être des stagiaires.

— Essaie encore de trouver une corrélation, Harry, dit Woolcott, devant lui. Confronte ces données avec celles de la crime.

L'informaticien acquiesça d'un hochement de tête et regarda fixement son écran.

— Bonsoir, Dave, dit Brandon.

Woolcott pivota sur sa chaise. Quand il vit qui était là, il se leva.

— Bonsoir, monsieur.

— Je rentrais chez moi, et je me suis dit que je pourrais venir voir où vous en étiez, dit Brandon.

Il avait menti avec aisance.

— Eh bien, monsieur, c'est un peu tôt. Nous allons travailler vingt-quatre heures sur vingt-quatre dans les jours qui viennent. Rentrer tous les détails des rapports sur le meurtre de Connolly et des précédents. Je suis également en contact permanent avec l'équipe chargée de la ligne d'urgence affectée à l'affaire. Dans l'ensemble, c'est surtout de la vengeance, de la paranoïa, mais le sergent Lascelles arrive à trier les appels. Il fait du bon boulot.

— Il en est sorti quelque chose, pour le moment ?

Woolcott se frotta machinalement le crâne à l'endroit de sa calvitie naissante, une manie qui, selon sa deuxième femme, était à l'origine du problème précité.

— Des bribes d'informations. Nous avons les noms de quelques types qui se promenaient dans Temple Fields les soirs en question – en tout cas, au moins deux de ces soirs. Nous avons également entré dans l'ordinateur central de la police les numéros des véhicules qu'on retrouve souvent durant la période où ont eu lieu les meurtres. Heureusement, depuis le deuxième homicide, l'inspecteur Jordan a envoyé quelqu'un relever tous les numéros d'immatriculation dans le village gay et alentour. C'est un travail un peu long, monsieur, mais nous finirons par y arriver.

« Si le tueur a été assez imprudent pour garer sa voiture dans Temple Fields », pensa Brandon, sceptique. C'était pourtant lui qui avait exigé qu'on fasse travailler l'équipe de HOLMES. Mais ce tueur ne ressemblait à aucun de ceux qu'il avait vus, ou dont il avait pu lire l'histoire. Ce tueur était prudent.

Brandon ne savait pas grand-chose des ordinateurs. Mais ces engins disposaient d'un outil qu'il n'avait pas oublié : la poubelle. Il espérait vivement qu'il n'avait pas donné à ses hommes un boulot qu'il eût mieux valu confier à l'équipe de nettoyage.

Carol ouvrit brusquement les yeux, le cœur battant. Dans son rêve, la lourde porte d'une cellule venait de se refermer sur elle en claquant. Elle était prisonnière entre des murs froids, sans fenêtres, suintants d'humidité. Elle était engluée de sommeil. Il lui fallut donc un certain temps pour réaliser que le poids familier qui reposait habituellement sur ses pieds – Nelson – n'était pas là. Elle entendit des pas, le bruit d'un trousseau de clés qu'on lâche sur une table, puis distingua une bande de lumière verticale le long de la porte, dans l'étroit entrebâillement par lequel Nelson entrait et sortait. Carol se retourna en grognant et attrapa le réveil : 22 h 10. Michael avait fait du bruit en rentrant et lui avait volé vingt minutes de son précieux sommeil.

Carol sortit du lit en titubant, enfila son peignoir en éponge. Elle ouvrit la porte de sa chambre et entra dans l'immense pièce qui occupait l'essentiel de l'appartement qu'elle partageait avec Michael.

Une demi-douzaine de lampadaires de hauteurs différentes ménageaient dans la pièce un éclairage à la fois chaud et élégant. Nelson apparut à l'entrée de la cuisine et avança, gracieux, sur le parquet. Il se ramassa sur son arrière-train. Puis, d'un bond qui semblait défier les lois de la gravité, il s'élança dans les airs, effleura un haut-parleur haut et fin, avant d'atterrir délicatement sur une étagère en bois blond de la bibliothèque. De là, il regarda Carol, à l'autre bout de la pièce, comme pour lui dire : « Je parie que tu ne peux pas faire ça. »

La pièce faisait environ douze mètres sur six. À un bout, trois canapés pour deux, recouverts de plaids en patchwork, entouraient une table basse. À l'autre extrémité de la pièce, une table et six chaises de style Rennie Mackintosh. Près des sofas, une télévision et un magnétoscope sur une table à roulettes noire. Le mur du fond était couvert de livres, de cassettes vidéo et de CD sur la moitié de sa surface.

Les murs étaient peints en gris perle, sauf le mur de façade, fait de briques nues et percé de cinq fenêtres cintrées, d'où l'on avait une vue sur toute la ville. Carol traversa la pièce et s'arrêta à l'endroit d'où l'on voyait le bord noir du canal du duc de Waterford, en contrebas. Les lumières de la ville scintillaient comme la fenêtre d'un bijoutier de pacotille.

— Michael ? lança-t-elle.

Son frère passa la tête hors de la petite cuisine tout en longueur, l'air surpris.

— Je n'avais pas réalisé que tu étais à la maison, dit-il. Je t'ai réveillée ?

— J'allais me lever bientôt, de toute façon. Il faut que je retourne travailler. J'ai juste réussi à grappiller quelques heures de sommeil, ajouta-t-elle, résignée. La bouilloire est sur le feu.

Elle entra dans la cuisine et se percha sur un tabouret haut, pendant que Michael faisait du thé et finissait de se préparer un sandwich avec de la *ciabatta*, du bœuf, des tomates, des olives noires, des oignons nouveaux et du thon.

— Tu as faim ? s'enquit-il.

— J'en mangerais bien un, admit-elle. Comment ça s'est passé, à Londres ?

Michael haussa les épaules.

— Comme on pouvait s'y attendre. Ils aiment ce qu'on fait, mais ils voudraient qu'on ait déjà fini.

Carol fit la grimace.

— On dirait un éditorial du *Sentinel Times* sur le tueur en série. Que fais-tu exactement, en ce moment ? Est-ce explicable à un profane ?

Michael sourit.

— Le prochain grand truc du futur, ce sont les jeux sur ordinateur avec la même qualité d'image que la vidéo. Tu filmes de vraies images, puis tu les numérises, et tu les transformes pour obtenir un jeu aussi réel qu'un film. C'est carrément génial. Imagine que tu joues à un jeu d'aventures en vidéo, mais que tous les protagonistes soient des gens que tu connais ! Tu es l'héroïne, et pas seulement dans ton imagination.

— Je suis larguée, là, dit Carol.

— OK. Tu mets le jeu dans ton ordinateur, tu branches un scanner, et tu scannes des photos de toi et de quiconque tu veux voir figurer dans ton jeu. L'ordinateur lit cette information et la transcrit en images. Donc, à la place de Conan le Barbare, c'est Carol Jordan qui mène la danse. Tes meilleurs amis, ou les objets de ton désir, deviennent tes alliés dans le jeu. Tous ceux que tu n'aimes pas, tu en fais des méchants. Aussi peux-tu vivre une aventure avec Mel Gibson, Dennis Quaid et Martin Amis, et te battre contre des ennemis comme Saddam Hussein, Margaret Thatcher et Popeye, expliqua Michael avec enthousiasme, tout en bourrant le pain d'ingrédients.

Il posa les sandwiches sur deux assiettes. Puis le frère et la sœur allèrent s'installer dans le salon, face au canal.

— J'ai été clair ? demanda Michael.

— Aussi clair qu'on peut l'être, dit Carol. Donc, quand cette technique sera au point, on pourra l'utiliser pour mettre les gens dans des situations compromettantes ? En faire des acteurs de films pornos, par exemple ?

Michael fronça les sourcils.

— Théoriquement, oui. Mais l'ordinateur de base, lui, serait complètement paumé. Il faudrait que tu saches ce que tu fais et que tu t'équipes avec un matériel ultra-sophistiqué et hyper cher pour arriver à obtenir une bonne qualité d'image à l'écran.

— Merci, mon Dieu ! s'exclama Carol, sincère. Je commençais à penser que vous étiez en train de créer un monstre de Frankenstein pour les maîtres chanteurs et les journalistes de la presse à scandale.

— Aucun risque, dit-il. De toute façon, on pourrait démonter ce genre de preuves bidon. Et toi, au fait ? Où en es-tu dans ton enquête ?

Carol haussa les épaules.

— À vrai dire, je ne refuserais pas l'aide de quelques super-héros.

— Et ce profileur, comment il est ? Il va faire bouger un peu les choses ?

— Tony Hill ? Avec lui, la révolution est en marche. Popeye fait une tête de trois kilomètres de long. J'ai bon espoir que cette collaboration soit fructueuse. J'ai déjà eu une séance de travail avec Tony, il déborde d'idées. C'est un type sympa, en plus. C'est agréable de bosser avec lui.

Michael sourit.

— Ça doit te faire une bouffée d'air frais, non ?

— Tu l'as dit.

— Et c'est ton genre, ce mec ?

Carol arracha une miette à son sandwich et la balança à son frère.

— Seigneur, tu n'as rien à envier aux machos avec lesquels je travaille ! Je n'ai pas de type d'homme, et même si j'en avais un et que Tony Hill y correspondait, je ne mélangerais pas le travail et le plaisir, tu le sais bien.

— Étant donné que tu n'as pas d'horaires et que tu passes tout ton temps libre à dormir, j'imagine que tu veux rester célibataire, rétorqua sèchement Michael. Alors, il est génial, c'est ça ?

— Je n'ai pas fait attention, dit Carol sur le même ton. Et je doute qu'il ait remarqué que je suis de sexe féminin. Ce type est un drogué du boulot. En fait, c'est à cause de lui que je retourne travailler ce soir. Il veut voir les scènes des crimes aux environs de l'heure où l'on a déposé les corps, pour sentir l'ambiance.

— Dommage que tu doives ressortir, dit Michael. Ça fait des siècles que nous n'avons pas passé une soirée devant la télé, à boire du vin. On se voit si peu, ces temps-ci, qu'on dirait qu'on est mariés.

Carol sourit d'un air piteux.

— C'est la rançon de la gloire.

— J'imagine, oui.

Michael se leva.

— Puisque tu ressors, je vais travailler deux petites heures avant de me mettre au lit.

— Avant que tu n'y ailles… j'ai besoin de ton aide.
Michael se rassit.

— Tant qu'il ne s'agit pas de repassage.

— L'analyse statistique des formes, tu connais ?
Michael fronça les sourcils.

— Pas des masses. J'en ai fait un peu, quand je travaillais à mi-temps, à l'époque de mon doctorat, mais je ne sais pas où ça en est aujourd'hui. Pourquoi ? Tu veux que je regarde quelque chose ?

Carol acquiesça d'un hochement de tête.

— C'est un peu macabre, j'en ai peur.

Elle lui expliqua les affreuses blessures dont avait été victime Damien Connolly.

— Tony Hill se demande s'il n'y aurait pas un message caché dans ces brûlures.

— Pas de problème, dit Michael. Je vais jeter un coup d'œil là-dessus. Je connais un type qui dispose probablement des derniers logiciels en la matière. Je suis certain qu'il me laissera utiliser son ordinateur.

— Mais pas un mot à quiconque, hein ? dit Carol.
Michael eut l'air offensé.

— Bien sûr que non ! Pour qui me prends-tu ? Je préférerais encourir les foudres d'un tueur en série plutôt que les tiennes. Je tiendrai ma langue. Apporte-moi le document demain. Je ferai de mon mieux, OK ?

Carol se pencha en avant et ébouriffa les cheveux blonds de son frère.

— Merci. J'apprécie.

Michael l'étreignit brièvement.

— Tu t'aventures dans des contrées bizarres, petite sœur. Sois prudente, OK ? Tu sais que je ne pourrais pas payer le crédit de cet appartement tout seul.

— Je suis toujours prudente, affirma Carol, ignorant la petite voix en elle qui lui disait de ne pas tenter le destin. J'ai un instinct de survie très fort.

Extrait d'une disquette de trois pouces et demi intitulée : Sauvegarde 007 – Dossier amour 006

— Je te veux depuis la première fois que je t'ai vu, ai-je dit tout bas. Je te veux depuis tellement longtemps.

La tête d'Adam, écroulée sur le côté, s'est redressée légèrement. J'ai appuyé sur le bouton d'enregistrement de la caméra vidéo, fixée sur son trépied. Je ne voulais rien rater. Les paupières d'Adam, lourdes de tout ce chloroforme, se sont ouvertes péniblement, jusqu'à n'être que deux fentes. Puis elles se sont ouvertes brusquement en grand, quand la mémoire lui est revenue. Sa tête s'est agitée d'un côté, puis de l'autre, comme s'il essayait de voir où il était, et de quelle façon on l'avait immobilisé. Lorsqu'il s'est aperçu qu'il était nu, que ses poignets et ses chevilles étaient entravés dans de souples bracelets de cuir et que lui-même était attaché à mon chevalet, une plainte étouffée, qui ressemblait à un gémissement de panique, s'est échappée de sous la bande adhésive collée sur sa bouche.

Sortant de l'ombre, derrière lui, j'ai avancé jusqu'à me trouver dans son champ de vision, mon corps huilé et brillant dans la lumière des projecteurs. J'avais ôté mes sous-vêtements, souhaitant montrer mon corps superbe dans toute sa splendeur. En me voyant, Adam a écarquillé encore plus les yeux. Il a essayé de parler, mais n'a émis qu'un marmonnement crispé.

— Mais tu as décidé que tu ne pouvais t'autoriser à me désirer, n'est-ce pas ? ai-je dit d'une voix dure, accusatrice. Tu n'as pas eu le courage de choisir l'amour qui nous aurait exaltés l'un et l'autre. Tu as occulté ton vrai moi, et tu as préféré une idiote, une pute, une petite connasse minable. Tu ne comprends donc pas ? Je suis la seule personne au monde qui sache vraiment ce dont tu as besoin. J'aurais pu te donner un plaisir fou, mais tu as opté pour la solution sans risques, la solution pathétique. Tu n'as pas eu le courage nécessaire pour un vrai mariage, une union du corps et de l'esprit.

Des gouttes de sueur ruisselaient sur ses tempes, malgré le froid de la cave. J'ai fait quelques pas pour caresser son corps. J'ai passé ma main sur sa poitrine pâle et musclée, j'ai effleuré son sexe. Il a eu un tressaillement convulsif, ses yeux sombres sont devenus suppliants.

— Comment as-tu pu trahir ce qui est dans ton cœur ? ai-je sifflé en enfonçant mes ongles dans la chair si douce, au-dessus des boucles drues de ses poils pubiens.

Il s'est raidi à mon contact. Cela m'a fait frémir de plaisir. J'ai enlevé ma main, et j'ai admiré les demi-lunes rouges que mes ongles avaient laissées sur sa peau.

— Tu sais bien que tu es à moi. Tu me l'as dit. Tu me désirais, nous le savons tous les deux.

Encore un gémissement sous le bâillon. À présent, il transpirait également sur la poitrine. Des gouttes de sueur se mêlaient aux poils noirs qui allaient s'étrécissant sur son abdomen, pour ne plus former qu'une ligne fine pointant vers sa queue, avachie et aussi inutile qu'une limace entre ses jambes. Même s'il ne me désirait pas, de toute évidence, la simple vue de sa nudité vulnérable m'excitait. Il était beau. J'ai senti mon sang battre plus fort dans mes veines, ma chair gonfler, prête à le prendre, prête à exploser. Haïssant cette faiblesse en moi, j'ai reculé avant qu'il ne puisse voir l'effet qu'il avait sur moi.

— Je voulais seulement t'aimer, ai-je dit doucement. Je n'ai pas voulu cela.

Ma main s'est posée sur la poignée du chevalet, en a caressé le bois poli. J'ai tourné la tête et j'ai regardé le beau visage d'Adam. Avec lenteur, une infinie lenteur, j'ai entrepris de tourner la poignée. Son corps, déjà tendu, s'est crispé pour résister à la tension exercée par les bracelets de cuir. Son effort a été vain. Le mécanisme d'enroulement de la machine multipliait la faible pression de ma main, jusqu'à la rendre égale à la force de plusieurs hommes. Adam ne faisait pas le poids, face à ma machine. J'ai vu les muscles de ses jambes et de ses bras gonfler, sa poitrine se soulever, tandis qu'il luttait pour respirer.

— Il n'est pas trop tard, ai-je dit. Nous pouvons encore être amants. Est-ce que ça te plairait ?

Désespérément, il a bougé la tête. Aucun doute, il s'agissait d'un acquiescement. J'ai souri.

— C'est un début, ai-je dit. Maintenant, tu n'as plus qu'à me montrer que tu es sincère.

J'ai passé une main sur sa poitrine moite, puis j'ai frotté mon visage contre ses poils noirs et fins. Je sentais sa peur, sa sueur en avait le goût. J'ai enfoncé ma tête dans son cou, je l'ai sucé, mordu, j'ai mordillé ses oreilles. Son corps est resté rigide, mais je n'ai senti aucun indice d'érection. Sous le coup de la frustration j'ai dû m'éloigner. Puis, me penchant sur lui, d'un grand mouvement désespéré, je lui ai arraché la bande adhésive de la bouche.

— Aag ! a-t-il crié, alors que le scotch lui arrachait la peau, crissait sur sa barbe naissante.

Il s'est humecté les lèvres.

— Laissez-moi partir, je vous en prie ! a-t-il soufflé.

J'ai secoué la tête.

— Impossible, Adam. Peut-être que si nous étions amants…

— Je ne dirai rien à personne, a-t-il coassé. Je vous le promets.

— Tu as trahi mon amour une fois, ai-je dit, tristement. Comment pourrais-je te faire de nouveau confiance ?

— Je suis désolé, a-t-il dit. Je n'avais pas réalisé… Je suis désolé.

Mais je n'ai vu aucune trace de repentir dans son regard, seulement de la peur et du désespoir. J'avais imaginé cette scène tant de fois dans ma tête. Une part de moi-même exultait, en voyant la réalité coller aussi finement à mon fantasme. Les dialogues étaient presque identiques à ceux de mon scénario. Une autre part de moi-même ressentait une tristesse inexprimable, de le voir aussi faible et déloyal que je l'avais craint. Cependant, une dernière part de moi-même était excitée de façon presque incontrôlable à l'idée de ce qui allait suivre, que ce fût l'amour, la mort ou les deux.

— Ce n'est plus l'heure de parler, mais d'agir, ai-je déclaré. Tu as dit que tu voulais que nous soyons amants, mais ce n'est pas ce que ton corps exprime. Peut-être que tu as peur. Tu aurais tort. Je suis une personne généreuse, capable d'amour. Tu pourrais le découvrir par toi-même. Je vais te donner une dernière chance d'expier ta trahison. Je vais te laisser tout seul un petit moment. Quand je reviendrai, je veux que tu sois capable de maîtriser ta peur et de me montrer ce que tu ressens réellement pour moi.

J'ai tourné les talons et j'ai dirigé mes pas vers la caméra. J'ai sorti la cassette sur laquelle était enregistrée notre rencontre, et j'en ai mis une nouvelle à la place. En haut de l'escalier, j'ai fait volte-face.

— Sinon, ai-je dit, je serai dans l'obligation de t'administrer une punition pour ta trahison.

— Attendez ! a-t-il braillé, désespéré, alors que je disparaissais à sa vue. Revenez ! ai-je entendu en refermant la trappe.

Il a dû continuer à hurler, j'imagine. Mais je ne pouvais plus l'entendre. À l'étage, dans la chambre de tatie Doris et oncle Henry, j'ai inséré la bande dans le magnétoscope que j'avais installé sur le coffre, au bout du lit. J'ai allumé la télé avant de me glisser entre les draps de coton froids. Même si Adam ne voulait pas de moi, je ne pouvais échapper à mon désir pour lui. Je l'ai regardé sur son chevalet, et ma main a caressé mon corps avec tout le talent, l'ingénuité que j'espérais de lui. J'ai imaginé sa belle queue gonflant dans ma bouche. Chaque fois que j'étais au bord de l'orgasme, je m'arrêtais, me serrais très fort et m'obligeais à ne pas jouir, à me réserver pour la suite. Après m'être passé la vidéo quatre fois, j'ai décidé qu'il avait eu assez de temps comme ça.

J'ai quitté le lit et regagné la cave. Je l'ai regardé ainsi étendu, jambes et bras écartés.

— Je vous en prie, a-t-il gémi. Laissez-moi partir ! Je ferai tout ce que vous voudrez, mais laissez-moi partir. Je vous en supplie.

Je lui ai souri, puis j'ai secoué doucement la tête en signe de dénégation.

— Je te ramènerai à Bradfield, Adam. Mais d'abord, on va s'amuser un peu.

6

« Les gens commencent à voir que pour réussir un meurtre, il faut autre chose que deux crétins : celui qui tue, celui qui est tué. Autre chose qu'un couteau, un sac à main, une ruelle obscure. Une mise en scène, des messieurs, plusieurs participants, de la lumière, de l'ombre, de la poésie, du sentiment sont à présent considérés comme autant d'éléments indispensables à des tentatives de ce genre. »

Le travail ne résout peut-être pas tout, mais il a une grande force de diversion. Tony regardait fixement l'écran, en faisant défiler les informations glanées dans les rapports de police et classées sous forme de tableaux. Satisfait, il cliqua sur l'icône de l'imprimante. Tandis que son travail sortait de la machine en bégayant, Tony ouvrit un autre dossier et entreprit de relire rapidement les conclusions tirées des informations brutes. Tout, oui, tout, pour la tenir à distance.

Il était tellement absorbé par son travail qu'il n'entendit pas le carillon de la porte d'entrée. Lorsqu'on sonna une deuxième fois, il leva des yeux ahuris vers la pendule. 23 h 05. Si c'était Carol, elle arrivait plus tôt qu'il ne l'aurait cru. Ils s'étaient mis d'accord sur le fait que ça n'avait pas grand sens de commencer leur exploration avant minuit. Tony se leva, indécis.

Connaissant son numéro de téléphone, Angelica n'aurait sans doute pas trop de problèmes pour découvrir son adresse. Il arriva à la porte au moment où l'on sonnait pour la troisième fois. Regrettant de ne pas avoir fait installer de judas, il entrebâilla la porte avec précaution.

Carol sourit.

— On dirait que vous vous attendez à voir surgir le Bricoleur, dit-elle.

Comme Tony ne disait rien, elle ajouta :

— Je suis un peu en avance, excusez-moi. J'ai essayé de téléphoner, mais la ligne était occupée.

— Désolé, marmonna Tony. Je dois avoir mal raccroché. Entrez, je vous en prie.

Il réussit à sourire, puis il précéda Carol jusque dans son bureau. En arrivant près de sa table, il remit le combiné en place.

Carol nota que le téléphone n'avait pas été mal raccroché, mais décroché délibérément. Tony n'avait pas voulu être dérangé, même par le répondeur. Sans doute ne savait-il pas résister à la sonnerie du téléphone, tout comme elle. Elle jeta un coup d'œil aux feuilles qu'avait crachées l'imprimante.

— À l'évidence, vous avez travaillé, dit-elle. Et moi qui pensais que vous mettiez du temps à répondre parce que vous vous étiez accordé une petite sieste !

— Et vous, vous avez dormi ? s'enquit Tony en remarquant qu'elle avait l'œil plus vif.

— Quatre heures. Ce qui veut dire qu'il me manque à peu près dix heures de sommeil. Mais sinon, j'ai des informations pour vous.

Elle lui fit un résumé de sa visite à Scargill Street, sans parler de l'hostilité de Cross.

Tony l'écouta attentivement, en prenant quelques notes sur son bloc.

— Intéressant, dit-il. Je ne pense pas qu'il soit très utile de faire revenir les auteurs d'attentats à la pudeur. Si le Bricoleur est fiché, c'est plutôt pour délinquance juvénile, vols ou agressions mineurs, ce genre de choses. Cela dit, je me suis déjà trompé.

— Nous nous sommes tous trompés, non ? À part ça, je suis passée dans la salle de HOLMES. Il n'y a personne qui s'y connaisse en analyse statistique de formes. Aussi ai-je demandé à mon frère de s'en charger. Dois-je lui donner un jeu de photos, ou y a-t-il une autre façon de lui présenter ces données ?

— À mon avis, il risque moins de se tromper en travaillant directement sur les photos, dit Tony. Merci d'avoir résolu ça pour moi.

— Ça ne m'a pas demandé un grand effort, dit Carol. Et puis, je crois que mon frère est ravi que nous sollicitions son aide. Il pense que je ne le prends pas au sérieux. Il crée des jeux vidéo, tandis que je me coltine avec la réalité.

— Et c'est vrai ?

— Quoi ? Que je ne le prends pas au sérieux ? Certainement pas ! Je respecte quiconque arrive à tirer autant de choses d'un ordinateur. Moi, je sais à peine m'en servir. Et puis, il gagne à peu près deux fois plus d'argent que moi. Ça force le respect.

— Je n'en suis pas sûr. Andrew Lloyd Webber gagne probablement plus en une journée que moi en quatre semaines. Pourtant, je ne le prends pas au sérieux.

Tony se leva.

— Carol, ça ne vous ennuie pas si je vous abandonne dix minutes ? Il faut que je prenne une douche rapide pour me réveiller.

— Pas de problème. Ne vous sentez pas gêné, c'est moi qui suis en avance.

— Merci. Vous voulez boire un café, pendant que vous m'attendez ?

Carol secoua la tête.

— Je vais me passer de café, merci. Il fait froid dehors, et il n'y a pas des masses d'endroits où une femme peut faire pipi dans Temple Fields, à 2 heures du matin.

Presque timidement, Tony prit les feuilles imprimées et les tendit à Carol.

— J'ai commencé le travail sur les victimes. Peut-être voudrez-vous y jeter un coup d'œil pendant que je prends ma douche ?

Avec avidité, Carol prit les feuilles de papier.

— J'en serai ravie.

— Ce ne sont que des remarques préliminaires, observa Tony en reculant vers la porte. Je n'ai pas encore tiré de conclusion. C'est justement là-dessus que je travaille.

— Pas de panique, Tony, je suis de votre côté, dit Carol, alors qu'il quittait la pièce.

Pendant une minute, elle fixa la porte par laquelle il venait de sortir, se demandant ce qui avait bien pu le déstabiliser. Lorsqu'ils s'étaient quittés, dans l'après-midi, ils avaient établi un rapport cordial. Mais à présent, il était tendu, distant. Était-ce dû à la fatigue, ou à sa présence à elle, ici, chez lui ?

— Seigneur, est-ce que ça a une importance ? marmonna-t-elle pour elle-même. Concentre-toi, Jordan. Fais appel aux lumières de cet homme.

Elle se plongea dans la lecture de la première page, étudia les données.

Victime	**Adam S.**	**Paul G.**	**Gareth F.**	**Damien C.**
N°	1	2	3	4
Date crime	*6/7.9.93*	*1/2.11.93*	*25/26.12.93*	*20/21.2.94*
Résidant à Bradfield?	*Oui*	*Oui*	*Oui*	*Oui*
Sexe	*M*	*M*	*M*	*M*
Origine ethnique	*Race blanche*	*Race blanche*	*Race blanche*	*Race blanche*
Nationalité	*Britannique*	*Britannique*	*Britannique*	*Britannique*
Âge	*28*	*31*	*30*	*27*
Signe astrologique	*Gémeaux*	*Cancer*	*Scorpion*	*Capricorne*
Taille	*1,75 m*	*1,78 m*	*1,78 m*	*1,80 m*
Poids	*73,5 kg*	*68 kg*	*75,5 kg*	*80 kg*
Carrure	*Moyenne*	*Mince*	*Moyenne*	*Mince*
Musculature	*Bonne*	*Normale*	*Normale*	*Excellente*
Longueur des cheveux	*Nuque dégagée*	*Dans le cou*	*Nuque dégagée*	*Nuque dégagée*
Couleur des cheveux	*Châtain*	*Châtain foncé*	*Châtain*	*Auburn*
Type de cheveux	*Ondulés*	*Raides*	*Raides*	*Bouclés*
Tatouages	*Néant*	*Néant*	*Néant*	*Néant*
Vêtements	*Aucun*	*Aucun*	*Aucun*	*Aucun*
Profession	*Fonctionnaire*	*Assistant à l'université*	*Juriste*	*Officier de police*
Lieu d'habitation	*Centre-ville*	*Centre-ville sud*	*Centre-ville*	*Banlieue sud*
Voiture	*Ford Escort*	*Citroën AX*	*Ford Escort*	*Austin Healey de collection*
Loisirs	*Musculation Pêche à la ligne*	*Marche*	*Musculation Théâtre Cinéma*	*Restauration de voitures*
Type d'habitation	*Maison de ville mitoyenne Garage intégré*	*Maison mitoyenne édwardienne Pas de garage*	*Rez-de-jardin Pas de garage*	*Maison individuelle, garage rattaché à la maison*

Statut social	*Divorcé Vivant seul PRé PR*	*Célibataire Vivant seul PPRé PR*	*Célibataire Vivant seul PRé PR*	*Célibataire Vivant seul PPRé PPR*
Objets personnels manquants ?	*Alliance, montre*	*Montre*	*Chevalière Montre*	*Montre*
Objets manquants dans la maison	*Cassette du répondeur*	*Cassette du répondeur*	*Apparemment aucun*	*Apparemment aucun*
Identité sexuelle officielle	*Hétéro*	*Hétéro*	*Hétéro*	*Inconnue*
Vu pour la dernière fois	*Tram vers 18 heures*	*Quittant son travail vers 17 h 30*	*Chez lui à 19 h 15*	*Chez lui à 18 heures*
Casier judiciaire	*Néant*	*Néant*	*Néant*	*Néant*
Relation victime/lieu du crime	*Aucune relation connue*	*Aucune relation connue*	*Aucune relation connue*	*Aucune relation connue*
Type du lieu où l'on a retrouvé le corps	*Urbain*	*Urbain*	*Suburbain/ rural*	*Urbain*
Lieu du premier contact avec le tueur	*Inconnu*	*Inconnu*	*Inconnu*	*Inconnu*
Lieu de la mort	*Inconnu*	*Inconnu*	*Inconnu*	*Inconnu*
Disposition du corps	*À moitié caché en vue d'en retarder légèrement la découverte*	*À moitié caché en vue d'en retarder légèrement la découverte*	*Caché, message indicatif à la police via le journal*	*Exhibé, mais dans un lieu peuplé seulement la nuit*
Corps placé dans une position particulière?	*Non*	*Non*	*Non*	*Non*

Le corps a-t-il été lavé? (note 1)	Oui	Oui	Oui	Oui
Cause de la mort	Égorgement	Égorgement	Égorgement	Égorgement
Entraves (note 2)	Poignets Chevilles Bâillon adhésif	Poignets Chevilles Bâillon adhésif	Poignets Chevilles Bâillon adhésif	Poignets Chevilles Bâillon adhésif
Marques de morsures	Néant	Néant	Néant	Néant
Marques possibles de morsures (chair prélevée)	Oui	Oui	Oui	Oui
Localisation des marques	Cou - 2 Poitrine - 1	Cou - 2	Cou - 3 Abdomen - 4	Cou - 3 Poit. - 2 Sexe - 4
Signes de torture ou d'agression inhabituels	Oui (A)	Oui (B)	Oui (C)	Oui (D)

Note 1 : lavage des corps

Aucun produit parfumé ne semble avoir été utilisé. Je pense, et ceci irait dans le sens de son comportement jusqu'ici très prudent, qu'il espère faire disparaître tout indice utilisable par le labo. Il semble avoir pris un soin tout particulier des ongles, grattés sur les quatre victimes, et sous lesquels on n'a retrouvé que des traces d'un savon sans parfum.

Note 2 : entraves

On n'en a trouvé aucune sur les corps, mais les autopsies révèlent des ecchymoses aux `poignets, dues à des menottes, et de légères traces d'adhésif. En outre, il manque des cheveux, il y a des bleus aux chevilles provoqués par de l'adhésif d'emballage, et des traces d'adhésif autour de la bouche. Rien n'indique l'usage de bandeaux sur les yeux.`

A
Adam Scott. Désarticulation des chevilles, des genoux, des hanches, des épaules, des coudes et de plusieurs vertèbres cervicales. Résultat d'un écartèlement sur un chevalet. Entailles timides sur le pénis et les testicules.

B
Paul Gibbs. Graves déchirures du rectum, destruction quasiment totale du sphincter anal, éviscération partielle. Cela indique l'introduction répétée d'un objet à pointes dans l'anus. Il y a également des tissus brûlés à l'intérieur, résultant soit d'un choc électrique, soit de l'application de chaleur. Sauvagement battu au visage avant la mort ; bleus, os faciaux et dents brisés. Coupures post mortem *sur les parties génitales, plus accentuées que dans le cas A.*

C
Gareth Finnegan. Mains et pieds percés : blessures d'environ un centimètre vingt-cinq de diamètre. Lacérations à la joue gauche et sur le nez : un assaillant droitier pourrait avoir brisé du verre ou une bouteille sur son visage. Épaules désarticulées. Crucifixion ? Blessures post mortem *sur les parties génitales, quasiment castré.*

D

Damien Connolly. Désarticulations similaires à celles de A, mais sans traumatisme important au niveau de la colonne vertébrale, excluant l'idée d'un chevalet. Nombre important de petites brûlures sur le torse. Pénis coupé après la mort et inséré dans la bouche de la victime.

Questions

Les menottes de Damien Connolly étaient-elles toujours chez lui ou dans son casier, au poste de police ?

Pourquoi se débarrasse-t-on toujours des corps le lundi soir ou le mardi matin ?

Pour quelle raison le tueur est-il libre le lundi ?

Travaille-t-il le soir ? Le lundi est-il son jour de congé ?

Est-ce un homme marié dont la femme voit des copines le lundi soir ?

Ou bien, le lundi n'étant pas un jour où les gens sortent, pense-t-il avoir plus de chances de trouver ses victimes à la maison ?

Carol s'aperçut que Tony était revenu, mais elle continua de lire, levant simplement la main et agitant les doigts pour lui indiquer qu'elle le savait présent. Lorsqu'elle arriva à la fin du rapport, elle prit une profonde inspiration et dit :

— Eh bien, docteur Hill, vous avez sacrément travaillé.

Tony sourit, haussa les épaules et s'éloigna du montant de la porte contre lequel il s'était appuyé.

— Je pense que tout ce qui est là, vous l'aviez déjà en tête, soigneusement répertorié, dit-il.

— Effectivement, mais voir les choses sur le papier les rend parfois plus claires.

Tony hocha la tête.

— C'est un cas très spécial.

— Vous voulez en parler maintenant ?

Tony baissa les yeux vers le sol.

— Je préférerais ne plus y penser. Laisser les choses se décanter. Et puis, je dois étudier toutes les dépositions des témoins avant de penser à un profil.

Malgré elle, Carol se sentit déçue.

— Je comprends, dit-elle.

Tony sourit.

— Vous pensiez que je vous en dirais plus ?

— Pas vraiment.

Le sourire de Tony s'épanouit.

— Pas même un tout petit peu plus ?

Son sourire était communicatif. Carol le lui rendit.

— Je l'espérais, peut-être, mais je ne pensais pas vraiment que vous m'en diriez plus. Au fait, il y a une chose que je n'ai pas comprise. Les abréviations, PPRé, PRé, PPR, PR. Ça ne veut pas dire Parti républicain ou ce genre de choses, j'imagine ?

— Pas de partenaire régulier. Partenaire régulier. Pas de partenaire récent. Partenaire récent. Les abréviations, c'est la maladie qui affecte les sciences humaines, comme la psychologie ou la sociologie. Il nous faut mystifier le non-initié. Pardonnez-moi. J'essaie d'utiliser au minimum le jargon de ma profession.

— Afin de ne pas semer la confusion dans nos esprits lents ? plaisanta Carol.

— C'est surtout pour ne pas donner aux sceptiques un nouveau bâton pour me battre. C'est suffisamment difficile comme ça de convaincre les gens que mes rapports valent la peine d'être lus, sans que je me les aliène avec tous ces termes pseudo-scientifiques.

— Je vous crois, dit Carol, ironique. On y va ?

— Oui. Mais il y a un postulat que j'aimerais contester dès maintenant, dit Tony, redevenant soudain sérieux. Un postulat concernant les victimes. Tout le monde pense que ce tueur vise des hommes gays. Il y a des centaines, voire des milliers d'hommes à l'homosexualité affichée dans Bradfield. Nous sommes sans doute la ville de la grande banlieue de Londres avec le plus fort taux d'homosexualité. Or, nous n'avons aucune indication quant à l'homosexualité réelle ou éventuelle de nos victimes. Qu'est-ce que cela signifie, d'après vous ?

— Le tueur est un homosexuel honteux, et il n'aime que les hommes qui, comme lui, cachent leur homosexualité ? suggéra Carol.

— Peut-être. Mais s'ils s'emploient activement à paraître hétéros, comment les rencontre-t-il ?

Carol remit tous les coins des feuilles les uns en face des autres pour se donner un peu de temps.

— Par les petites annonces ? Par des réseaux téléphoniques ? Par Internet ?

— D'accord avec toutes ces possibilités. Seulement, d'après les rapports des officiers de police qui ont fouillé leurs maisons, il n'y avait aucun indice d'un intérêt pour aucun de ces moyens de communication. Chez aucune des victimes.

— Alors, qu'essayez-vous de me dire ?

— Je ne pense pas que le Bricoleur soit attiré par des gays. Je crois qu'il aime les hétéros.

Pour le sergent Don Merrick, la coupe était plus que pleine. Comme si ça ne suffisait pas qu'il ait Popeye sur le dos, à la suite de cette nouvelle mission infligée par le patron, il se retrouvait à présent le serviteur de trois maîtres. Il était censé s'assurer qu'on exécutait bien les ordres de l'inspecteur Jordan quand elle n'était pas dans les parages. Il était également censé travailler pour Kevin Matthews sur l'affaire Damien Connolly, tout en tenant Bob Stanfield au courant de ses progrès et de ceux de sa supérieure dans l'affaire Paul Gibbs. Et, pour couronner le tout, il passait sa soirée au *Hell Hole*.

Le bien nommé, selon lui. Le *Hell Hole* se vantait, dans la presse gay, d'être « le club qui domine la vie nocturne de Bradfield. Une seule visite, et vous serez ferré. Vous êtes obligé de passer les meilleurs moments de votre vie au *Hell Hole* ! ». Autrement dit, le *Hell Hole* était l'endroit où trouver des partenaires, si vous aviez envie de sadomasochisme et de *bondage*.

Merrick avait l'impression d'être Blanche-Neige catapultée dans une orgie. Il n'avait pas la moindre idée de la façon dont il était censé se comporter. Il n'était même pas certain d'avoir la tenue qui convenait. Il avait opté pour un vieux Levis qui ne voyait la lumière du jour que les rares fois où il bricolait dans sa maison, un tee-shirt blanc tout simple et une vieille veste de cuir qu'il avait portée à l'époque où il faisait de la moto, avant la naissance des enfants. Ses menottes de fonction dépassaient de sa poche de derrière – il espérait qu'elles donneraient un rien de vraisemblance à son déguisement. Il jeta un coup d'œil autour de lui. Ce bar était mal éclairé, mais il pouvait voir que la toile de jean et le cuir dominaient nettement : il était dans le ton, du moins superficiellement. Alors que ses yeux s'accoutumaient à ce faible éclairage, il repéra plusieurs de ses collègues. La plupart d'entre eux avaient l'air aussi mal à l'aise que lui.

Le club était quasiment vide quand il était arrivé, juste après 21 heures. Se sentant extraordinairement repérable, Merrick avait demandé un laissez-passer. Puis il était ressorti. Il avait erré dans Temple Fields pendant presque une heure, s'était arrêté dans un bar pour boire un cappuccino. Il s'était demandé pourquoi les clients gays n'avaient cessé de lui lancer des regards bizarres. Jusqu'au moment où il avait réalisé qu'il était le seul en jean et blouson de cuir. À l'évidence, il avait transgressé un code vestimentaire tacite. Gêné, Merrick avait avalé son café brûlant aussi vite qu'il l'avait pu. Puis il était reparti par les rues.

Il se sentait sacrément vulnérable, tout seul sur les trottoirs des ruelles piétonnes de Temple Fields. Les hommes qu'il croisait, seuls, en couple ou en groupe, le dévisageaient des pieds à la tête, s'attardant sur son entrejambe. Il était au supplice, regrettait ne pas avoir mis un jean moins serré. Deux jeunes Noirs passèrent à sa droite, bras dessus, bras dessous. Merrick entendit l'un d'eux dire à son copain, très distinctement :

— Beau cul pour un Blanc, non ?

Le policier se sentit rougir. Sous l'effet de la colère, ou de la gêne ? Il n'aurait su le dire. Dans un moment de lucidité affreuse, il comprit les femmes quand elles se plaignaient d'être traitées par les hommes comme des objets.

Il retourna au *Hell Hole*, soulagé de voir qu'il y avait à présent du monde. De la musique disco pulsait à un volume considérable, les basses si fortes qu'il avait l'impression de les sentir dans sa poitrine. Sur la piste de danse, des hommes en cuir, affublés de chaînes et de casquettes à visière, déployaient une grande énergie, exhibant leurs muscles gonflés dans des salles de gym, propulsant leur bas-ventre dans le vide, en d'étranges parodies d'acte sexuel.

Réprimant un soupir, Merrick se fraya un chemin à travers la foule, direction le bar. Il commanda une bouteille de bière américaine, que son palais habitué au délicieux goût de noisette de la Newcastle Brown trouva extraordinairement insipide.

Merrick pivota pour fixer de nouveau la piste de danse. Il s'adossa au comptoir et passa la salle en revue, essayant désespérément d'éviter de croiser un seul regard. Il lui fallut dix minutes pour comprendre que l'homme debout à sa droite n'attendait pas d'être servi. Merrick jeta un coup d'œil sur le côté et s'aperçut que son voisin avait les yeux fixés sur lui. Il était presque aussi grand que lui, mais plus musclé, et de carrure plus large. Il portait un pantalon de cuir noir moulant et une veste blanche. Ses cheveux blonds, coupés court sur les côtés, étaient plus longs sur le dessus ; sa peau était lisse et bronzée comme celle d'un strip-teaseur. Il haussa les sourcils et dit :

— Salut, je m'appelle Ian.

Merrick eut un pâle sourire.

— Don, dit-il, élevant la voix pour se faire entendre malgré la musique.

— Je ne t'ai jamais vu ici, Don, dit Ian, en se rapprochant pour que son bras nu se presse contre le cuir fatigué de la manche du blouson de Merrick.

— C'est la première fois que je viens, répondit Merrick.

— Tu n'habites pas ici depuis très longtemps, alors ? Tu n'as pas l'accent du coin.

— Je suis du Nord-Est, dit Merrick, prudent.

— Ceci explique cela. Un beau gars de Newcastle, s'extasia Ian dans une mauvaise imitation de l'accent de Merrick.

Merrick sentit son sourire se lasser, puis disparaître.

— Tu viens souvent, toi ? demanda-t-il.

— Tous les soirs. C'est le meilleur bar en ville pour le genre d'homme que j'aime.

Ian lui fit un clin d'œil.

— Puis-je t'offrir un verre, Don ?

Merrick sentit de la sueur couler dans son dos, mais cela n'avait rien à voir avec la chaleur qu'il faisait dans le bar.

— Je vais prendre une autre bière, dit-il.

Ian acquiesça d'un hochement de tête et se tourna vers le comptoir, se jetant sur Merrick comme si la foule autour l'avait poussé. Merrick parcourut la salle du regard, la mâchoire crispée. Il vit que l'un des autres policiers l'observait. Son collègue lui fit un clin d'œil grotesque, puis singea un mouvement de va-et-vient avec son index dans son poing fermé. Merrick se détourna et se retrouva face à face avec Ian, qui avait été servi.

— Voilà, mon joli, dit Ian. Alors, on veut s'amuser, ce soir ?

— Je fais juste un petit repérage, dit Merrick.

— Comment c'est, à Newcastle ? demanda Ian. Ça bouge un peu ? Il y en a pour tous les goûts ?

Merrick haussa les épaules.

— Je ne sais pas. Je ne suis pas de Newcastle. Je viens d'un petit village sur la côte. Ce n'est pas vraiment le genre d'endroit où on peut être soi-même.

— Je vois ce que tu veux dire, dit Ian en posant une main sur le bras de Merrick. Eh bien, Don, si tu veux être toi-même, tu as trouvé l'endroit et l'homme qu'il te faut.

Merrick était terrifié et espérait vivement que ça ne se voyait pas.

— C'est assurément un lieu très animé, hasarda-t-il.

— Nous pourrions aller dans un endroit plus calme, si tu veux. Il y a une autre salle, au fond, où on entend moins la musique.

— Non, je suis très bien ici, dit Merrick très vite.

Ian se rapprocha, de sorte que son torse s'appuya sur celui de Merrick.

— Tu es quoi, Don ? Actif ou passif ?

Merrick s'étouffa avec sa bière.

— Je te demande pardon ?

Ian rit et ébouriffa les cheveux de Merrick. Ses yeux bleu clair brillaient d'un éclat malicieux et ne quittaient pas ceux du sergent.

— Tu es vraiment un innocent égaré dans la grande ville, hein ? Ce que je te demande, c'est ce que tu préfères : la mettre ou la prendre ?

La main de Ian descendit vers le pantalon de Merrick. Juste au moment où le policier pensait qu'on allait le toucher comme seule sa femme l'avait jamais touché, la main de Ian s'écarta sur le côté et caressa une fesse de Merrick.

— Ça dépend, coassa Merrick.

— De quoi ? s'enquit Ian d'un ton suggestif, en s'approchant si près que Merrick sentit l'érection de l'autre contre sa jambe.

— Du degré de confiance que j'accorde à la personne avec qui je suis, répondit Merrick, essayant de ne pas laisser sa répulsion percer dans sa voix ou dans son expression.

— Oh, je suis tout à fait digne de confiance. Et tu m'as l'air du genre fiable, toi aussi.

— Tu n'as pas un peu peur des étrangers, avec ce tueur en série qui rôde ? demanda Merrick, qui profita de ce qu'il reposait sa bouteille vide sur le bar pour s'écarter légèrement du corps exigeant de Ian.

Ian eut un sourire suffisant.

— Et pourquoi devrais-je avoir peur ? Ces types qui se sont fait zigouiller ne fréquentaient pas les endroits comme celui-là. Donc, il paraît logique que ce n'est pas là que ce salopard les a dragués.

— Comment tu le sais ?

— J'ai regardé leurs photos dans les journaux, et je n'ai jamais vu un seul d'entre eux dans les boîtes. Et je les connais, les boîtes, crois-moi. C'est pour ça que je sais que tu es nouveau.

Ian se rapprocha, glissa une main dans la poche arrière de Merrick. Il passa les doigts sur le contour dur des menottes.

— Hé ! Ça paraît intéressant. Je commence à imaginer la scène.

Merrick s'efforça de rire.

— Je pourrais très bien être le tueur. Tu n'en sais rien.

— Et quand bien même tu le serais ? dit Ian, très sûr de lui. Je ne suis pas le genre de type qui plaît à ce cinglé. Il aime les pédés honteux, pas les machos. S'il me draguait, il voudrait baiser, pas commettre un meurtre. En outre, un beau mec comme toi n'a pas besoin de tuer pour tirer un coup.

— Ouais, peut-être. Mais comment puis-je être sûr que toi, tu n'es pas le tueur ?

— Tu veux que je te dise ? Pour te le prouver, je vais te laisser diriger les opérations, ce soir. Tu pourras me mettre tes menottes.

« Continue comme ça, et c'est ce qui risque d'arriver », pensa Merrick. Il baissa le bras, saisit fortement le poignet de Ian et tira sa main hors de sa poche.

— Je ne pense pas, dit-il. Pas ce soir. Comme tu l'as dit, je viens d'arriver en ville. Et je ne ramène pas à la maison un type que je connais à peine.

Il lâcha le poignet de Ian et recula d'un pas.

— Ça m'a fait plaisir de parler avec toi, Ian. Merci pour le verre.

L'expression de Ian changea en un éclair. Ses yeux se plissèrent, son sourire se transforma en grimace de rage.

— Attends une minute, mon petit. Je ne sais pas dans quel genre de club de femmelettes tu as l'habitude d'aller, mais dans cette ville, on ne se fait pas offrir de verre et on ne se frotte pas à quelqu'un si on n'a pas l'intention de sauter le pas.

Merrick essaya de s'éloigner, mais les corps qui se pressaient autour du bar rendaient tout mouvement difficile.

— Désolé qu'il y ait eu un malentendu, dit-il.

Le bras de Ian se détendit d'un coup, puis se referma sur celui de Merrick, juste au-dessus du biceps, comme un étau. La douleur était épouvantable. Ian vint mettre son visage sous le nez de Merrick, si près que celui-ci sentit cette mauvaise haleine qu'il avait appris à associer à l'abus d'amphétamines.

— Ce n'est pas un malentendu, dit Ian. Tu es venu ici pour baiser. C'est pour ça qu'on vient là. Et c'est ce qu'on va faire : baiser.

Merrick pivota sur l'arrière de ses talons et enfonça son coude dans le foie de Ian, lequel cracha de l'air, puis se plia en deux, les deux mains sur le plexus solaire, incapable de riposter.

— Non, ce n'est pas ce qu'on va faire, dit Merrick doucement.

Il s'éloigna, dans le champ libre qui s'était miraculeusement créé autour de lui.

Il avait traversé la moitié de la salle quand un autre policier en civil lui emboîta le pas.

— Bien joué, sergent, dit-il dans sa barbe. Vous avez fait ce que nous avons tous envie de faire depuis que nous sommes là.

Merrick s'arrêta et sourit au policier.

— Vous êtes censé travailler incognito. Alors, soit vous dansez avec moi, soit vous dégagez et vous vous laissez draguer par l'un de ces pédés.

Abandonnant le policier bouche bée, Merrick alla de l'autre côté de la salle et s'adossa au mur. Le désordre qu'il avait créé au bar s'était résorbé. Ian se fraya un chemin dans la foule, bousculant les clients sur son passage, se tenant l'estomac. Puis il quitta la boîte, en lançant des regards venimeux à Merrick.

Il s'écoula peu de temps avant que Merrick ait de nouveau de la compagnie. Cette fois, il s'agissait d'un inspecteur d'un autre secteur, venu travailler avec la brigade criminelle le jour même. Il transpirait sous son épais blouson de cuir, dans son pantalon qui ressemblait de façon suspecte au modèle standard des motards. Il se pencha vers Merrick et lui dit à l'oreille :

— Chef, il y a un type dont nous devrions nous occuper, à mon avis.

— Pourquoi ?

— Je l'ai entendu dire à deux autres types qu'il connaissait les victimes. Il s'en vantait, disait qu'il n'y avait pas beaucoup de mecs qui pouvaient en dire autant. Puis il a dit que le tueur devait être un bodybuilder, comme lui, pour avoir pu trimbaler des cadavres comme ça. Il a dit aussi : « Je parie qu'il y a des gens ici ce soir qui connaissent un assassin sans le savoir. »

— Pourquoi n'allez-vous pas le chercher ? dit Merrick.

Son intérêt était éveillé, mais il ne voulait pas priver le policier de l'honneur d'avoir débusqué un suspect.

— J'ai essayé d'engager la conversation avec lui, mais il m'a envoyé promener.

Le policier eut un sourire empreint d'une ironie désabusée.

— Peut-être que je ne suis pas son genre, chef.

— Et qu'est-ce qui vous fait croire que moi, je suis son type ? demanda Merrick, sans trop savoir si on l'insultait de façon subtile ou non.

— Il est habillé comme vous.

Merrick poussa un soupir.

— Vous feriez mieux de me le montrer, alors.

— Ne regardez pas maintenant, monsieur, mais il est debout près des haut-parleurs. Genre beau mâle, avec des cheveux bruns courts, des yeux bleus, rasé de frais, un accent écossais. Il boit de la bière blonde dans une chope d'un demi-litre.

Merrick s'adossa de nouveau contre le mur et inspecta la pièce des yeux. Il repéra le suspect du premier coup.

— Je le vois, je crois, dit-il. OK. Ayez l'air dépité quand je m'en irai.

Merrick se détacha du mur et laissa le policier jouer les déprimés. Lentement, Merrick fit le tour de la salle, jusqu'à ce qu'il se trouve à côté de l'homme qu'on lui avait indiqué. Celui-ci avait la corpulence d'un haltérophile et la tête d'un boxeur. Sa tenue était quasiment la même que celle de Merrick, hormis le fait que sa veste avait plus d'anneaux et de fermetures que celle du sergent.

— Ça bouge ici, ce soir, dit Merrick.

— Ouais. Plein de nouvelles têtes. Dont une bonne moitié de flics, à mon avis. Tu vois ce connard à qui tu parlais il y a deux minutes ? T'as déjà vu un type qui avait plus l'air d'un flic que lui ?

— C'est pour ça que je l'ai envoyé bouler vite fait, répondit Merrick.

— Au fait, je m'appelle Stevie, dit l'homme. C'est la soirée des emmerdeurs, pour toi. Je t'ai vu corriger ce naze, tout à l'heure. Bien joué, mec.

— Merci. Je m'appelle Don.

— Ravi de faire ta connaissance, Don. C'est la première fois que tu viens ? Avec un accent pareil, à mon avis, tu n'es pas du coin.

— Parce tout le monde connaît tout le monde, ici ? demanda Merrick avec un sourire désabusé.

— Les gens se connaissent, en général, oui. Surtout dans le milieu SM de Temple Fields. Autant regarder les choses en face : si tu dois laisser quelqu'un t'attacher, mieux vaut savoir où tu mets les pieds.

Tu n'as pas tort, Stevie, dit Merrick, sincère. Surtout qu'il y a un tueur en liberté.

— Exact. À mon avis, ces types qu'on a tués pensaient juste se faire un peu secouer. Je les connaissais, tous – Adam Scott, Paul Gibbs, Gareth Finnegan et Damien Connolly –, et crois-moi, je n'aurais jamais cru que c'était leur genre de *trip*. Ça prouve qu'il ne faut jamais jurer de rien. On ne peut jamais dire ce qui se passe dans la tête des gens.

— Comment se fait-il que tu les aies connus, alors ? demanda Merrick. Ils ont dit dans le journal qu'ils ne fréquentaient pas le milieu.

— Je dirige un club de gym, dit Stevie, très fier. Adam et Gareth étaient membres. Il nous arrivait de prendre un verre ensemble. Ce Paul Gibbs, je le connaissais par un ami à moi. On buvait une bière tous les trois, de temps en temps. Et ce flic,

Connolly, il est venu à la salle de gym quand on a été cambriolés.

— Vous ne devez pas être nombreux, ici, à pouvoir dire que vous connaissiez ces malheureux, dit Merrick.

— Tu l'as dit, mec. Mais tu sais, je ne crois pas que le tueur ait voulu autre chose que s'amuser un peu.

Merrick haussa les sourcils.

— C'est drôle, de tuer des gens, d'après toi ?

Stevie secoua la tête.

— Non. Tu ne me suis pas. Tu vois, je ne pense pas qu'il parte dans l'intention de tuer ces types. C'est plutôt des accidents, d'après moi. Ils jouent à leurs petits jeux, et ce mec va trop loin, la situation lui échappe. À l'évidence, il est fort – il trimbale ces corps, il les balance en plein centre-ville, bordel ! S'il s'agit d'un vrai bodybuilder, comme moi, il ne mesure peut-être pas sa force. Ça pourrait arriver à n'importe qui, ajouta-t-il au bout d'un moment.

— Quatre fois ? dit Merrick, incrédule.

Stevie haussa les épaules.

— Peut-être qu'ils le cherchent. Tu vois ce que je veux dire ? Ils te tripotent la bite et tout ça, et une fois au pied du mur, ils refusent de passer à la casserole. Ça m'est déjà arrivé, Don, et crois-moi, il y a eu des fois où j'ai eu envie d'étrangler ces petits connards.

Le policier, chez Merrick, tirait sur sa laisse. Carol Jordan n'était pas le seul flic de Bradfield à avoir étudié la psychologie du tueur en série. Merrick avait lu des comptes rendus d'affaires dans lesquelles les tueurs étaient friands d'autojustification, aimaient fanfaronner devant un public. L'Éventreur du Yorkshire, par exemple, se vantait devant ses copains de « se faire » des prostituées. Merrick voulait voir Stevie dans une salle d'interrogatoire. Le seul problème était : comment l'y amener ?

Le sergent s'éclaircit la voix.

— La seule façon d'éviter ça, j'imagine, c'est de s'arranger pour connaître un peu les gens avec lesquels on a l'intention de coucher.

— Tout à fait mon point de vue. Ça te dit de prendre un peu l'air ? On pourrait boire un café au coin de la rue, faire un peu connaissance.

Merrick acquiesça d'un hochement de tête.

— Absolument, dit-il.

— Allons-y.

Dès qu'ils seraient dehors, Merrick mettrait sa radio en position émettrice. L'une des équipes de renfort viendrait les cueillir.

Bien qu'il fût plus de minuit, la rue du *Hell Hole* était loin d'être déserte.

— Par ici, dit Stevie en tendant le bras vers la gauche.

Merrick glissa sa main dans sa veste et mit sa radio en position émettrice.

— Où allons-nous ? s'enquit-il.

— Il y a un resto ouvert toute la nuit, à Crompton Gardens.

— Super. Je mangerais bien un sandwich au bacon, dit Merrick.

— C'est très mauvais pour ta santé, toute cette graisse, dit Stevie très sérieusement.

Alors qu'ils tournaient dans la ruelle qui menait à la place, Merrick sentit quelqu'un bondir d'une entrée d'immeuble, derrière lui. Il se retourna, et un grand flash de lumière éclata derrière ses yeux.

Extrait d'une disquette de trois pouces et demi intitulée : Sauvegarde 007 – Dossier amour 007

Cela ne dura pas aussi longtemps que je l'avais espéré. Une fois qu'Adam eut sombré dans l'inconscience, suite à la dislocation de ses membres, il fut impossible de le tirer de ce coma. J'attendis des heures, mais rien ne put le faire revenir à lui. Ni la douleur, ni l'eau froide, ni la chaleur. Ça me décevait, je l'admets. Sa peine n'avait été que l'ombre de la mienne, sa punition trop douce en regard de la trahison qui l'avait provoquée.

Je terminai ce que j'avais à faire, proprement et rapidement, juste après minuit. Puis je le retirai du chevalet, le pliai et le mis dans un sac en toile épaisse, que je fourrai dans un sac-poubelle noir de la ville de Bradfield. Ce fut une épreuve que de hisser ce poids mort jusqu'en haut des marches de la cave, puis de le remettre dans la brouette. Une occasion de constater que ça sert, de faire des haltères.

Je brûlais d'envie de rentrer chez moi, de m'installer devant mon ordinateur, de transformer cette soirée en quelque chose de transcendant. Mais j'avais encore du boulot avant de pouvoir me détendre et me faire plaisir. Je repris la voiture, direction le centre-ville, et roulai juste au-dessus de la limite autorisée – pas assez vite pour me faire arrêter pour excès de vitesse, pas assez lentement pour qu'on me soupçonne d'être un conducteur ivre, mais prudent. Je me rendis dans le quartier où draguent les homos, derrière l'université. Temple Fields était un quartier étudiant, dans le temps, plein de petits cafés, de restaurants, de boutiques et de bars aux prix abordables. Et puis, il y a environ dix ans de ça, deux des bars sont devenus des bars gays. Le conseil municipal de gauche accepta de fonder un centre homosexuel gay et lesbien, qui s'installa dans la cave d'un restaurant indien. Cette initiative fit boule de neige, et en l'espace d'un an ou deux, Temple Fields était devenu Gay City. Les étudiants hétéros avaient émigré à Greenholm, à l'autre extrémité du campus. Aujourd'hui, Temple Fields foisonne de bars gays, de boîtes, de bistrots branchés, de boutiques vendant des tenues en cuir. On peut également louer des chambres à la nuit, le long du canal.

Vers 1 h 30 le mardi matin, il y avait encore quelques personnes dans les rues. Je fis deux fois le tour du quartier, me concentrant sur la zone qui entoure Crompton Gardens. La place était sombre. La plupart des réverbères ont été détruits par des couples avides d'obscurité, et la mairie ne dispose pas de crédits suffisants pour les faire réparer.

Je jetai un coup d'œil alentour. Rien ne bougeait. Avec moult efforts, je tirai le sac jusqu'au bord du hayon. Puis je le hissai sur le muret, après l'avoir à moitié porté, à moitié roulé. Je le fis basculer de l'autre côté du mur. Il s'écroula avec un bruit sourd accompagné d'un léger froissement. Je sortis un canif de ma poche, me penchai par-dessus le mur et fis une grande entaille dans les sacs. J'en extirpai le corps, puis froissai les sacs en boule.

Juste après 2 heures, je garai la voiture d'Adam à quelques rues de chez lui, puis je retournai à pied au 4 × 4. Je jetai les sacs dans une poubelle au passage. Vers 3 heures, j'étais au lit. Malgré mon désir intense de poursuivre mon travail, la fatigue me terrassait. Pas étonnant, si l'on considère l'effort que j'avais fourni. Je m'endormis dès que j'eus éteint la lumière.

Quand je me réveillai, je roulai sur moi-même et regardai la pendule. Puis je vérifiai l'heure à ma montre. Autant se rendre à l'évidence : j'avais dormi treize heures et demie. Je ne pense pas avoir jamais dormi aussi longtemps, même après une anesthésie générale. Je m'en voulais. J'avais tellement attendu ce moment où je pourrais m'asseoir devant mon ordinateur pour revivre et réinventer ma rencontre avec Adam, jusqu'à ce qu'elle se confonde avec mes fantasmes les plus chers ! Mais voilà que j'avais à peine le temps de prendre une douche et de manger.

En allant travailler, j'achetai la dernière édition du *Bradfield Evening Sentinel Times*. Je faisais la page 2 du journal.

UN CORPS NU A ÉTÉ RETROUVÉ

On a retrouvé le corps d'un homme, nu et mutilé, dans le quartier gay de Bradfield, tôt ce matin.

Robbie Greaves, un employé du service sanitaire de la ville, a fait cette macabre découverte alors qu'il effectuait le ramassage des ordures à Crompton Gardens, dans le quartier de Temple Fields.

La communauté gay craint qu'il ne s'agisse du premier meurtre d'un tueur en série gay, comme l'homme qui a récemment terrorisé les homosexuels de Londres.

Le corps a été retrouvé dans des buissons derrière un mur du parc, un lieu de drague nocturne bien connu des homosexuels à la recherche d'une brève rencontre.

L'homme, qui aurait à peine trente ans, n'a pas encore été identifié. La police en donne la description suivante : un mètre soixante-quinze, solidement bâti, musclé, des cheveux châtains courts et ondulés, des yeux foncés. Il n'a pas de marque distinctive ni de tatouage.

Un porte-parole de la police a déclaré : « L'homme a eu la gorge tranchée, et son corps a été mutilé. L'auteur de ce crime affreux est un homme violent et dangereux. D'après la nature des blessures de la victime, le tueur doit avoir été couvert de sang. Nous pensons que la victime a été tuée ailleurs, puis qu'on a balancé son corps dans le parc durant la nuit. Nous prions instamment toute personne s'étant trouvée dans le périmètre de Crompton Gardens la nuit dernière de se présenter à la police, que nous puissions procéder par élimination dans nos recherches. Toute information restera confidentielle. »

Robbie Greaves, vingt-huit ans, employé municipal, a déclaré : « Je venais juste de commencer mon travail. Il était un peu plus de 8 h 30. J'avais ma pique pour ramasser les ordures. Quand elle a touché le corps, j'ai cru qu'il s'agissait d'un chien ou d'un chat mort. Puis j'ai écarté les buissons et j'ai vu le corps. C'était horrible. De ma vie, je n'avais jamais vu une chose pareille, et j'espère que ça me n'arrivera plus jamais. »

Il y avait au moins une chose qu'ils avaient comprise : l'homme avait été tué ailleurs, puis abandonné dans Crompton Gardens. Quant au reste… Si c'était là un indice des compétences de la police, je me dis que je n'avais pas vraiment à m'inquiéter. Ce qui m'allait parfaitement. La dernière chose que je voulais, c'était qu'on m'arrête, vu que j'avais déjà choisi le successeur d'Adam. Paul serait différent, je le savais. Cette fois, ça n'allait pas devoir finir par une mort.

7

« Après coup, toutes ses connaissances dirent que sa dissimulation était si parfaite que si, marchant dans les rues, il avait bousculé quelqu'un sans le vouloir, il se serait… arrêté pour présenter ses excuses, tel un gentleman.

Fomentant les pires projets en son être diabolique, il aurait cependant pris le temps de s'assurer, avec bienveillance, que l'énorme maillet accroché sous son élégant surtout, en vue du petit travail qui l'attendait une heure et demie plus tard, n'avait pas causé le moindre mal à l'étranger qu'il avait heurté. »

Carol quitta l'artère principale et coupa par les petites rues, pour déboucher dans Crompton Gardens.

— On a retrouvé Adam Scott là-bas, dit-elle en désignant un endroit au milieu de la ligne de buissons.

Tony hocha la tête.

— Pourriez-vous faire le tour du parc en roulant doucement, puis vous garer contre le mur à l'endroit où l'on a retrouvé le corps, s'il vous plaît ?

Carol obtempéra. Tandis qu'ils avançaient lentement, Tony regarda attentivement à l'extérieur, se retournant sur son siège à plusieurs reprises pour mieux voir. Lorsque la voiture s'arrêta, il sortit. Sans attendre Carol, il monta sur le trottoir, puis longea le parc. Carol sortit de voiture et le suivit, essayant de voir la même chose que lui.

Les meurtres et la température glaciale n'avaient influé en rien sur le comportement des habitués de Temple Fields. Les porches et les caves abritaient toujours des couples émettant des grognements de plaisir. Certains d'entre eux se figèrent momentanément au son des talons de Carol sur le trottoir, mais la plupart n'y prêtèrent aucune attention. « Un endroit idéal où se balader quand on est voyeur », pensa-t-elle, cynique.

Tony arriva à la dernière maison et traversa la rue en direction des boutiques et des bars. Pas d'ébats nocturnes, ici. Le taux de criminalité de Bradfield faisait fleurir les rideaux et les grilles de fer aux fenêtres. Tony ignora ces lieux et regarda en direction des jardins, au centre de la place, confrontant ce qu'il avait vu sur les photos à la réalité. Il n'y avait pas de buissons de ce côté, rien que le muret. Deux hommes le croisèrent, collés l'un à l'autre comme les participants d'une course à trois jambes, mais il les remarqua à peine. Seul le Bricoleur l'intéressait.

Tu es venu ici. Ce n'est pas un endroit où tu as atterri par hasard, n'est-ce pas ? Tu as marché sur ce trottoir, tu as regardé ces parodies d'amour et d'affection pour lesquelles les gens paient.

Quelles sensations ces aventures voyeuristes avaient-elles procurées au Bricoleur ? Tony se concentra.

Tu n'as jamais eu de relation normale avec quiconque. Cependant, les prostituées ne te gênent pas. Pas plus que les hommes qu'on paie. Tu ne les tues pas. Ce qu'on peut faire avec eux ne t'intéresse pas. Ce sont les couples qui provoquent une réaction chez toi. Je le sais, tu vois, par ma propre expérience. Est-ce que je projette ? Je ne pense pas. Je crois que tu cherches à pénétrer au royaume du couple, que tu rêves d'une relation parfaite, qui te permettrait d'être toi-même, au sein de laquelle tu pourrais enfin exister à ta juste valeur. Or, tu estimes avoir une grande valeur. Alors, tout irait bien. Le passé ne compterait plus. Mais il compte, Bricoleur. Le passé, c'est ce qui compte le plus.

Tony eut soudain conscience de la présence de Carol à ses côtés. Elle le regardait avec curiosité. Sans doute avait-il bougé les lèvres. Il devait faire attention, sinon elle le rangerait dans la catégorie des cinglés, lui aussi. Il ne pouvait se permettre que ça se produise. Pas s'il voulait l'avoir à ses côtés suffisamment longtemps pour arriver au résultat qu'il s'était fixé.

La dernière bâtisse, de ce côté-ci de la place, était un restaurant ouvert toute la nuit, ses fenêtres rendues opaques par la condensation. Dans la lumière vive, à l'intérieur, des silhouettes bougeaient, telles des créatures des grandes profondeurs. Tony s'avança, poussa la porte. Une demi-douzaine de clients levèrent les yeux vers lui, avant de retourner à leurs fritures et à leurs conversations. Tony revint dans la rue, laissant la porte se refermer.

Je ne pense pas que tu ailles dans cet endroit. Je ne crois pas que tu veuilles être vu seul dans un lieu voué à la convivialité.

Le troisième côté de la place était occupé par des immeubles de bureaux, des bâtiments modernes, sur deux pâtés de maisons. Dans les entrées, quelques sans-abri dormaient, emmitouflés dans des vêtements, des journaux, des cartons. Carol marchait à présent à ses côtés.

— On les a interrogés ? s'enquit Tony.
Carol fit la grimace.
— On a essayé. Mon père aimait bien les chansons populaires. Quand j'étais petite, il me chantait une chanson avec ce refrain : « Autant essayer d'attraper le vent. » Maintenant, je sais ce que ça veut dire.
Ils traversèrent, en direction du quatrième côté de la place, passèrent devant deux prostituées, au coin.
— Hé ! Mon joli ! cria l'une d'elles. Avec moi, tu t'éclaterais plus qu'avec cette salope coincée.
Carol réprima un rire.
— L'espoir triomphe de l'expérience, dit-elle avec une ironie désabusée.
Tony ne dit rien. Ces mots avaient à peine pénétré sa rêverie. Il continua de marcher lentement sur le trottoir, s'arrêtant tous les trois pas pour s'imprégner de l'atmosphère. Des musiques mal assorties filtraient faiblement dans la nuit, venant des appartements et des chambres meublées. Une odeur de curry flottait dans l'air froid. La place n'était jamais totalement vide, nota Tony.
Tu méprises leurs vies minables, n'est-ce pas ? Tu aimes que tout soit propre, net, bien rangé. C'est en partie pour ça que tu laves les corps. Pour toi, c'est au moins aussi important que de gommer tout indice utilisable par le labo.
Tony tourna au dernier coin et traversa. Il s'arrêta derrière la voiture de Carol. Il commençait à cerner l'esprit complexe et irréparablement tordu du Bricoleur.
— Il a probablement dû rester assis là pendant quelques minutes, pour s'assurer que personne ne le regardait, dit Tony. Tout dépend du genre de véhicule qu'il utilise. Cela n'a pu lui prendre qu'une

minute, de sortir le corps et de le balancer de l'autre côté du mur. Mais il s'est forcément assuré que personne ne regardait.

— Nous avons interrogé tout le monde, dans la rue, mais personne n'a admis avoir vu quoi que ce soit d'anormal, dit Carol.

— Regardons les choses en face, Carol : ce qui est considéré comme normal par ici laisse une marge plutôt large à un tueur en série. OK. J'en ai suffisamment vu pour ce soir. On rentre ?

Cross entra en bondissant dans la salle de la brigade, étonnamment léger, comme le sont souvent les gens corpulents.

— OK. Où est ce salaud ?

Puis il aperçut l'homme mince adossé au mur, dont il venait d'interrompre la conversation avec Kevin Matthews.

— Monsieur ? dit Cross en s'arrêtant net. Je ne m'attendais pas à vous trouver ici.

Il lança un regard venimeux à Kevin Matthews.

Brandon se redressa.

— J'imagine, oui, dit-il.

L'adjoint au directeur de la crime fit deux pas vers Cross.

— J'ai laissé des instructions à la réception. Je veux être informé immédiatement de toute arrestation en rapport avec les meurtres en série. Cette affaire est appelée à devenir une grande affaire, Tom. Je tiens donc à ce que nous donnions de nous une image irréprochable.

— Oui, monsieur, dit Cross, se rebiffant intérieurement.

Quelle que fût la façon dont Brandon présentait les choses, il laissait entendre que Cross n'était pas l'homme qui, selon lui, saurait empêcher des inspecteurs par trop zélés d'aller trop loin. Brandon arpentant les couloirs, aucun suspect ne serait victime d'un « regrettable accident » durant sa garde à vue. Cross se tourna vers Kevin Matthews.

— Qu'est-ce qui s'est passé, exactement ?

Kevin était tellement blême de fatigue que ses taches de rousseur ressortaient sur sa peau laiteuse comme une mauvaise vérole.

— D'après ce que nous savons, dit-il, Don Merrick est sorti du *Hell Hole* avec un type. L'un des membres de l'équipe de renfort les a vus. Don a mis sa radio en position émettrice. Il voulait sans doute qu'on embarque ce type pour l'interroger. Ils se dirigeaient vers le restaurant ouvert toute la nuit, à Crompton Gardens – toujours selon les gars de l'équipe de renfort. Il y a un raccourci pour y aller, une ruelle. Ils l'ont prise. Puis l'équipe de renfort a entendu un bruit de bagarre. Ils ont foncé sur place et ils ont trouvé Don par terre, et deux types en train de se battre. Ils les ont arrêtés. Ils font les cent pas en cellule, actuellement.

— Et Merrick ? demanda Cross.

Ses nombreux défauts mis à part, Cross était solidaire des autres flics. Pour lui, ses hommes étaient presque aussi importants que sa carrière.

— Il est aux urgences, en train de se faire recoudre la tête. J'ai envoyé un de mes gars là-bas avec lui, pour prendre sa déposition.

Kevin jeta un coup d'œil à sa montre.

— Il devrait être là d'un moment à l'autre.

— Qu'est-ce qu'on cherche, là ? demanda Cross. On a un suspect ou quoi ?

Brandon s'éclaircit la voix.

— Merrick a dû penser que l'homme avec qui il est sorti méritait qu'on ait une petite conversation avec lui. Quant à l'homme qui les a attaqués, nous allons devoir attendre la déposition de Merrick, j'imagine. Je suggère que l'inspecteur Matthews et l'un de ses gars interrogent l'agresseur, pendant que vous et moi aurons un petit entretien avec le type que Merrick a repéré. Ça vous va, Tom ?

Cross acquiesça d'un hochement de tête, maussade.

— Oui, monsieur. Dès que votre copain sort des urgences, Kevin, vous me prévenez.

Cross se dirigea vers la porte en jetant un coup d'œil à Brandon, comme pour lui dire : « Qu'attendez-vous ? »

— Je pense qu'il nous faut attendre l'inspecteur Jordan et le Dr Hill avant d'y aller, Tom.

— Avec tout le respect que je vous dois, monsieur, nous sommes en pleine nuit, là. Est-il vraiment indispensable de réveiller le Dr Hill ?

— Je ne veux pas interroger qui que ce soit sur ces meurtres avant d'avoir pris conseil auprès du Dr Hill sur la façon de mener l'interrogatoire. En outre, ils sont probablement encore tous les deux dehors en train de travailler. L'inspecteur Jordan prévoyait de montrer les scènes des crimes au Dr Hill, ce soir. Pouvez-vous nous arranger ça, inspecteur ?

Kevin jeta un coup d'œil à Cross, qui acquiesça d'un léger hochement de tête.

— Pas de problème, monsieur. Je vais contacter l'inspecteur Jordan immédiatement, sur son pager. Je suis certain qu'elle sera ravie de nous donner un coup de main.

Brandon sourit et s'engagea dans le couloir, en passant devant Cross.

Il y avait encore du monde, dans Canal Street. Des gens entraient et sortaient des boîtes ; des taxis déposaient des clients et en chargeaient d'autres ; des couples partageaient leurs sandwiches au mouton et leurs frites ; des prostitués hommes et femmes guettaient les voitures roulant lentement, à l'affût d'un dernier client.

— Intéressant, non, comme les zones sont bien définies ? dit Tony.

— Vous voulez dire qu'ici, c'est un lieu de rencontres avéré, tandis que Crompton Gardens est réservé aux échanges de l'ombre ?

— Et ces deux zones d'activité n'empiéteront jamais l'une sur l'autre, dit Tony. C'est tout de même drôlement vivant pour une heure aussi tardive, non ? C'est plus calme, le lundi soir ?

— Un peu, dit Carol. Certains clubs ferment le lundi. Et parmi ceux qui restent ouverts, il y en a un réservé aux femmes, ce soir-là.

— Il n'y a sans doute pas autant de circulation, alors, dit Tony, songeur.

Alors qu'ils tournaient dans le quartier en voiture, en spéculant sur l'itinéraire emprunté par le tueur pour se rendre à Crompton Gardens, Tony avait été frappé par un fait étrange : le Bricoleur avait choisi des lieux très passants, pour ses deux premières victimes, comme s'il se lançait des défis à lui-même.

— Il veut absolument être le meilleur, dit Tony, réfléchissant à voix haute.

— Pardon ?

— Le Bricoleur. Il ne recherche pas la facilité. Ses victimes sont toutes dans la catégorie à haut risque. Les endroits où il abandonne les corps ne sont pas des lieux déserts et discrets. Les corps sont lavés, afin de détruire tout indice utilisable par le labo. Il pense qu'il est plus intelligent que nous, et il faut qu'il continue à se le prouver. J'irais bien jusqu'à avancer l'hypothèse qu'il va balancer le prochain corps dans un lieu très, très public.

Carol frissonna, et cela n'était pas dû au froid.

— Ne parlez pas du prochain corps comme si nous ne devions pas l'arrêter avant qu'il ne puisse de nouveau tuer, plaida-t-elle. C'est une idée trop déprimante.

Elle arrêta la voiture et précéda Tony dans une impasse sombre, et pas très longue.

— C'est là que nous avons retrouvé la deuxième victime, dit-elle. Paul Gibbs. Dans cette impasse, il n'y a que la sortie de secours du *Shadowlands*.

— Ce n'est pas très éclairé, dit Tony en trébuchant sur le bord d'un carton écrasé.

— Nous avons suggéré au directeur de faire installer un éclairage extérieur, dit Carol, ne serait-ce que pour lui éviter de se faire agresser quand il ferme, au milieu de la nuit. Mais vous voyez comme il a pris cette suggestion au sérieux.

Elle fouilla dans son sac à main, à la recherche de sa mini-lampe électrique, et l'alluma. Dans l'étroit faisceau lumineux apparut Tony, et derrière lui une pute, dans une robe en lycra rouge, en train de sucer un homme d'affaires à l'œil égaré.

— Oh ! cria l'homme, outragé. Fichez le camp, sales voyeurs !

Carol poussa un soupir.

— Police. Remballe ta bite ou on t'embarque.

Avant qu'elle ait fini sa phrase, la pute s'était redressée et filait vers la sortie de l'impasse, aussi vite que le lui permettaient ses talons aiguilles. Réalisant qu'il valait mieux capituler maintenant que la fille était partie, l'homme d'affaires referma sa braguette et s'éloigna à son tour vers l'entrée de la ruelle, en bousculant Tony au passage. Au moment où il tournait au coin de la rue, il lança, à l'adresse de Carol :

— Espèce de connasse frigide !

— Ça va ? s'enquit Tony, l'air réellement inquiet.

Carol haussa les épaules.

— Au tout début, ça me secouait, quand on m'insultait comme ça. Puis j'ai compris que c'étaient eux qui avaient un problème, pas moi.

— En théorie, ça tient la route. Mais comment ça marche, dans la pratique ?

Carol fit la grimace.

— Certains soirs, je rentre à la maison et je reste sous la douche pendant vingt minutes, sans réussir à me sentir propre.

— Je vois exactement ce que vous voulez dire. À force d'explorer des esprits malades, j'ai parfois l'impression que je ne pourrai plus jamais avoir une relation normale avec un autre être humain.

Tony se détourna, de peur que son visage le trahisse.

— Donc, c'est ici que vous avez trouvé Paul ? reprit-il.

Carol vint se poster à côté de lui et projeta le faisceau de sa lampe sur le seuil de la sortie de secours.

— Il gisait là, avec des sacs-poubelle autour de lui, de sorte qu'on ne voyait pas immédiatement qu'il s'agissait d'un cadavre. À en juger par les préservatifs usagés qui parsemaient l'endroit, les putes du coin avaient dû baiser toute la nuit à côté d'un mort.

— Vous avez parlé avec ces filles, j'imagine ?

— Oui. Nous les avons toutes fait venir. Celle qui a filé comme un cafard quand j'ai allumé ma lampe utilise cette impasse presque tous les soirs. Elle dit qu'elle a eu un client vers 4 heures du matin. Elle est sûre de l'heure, parce que le type vient régulièrement en sortant de l'imprimerie où il travaille, dans l'équipe de nuit. La pute a voulu l'emmener là, comme d'habitude, mais il y avait une voiture dans l'impasse.

Carol poussa un soupir.

— Nous avons cru que nous le tenions : elle se souvenait de la marque, du modèle et du numéro d'immatriculation, parce que c'était le même que celui de sa maison. 2-4-9.

— Laissez-moi deviner. C'était la voiture de Paul.

— Touché.

Le *bip* insistant du pager de Carol interrompit la conversation, aussi exigeant que les cris d'un nourrisson.

— Il faut que je trouve une cabine, dit-elle.

— C'est quoi ?

— Il y a une chose dont vous pouvez être sûr, dit Carol en pressant le pas, ce ne sont jamais des bonnes nouvelles.

— Écoutez, je vous ai dit tout ce que je savais. J'ai rencontré ce type, Don, au *Hell Hole*. On allait boire une tasse de thé quand, soudain, on a entendu des pas et Don est tombé par terre la tête la première. Je me suis retourné et j'ai vu ce salopard avec une brique à la main. Alors, je lui ai fait un crochet du gauche, et c'est là que vos gars m'ont sauté dessus. Et me voilà.

Stevie Mc Connell ouvrit les bras, paumes vers le ciel.

— Vous devriez me féliciter, au lieu de vous acharner sur moi.

— Et vous pensez qu'on va croire ça… dit Cross en consultant ses notes. Ce Ian a attaqué ce Don simplement parce qu'il avait refusé ses avances, plus tôt dans la soirée ?

— C'est à peu près ça. Écoutez, ce Ian, c'est un bagarreur, un violent. Il se défonce aux amphés et il se prend pour Dieu tout-puissant. Don lui a donné une vraie leçon, il l'a fait passer pour une femmelette. Alors, notre macho a voulu se venger. Dites, vous allez me laisser partir, ou quoi ?

Un coup frappé à la porte évita à Cross de répondre. Brandon quitta le mur contre lequel il était adossé et ouvrit la porte. Il échangea quelques mots avec le policier dehors, puis il revint dans la pièce.

— Pause dans l'interrogatoire à 1 h 47, dit-il en se penchant au-dessus de Cross pour éteindre le magnétophone. Nous revenons très vite, monsieur Mc Connell, promit Brandon.

À l'extérieur de la salle d'interrogatoire, Brandon annonça :

— L'inspecteur Jordan et le Dr Hill sont en haut. Le sergent Merrick est revenu des urgences. Apparemment, il est en état de nous faire le récit des événements.

— Bien. Alors, autant écouter ce qu'il a à dire. Après, nous pourrons nous occuper de notre homme convenablement.

Cross se rendit d'un pas énergique dans la salle de la brigade, au premier, où une Carol inquiète tournait autour de Merrick. Tony était assis un peu plus loin, les pieds posés sur le bord d'une corbeille à papier.

— Sacredieu, Merrick ! rugit Cross en voyant le bandage impressionnant qui enturbannait la tête du sergent. Vous n'avez pas viré sikh, j'espère ?

Merrick sourit faiblement.

— OK, je vous écoute, dit Cross. Comment se fait-il que je me retrouve avec un coco suceur de bites dans ma taule ?

Brandon, qui était derrière, à un mètre de Cross, l'interrompit.

— Avant que le sergent Merrick ne nous fasse le récit des événements de la soirée, je veux juste expliquer au Dr Hill pourquoi nous l'avons fait venir jusqu'ici à cette heure de la nuit.

Tony se redressa sur sa chaise et tira une feuille de papier vers lui.

— Quand vous nous avez exposé la nature de vos activités, l'autre jour, continua Brandon en passant devant Cross et en allant s'asseoir au bord du bureau, vous avez dit que les psychologues pouvaient aider les policiers dans la façon d'aborder les interrogatoires. Je me demandais si vous pourriez faire quelque chose pour nous dans la situation présente.

— Je vais essayer, dit Tony en ôtant le capuchon de son stylo.

— Qu'entendez-vous par « la façon d'aborder les interrogatoires » ? demanda Cross, suspicieux.

Tony sourit.

— Je vais vous donner un exemple, un exemple récent. Des policiers que je conseillais venaient d'arrêter un suspect dans deux affaires de viol. Le macho type, tout en muscles et vantardise. Je leur ai proposé d'envoyer une femme de la brigade pour l'interroger, de préférence petite et très féminine. Ce qui l'a immédiatement agacé. En effet, il méprisait les femmes et il a pensé qu'on ne le traitait pas avec le respect qu'il méritait. J'avais suggéré à la femme officier de police de laisser entendre, à travers ses questions, qu'il ne pouvait pas être le violeur, parce que, franchement, elle ne pensait pas qu'il avait la trempe pour ça. Résultat, il a explosé de rage et a reconnu les deux viols pour lesquels il avait été arrêté, ainsi que trois autres délits dont les policiers ignoraient l'existence.

Cross ne fit aucun commentaire.

— Sergent Merrick ? dit Brandon.

Merrick leur fit le récit de ses expériences dans le bar, en s'interrompant fréquemment pour réfléchir. À la fin de son compte rendu, Brandon et Carol regardèrent Tony, dans l'expectative.

— À votre avis, Tony, est-ce que l'un des deux est un coupable possible ?

— Je ne pense pas que Ian Thomson soit dans la course. Notre tueur est beaucoup trop prudent pour se faire remarquer dans un combat de rue. Même si Don n'avait pas été officier de police, Thomson risquait de s'attirer des ennuis en frappant quelqu'un avec une brique. Même dans une ville où les agressions contre les gays ne sont pas considérées comme prioritaires par les policiers, ajouta-t-il sèchement.

Cross se renfrogna, l'air mauvais.

— Les gays sont traités de la même façon que les autres, fulmina-t-il.

Tony songea qu'il aurait mieux fait de se taire. Il n'avait aucune envie de se lancer dans un débat avec Tom Cross sur l'attitude de la police de Bradfield à l'égard des gays et des Noirs : à savoir qu'ils ne comptaient pas. Il décida de ne pas relever ce commentaire et reprit la parole.

— En outre, d'après ce que nous savons du comportement du tueur, rien ne laisse suggérer qu'il s'agisse d'un sadomasochiste qui s'affiche. À l'évidence, il ne choisit pas ses victimes dans les boîtes SM. Néanmoins, Mc Connell semblerait plus intéressant pour vous. On sait comment il gagne sa vie ?

— Il est directeur d'une salle de gym, dans le centre. La salle où allait Gareth Finnegan, répondit Cross.

— Vous l'aviez déjà interrogé ? s'enquit Brandon.

Cross haussa les épaules.

— L'une des équipes de l'inspecteur Matthews est allée à son club, intervint Carol. J'ai lu le rapport en préparant les données pour le Dr Hill, ajouta-t-elle à la hâte.

Elle venait de voir un début d'expression furieuse chez Cross. Surtout qu'il ne pense pas qu'elle voulait saper son autorité !

— D'après mes souvenirs, il s'agissait d'une simple enquête de routine, histoire de voir si Gareth avait des copains ou des contacts privilégiés à la salle de gym, précisa-t-elle.

— Et sinon, Mc Connell vit seul ? demanda Tony.

— Il partage une maison avec un autre couple de pédés, dit Cross. Ils sont aussi dans le bodybuilding, paraît-il. Alors, il serait dans la course ?

Tony griffonna quelque chose dans la marge de ses notes.

— C'est possible, dit-il. On aurait des chances d'obtenir un mandat de perquisition ?

— Avec ce qu'on a pour le moment ? dit Brandon. Non, je ne pense pas. Même dans nos rêves les plus fous, une bagarre dans la rue ne saurait être un prétexte pour perquisitionner chez Mc Connell parce qu'on enquête sur le tueur en série. Qu'est-ce qu'on serait censés chercher ?

— Une caméra vidéo. Tout indice permettant de penser qu'il a accès à un lieu vide et isolé, comme un vieil entrepôt, une usine, une maison abandonnée, un box.

Tony se passa la main dans les cheveux.

— Des photos Polaroïd, poursuivit-il. Des ouvrages ou des films pornos sadomasochistes. Des souvenirs de ses victimes. Les bijoux ou les montres qu'on n'a pas retrouvés sur les corps.

Il leva les yeux et vit l'air moqueur de Cross.

— Et puis, il faudrait voir dans le congélateur, juste au cas où il aurait gardé les morceaux de chair qu'il a enlevés sur les corps.

Il eut une seconde de satisfaction quand l'expression méprisante de Cross se changea en dégoût.

— Charmant, dit Brandon. Mais il nous faudrait plus d'éléments pour pouvoir fouiller chez lui. Des suggestions ?

— Envoyez le sergent Merrick et l'inspecteur Jordan l'interroger. Le fait de réaliser qu'il a essayé de lever un officier de police va le déstabiliser, lui donner le sentiment qu'il ne peut pas se fier à son instinct. Il y a également des chances pour qu'il ait des problèmes avec les femmes…

— Évidemment qu'il a des problèmes avec les femmes, coupa Cross. Il est pédé comme un phoque !

— Tous les hommes gays ne détestent pas les femmes, dit Tony calmement. Mais ils sont nombreux à ne pas les aimer, et Mc Connell pourrait être de ceux-là. Au pire, Carol l'insécurisera. Pour lui, les situations où il n'y a que des hommes sont propices à la camaraderie. Aussi devons-nous le priver de ça.

— Alors, essayons, décida Brandon. Si le sergent Merrick se sent en état.

— Je suis prêt, monsieur, dit Merrick.

Entre Brandon et Tony, Cross semblait ne pas savoir qui frapper.

— Il vaudrait mieux que je me casse, dans ce cas, grommela-t-il.

— Bonne idée, Tom. Vous avez eu votre compte de nuits blanches, ces derniers temps. Je vais rester ici, voir ce qui ressort de l'interrogatoire de Mc Connell.

Cross sortit de la salle de la brigade d'un pas lourd et croisa Kevin Matthews qui revenait. L'atmosphère se détendit visiblement après le départ du divisionnaire.

— Monsieur ? dit Kevin. Ian Thomson… il semble qu'il n'ait pas pu commettre ces meurtres.

Brandon fronça les sourcils.

— Je croyais vous avoir dit de ne pas mentionner les meurtres ! À ce stade, nous voulons simplement l'inculper d'agression.

— Je n'ai pas mentionné les meurtres, monsieur, dit Kevin, sur la défensive. Mais il est apparu, pendant l'interrogatoire, que Thomson travaille trois soirs par semaine comme disc-jockey au *Hot Rocks*. C'est un club gay de Liverpool. Il fait le lundi, le mardi et le jeudi. Ce ne devrait pas être très compliqué de vérifier s'il y a travaillé les soirs des meurtres.

— OK, mettez quelqu'un là-dessus, dit Brandon.

— Donc, il reste Mc Connell… fit Carol, songeuse.

— Allons-y, dit Brandon.

— Des suggestions ? demanda Carol à Tony.

— N'ayez pas peur de le traiter avec condescendance. Restez toute douceur et féminité, mais faites en sorte qu'il comprenne que c'est vous, l'officier gradé. Quant à vous, sergent Merrick, vous pouvez vous permettre de jouer un peu la carte de la gratitude.

— Merci, dit Carol. On y va, Don ?

Extrait d'une disquette de trois pouces et demi intitulée : Sauvegarde 007 – Dossier amour 008

D'une certaine façon, ce fut plus excitant d'entrer en relation avec Paul qu'avec d'Adam. En partie, sans doute, parce que je savais pouvoir maîtriser la situation si les choses ne marchaient pas comme je le voulais. Même si Paul n'a pas su voir que je pourrais lui donner plus que quiconque, même s'il a repoussé mon amour, même s'il est allé aussi loin qu'Adam et qu'il a trahi le couple que nous aurions dû être en allant avec quelqu'un d'autre, je disposais d'un scénario de remplacement qui me procurerait presque autant de satisfaction que la concrétisation d'un amour que je méritais.

Mais cette fois, je pensais obtenir ce que je voulais. Je comprenais à présent qu'Adam avait été immature et faible. Paul n'était ni l'un ni l'autre. Pour commencer, il n'avait pas choisi de vivre dans la partie yuppie de la ville, comme Adam. Paul habitait Aston Hey, dans le sud de Bradfield, un quartier très prisé des assistants d'université et des thérapeutes alternatifs. La maison de Paul était située dans l'une des rues les moins chères. Tout comme la mienne, c'était une maison mitoyenne, bien que ses deux pièces, à l'étage et au rez-de-chaussée, fussent à l'évidence beaucoup plus spacieuses que les miennes.

Avec Paul, j'aurais eu la possibilité de vivre à Aston Hey, de profiter de ces rues tranquilles, de marcher avec lui dans le parc, d'être exactement comme les autres couples. Il avait également un travail intéressant – assistant à l'institut des Sciences et Technologies de Bradfield, spécialisé dans les programmes assistés sur ordinateur. Nous avions déjà tellement de choses en commun. Quel dommage que je n'aie jamais eu la possibilité de lui montrer ce que j'avais réussi à faire avec Adam.

L'avantage de ne pas avoir pris de crédit, c'est que je dispose pratiquement de la totalité de mon salaire pour moi-même. Une somme substantielle pour quelqu'un de mon âge, sans personne à charge. Je peux me permettre d'avoir le plus sophistiqué des ordinateurs et d'y ajouter régulièrement divers perfectionnements pour rester à la pointe de la technologie. Étant donné que mon dernier logiciel m'a coûté trois mille livres, c'est aussi bien que je n'aie aucune bouche à nourrir. Grâce à mon nouveau système de vidéo numérique et mon logiciel d'effets spéciaux, il m'a fallu moins d'une journée pour entrer les vidéos dans mon ordinateur. Les images une fois numérisées et installées dans la mémoire, j'ai pu les manipuler pour créer l'histoire que j'avais envie de voir. Grâce à la vidéo érotique que j'avais déjà entrée dans mon disque dur, j'ai même pu donner à Adam l'érection qu'il n'avait pas été capable d'avoir dans la réalité. Finalement, j'ai pu le baiser, le sucer, lui mettre mon poing, et le regarder me faire la même chose. Mais même mon ordinateur et mon imagination n'ont pu me procurer la joie et la satisfaction qu'il m'aurait données, lui, s'il avait admis son désir pour moi. Et donc, chaque jour, il lui fallait de nouveau mourir. Le fantasme ultime changeait constamment, pour se calquer sur chacune de mes humeurs, de mes lubies.

Ce n'était pas parfait, mais au moins, je m'amusais plus que les flics. D'après ce que je lisais dans la presse, ils n'avançaient pas. La mort d'Adam méritait à peine d'être mentionnée à la télévision. Même le *Sentinel Times* avait laissé tomber au bout de cinq jours. Le corps d'Adam a été identifié quatre jours après sa mort, quand des collègues inquiets ont signalé sa disparition: ils avaient téléphoné et sonné chez lui sans obtenir de réponse. Leurs louanges étaient intéressantes – travailleur acharné, aimé, estimé –, et pendant un moment, j'ai regretté de n'avoir pu bénéficier de leur amitié. La chroniqueuse judiciaire du *Sentinel Times* a même réussi à retrouver l'ex-femme d'Adam, une fille qu'il avait commis l'erreur d'épouser à vingt et un ans. Les commentaires de cette femme m'ont fait rire.

L'ex-femme d'Adam Scott, Lisa Arnold, vingt-sept ans, a refoulé ses larmes en déclarant: « Je ne peux pas croire que cela ait pu arriver à Adam. C'était un homme gentil, sociable. Mais pas un grand buveur. Je ne comprends pas comment ce cinglé a réussi à s'emparer de lui. »

Lisa, institutrice et remariée, a poursuivi: « Je n'ai pas la moindre idée de ce qu'il pouvait faire à Crompton Gardens. Il n'a jamais montré de tendances homosexuelles quand nous étions mariés. Notre vie sexuelle était normale. Un peu ennuyeuse, peut-être. Nous nous sommes mariés trop jeunes. La mère d'Adam l'avait élevé dans l'idée qu'une épouse est aux petits soins pour son mari, or je n'étais pas cette femme-là. Finalement, j'ai rencontré quelqu'un et j'ai dit à Adam que je voulais divorcer. Ça l'a réellement bouleversé, mais je crois que ça a surtout blessé son amour-propre. Je ne l'ai pas revu depuis le divorce, mais j'ai entendu dire qu'il vivait seul. Il a eu quelques liaisons, ces trois dernières années, mais rien de sérieux, pour autant que je sache. Je n'arrive pas à croire qu'il soit mort. Nous nous sommes fait du mal, je sais. Mais malgré tout, je suis complètement anéantie à l'idée qu'il ait été assassiné de cette façon-là. »

Je ne donnais pas cher de l'avenir du mariage de Lisa, si elle était toujours aussi peu fine quant à la psychologie masculine. Ennuyeuse, sa vie sexuelle avec Adam ? Il n'y avait qu'une raison à ça : elle-même, Lisa.

Et puis, parler d'un cinglé à mon sujet ! C'était elle qui avait tourné le dos à un homme charmant, séduisant, un homme qui l'aimait tellement qu'il parlait toujours d'elle à de parfaits étrangers trois ans après qu'elle l'avait rejeté. Je le savais. J'avais entendu Adam. Si quelqu'un était cinglé, c'était Lisa.

8

« Aucun artiste novice n'aurait pu avoir une idée aussi audacieuse que ce meurtre en plein midi, au cœur d'une grande ville. Ce n'est pas un obscur boulanger, messieurs, ni un ramoneur anonyme, soyez-en sûrs, qui a exécuté cette œuvre d'art. Je sais qui il est. »

Stevie Mc Connell se passa les deux mains dans les cheveux, dans un geste de désespoir.

— Écoutez, combien de fois faudra-t-il que je vous le dise ? Je racontais des craques. Je frimais. J'essayais de me rendre intéressant. Je ne connaissais ni Paul Gibbs ni Damien Connolly. Je ne les avais jamais vus de ma vie.

— Nous pouvons prouver que vous connaissiez Gareth Finnegan, dit Carol froidement.

— OK. J'admets que je connaissais Gareth. Il était membre du club de gym. Je ne peux pas prétendre ne jamais l'avoir vu. Mais, bon Dieu, il était avocat ! Il devait connaître des milliers de gens dans cette ville ! dit Mc Connell en frappant la table avec son poing solide.

Carol ne cilla même pas.

— Et Adam Scott ? poursuivit-elle.

— Ouais, ouais, dit-il d'un air las. Adam Scott a pris un abonnement d'essai d'un mois au club, il y a deux ans, mais il n'a pas persévéré. Je suis tombé sur lui deux ou trois fois dans le pub où je vais souvent, et nous avons bu une bière, point final. Je bois des verres avec beaucoup de gens, vous savez. Je ne suis pas un ermite. Bon Dieu, si j'avais tué tous les types avec lesquels j'ai bu une bière, ça vous donnerait du boulot jusqu'en l'an 2020 !

— Nous prouverons que tu connaissais Paul Gibbs et Damien Connolly. Tu le sais, hein ? intervint Merrick.

Mc Connell poussa un soupir. Ses mains se crispèrent, firent saillir les muscles de ses avant-bras puissants.

— Si vous faites ça, il faudra que vous l'inventiez, parce que vous ne pouvez pas prouver quelque chose qui n'est pas vrai. Écoutez, si c'était moi, ce salopard de tueur, vous croyez que je serais resté pour vous aider ? À la première alerte, j'aurais filé. Ça paraît logique, non ?

Carol dit, l'air de s'ennuyer :

— Mais vous ne saviez pas, à ce moment-là, que le sergent Merrick était officier de police, n'est-ce pas ? Alors, donnez-nous votre alibi pour lundi soir.

Mc Connell se renversa contre le dossier de son siège et regarda fixement le plafond.

— Le lundi est mon jour de congé, déclama-t-il. Les gars avec qui j'habite sont en vacances, je vous l'ai dit, alors j'étais seul. Je me suis levé tard, j'ai fait mes courses au supermarché, puis je suis allé nager. Vers 18 heures, j'ai pris ma voiture, et je suis allé au multiplexe, à la sortie de l'autoroute. J'ai vu le dernier film de Clint Eastwood.

Brusquement, il avança la tête vers eux.

— Ils pourront le confirmer. J'ai payé par carte de crédit, et ils sont informatisés. Ils peuvent prouver que j'ai vu le film ! déclara-t-il, triomphant.

— Ils peuvent prouver que vous avez acheté un billet, dit Carol, laconique.

Il ne fallait pas plus d'une demi-heure pour aller du cinéma jusque chez Damien Connolly par l'autoroute, même en tenant compte de la circulation plus intense à l'heure de pointe.

— Je peux vous raconter toute l'histoire, bon Dieu ! rugit Mc Connell, furieux.

— Tu pourrais avoir vu ce film n'importe quand, Stevie, dit Merrick gentiment. Qu'as-tu fait après le cinéma ?

— Je suis rentré à la maison. Je me suis fait un steak et des légumes.

Mc Connell s'interrompit et regarda fixement la table.

— Puis je suis allé en ville en fin de soirée, boire un verre rapide avec quelques potes.

Carol se pencha en avant.

— Où cela, en ville ? demanda-t-elle.

Mc Connell ne dit rien.

Carol se pencha davantage et reprit la parole d'une voix calme, mais glaciale.

— S'il faut que je mette votre photo en première page du *Sentinel Times* et que j'envoie une équipe dans tous les pubs de la ville, je le ferai, Mc Connell. Où ça, en ville ?

Mc Connell prit une grande inspiration.

— À *La Reine de cœur*, cracha-t-il.

Carol se recula contre le dossier de sa chaise, satisfaite. Puis elle se leva.

— Interrogatoire terminé à 3 h 17, dit-elle en se penchant pour éteindre le magnétophone.

Elle baissa les yeux vers Mc Connell.

— Nous allons revenir, monsieur Mc Connell.

— Attendez une minute, protesta-t-il, alors que Merrick se levait et que les deux policiers se dirigeaient vers la porte. Quand est-ce que je vais sortir d'ici ? Vous n'avez pas le droit de me garder !

Carol se retourna sur le seuil de la porte, eut un sourire charmant et dit :

— Oh, j'ai tous les droits, monsieur Mc Connell. Vous avez été arrêté pour agression, ne l'oubliez pas. J'ai vingt-quatre heures pour faire de votre vie un enfer, avant même que je ne songe à vous inculper.

Merrick eut un sourire d'excuse en sortant à reculons de la pièce, dans le sillage de Carol.

— Désolé, Stevie, dit-il. La dame n'a pas tort.

Il rattrapa Carol alors qu'elle demandait au sergent de garde d'emmener Mc Connell dans une cellule.

— Qu'est-ce que vous en pensez, madame ? demanda Merrick tandis qu'ils remontaient le couloir.

Carol s'arrêta et examina Merrick d'un œil critique. Sa peau était pâle, moite, ses yeux brillants, comme s'il avait de la fièvre.

— Je crois que vous feriez mieux de rentrer chez vous et de dormir un peu, Don. Vous avez l'air d'un cadavre ambulant.

— Peu importe de quoi j'ai l'air. Alors, Mc Connell, madame ?

— Nous verrons ce qu'en pense M. Brandon.

Carol se dirigea vers l'escalier, Merrick toujours derrière elle.

— Mais vous, madame, qu'en pensez-vous ?

— À première vue, il pourrait être notre homme. Il n'a rien qui ressemble à un alibi pour lundi soir, il dirige le club de gym où Gareth Finnegan faisait de la musculation, il connaissait Adam Scott et, de son propre aveu, il était à *La Reine de cœur* lundi soir tard. Il est suffisamment costaud pour avoir mis les corps dans une voiture, puis pour les en avoir ressortis. Il a un casier, même s'il a seulement été arrêté pour troubles de l'ordre public. Et puis, il donne dans le SM. Mais ce ne sont là que des coïncidences, et je continue à penser que nous n'avons pas suffisamment d'éléments pour demander un mandat de perquisition. Et vous, Don ? Que vous dit votre instinct ?

Ils prirent le couloir en direction de la salle de la brigade.

— Je l'aime bien, d'une certaine façon, dit Merrick avec réticence. Je n'aurais jamais imaginé que je pourrais apprécier le salopard qui a commis ces meurtres. Mais après tout, pourquoi pas ? Ce n'est pas un monstre. Il doit avoir quelque chose qui lui permet d'approcher et de charmer ses victimes avant de s'en occuper. Alors, oui, peut-être que c'est Stevie Mc Connell.

Carol ouvrit la porte de la salle de la brigade, s'attendant à y trouver Brandon et Tony, requinqués par le café et les sandwiches de la cantine. Mais la salle était vide.

— Où est encore passé John Brandon ? dit Carol, la fatigue laissant percer un rien d'agacement dans sa voix.

— Peut-être a-t-il laissé un message à l'entrée, suggéra Merrick.

— Et peut-être a-t-il agi de façon sensée en filant chez lui se coucher. Bien, en tout cas, nous, on a fini pour ce soir, Don. Mc Connell peut mariner un peu dans son jus. On verra ce que nos chefs ont à dire demain matin. On pourra peut-être obtenir un mandat de perquisition, maintenant qu'on sait que Mc Connell était à *La Reine de cœur*. Quant à vous, Don, rentrez vous coucher. Je ne veux pas vous revoir avant midi, et si vous avez mal à la tête, restez au lit. C'est un ordre, sergent.

Merrick sourit.

— D'accord, madame. À demain.

Carol regarda Merrick reprendre le couloir dans l'autre sens, inquiète de la lenteur de ses mouvements.

— Prenez un taxi, dit-elle. Vous avez mon autorisation. Ça vous évitera de rentrer dans un arbre. Je n'ai pas envie d'avoir votre mort sur la conscience. Le taxi aussi, c'est un ordre.

Merrick sourit, hocha la tête et disparut dans l'escalier.

Avec un soupir, Carol traversa la salle de la brigade pour se rendre dans son bureau provisoire. Il n'y avait pas de message sur sa table. Brandon aurait au moins pu attendre qu'elle ait fini d'interroger Mc Connell. Et Tony aurait dû lui dire quand ils pouvaient se revoir pour discuter du profil. Tout en ronchonnant, Carol prit le même chemin que Merrick, direction la sortie. Alors qu'elle arrivait dans l'entrée, le policier de service à la réception l'appela.

— Inspecteur Jordan ? dit-il.

Carol se tourna.

— Oui. Ou ce qu'il en reste.

— M. Brandon a laissé un message pour vous, madame.

Carol s'approcha du comptoir et prit l'enveloppe que le policier en uniforme lui tendait. Elle l'ouvrit en la déchirant et en sortit une simple feuille de papier.

Carol, Tony et moi avons une petite mission à accomplir. Je le déposerai chez lui après. Soyez dans mon bureau demain matin à 10 heures. Merci de travailler si dur.

John Brandon

— Génial, dit Carol, amère.

Elle adressa un sourire fatigué au policier de la réception.

— Je suppose que vous ignorez où M. Brandon et le Dr Hill sont allés ?

Le policier secoua la tête.

— Désolé, madame. Ils n'ont rien dit.

— Super, marmonna Carol, sarcastique.

« Tournez le dos une minute, et ils s'empressent d'aller jouer à leurs petits jeux de garçons », songea-t-elle en marchant d'un pas furieux vers sa voiture.

— On pouvait très bien jouer à trois, conclut-elle en tournant la clé de contact.

Tony feuilleta le dernier magazine et le remit dans le cube de rangement, à côté du lit.

— Les pratiques SM me donnent toujours un peu la nausée, dit-il. Et celles-là sont particulièrement méchantes.

Brandon approuva. Les magazines pornographiques de Mc Connell regorgeaient de photos de jeunes gens musclés se torturant les uns les autres et se masturbant. Sur certains clichés, encore plus dérangeants, on voyait des couples mâles en pleine action, usant de toute une batterie d'accessoires SM. Brandon ne se rappelait pas avoir rien vu de plus violent, même pendant les six mois où il avait été attaché à la brigade des mœurs.

Ils étaient assis sur le lit de Stevie Mc Connell. Dès que Carol et Merrick étaient partis pour l'interrogatoire, Brandon avait demandé à Tony :

— Cela vous aiderait de voir le cadre de vie de Mc Connell ?

Tony avait pris son stylo et s'était mis à griffonner sur sa feuille de papier.

— Cela pourrait me donner des indications sur lui. Et s'il est le tueur, il pourrait y avoir des preuves matérielles de ses crimes. Je ne veux pas parler d'armes, ni de quoi que ce soit dans ce genre-là. Je pense surtout à des souvenirs. Des photos, des coupures de journaux, et puis les choses dont j'ai parlé tout à l'heure. Mais c'est un problème administratif, non ? Vous disiez que nous n'avions aucune chance d'obtenir un mandat de perquisition.

Le visage mélancolique de Brandon s'éclaira d'un étrange sourire, un sourire presque concupiscent.

— Quand on a un suspect en garde à vue, on peut toujours s'arranger pour contourner la loi. Vous marchez ?

Tony sourit.

— Je cours, dit-il.

Il suivit Brandon au rez-de-chaussée, où se trouvaient les cellules. Le sergent de garde reposa en toute hâte le roman de Stephen King qu'il était en train de lire et bondit sur ses pieds.

— Tout va bien, sergent, dit Brandon. Si je n'avais que deux prisonniers à surveiller, moi aussi, je lirais un bon livre. J'aimerais jeter un coup d'œil sur les affaires de Mc Connell.

Le sergent déverrouilla l'armoire métallique et tendit le sac transparent à Brandon. Il y avait là un portefeuille, un mouchoir et quelques clés. Brandon ouvrit le sac et prit les clés.

— Vous ne m'avez pas vu, n'est-ce pas, sergent ? Et quand je reviendrai, d'ici deux ou trois heures, vous ne me verrez pas non plus.

Le sergent sourit.

— Vous ne pouvez pas être descendu ici, monsieur. Je l'aurais remarqué.

Vingt minutes plus tard, Brandon garait la Range Rover devant la maison de Mc Connell.

— Les deux types avec lesquels il partage la maison sont en vacances, dit Brandon. Heureusement que Mc Connell a pris la peine de le préciser.

Il extirpa une boîte en carton de sous le siège et tendit des gants en latex à Tony.

— Vous allez en avoir besoin, dit-il en prenant lui-même deux gants dans la boîte. Si jamais nous obtenons ce mandat de perquisition, ce serait embarrassant que les types chargés des empreintes digitales nous désignent comme principaux suspects.

— Il y a une chose que j'aimerais savoir, dit Tony alors que Brandon insérait la clé dans la serrure.

— Quoi donc ?

— Il s'agit d'une fouille illégale, n'est-ce pas ?

— Exact, dit Brandon en ouvrant la porte et en pénétrant dans le vestibule.

Il tâtonna à la recherche de l'interrupteur, mais ne l'actionna pas quand il le trouva. Tony le suivit et referma la porte derrière lui. Alors seulement, Brandon alluma la lumière, qui révéla un hall d'entrée et un escalier recouverts de moquette. Sur les murs, deux posters de bodybuilders encadrés.

— Alors, si nous trouvons une preuve matérielle, elle ne sera pas valable ?

— Encore exact, dit Brandon. Mais il y a des moyens de remédier à cela. Par exemple, si nous trouvons un rasoir ensanglanté sous le lit de Mc Connell, ledit rasoir se retrouvera mystérieusement sur la table de la cuisine. Ensuite, on ira voir le juge, on lui expliquera qu'on est allés chez Mc Connell pour vérifier que ses colocataires étaient bien en vacances, comme il l'avait prétendu. Nous avons regardé par la fenêtre, et nous avons repéré un rasoir ensanglanté, qui, d'après nous, est l'arme dont on s'est servi pour tuer Adam Scott, Paul Gibbs, Gareth Finnegan et Damien Connolly.

Tony secoua la tête, amusé.

— Malhonnêtes ? Nous ? Jamais, Votre Honneur !

— Il y a malhonnête et malhonnête, dit Brandon d'un air sombre. Parfois, il faut aider les choses à aller dans la bonne direction.

Tony et Brandon visitèrent la maison pièce par pièce. Tony avait une façon de procéder qui intriguait Brandon. Le psychologue commençait par se mettre au milieu de la pièce. Son regard passait sur les murs, les meubles, les tapis, les étagères. Il reniflait quasiment l'air. Puis, méticuleusement, il ouvrait les placards et les tiroirs, soulevait les coussins, examinait les magazines, enregistrait les titres des livres, des CD, des cassettes audio et vidéo, se saisissait de divers objets avec un soin d'archéologue.

Le cerveau en ébullition, Tony analysait tout ce qu'il voyait, touchait. Dans sa tête se dessinait l'image des hommes qui habitaient là, et il la confrontait chaque fois au portrait embryonnaire du Bricoleur qui mûrissait dans son esprit.

Tu es venu ici, Bricoleur ? Est-ce que cet endroit te ressemble, est-ce ton odeur ? Est-ce que tu regarderais ces vidéos ? Et ça, ce sont tes CD ? Judy Garland et Liza Minnelli ? Je ne pense pas. Tu n'es pas efféminé, ça, au moins, j'en suis sûr. D'ailleurs, il n'y a rien d'efféminé dans cette maison. Tout est terriblement masculin ici. Dans le salon, des meubles noirs et chromés, style années 1980. Mais ce n'est pas la maison d'un hétéro. Pas de magazines érotiques avec des filles, pas de revues automobiles. Regarde les murs. Des corps d'hommes huilés, brillants, avec des muscles comme du bois sculpté. Les hommes qui vivent ici ont conscience de leurs préférences. Ce n'est pas toi, ça, Bricoleur. Enfin, je ne pense pas. Tu maîtrises la situation, mais pas tant que ça. C'est une chose de se brider, c'en est une autre de ne rien laisser paraître. Si tu étais aussi bien ancré dans ton identité que les types qui vivent ici, tu n'aurais pas besoin de faire ce que tu fais, non ?

Tony se tourna lentement vers la porte. Cela lui fit un petit choc de découvrir Brandon à l'entrée de la pièce. Il s'était tellement absorbé dans sa réflexion qu'il avait complètement oublié la présence du policier. « Surveille-toi, Tony, se sermonna-t-il. Reste toi-même. »

En silence, ils allèrent dans la cuisine. Une cuisine spartiate, mais bien équipée. Dans l'évier, un bol de soupe sale et une tasse à moitié pleine de thé froid. Une petite étagère de livres de cuisine témoignait de l'obsession des habitants de manger sainement. La maison du pet, nota Tony avec ironie, en ouvrant un placard plein de bocaux de légumes secs. Dans les tiroirs, il trouva des couteaux de cuisine, un couteau à pain, avec une lame piquée de rouille, et un couteau à découper ordinaire, dont le manche avait pâli à force de passer au lave-vaisselle.

Ce ne sont pas tes outils, Bricoleur. Tu aimes les couteaux qui font leur travail de façon impeccable.

Sans consulter Brandon, il sortit de la cuisine et monta l'escalier. Il passa la tête dans la première chambre et n'insista pas. Quelques instants plus tard, Brandon vit qu'il s'agissait de la chambre du couple. Il suivit Tony dans la pièce de l'autre côté du couloir.

Dans la chambre de Mc Connell, Tony sembla de nouveau se perdre dans ses pensées. La pièce était meublée de façon simple : un lit moderne en pin, une commode et une penderie. Une série de trophées d'haltérophilie sur le rebord intérieur de la fenêtre.

Une bibliothèque tout en hauteur, pleine à craquer de livres *gore* et de romans gays. Sur une petite table, une console de jeux vidéo et une télévision. Sur une étagère, au-dessus, une collection de jeux. Tony regarda les titres: *Mortal Kombat, Streetfighter II, Terminator 2, Doom*, et une douzaine d'autres jeux dont les caractéristiques étaient l'action et la violence.

Cela te ressemble déjà plus.

Debout devant la commode, Tony avait posé la main sur une poignée, prêt à ouvrir un tiroir.

Peut-être que c'est toi, finalement. Peut-être que tu laisses le salon aux deux autres. Et si ton domaine, c'était cette chambre? Qu'est-ce que je m'attendrais à trouver? Des souvenirs, Bricoleur. Tu as besoin de garder des choses près de toi, pour entretenir la mémoire. Nous avons tous besoin de quelque chose de tangible. La vieille bouteille de parfum qui a gardé l'odeur de la personne aimée et la fait revenir devant nous, comme un hologramme. Le film que nous avons vu le premier soir où nous avons fait l'amour et où tout était parfait. Gardez les bons souvenirs, éliminez les mauvais. Qu'est-ce que tu as à m'offrir?

Le contenu des trois premiers tiroirs était d'une innocence décevante: sous-vêtements, tee-shirts, chaussettes, tenues de jogging et shorts. Quand il ouvrit le dernier tiroir, Tony poussa un soupir de satisfaction. Il y avait là tout l'attirail SM de Mc Connell: menottes, liens en cuir, anneaux péniens, fouets, et toute une série d'accessoires qui donnèrent l'impression à Brandon d'être dans un laboratoire ou dans un asile d'aliénés. Alors que Tony les sortait calmement du tiroir et les examinait, Brandon frissonna.

Tony s'assit sur le lit et regarda autour de lui. Lentement, avec application, il essaya de se construire une image de l'homme qui vivait dans cette pièce.

Tu aimes exercer ton pouvoir au moyen de la violence. La douleur te procure du plaisir, dans l'acte sexuel. Mais je ne vois ici aucune subtilité. Rien ne laisse penser que tu es un homme qui planifie les choses avec soin, dans le détail. Tu voues à ton corps une espèce de vénération, ce corps est un temple pour toi. Tu n'es pas asocial. Tu es capable de partager une maison avec deux autres hommes, tu ne cherches pas à préserver ton intimité à tout prix, puisqu'il n'y a pas de verrou à la porte. Ton identité sexuelle ne te pose pas de problème, et l'idée de trouver un partenaire dans une boîte ne te gêne pas, pourvu que tu puisses faire un peu connaissance avant d'aller plus loin.

Son analyse psychologique fut interrompue par Brandon.

— Regardez ça, Tony ! dit-il, tout excité.

L'adjoint au directeur de la crime avait trouvé une boîte à chaussures pleine de papiers – des quittances, des récépissés, de vieilles factures d'électricité, des relevés bancaires. Cette inspection peu passionnante touchait à sa fin, la boîte était presque vide, quand soudain, triomphant, il tendit une feuille de papier à Tony.

Tony la prit. C'était un formulaire de police. Le psychologue fronça les sourcils.

— Qu'est-ce que c'est que ça ?

— C'est le formulaire qu'on vous donne quand un policier arrête votre voiture et que vous n'avez pas vos papiers. Vous devez les présenter dans un poste de police avant une certaine date, afin qu'on vérifie que tout est en ordre. Regardez le nom de l'officier de police.

Tony examina de nouveau le formulaire. Le nom, qui, à la première lecture, lui était apparu comme un gribouillis, se transforma soudain en « Connolly ».

— J'ai reconnu son numéro, dit Brandon. On peut à peine lire le nom.

— Merde, souffla Tony.

— Damien Connolly a dû l'arrêter pour une infraction sans gravité, ou juste pour un contrôle de routine. Il lui aura demandé ses papiers, dit Brandon.

Tony fronça les sourcils.

— Je croyais que Connolly travaillait aux archives. Que faisait-il au bord de la route, en train de contrôler les automobilistes ?

Brandon jeta un coup d'œil sur le papier, pardessus l'épaule de Tony.

— C'était il y a deux ans. À l'évidence, Connolly ne travaillait pas à la banque de données, à cette époque-là. Soit il était affecté à la circulation, soit il se trouvait en mission dans le coin, quand il a vu Mc Connell commettre une infraction au code de la route.

— Vous pouvez vérifier ça discrètement ?

— Pas de problème, dit Brandon.

— Alors, ça y est, vous avez réussi !

Brandon eut l'air étonné.

— Vous voulez dire… Vous pensez que ça règle le problème, que Mc Connell est notre homme ?

— Non, non, s'empressa de dire Tony. Absolument pas. Tout ce que je voulais dire, c'est que vous devriez pouvoir obtenir un mandat de perquisition, arguant du fait que Mc Connell connaissait trois victimes sur les quatre, ce qui va au-delà d'une simple coïncidence.

— Exact, dit Brandon, en soupirant. Vous n'êtes donc toujours pas convaincu que Mc Connell soit le tueur ?

Tony se leva et fit les cent pas sur le tapis.

— J'étais arrivé à la conclusion que ce n'était pas notre homme avant que vous ne trouviez cela, dit-il au bout d'un moment. Je n'ai pas encore eu le temps de m'installer à mon bureau pour établir un profil complet, mais je commençais à le sentir, ce tueur. Et il y a trop de choses ici qui ne cadrent pas avec l'image que j'ai de lui. Mais il s'agit d'une coïncidence incroyable. Nous avons établi avec certitude que Stevie Mc Connell connaissait au moins trois des quatre victimes. Combien d'hommes vont être dans cette situation ?

— Pas beaucoup, dit Brandon.

— Malgré tout, je ne vois pas Mc Connell dans la peau du tueur, dit Tony. Mais si ça se trouve, il le connaît. Le tueur peut avoir fait la connaissance d'Adam Scott et de Gareth Finnegan par son intermédiaire. Peut-être même le tueur était-il avec lui, le jour où Connolly l'a arrêté en voiture...

— Vous ne pensez pas que ce soit Mc Connell, hein ? dit Brandon, la déception perçant dans sa voix. C'est vrai que c'est un peu mince, comme dossier. Après tout, nous n'avons aucune preuve établissant un lien entre cette maison et les meurtres, ajouta-t-il, prudent. Mais vous l'avez dit vous-même, il commet probablement ses crimes ailleurs. C'est peut-être là qu'il garde ses souvenirs.

— Ce n'est pas seulement le fait qu'il n'y ait pas de souvenirs, dit Tony. Pour dire les choses crûment, John, les tueurs en série tuent pour transformer leurs fantasmes en réalité. Ces fantasmes ont pris une telle importance qu'ils deviennent pour eux plus réels que le monde extérieur. Rien, dans cette maison, ne permet de penser que Mc Connell a ce type de personnalité. Certes, il a une pile de magazines pornographiques. Mais c'est le cas de beaucoup d'hommes de son âge, quelle que soit leur orientation sexuelle. Il possède des jeux vidéo violents, ce qui est également le cas de milliers d'adolescents et d'hommes adultes.

« Nombre de choses suggèrent que Stevie Mc Connell n'est pas un psychopathe, poursuivit Tony. Regardez autour de vous, John. Cette maison pue la normalité. Dans la cuisine, sur le calendrier, il y a des noms de gens invités à dîner. Regardez ce tas de cartes de Noël, sur l'étagère. Il doit bien y en avoir une cinquantaine. Regardez ces photos de vacances. Vu la variété de lieux et les diverses coupes de cheveux, Mc Connell a dû rester quatre ou cinq ans avec le même partenaire.

« Stevie Mc Connell ne semble pas avoir de problèmes pour établir des relations avec les gens, continua Tony. OK, il n'y a pas de photos de famille, mais nombre de gays se voient rejetés par leurs parents quand ils affirment leur sexualité. Je suis désolé, John. Au départ, j'avais des doutes, mais plus j'ai d'éléments pour juger, moins ce type me paraît être le bon candidat.

Brandon se leva et remit la feuille de papier exactement là où il l'avait trouvée.

— Je pense que vous avez raison, même si ça me désole de l'avouer. Quand je l'ai interrogé, tout à l'heure, je l'ai trouvé trop calme pour être notre homme.

Tony secoua la tête.

— Ne tirez pas de conclusion hâtive de ce genre d'attitude. Il y a toutes les chances pour que le jour où vous allez tomber sur le tueur, il soit calme, lui aussi. N'oubliez pas qu'il a tout planifié avec soin. Bien qu'il pense être le meilleur, il aura prévu un scénario catastrophe. Il s'attend à être amené au poste pour un interrogatoire tôt ou tard. Il sera prêt. Il sera sensé, charmant, aimable, se montrera coopératif, n'éveillera pas le moindre soupçon chez vos inspecteurs. Son alibi ne sera pas un alibi. Il dira sans doute qu'il était avec un prostitué ou qu'il assistait à un match de foot, tout seul, assez loin de la ville. Il finira par être mis hors de cause, parce que d'autres suspects seront beaucoup plus plausibles, en apparence.

Brandon réussit à avoir l'air encore plus déprimé que d'habitude.

— Merci, Tony. Vous m'avez remonté le moral. Qu'est-ce que vous suggérez, alors ?

Tony haussa les épaules.

— Comme je vous l'ai dit, il est possible que Mc Connell connaisse le tueur. Il se peut même qu'il soupçonne quelqu'un. Moi, je le garderais encore un moment, je le cuisinerais sur les gens qu'il connaît, les lieux qu'il fréquente. Et j'agirais à découvert. Obtenez un mandat. Faites une fouille minutieuse, regardez sous les parquets, dans le grenier. On ne sait jamais ce qu'on peut trouver. N'oubliez pas que je pourrais complètement me tromper.

Brandon jeta un coup d'œil à sa montre.

— Bien. Je ferais mieux de rapporter ces clés avant que le sergent de garde ne finisse sa nuit. Je vous déposerai en chemin.

Après avoir jeté un dernier coup d'œil pour s'assurer qu'ils ne laissaient aucune trace de leur passage, Brandon et Tony quittèrent la maison de Mc Connell. Ils approchaient de la Range Rover quand une voix, dans l'ombre, lança :

— Bonsoir, messieurs. Vous êtes faits.

Carol s'avança dans la lumière du réverbère.

— Anthony Hill, John Brandon, je vous arrête sur présomption d'effraction. Vous n'êtes pas obligés de répondre à mes questions…

Arrivée là, Carol éclata de rire.

Brandon avait senti le sang battre dans sa gorge dès les premiers mots de Carol.

— Bon Dieu, Carol, protesta-t-il, je suis trop vieux pour ce genre de petits jeux.

— Mais pas pour ces petits jeux-là, répliqua Carol sèchement, en désignant la maison de Mc Connell. Fouille sans autorisation, en compagnie d'un civil ? Heureusement pour vous que je ne suis pas en service, monsieur.

Brandon eut un sourire las.

— Alors, pourquoi rôdez-vous autour de la maison du suspect ? Délit d'intention, Jordan.

— Je suis inspecteur, monsieur. Je pensais vous trouver ici avec le Dr Hill. La chance vous a souri ?

— Le Dr Hill pense que non. Et votre interrogatoire ? s'enquit Brandon.

— J'ai tenu compte de vos suggestions, Tony, et ça a très bien marché. Mc Connell n'a pas d'alibi pour le soir où Damien Connolly a été tué, sauf pour une heure, tard dans la soirée, à un moment où Damien aurait très bien pu être déjà mort. Ce qui est intéressant, c'est l'endroit où il était pendant cette heure-là. Il buvait un verre au pub derrière lequel le corps a été abandonné.

Tony haussa les sourcils et eut une inspiration brève et sifflante. Brandon se tourna vers lui.

— Oui ?

— C'est exactement le genre d'acte provocateur que pourrait avoir le Bricoleur. Vous pourriez peut-être demander à quelqu'un de voir si Mc Connell est un habitué de ce pub. Dans la négative, ce serait significatif, dit Tony lentement.

Là-dessus, il fut pris d'un immense bâillement.

— Excusez-moi, dit-il. Je ne suis pas un oiseau de nuit.

— Je vais vous raccompagner chez vous, dit Carol. Je crois que M. Brandon a quelque chose à déposer au poste de police.

Brandon regarda sa montre.

— Bien. Disons 11 heures au lieu de 10 heures, Carol.

— Merci, monsieur, dit Carol, sincère, en déverrouillant la portière de sa voiture pour Tony, côté passager.

Il se laissa tomber sur le siège, incapable d'endiguer la vague de bâillements qui l'avait saisi.

— Je suis vraiment désolé, dit-il. Je ne peux pas m'arrêter de bâiller.

— Vous avez trouvé quelque chose qui valait le détour ? s'enquit-elle aimablement.

— Damien Connolly a arrêté Mc Connell pour une infraction au code de la route, il y a deux ans de ça, dit Tony d'une voix ensommeillée.

Carol émit un sifflement de surprise.

— Waouh ! dit-elle. Il nous a menti deux fois ! Mc Connell a d'abord dit à Don Merrick qu'il avait rencontré Connolly à la salle de gym, après un cambriolage. Ensuite, pendant l'interrogatoire, il a nié l'avoir jamais vu. Il a prétendu avoir menti pour se rendre intéressant. Et voilà que vous découvrez qu'il l'avait réellement rencontré ! Quelle aubaine !

— Seulement si vous pensez qu'il est le tueur, dit Tony. Je suis navré de vous décevoir, Carol, mais je ne crois pas que ce soit lui. Je suis trop fatigué pour tout vous expliquer maintenant, mais une fois que j'aurai établi mon profil, nous l'étudierons ensemble. Vous comprendrez pourquoi je ne puis m'exciter sur le cas de Stevie Mc Connell.

Il bâilla et appuya sa tête contre sa main.

— Quand pourrons-nous commencer ? s'enquit Carol.

— Laissez-moi la journée. Et demain matin, je vous montrerai la première esquisse de mon profil. Ça vous va ?

— Parfait. Vous avez besoin d'autre chose, dans l'intervalle ?

Tony ne répondit pas. Carol lui jeta un bref regard et vit qu'il s'était assoupi. « Je dormirais bien, moi aussi », pensa-t-elle. S'efforçant de rester concentrée, elle traversa la ville jusqu'à la maison de Tony, une maison mitoyenne en brique rouge, à deux arrêts de tramway de l'université. Carol se gara devant chez lui. Le léger sursaut qu'imprima l'arrêt à la voiture ne réveilla pas Tony, dont la respiration était audible, à présent.

Carol défit sa ceinture de sécurité et se pencha pour le secouer gentiment. Tony redressa la tête d'un coup, les yeux grands ouverts, l'air affolé. Il fixa Carol sans comprendre.

— Tout va bien, dit-elle. Vous êtes chez vous. Vous vous êtes endormi.

Tony se frotta les yeux avec ses poings, en marmonnant quelque chose d'inintelligible. Il regarda Carol d'un air vague et eut un sourire endormi, un peu tordu.

— Merci de m'avoir ramené à la maison.

— Je vous en prie, dit Carol, toujours tournée vers lui. Je vous téléphone cet après-midi, qu'on puisse se fixer rendez-vous pour demain.

Tony, réveillé à présent, eut un accès de panique.

— Encore merci, dit-il, battant en retraite.

Il ouvrit la portière et faillit s'écrouler sur le trottoir, dans un mélange de hâte et de fatigue.

« Et moi qui voulais qu'il m'embrasse ! se dit Carol en regardant Tony ouvrir son portail, puis remonter sa petite allée. Seigneur, que m'arrive-t-il ? D'abord, je me conduis comme une mère poule avec Don, puis je m'entiche du profileur ! »

Elle vit la porte d'entrée s'ouvrir, glissa une cassette dans le lecteur, puis démarra.

— Ce dont j'ai besoin, dit-elle à Elvis Costello, c'est de vacances.

— Hier soir, nous étions pratiquement sur le point de sabrer le champagne. Et maintenant, vous me dites que vous voulez laisser filer Mc Connell ?

Cross secoua la tête avec exaspération.

— Qu'est-ce qui s'est passé ? Il s'est subitement trouvé un alibi en béton ?

— Je ne vous dis pas de le laisser filer sur l'heure. Il nous faut l'interroger longuement sur ses relations, voir s'il n'aurait pas présenté Gareth Finnegan et Adam Scott à quelqu'un. Après, nous pourrons le libérer. Nous n'avons pas de preuves tangibles, Tom, dit Brandon d'un ton las.

Le manque de sommeil avait transformé son visage en un masque gris qui n'aurait pas semblé déplacé dans un film d'horreur. Cross, en revanche, paraissait aussi frais qu'un jeune enfant après sa sieste.

— Il était à *La Reine de cœur*, l'autre soir. Et jusqu'à preuve du contraire, il avait laissé le corps de Damien Connolly dans son coffre en attendant l'heure de la fermeture. Il y a tout de même de quoi aller fouiller chez lui, non ?

— Dès que nous aurons suffisamment d'éléments pour obtenir un mandat de perquisition, nous agirons, dit Brandon, peu désireux d'admettre qu'il avait déjà franchi ce pas.

Un peu plus tôt, il avait demandé au sergent Claire Bonner de passer en revue tous les doubles des arrestations effectuées par Connolly, tous les récépissés d'infractions qu'il avait constatées, avec l'espoir d'établir un lien avec Mc Connell. Mais jusqu'ici, elle n'avait pas déterré l'information cruciale, qui se trouvait pourtant parmi tous ces papiers, il le savait.

— J'imagine qu'on doit tout ça à Wonder Boy, dit Cross avec amertume. Le psy a dû dire que Mc Connell n'avait pas eu une enfance heureuse.

Carol se mordit la joue pour s'empêcher d'intervenir. C'était déjà suffisamment déplaisant d'être considérée comme quantité négligeable dans ce combat de titans, sans devoir en plus rappeler à ses chefs qu'elle était témoin de leur conflit.

Brandon fronça les sourcils.

— J'ai consulté le Dr Hill, et effectivement, au vu des données dont nous disposons, il pense que Mc Connell n'est probablement pas notre homme. Mais ce n'est pas la principale raison pour laquelle nous devons le libérer, selon moi. L'absence de preuves me semble autrement plus déterminante.

— Sur ce point, je suis absolument d'accord, dit Cross avec force. C'est pourquoi il nous faut du temps pour en trouver d'autres. Interrogeons ces tantouzes avec lesquelles il a bu, lundi soir. Comme ça, nous saurons dans quel état il était. Et puis, il nous faut jeter un coup d'œil sous le matelas de Mc Connell. Il est en garde à vue depuis moins de douze heures, monsieur. Nous avons le droit de le garder jusqu'à plus de minuit. Nous pourrons alors l'inculper d'agression et demander au juge une prolongation de la garde à vue, ce qui nous laissera trois jours de plus. C'est tout ce que je demande. Je l'aurai coincé, d'ici là. Vous ne pouvez pas dire non à ça, monsieur. Vous déclencheriez une mutinerie.

« Faute, songea Carol. Tu défendais bien ta cause, jusqu'ici, mais ce chantage vient de te couler. »

Les oreilles de Brandon devinrent toutes rouges.

— Personne ne pense que l'enquête s'arrête parce qu'on interroge quelqu'un, j'espère ? dit-il sur un ton dangereusement tranchant.

— Les hommes sont très dévoués à la tâche, monsieur, mais il y a longtemps qu'ils bossent sur cette affaire sans rien obtenir de concret.

Brandon tourna la tête vers la fenêtre et regarda fixement la ville en contrebas. Son instinct lui disait de soutirer le nom de toutes ses relations à Mc Connell, puis de le libérer. Cependant, il n'ignorait pas que l'arrivée d'un suspect avait redonné de l'énergie à la brigade. Avant qu'il ait pu prendre une décision, on frappa à la porte.

— Entrez, lança Brandon, qui pivota sur ses talons et se laissa tomber lourdement dans son fauteuil.

Les boucles carotte de Kevin Matthews apparurent dans l'entrebâillement de la porte.

— Excusez-moi de vous interrompre, monsieur, mais nous venons d'avoir le rapport du labo sur le meurtre de Damien Connolly.

— Alors, entrez et dites-nous ce qu'il en est, lança Cross, cordial.

Kevin eut un sourire d'excuse, avant de glisser sa mince silhouette de l'autre côté de la porte.

— L'un des gars du labo a trouvé un fragment de cuir arraché sur un clou du portail, déclara-t-il. C'est un endroit fermé au public, aussi pourrait-il s'agir d'un indice. Nous avons éliminé les employés du pub et les livreurs de bière. Et il se trouve que les grilles ont été lessivées, puis repeintes il y a seulement un mois. Nous n'avons donc pas eu de mal à retrouver les ouvriers. Or, aucun d'eux n'a admis posséder un vêtement fait dans ce cuir-là. On a donc demandé au labo une analyse de toute urgence. Les résultats viennent juste d'arriver.

Kevin tendit le rapport à Brandon, ardent comme un scout.

Le passage important avait été passé au Stabilo jaune. Il sauta aux yeux de Brandon.

Le fragment de cuir marron foncé est extrêmement peu courant. Pour commencer, il s'agit de peau de cerf, semble-t-il. Et puis, chose plus significative encore, ce cuir a été traité à l'eau de mer, et non dans un bain de produits chimiques. Je ne connais qu'un pays pourvoyeur de ce genre de cuir : l'ex-Union soviétique. Les tanneurs ont du mal à trouver les composants chimiques nécessaires au traitement du cuir, aussi utilisent-ils toujours la vieille méthode consistant à faire baigner les peaux dans l'eau de mer. Je dirais que ce fragment provient d'un blouson de cuir russe. On ne trouve ce cuir-là à la vente nulle part ailleurs, car il n'a pas la qualité requise par les marchés occidentaux.

Brandon finit de lire le rapport, puis le fit glisser vers l'autre côté du bureau, en direction de Cross.

— Sacredieu ! s'écria Cross. Vous voulez dire que c'est un Igor que nous cherchons ?

Extrait d'une disquette de trois pouces et demi intitulée : Sauvegarde 007 – Dossier amour 009

J'ai lu quelque part que les enquêtes criminelles coûtent un million de livres par mois. Quand Paul s'est révélé aussi bête et déloyal qu'Adam, j'ai réalisé que les actions que j'avais dû entreprendre risquaient d'avoir un impact sur les impôts locaux. Non pas que cela me dérangeât de payer quelques *pence* de plus par an. C'était un prix ridicule, en regard des satisfactions éprouvées à tirer parti de leur perfidie.

La trahison de Paul a anéanti tous mes espoirs. Juste au moment où j'avais mis en scène la célébration triomphante de notre amour, il m'a tourné le dos et a choisi quelqu'un d'autre. Le soir où il a fait ses premiers travaux d'approche, je ne sais pas comment j'ai pu rentrer chez moi. Je ne me souviens pas du moindre détail du trajet. J'ai passé un moment dans ma voiture, devant la ferme, en rage à cause de lui. Ma colère était si intense que je n'arrivais plus à coordonner mes mouvements. J'ai failli tomber du siège du 4 × 4, puis j'ai titubé, comme quelqu'un qui a bu, vers le havre de mon donjon.

J'ai grimpé sur le banc de pierre, j'ai remonté mes genoux sur ma poitrine, je les ai entourés de mes bras, tandis que des larmes inhabituelles roulaient sur mes joues et s'écrasaient sur la pierre brute, la tachant sombrement, comme le sang d'Adam. Qu'est-ce qui n'allait pas chez eux ? Pourquoi ne pouvaient-ils s'autoriser à avoir ce qu'ils désiraient ?

Je me suis essuyé les yeux. Je nous devais à tous deux de faire de cette expérience la chose la plus parfaite, la plus intense possible. Le moment était venu d'utiliser de nouveaux jouets. Adam avait été la couturière. Paul allait être la générale.

Le truc de la voiture qui ne démarre pas avait remarquablement marché avec Adam, aussi l'employai-je avec Paul. Ça marcha comme dans un rêve. Je n'avais pas fait trois pas dans son entrée qu'il me proposait déjà un verre en attendant le dépanneur. Mais je ne me laissai pas prendre à ses flatteries. Il avait eu sa chance, et pour moi, il était désormais trop tard pour abandonner mes projets d'union nous concernant.

Lorsqu'il reprit conscience, il était attaché dans un fauteuil de Judas. Il m'avait fallu quelques jours pour le construire, vu que j'avais dû partir de rien. Le fauteuil de Judas était l'une des découvertes que j'avais faites dans le musée de San Gimignano. Je n'avais vu que deux références à cette chose dans mes livres, et aucune ne donnait une idée claire de la façon dont le fauteuil était construit. Mais au musée, ils avaient leur propre fauteuil, un modèle qui fonctionnait. Avec deux agrandissements de la photo du catalogue, j'avais pu créer un modèle fonctionnel sur mon ordinateur.

Ce n'est pas une machine que les inquisiteurs utilisaient beaucoup, et je ne vois pas bien pourquoi. Le musée de San Gimignano a une théorie là-dessus qui me paraît franchement absurde. Ajoutons-y quelques descriptions relevées sur les cartons explicatifs, et le doute n'est plus permis : cette théorie stupide est celle d'une féministe obsessionnelle et bornée. D'après elle, il n'était pas gênant d'utiliser des instruments de torture sur les femmes, tels que les poires vaginales qui déchiquetaient le col de l'utérus et le vagin, ou les prétendues ceintures de chasteté, qui faisaient de leurs lèvres une bouillie sanguinolente, parce que les femmes étaient d'une espèce différente de celle des inquisiteurs, et bien souvent des créatures du démon. En revanche, toujours d'après cette théorie démente, les instruments de torture utilisés sur les hommes tendaient à ne pas être directement dirigés sur leurs organes sexuels, en dépit de la sensibilité extrême de ces zones, parce que – tenez-vous bien – les tourmenteurs s'identifiaient inconsciemment à leurs victimes. Par conséquent, toute mutilation infligée à leurs queues ou à leurs couilles était impensable.

Mon fauteuil de Judas, même si c'est moi qui le dis, est un chef d'œuvre du genre. Il consiste en un cadre carré, avec un pied à chaque coin, des accoudoirs pour les avant-bras et une planche épaisse comme dossier. Il ressemble beaucoup à une chaise en bois sculpté de façon sommaire, sauf qu'il n'y a pas de siège. À la place, une pointe conique couverte de fil barbelé coupant, fixée à la base des pieds de la chaise par une entretoise de bois. Pour la pointe, j'avais utilisé l'un de ces grands cônes sur lesquels s'enroulait le fil de coton, sur les anciens métiers à tisser industriels. On en trouve dans toutes les boutiques de souvenirs des antennes du patrimoine industriel. Je l'avais recouvert d'une fine feuille de cuivre flexible, puis j'y avais fixé, en spirale, du fil de fer barbelé extrêmement tranchant. J'avais ajouté ma touche personnelle, un petit raffinement par rapport à l'exemplaire exposé au musée de la Torture : ma pointe était conductrice d'électricité, *via* un rhéostat, me permettant d'infliger des chocs électriques d'intensité variable. Le tout était rivé au sol pour éviter les accidents.

Pendant qu'il était encore inconscient, j'attachai Paul au-dessus de la pointe et au dos du fauteuil par une solide sangle de cuir passée sous ses aisselles. J'entravai également chaque cheville aux deux pieds de devant du fauteuil. Dès que je détacherais la sangle de cuir, Paul ne pourrait plus s'en remettre qu'à ses propres ressources, aux muscles de ses mollets et de ses épaules pour se maintenir au-dessus de la pointe cruelle, stratégiquement positionnée en dessous de son anus. Vu que la chaise était très haute, seuls ses orteils pouvaient toucher le sol. Aussi ne m'attendais-je pas à le voir tenir très longtemps.

Ses yeux exprimèrent une peur panique que j'avais déjà vue dans ceux d'Adam. Mais c'était lui qui avait provoqué cette situation. Je le lui dis avant d'arracher la bande adhésive de sa bouche.

— Je ne me rendais pas compte, bafouilla-t-il. Je suis désolé, vraiment désolé. Il faut que vous me laissiez me racheter. Laissez-moi sortir de cette chaise, et nous prendrons un nouveau départ, je vous le promets.

Je secouai la tête.

— Robert Maxwell avait raison sur un point. Il a dit que la confiance, c'est comme la virginité. On ne peut la perdre qu'une fois. Tu as une âme de traître, Paul. Comment pourrais-je te croire ?

Ses dents se mirent à claquer, mais pas de froid, j'imagine.

— J'ai fait une erreur, réussit-il à articuler. Nous faisons tous des erreurs, vous le savez. Je vous en prie, tout ce que je vous demande, c'est une chance d'arranger les choses. Je peux arranger les choses, je vous le promets.

— Alors, montre-moi que tu es sincère. Montre-moi que tu as envie de moi.

Je regardai fixement sa queue toute flétrie, pendouillant avec ses couilles dans l'espace où aurait dû se trouver le siège du fauteuil. J'avais espéré voir la beauté, mais là aussi, je n'avais que trahison.

— P... pas... pas ici, pas comme ça. Je ne peux pas !

Sa voix s'éleva tel un pathétique braillement.

— C'est ça ou rien. Ici ou nulle part, lui dis-je. Mais à propos, au cas où tu te poserais la question, tu es attaché à un fauteuil de Judas.

Avec précision, je lui expliquai comment fonctionnait ce fauteuil. Tandis que je parlais, sa peau devint grise et moite sous l'effet de la peur. Lorsque je lui expliquai le raffinement dû à l'électricité, il paniqua totalement. De la pisse dégoulina de sa queue, éclaboussant le sol en dessous de lui. L'odeur puante de l'urine chaude me donna un haut-le-cœur.

Je le giflai si fort que sa tête heurta le dos de la chaise avec un craquement. Il hurla, des larmes inondèrent ses yeux.

— Espèce de sale petit bébé, espèce de dégoûtant ! lui criai-je. Tu ne mérites pas mon amour. Regarde-toi, tu pisses et tu pleures comme une fille. Tu n'es pas un homme.

Le fait d'entendre les paroles de ma mère dans ma bouche me fit complètement perdre le contrôle de moi-même. Rien d'autre n'aurait pu avoir cet effet sur moi. Je continuai à le frapper, me délectant du bruit du cartilage écrasé quand son nez céda sous mon poing. Je n'étais plus moi-même, la colère me dominait. Paul avait trahi ma confiance en me donnant une fausse image de lui. J'avais pensé qu'il était fort, courageux, intelligent et sensible. Mais il n'était qu'un porc lubrique, imbécile et lâche, une pathétique parodie d'homme. Comment avais-je pu me laisser aller à croire qu'il serait un partenaire digne de ce nom ? Il ne résistait même pas. Il restait assis là, à miauler comme un chaton, me laissant le frapper.

Haletant de colère et d'épuisement, je finis par m'arrêter. Je reculai et le fixai avec mépris, regardant les larmes former des lignes plus claires sur le sang qui couvrait son visage.

— Tu as provoqué ça tout seul, sifflai-je.

Tous mes projets méticuleux s'étaient envolés en fumée.

Je ne voulais pas lui donner la seconde chance que j'avais octroyée à Adam. Je ne voulais pas de l'amour de Paul, en aucun cas. Il ne me méritait pas. Je fis le tour du fauteuil et saisis le bout pointu de la lanière de cuir.

— Non, gémit-il. Non, je vous en prie.

— Tu as eu ta chance, dis-je avec colère. Tu as eu ta chance et tu l'as gâchée. Tu ne peux t'en prendre qu'à toi-même.

Je tirai sur la lanière, suffisamment fort pour la libérer de la boucle. Puis je la lâchai.

Les muscles de Paul se contractèrent instantanément, le maintenant en place, tout raide, un tout petit centimètre au-dessus de la pointe. Je fis le tour du fauteuil, revins me placer dans le champ de vision de Paul. Tout doucement, je me déshabillai, caressai mon corps, imaginai les sensations qu'auraient provoquées ses mains. Tandis qu'il tentait de rester dans la même position, les yeux exorbités, je m'assis, et lentement, délicieusement, je me caressai. Son combat pour rester hors de portée de la pointe meurtrière m'excitait terriblement.

— Tu aurais pu faire ça, me moquai-je, savourant les tremblements de ses cuisses et de ses mollets. Tu aurais pu faire l'amour au lieu de lutter pour garder ton cul en état de marche.

S'il avait fait de la musculation comme Adam, il aurait tenu plus longtemps. Mais là, ses cris de douleur se mêlèrent à mes grognements de plaisir. Je jouis comme une fusée, le feu me traversant à la vitesse de l'éclair et explosant en un orgasme qui me laissa sans forces.

Paul essaya de se libérer, mais le fil de fer barbelé ne faisait qu'entailler plus profondément sa chair tendre. Je me laissai aller contre le dossier de la chaise, goûtant les vagues de plaisir qui pulsaient en moi après mon orgasme.

Les minutes passant, Paul s'écroula de plus en plus sur la pointe. Ses cris laissèrent la place à des grognements plaintifs. À ma grande surprise, je sentis le désir monter de nouveau en moi. Après le plaisir exquis de mon premier orgasme, je voulais encore un écho à mon excitation. Je tendis la main vers le bouton de réglage du courant à envoyer dans la pointe, abaissai l'interrupteur qui mettait le circuit en marche. Même avec un courant d'une intensité relativement faible, le corps de Paul se convulsa en un arc, ce qui le libéra presque totalement de la pointe, un jet léger de sang éclaboussant le sol sur une cinquantaine de centimètres.

Je fis concorder les rythmes de nos deux corps, la vitesse et l'intensité de notre excitation mutuelle se répondant dans un accord parfait. Je sentis mes muscles frémir comme les siens, en me propulsant vers ma main. Quand je jouis, mon corps se cambra au même moment que le sien, et ses derniers cris de douleur résonnèrent comme l'écho de mes halètements de plaisir. Puis il sombra dans l'inconscience.

Je dois avouer que la jouissance tirée de la punition de Paul me surprenait. Sans doute parce qu'il avait mérité un châtiment bien pire qu'Adam, ou que j'avais fondé sur lui des espoirs plus grands. Mais peut-être tout simplement m'améliorais-je dans mon art. Quelle que fût la raison, ma deuxième incursion dans le meurtre me donnait le sentiment d'avoir enfin trouvé ma vraie vocation.

9

« Nous séchons nos larmes et découvrons que cet acte choquant et indéfendable d'un point de vue strictement moral, s'avère, une fois confronté aux principes du bon goût, être une performance des plus méritoires. »

— OK, Bricoleur, la représentation va commencer, dit Tony à l'écran aveugle de son ordinateur.

Après que Carol l'eut déposé, il avait monté l'escalier en titubant, envoyé valser ses chaussures et abandonné sa veste de base-ball matelassée sur le palier. Ne prenant que le temps de vider sa vessie, il s'était enfoui sous sa couette, puis il avait sombré dans le sommeil le plus profond dont il ait joui depuis des mois. Il s'était réveillé en plein après-midi. Mais pour une fois, il n'avait éprouvé aucune culpabilité par rapport au travail laissé en suspens. Il se sentait régénéré, excité.

Il exultait. Fouiller la maison de Stevie Mc Connell lui avait donné une assurance nouvelle, car là-bas, il avait su, avec une certitude absolue, que le Bricoleur ne vivait pas comme ça. Et bien que ce fût quelque chose qu'il ne pouvait admettre en dehors du cercle restreint de ses collègues profileurs, il avait éprouvé un vrai flash en réalisant qu'il saurait probablement s'y retrouver dans la tête du Bricoleur, se repérer dans le labyrinthe tortueux de sa logique unique. Il lui fallait maintenant trouver la clé de sa psyché.

Une fois au bureau, Tony étudia rapidement les documents restants, tout en prenant des notes. Puis il ferma les stores et demanda à sa secrétaire de bloquer ses appels. Il installa son fauteuil de l'autre côté du bureau, afin de se trouver face au fauteuil des visiteurs. Sur un côté du bureau, il mit son magnétophone, toujours éteint. Puis il alla se placer dos à la porte et contempla la pièce. Un poème qu'il avait lu lui revint en mémoire. Un poème à propos d'une route qui se scindait en deux à l'orée d'un bois et de l'importance de choisir l'embranchement le moins fréquenté. D'aussi loin qu'il se souvînt, il avait toujours été attiré par la route la moins passante, celle qu'empruntaient ses patients, le chemin qui conduisait dans les sous-bois, et non par le chemin le plus large, où filtrait le soleil.

Il faut que je comprenne pourquoi tu choisis cette route-là, Bricoleur. Moi, tu vois, je sais pourquoi cette route m'attire. Mais je ne suis pas comme toi. Je peux revenir quand je veux. Je peux choisir la route ensoleillée. Je n'ai pas à être dans les sous-bois. Je ne fais qu'étudier les empreintes de tes pas. Ou du moins, c'est ce que je dis au monde.

Mais nous savons ce qu'il en est, n'est-ce pas ? Tu ne peux pas m'échapper, Bricoleur. Je suis exactement comme toi, tu vois. Je suis ton image reflétée dans un miroir. Seul le fait de te traquer m'empêche d'être comme toi. Je suis là, je t'attends. Fin du voyage.

Tony resta dos à la porte encore un moment, goûtant cet aveu qu'il s'était fait à lui-même.

Finalement, il s'assit dans son fauteuil et se pencha en avant, les coudes sur les genoux, les mains l'une dans l'autre, détendues.

OK, Bricoleur. De moi à toi, sans témoins. Nous allons sauter les préliminaires, la joute oratoire après laquelle tu finis par décider de me parler. Allons droit au but. Tout d'abord, je tiens à te dire combien je suis impressionné. Je n'ai jamais vu un travail plus soigné, plus propre. Et je ne veux pas seulement parler des corps. Mais de tout. Tu as parfaitement réussi ton coup. Jamais un témoin. Non, laisse-moi reformuler ça. Pas un humain qui ait interprété ce qu'il a vu ou entendu. Parce qu'il a dû y avoir des gens qui ont vu ou entendu quelque chose. Seulement, ils n'ont pas fait le rapprochement. Comment t'es-tu arrangé pour être aussi peu repérable ?

Tony appuya sur la touche d'enregistrement du magnétophone. Puis il se leva et alla s'asseoir en face, dans l'autre fauteuil. Il prit une profonde inspiration et se détendit, utilisant une technique respiratoire pour se mettre en transe. Il donna l'ordre à son esprit conscient de s'effacer, de laisser son moi supérieur se connecter avec tout ce qu'il savait du Bricoleur et de lui répondre. Lorsqu'il parla, ce fut d'une voix différente de sa voix habituelle. Le timbre était plus rauque, les sonorités plus graves.

Tony changea une nouvelle fois de fauteuil.

— À l'évidence, tu as fait du bon travail. Comment les as-tu choisis ?

De nouveau sur le fauteuil du Bricoleur.

— Je les aimais bien. Je savais qu'avec eux, ce serait autre chose. Je voulais être comme eux. Ils avaient tous de bons boulots, une belle vie. J'apprends vite, j'aurais pu apprendre à être comme eux. J'aurais pu m'intégrer parfaitement à leur vie.

— Alors, pourquoi les as-tu tués ?

— Les gens sont bêtes. Ils ne me comprennent pas. J'ai longtemps été celui dont ils se moquaient. Puis ils ont appris à avoir peur de moi. Je n'aime pas qu'on se moque de moi, et j'en ai assez que les gens se méfient de moi comme si j'étais une espèce d'animal qui va leur sauter dessus. Je leur ai donné une chance, mais ils ne m'ont pas laissé le choix. Il fallait que je les tue.

Tony retourna s'asseoir dans son fauteuil.

— Et quand tu l'as eu fait une fois, tu as réalisé que c'était la meilleure des choses au monde.

— Je me suis senti bien. J'avais la situation en main. Je savais ce qui allait se passer. J'avais tout planifié, et ça a marché !

Tony fut surpris lui-même d'avoir exprimé un tel enthousiasme. Il attendit, mais rien d'autre ne sortit. Il retourna encore une fois dans son fauteuil.

— Ça n'a pas duré longtemps, n'est-ce pas ? Le plaisir ? Le sentiment de pouvoir ?

Dans le fauteuil du Bricoleur, il se sentit bloqué pour la première fois. Généralement, le jeu de rôle faisait surgir ses idées, laissait ses pensées s'enchaîner librement. Mais là, quelque chose coinçait. Et ce quelque chose était au cœur du problème. Tony retourna dans son fauteuil et y réfléchit.

En commettant des crimes, les tueurs en série réalisent leurs fantasmes. Le meurtre en lui-même n'est jamais à la hauteur du fantasme, aussi a-t-il un pouvoir limité. Et plus le temps passe, plus ce pouvoir diminue. Les meurtres doivent se succéder à une fréquence de plus en plus rapprochée pour continuer à alimenter les fantasmes.

— Mais les intervalles entre tes meurtres ne diminuent pas, Bricoleur. Pourquoi ça ?

Tony alla se placer dans l'autre fauteuil, sans grand espoir. Il fit le vide dans sa tête, laissa sa conscience dériver, espérant qu'elle allait lui fournir une réponse qui ne contredirait pas l'idée qu'il se faisait du Bricoleur. Au bout d'un moment, il se sentit perdre peu à peu conscience. D'un seul coup, et venant de très loin, un profond ricanement le secoua.

— C'est à moi de savoir et à toi de trouver, se moqua sa propre voix.

Tony secoua la tête comme un plongeur qui refait surface. Étourdi, il se leva, puis il ouvrit les stores.

Intéressant, le point sur lequel son esprit avait buté : l'intervalle constant entre les meurtres, un phénomène qu'il n'avait jamais rencontré et qui faisait du Bricoleur quelqu'un d'unique. Même en admettant qu'il utilisât une caméra, cela restait remarquable.

Cet enchaînement de pensées redonna à Tony sa vigueur première. Il décida d'aller faire un tour à la bibliothèque de l'université, section médias. Là, il parcourut de vieux numéros du *Bradfield Evening Sentinel Times*, pour retrouver les dates exactes des meurtres. Une étude méticuleuse des pages spectacles ne révéla que peu de similitudes entre les quatre soirs en question. À moins qu'on ne considérât comme signifiant le fait que le cinéma d'art et d'essai local passât des comédies anglaises classiques tous les lundis. Mais il n'arrivait pas à imaginer comment *Passeport pour Pimlico* pouvait entretenir des fantasmes sexuels d'homicide. Finalement, peu après 19 heures, il fut prêt à commencer son profil.

Le profil de délinquant qui va suivre ne sera rédigé qu'à titre indicatif et ne devrait pas être considéré comme un portrait-robot. Il est peu probable que le délinquant corresponde parfaitement à ce profil, bien que je m'attende qu'il y ait une grande similitude entre les caractéristiques soulignées plus bas et la réalité.

Toutes les assertions énoncées dans le profil sont des possibilités, des probabilités, pas des faits.

Chaque fois qu'il commet un meurtre, un tueur en série émet des signaux, donne des indications. Tout ce qu'il fait, consciemment ou non, appartient à un schéma précis. Découvrir ce schéma sous-jacent, c'est révéler la logique du tueur – laquelle pourrait ne pas nous sembler logique, à nous, mais est cruciale pour lui. Parce que le tueur possède une logique particulière, il ne tombera pas dans des pièges trop francs. Parce qu'il est unique, les moyens pour le capturer, la façon de l'interroger et de reconstituer les faits doivent être, eux aussi, uniques.

Tony consacra ensuite plusieurs paragraphes à chacune des quatre victimes. Il y inclut tous les renseignements relevés dans les rapports de police sur leur habitat, leur histoire professionnelle, leur réputation parmi leurs amis et leurs collègues, leurs habitudes, leur condition physique, leur personnalité, leurs relations avec leur famille, leurs passe-temps favoris, leur comportement social. Ensuite, il rédigea un bref résumé du rapport de l'anatomopathologiste sur chacun de ces hommes et y ajouta une description des scènes des crimes. Puis il entama le processus crucial consistant à organiser toutes ces données en schémas signifiants, afin de pouvoir tirer ses conclusions.

D'après ce que nous savons, aucune des victimes n'avait eu de relations homosexuelles dans sa vie (nous ne pouvons exclure une bisexualité secrète, mais rien, dans ces quatre cas, ne suggère une telle chose). Cependant, chacun des corps a été abandonné dans un périmètre connu pour être fréquenté par la communauté homosexuelle. En outre, les corps ont été déposés dans des endroits réputés pour être le théâtre d'ébats sexuels entre partenaires de hasard. Qu'est-ce que cela nous apprend sur le tueur ?

1. Il s'agit d'un homme mal à l'aise avec sa propre sexualité. Il choisit délibérément des hommes dont l'homosexualité n'est pas immédiatement identifiable. Il se pourrait fort bien qu'il ait fait des avances d'ordre sexuel à ses victimes, dans le passé, et qu'il ait été éconduit. On peut pratiquement affirmer que le tueur n'est pas ouvertement homosexuel. Il réprime probablement sa véritable sexualité et en paie le prix, d'une façon ou d'une autre. Il a sans doute grandi dans un environnement où le fait d'être un homme était hautement valorisé et où l'homosexualité était condamnée, peut-être pour des motifs d'ordre religieux. S'il vit en concubinage, ce sera avec une femme. Et il est quasiment certain qu'il aura des problèmes sexuels au sein de cette relation. Il souffrira probablement d'impuissance.

Tony regarda fixement l'écran. Parfois, il détestait la façon dont son travail l'obligeait à regarder ses propres problèmes en face. Par ses défaillances sexuelles, se trouvait-il cloué sur la route la moins fréquentée ? Y aurait-il un soir où une femme irait trop loin, se focaliserait sur son problème et le ferait basculer dans l'irréversible ? Pour Tony, ce scénario n'était que trop présent. C'est pour ça qu'Angelica ne risquait rien. Lorsqu'elle le rendait fou furieux, il pouvait raccrocher le téléphone violemment, plutôt que de la gifler. Ou pire. Mieux valait ne pas prendre de risques, songea-t-il. Ne même pas envisager de penser à Carol Jordan. *Tu l'as vu dans ses yeux : elle s'intéresse à autre chose qu'à ton esprit. Ne t'autorise même pas à y penser. Laisse tomber. Remets-toi au travail.*

2. Il méprise ceux qui expriment ouvertement leur homosexualité. Son choix des lieux où il se débarrasse des corps est, entre autres choses, une façon d'afficher son mépris pour les homosexuels et de leur faire peur.

3. Cependant, il connaît bien les endroits où les hommes gays se retrouvent ou cherchent un partenaire sexuel. Il est possible que son travail l'amène à Temple Fields de temps à autre, peut-être pour faire des livraisons, ou pour quelque prestation de service dans les entreprises. La culture gay le fascine, au point qu'il a repéré l'endroit de Carlton Park où les gays viennent draguer.

4. Il a une remarquable maîtrise de lui-même. Il conduit dans une zone peuplée et y laisse des cadavres sans que son comportement attire l'attention.

« Parlons-en, oui, de la maîtrise de soi », se dit Tony, amer. Il se mit à arpenter la pièce entre la porte et la fenêtre.

Dès que des caïds avaient commencé à s'en prendre à lui, qui était le plus petit garçon de la rue et de sa classe, il avait appris les dures leçons de la maîtrise de soi. *Ne montre jamais que tu es blessé, cela ne fait que les encourager. Ne montre jamais qu'ils ont touché juste, cela ne fait que révéler tes points faibles. Apprends à être l'un des leurs. Apprends leur vocabulaire, leur gestuelle, leur attitude. Mélange tout ça, et tu obtiens quoi ? Un homme qui n'a pas la moindre idée de qui il est, un acteur consommé, un imposteur qui peut prendre la couleur environnante comme un caméléon.*

Le miracle, c'était que cela puisse duper autant de gens. À l'évidence, Brandon le prenait pour un chic type. Carol Jordan éprouvait pour lui une attirance certaine. Pour Claire, sa secrétaire, il était le meilleur des patrons. Il passait pour quelqu'un d'humain, aucun doute. La seule personne qu'il ne pouvait tromper était sa mère, qui continuait à le traiter avec ce mépris à peine déguisé qui était tout ce qu'il avait jamais obtenu d'elle. C'était de sa faute à lui, si son père était parti. Elle-même l'aurait abandonné dans quelque orphelinat, si elle n'avait pas été obligée de rester en bons termes avec ses parents, qui tenaient les cordons de la bourse. Finalement, elle avait foncé tête baissée dans une carrière dès qu'elle avait réussi à persuader sa propre mère de s'occuper du petit Tony. Il avait fait de son mieux pour être un bon petit garçon, comme grand-mère le lui avait appris, mais ce n'était pas toujours facile. Grand-mère n'était pas une méchante femme. Mais son éducation lui avait inculqué des principes stricts. Le petit Tony était donc prié de se taire en présence des adultes. Le grand-père de Tony avait trouvé diverses parades à cette tyrannie domestique : il fuyait chez le *bootlegger*, au bowling, et à la légion. Tony n'avait donc eu d'autre choix que d'apprendre la maîtrise de soi, et cela rapidement. Le Bricoleur avait-il dû endurer la même contrainte ? Tony se frotta les yeux, qu'il fut surpris de trouver humides, puis il se mit à taper frénétiquement sur son clavier.

5. Son travail et son mode de vie lui permettent d'être libre le lundi soir, et il sait qu'il a peu de chances d'être vu à Temple Fields par des gens qu'il connaît. D'où plusieurs hypothèses : il peut avoir choisi le lundi soir parce que c'est sa soirée de congé, à son travail, ou parce que sa femme ou sa petite amie n'est pas à la maison ce soir-là ; il peut avoir décidé de tuer le lundi par superstition – la première fois était un lundi, et ça a marché ; il peut avoir continué à tuer le lundi dans l'espoir d'infléchir le cours de l'enquête dans le mauvais sens. De toute évidence, il est intelligent. Aussi de tels calculs sont-ils tout à fait dans ses cordes.

Tony s'interrompit pour réfléchir, feuilleta ses notes. Il ne pensait pas encore comme le Bricoleur, mais cet esprit étranger commençait à livrer certaines clés. Tony se demanda de nouveau si le fait de pénétrer dans la logique tordue de tueurs en série était pour lui un substitut au fait de rejoindre leurs rangs. Car Dieu sait qu'il y avait des moments où la pulsion irrépressible qui les prenait paraissait attirante. Et puis, combien de fois n'avait-il pas éprouvé une rage meurtrière – bien qu'elle fût généralement tournée contre lui, plutôt que contre la personne avec laquelle il couchait ?

L'homme en question est un tueur en série organisé, qui réussit à maintenir un intervalle constant de huit semaines entre les meurtres. Cette constance est inusitée, car dans le schéma habituel, l'intervalle entre les meurtres décroît. En effet, ceux-ci perdent le pouvoir de satisfaire les fantasmes du meurtrier. Notre tueur peut garder un intervalle régulier entre ses meurtres, parce qu'il passe du temps à pister ses victimes. Par conséquent, les délices de l'anticipation, ajoutés au plaisir de ses meurtres précédents, agissent comme un frein. D'après moi, le tueur utilise sa caméra pour filmer ses actes, et cela aussi alimente ses fantasmes entre les meurtres.

Tony s'interrompit pour relire ce qu'il avait écrit. Le profane aurait sans doute trouvé son analyse très fine, mais lui-même était loin de s'en satisfaire. Mais il eut beau se torturer les méninges, lire et relire sa documentation, il ne trouva pas de meilleure explication. Avec un soupir, il continua.

Quelle est l'intention première de ces meurtres ? Nous pouvons exclure le meurtre induit par des actes criminels tels que le cambriolage ou le vol à main armée. Nous pouvons également exclure le meurtre de nature émotionnelle, le meurtre égoïste ou possédant une cause spécifique, comme l'autodéfense ou la dispute conjugale. Ce qui place ces meurtres dans la catégorie des homicides sexuels.

Les victimes choisies appartiennent toutes à la catégorie à faible risque. En d'autres termes, elles ont des activités et des styles de vie qui ne font pas d'elles des cibles vulnérables a priori. *Cela implique que le tueur doit prendre, lui, des risques considérables pour les capturer et les tuer. Qu'est-ce que cela nous apprend sur le tueur ?*

1. Il agit dans un stress immense.

2. Il planifie ses meurtres avec un soin extrême. Il ne peut se permettre de commettre des erreurs, parce que s'il en fait, ses victimes s'échapperont et lui feront courir un risque énorme, à la fois sur le plan physique et sur le plan légal. C'est presque assurément un prédateur. Il choisit ses victimes avec soin, il étudie leur vie avec minutie. Détail intéressant : jusqu'ici, il a toujours réussi à tuer le lundi. Est-ce la conséquence d'une étude préliminaire méticuleuse, avait-il rendez-vous avec la victime, ou est-ce simplement la chance ? Nous savons que la troisième victime, Gareth Finnegan, a dit à sa petite amie qu'il sortait entre hommes, mais personne, parmi les amis et collègues hommes de Gareth, ne semble au courant de cette sortie. On ne sait donc pas s'il a été kidnappé chez lui ou s'il avait rendez-vous avec le tueur. Il est possible que le tueur se soit arrangé avec ses victimes à l'avance, pour les retrouver soit chez elles, soit ailleurs. Il peut aussi s'être fait passer pour un agent d'assurances ou quelque chose d'équivalent.

3. Il avance sur le fil du rasoir. Ce qui lui procure un sentiment d'excitation encore plus fort. Et il aime cette sensation extrême, il en a besoin.

4. Il y a dans sa structure mentale une certaine maturité émotionnelle qui lui permet de garder le contrôle de lui-même dans ces situations de stress immense. Cela doit également lui permettre de compenser une piètre histoire professionnelle, qu'on retrouve presque toujours chez les criminels récidivistes (voir plus bas).

Dans la plupart des meurtres à répétition, il y a un phénomène d'escalade, indiquant un besoin d'excitation croissant chez le tueur, la nécessité de parfaire la réalisation de ses fantasmes. Comme dans les montagnes russes, il faut monter de plus en plus haut, pour compenser la descente qui a précédé…

Tony leva les yeux, ahuri. Quel était ce bruit ? Ça ressemblait au bruit de la porte du bureau extérieur, mais à cette heure de la soirée, il n'aurait dû y avoir personne à cet étage. Nerveusement, il éloigna son fauteuil de la table où se trouvait son ordinateur. Puis il manœuvra le siège à roulettes silencieusement sur le tapis, jusque devant son bureau. Ainsi, il n'était plus dans le faisceau lumineux projeté par la lampe, près de l'ordinateur. Tony retint sa respiration et tendit l'oreille. Silence complet. La tension qu'il ressentait s'évanouit peu à peu. Et puis, tout à coup, apparut un rai de lumière sous la porte de son bureau.

La peur monta en lui. La chose qui ressemblait le plus à une arme, sur son bureau, était un morceau d'agate qu'il utilisait comme presse-papiers. Il s'en saisit, puis se leva furtivement de son fauteuil.

Quand Carol ouvrit la porte, elle fut abasourdie de trouver Tony au milieu de la pièce, une pierre à la main, le bras levé, prêt à frapper.

— C'est moi ! s'écria-t-elle.

Le bras de Tony retomba le long de son corps.
— Oh, merde, dit-il.
Carol sourit.
— Vous pensiez que c'était qui ? Des cambrioleurs ? Des journalistes ?
Tony se détendit.
— Je suis désolé, dit-il. Vous passez la journée à essayer de pénétrer l'esprit d'un cinglé, et vous finissez par être aussi paranoïaque que lui.
— Un cinglé, répéta Carol d'un air songeur. Serait-ce un terme technique utilisé par les psychologues ?
— Uniquement entre ces quatre murs, dit Tony, qui repartit vers son bureau et reposa l'agate à sa place. Qu'est-ce qui me vaut l'honneur ?
— Vu que les télécommunications britanniques ne semblent pas pouvoir nous connecter, j'ai pensé qu'il valait mieux que je vienne, répondit Carol en tirant une chaise. J'ai laissé un message chez vous, ce matin, sur votre répondeur. J'ai pensé que vous étiez déjà parti travailler, mais vous n'étiez pas au bureau non plus. J'ai de nouveau essayé vers 16 heures, mais votre téléphone ne répondait pas. La standardiste m'a dit : « Je vous passe la ligne », et j'ai fini dans un trou noir. Et, bien entendu, toutes les standardistes sont parties, à cette heure, et je n'ai pas eu l'idée de demander votre ligne directe.
— Et vous êtes inspecteur principal, la taquina Tony.
— Enfin, c'est l'excuse que je vous donne. En réalité, je n'aurais pas supporté de rester une minute de plus à Scargill Street.
— Vous voulez qu'on en parle ?
— Seulement si j'ai le droit de parler la bouche pleine, répondit Carol. Je meurs de faim. Ça vous dirait, un petit curry ?

Tony jeta un coup d'œil à son écran d'ordinateur, puis il regarda de nouveau Carol. Elle avait les traits tirés, des petits yeux. Il l'aimait beaucoup, même s'il ne voulait pas rendre les choses plus intimes, et il avait besoin qu'elle soit de son côté.

— Laissez-moi enregistrer ce dossier, et après, on sortira. Je peux revenir tout à l'heure pour finir ça.

Vingt minutes plus tard, ils attaquaient des beignets d'oignons et des petits pâtés à la viande dans un café asiatique de Greenholm.

— Ce n'est pas exactement un relais gastronomique, mais c'est abordable, ils sont sympas et le service est rapide, dit Tony d'un ton d'excuse.

— Pour moi, c'est parfait. Je suis plutôt du genre œuf-bacon qu'Egon Ronay[1]. C'est mon frère qui a hérité des gènes de gourmet, dans la famille, dit Carol.

Elle jeta un rapide coup d'œil autour d'elle. Leur table était à moins de trente centimètres de la table d'à côté.

— M'avez-vous délibérément amenée ici afin que nous ne puissions pas parler de notre travail ? Une astuce de psy pour me changer les idées ?

Tony écarquilla les yeux.

— Je n'avais pas pensé à ça. Vous avez raison, nous sommes obligés de parler d'autre chose, ici.

Le sourire de Carol illumina son regard.

— Vous ne pouvez pas imaginer à quel point cela me fait plaisir.

Ils mangèrent en silence pendant quelques minutes. Ce fut Tony qui reprit la parole. Ainsi, c'était lui qui décidait du sujet de conversation.

1. Célèbre critique gastronomique anglais. (*N.d.T.*)

— Pourquoi êtes-vous devenue flic ?

Carol haussa les sourcils.

— Parce que j'aime opprimer les faibles et harceler les minorités ? dit-elle.

Tony sourit.

— Je ne pense pas, non.

Elle repoussa son assiette, soupira.

— Idéalisme de jeune fille. J'avais cette idée folle que la police devait être au service de la société, la protéger de l'anarchie.

— Ce n'est pas une idée aussi folle que ça. Si vous aviez affaire aux gens dont je me suis longtemps occupé, vous seriez soulagée de voir qu'ils ne sont pas dans la rue, croyez-moi.

— Oh, dans la théorie, ça va. C'est la pratique qui vous ramène sur terre. Tout a commencé quand j'ai étudié la sociologie à Manchester. Je me suis spécialisée dans la sociologie des groupuscules, et tous mes condisciples méprisaient la police, qui était, selon eux, une organisation corrompue, raciste, sexiste, dont le seul rôle était de préserver l'illusion de confort de la classe moyenne. Jusqu'à un certain point, j'étais d'accord avec eux. La différence entre eux et moi était qu'ils voulaient attaquer les institutions de l'extérieur, quand je pensais que les seuls changements fondamentaux viennent de l'intérieur.

Tony sourit.

— Subversive, hein ?

— Oui, je crois que je ne réalisais pas bien dans quoi je m'embarquais. David assommant Goliath, c'était de la rigolade, comparé au fait d'essayer de changer des choses dans la police.

Tony acquiesça avec un soupir.

— À voir la manière dont réagissent certains officiers de police haut gradés, on pourrait penser que j'essaie d'intriguer pour permettre aux pédophiles de se recycler dans la garde d'enfants.

Carol gloussa.

— Vous voulez dire que vous préféreriez vous retrouver enfermé dans un hosto psy avec vos cinglés ?

— Parfois, j'ai l'impression que j'y suis toujours. Vous ne pouvez pas savoir, Carol, à quel point ça m'aère les neurones de travailler avec des gens comme vous et John Brandon.

Avant que Carol ait pu répondre, le serveur arriva avec leur plat principal. Elle se servit d'agneau et d'épinards, de poulet tandoori et de riz basmati, puis elle dit :

— Est-ce que le travail de psy pose les mêmes problèmes que celui de policier pour avoir une vie personnelle ?

Aussitôt sur la défensive, Tony répondit par une question.

— Comment ça ?

— Comme vous l'avez dit vous-même, le travail finit par nous obséder. On passe son temps en contact avec des tarés, des brutes. Et quand on rentre le soir à la maison, après avoir passé la journée à se colleter avec des corps abîmés, des vies détruites, on s'attend qu'on s'asseye devant un feuilleton télé et qu'on se conduise comme les gens normaux.

— Et on en est incapable parce que notre esprit reste branché sur les horreurs de la journée, finit Tony. Et vous, dans votre travail, vous avez en plus les horaires de nuit.

— Exactement. Alors, vous avez les mêmes problèmes ?

Lui posait-elle la question par simple curiosité, ou bien était-ce une façon détournée d'en savoir plus sur sa vie privée ? Parfois, Tony aurait voulu pouvoir mettre en veilleuse la partie de son cerveau qui analysait la moindre affirmation, le moindre geste, le moindre indice livré par le langage du corps, et se délecter simplement du plaisir de dîner avec quelqu'un qui semblait apprécier sa compagnie. Soudain conscient d'avoir laissé passer trop de temps entre la question et la réponse, il déclara :

— J'ai probablement encore plus de mal que vous à me déconnecter. Les hommes sont généralement plus obsessionnels que les femmes, semble-t-il. Combien de femmes passionnées de trains, collectionneuses de timbres ou fanatiques de football connaissez-vous ?

— Et cela interfère dans vos relations personnelles ? insista Carol.

— Eh bien, aucune d'entre elles n'a tenu la route, dit Tony en luttant pour conserver un ton léger. Je ne sais pas si c'est mon travail ou moi. Mais la plupart de mes ex étant parties en me criant : « Toi et tes putains de cinglés ! », ce doit être moi. Et vous ? Comment vous accommodez-vous des problèmes posés par votre profession ?

La fourchette de Carol continua son voyage jusqu'à sa bouche. Elle mâcha et avala sa bouchée avant de répondre.

— Je me suis aperçue que les hommes n'étaient pas très compréhensifs en ce qui concerne le travail par roulements, à moins d'avoir eux aussi des horaires changeants. Ajoutez à cela la difficulté de leur faire comprendre pourquoi vous avez tendance à penser tout le temps à votre travail, et qu'est-ce qui vous reste ? De jeunes médecins, d'autres flics, des pompiers, des conducteurs d'ambulances. Et d'après mon expérience, ils sont peu nombreux à vouloir vivre une relation avec une femme qui a le même genre de vie qu'eux. Nous nous investissons tellement dans notre travail que ça ne laisse pas beaucoup d'énergie pour le reste. Le dernier type avec qui j'ai eu une relation était médecin. Quand il ne travaillait pas, tout ce qui l'intéressait, c'était dormir, baiser et courir les fêtes.

— Et vous vouliez autre chose ?

— J'aurais eu envie d'un film, d'une soirée au théâtre, ou d'une longue conversation de temps à autre. Mais je m'en suis accommodée parce que je l'aimais.

— Alors, pour quelle raison avez-vous mis fin à la relation ?

Carol regarda fixement son assiette.

— Merci de me donner le beau rôle, mais ce n'est pas moi qui ai mis fin à la relation. Quand je suis venue m'installer à Bradfield, il a jugé que les allers-retours sur l'autoroute lui faisaient perdre un temps précieux qu'il aurait pu consacrer à baiser. Alors, il m'a laissée tomber pour une infirmière. À présent, je vis avec mon chat. Lui n'a pas l'air de souffrir de mes horaires irréguliers.

— Ah, dit Tony.

Il avait perçu la souffrance sous les apparences, mais pour une fois, son expérience et ses connaissances ne lui fournissaient pas la réponse adéquate.

— Et vous ? Vous avez quelqu'un dans votre vie ? demanda Carol.

Tony secoua la tête et continua de manger.

— Un type sympa comme vous, j'aurais pensé qu'on vous aurait alpagué il y a des siècles ! dit Carol sur le ton de la plaisanterie.

Tony espérait qu'il ne faisait qu'imaginer autre chose sous ce ton badin.

— Oh, mais vous n'avez encore vu que le côté charmant. Quand la lune est pleine, il me pousse des poils sur les paumes des mains et je hurle à la lune, dit Tony en lorgnant Carol d'un air concupiscent. Je ne suis pas ce que j'ai l'air d'être, jeune femme, grogna-t-il.

— Oh, grand-mère, comme vous avez de grandes dents ! dit Carol d'une voix de fausset.

— C'est parfait pour manger mon agneau, dit Tony en riant.

Il savait que c'était le moment où il aurait pu donner un autre tour à la relation, mais il avait passé trop longtemps à se construire des défenses contre des moments de faiblesse comme celui-là pour baisser sa garde aussi facilement. En outre, se dit-il, il n'avait nul besoin d'une relation avec Carol. Il avait Angelica. Et il savait, par expérience, que pour continuer à fonctionner, il ne lui fallait pas aller au-delà.

— Alors, comment en êtes-vous venu à exercer une profession qui ronge l'âme ? demanda Carol.

— L'année de mon doctorat, j'ai réalisé que je détestais m'adresser à un public, ce qui excluait tout travail académique. Aussi suis-je devenu clinicien, dit Tony.

Il se mit à raconter une foule d'anecdotes sur son travail. Il se sentait détendu, tel un homme qui, après avoir marché sur un lac gelé, retrouverait la terre ferme.

Ils passèrent le reste du repas en terrain neutre : leurs carrières. Lorsque le serveur vint débarrasser la table, Carol lui demanda l'addition.

— Je paie, OK ? Ce n'est pas là un acte féministe. Je peux vous glisser dans mes frais professionnels, dit-elle.

Alors qu'ils retournaient au bureau de Tony à pied, le psychologue lui demanda :

— Pour en revenir à ce qui nous occupe, comment s'est passée votre journée ?

Cette façon brutale de replonger dans le travail conforta Carol dans son opinion : il lui fallait y aller doucement avec Tony. Elle n'avait jamais vu un homme se rétracter aussi vite devant une tentative de flirt anodine. C'était déconcertant, d'autant plus qu'elle lui plaisait, elle le savait. Mais traquer le Bricoleur ensemble leur laisserait le temps d'établir une vraie communication.

— Nous avons du nouveau depuis ce matin, dit-elle. Du moins, c'est ce que nous espérons.

Tony s'arrêta net et se tourna vers Carol.

— Quoi donc ? demanda-t-il.

— Ne vous inquiétez pas, nous n'avions pas l'intention de vous le cacher, assura Carol. C'est quelque chose qui aurait peu d'importance dans une enquête normale, mais nous avons si peu d'indices que tout le monde s'excite là-dessus. On a retrouvé un petit morceau de cuir sur un clou du portail de *La Reine de cœur*. Le labo a planché là-dessus sans relâche et a découvert que c'était un cuir très peu courant. C'est de la peau de cerf et ça vient de Russie.

— Ô mon Dieu ! s'exclama Tony tout bas.

Il s'éloigna de quelques pas.

— Ne me dites rien. Laissez-moi deviner. On ne peut se procurer ce cuir en Angleterre, et il vous faudra sans doute envoyer quelqu'un en Russie pour en déterminer l'origine, qui reste très mystérieuse. Ai-je raison ?

— Comment diable savez-vous ça ? demanda Carol.

Elle l'avait rejoint et tirait sur sa manche.

— Je m'attendais à quelque chose comme ça, dit-il simplement.

— C'est-à-dire ?

— Une fausse piste qui allait faire cavaler des brigades entières de policiers dans la mauvaise direction.

— Vous pensez que c'est une fausse piste ? dit Carol, criant presque. Pourquoi ?

Tony se frotta le visage, puis se passa les mains dans les cheveux.

— Carol, ce type a pris tellement de précautions ! Les tueurs en série ont des QI élevés, et le Bricoleur est assurément l'un des plus intelligents que j'aie croisés, aussi bien dans mon travail que dans les livres. Et tout à coup surgit un indice. Un indice si mystérieux que seule une infime partie de la population peut l'avoir laissé. Et vous me dites que vous y croyez ? C'est exactement la réaction qu'il cherche à provoquer. Je parie que vous avez passé votre journée, tous autant que vous êtes, à courir partout dans l'espoir de comprendre d'où peut venir ce mystérieux petit morceau de cuir russe. J'imagine qu'en ce moment même, une brigade entière fouille la vie de Stevie Mc Connell pour essayer de trouver où il a bien pu se procurer ce cuir. Je me trompe ?

Carol le regarda fixement. Ça paraissait si évident, présenté comme ça. Pourtant, aucun d'entre eux n'avait pensé un instant qu'il pouvait s'agir d'une fausse piste.

— J'ai raison ? demanda Tony, plus gentiment, cette fois.

Carol fit la grimace.

— Pas une brigade entière, non. Seulement moi, Don Merrick et deux inspecteurs. J'ai passé la journée au téléphone avec des directeurs d'équipes de bodybuilders et d'haltérophiles, pour essayer de savoir si Mc Connell a jamais appartenu à une équipe régionale ou nationale qui aurait fait des compétitions en Russie, ou contre des Russes. Et Don et ses copains ont interrogé plusieurs agences de voyages, au cas où il aurait été en vacances là-bas.

— Ô seigneur ! grogna Tony. Et alors ?

— Il y a cinq ans, Mc Connell a fait partie d'une équipe d'haltérophiles du nord-ouest de l'Angleterre partis se mesurer à leurs semblables, dans une ville qui s'appelait alors Leningrad.

Tony prit une profonde inspiration.

— Le pauvre bougre, quelle malchance ! dit-il. Le fait qu'on ait délibérément mis ce morceau de cuir à cet endroit ne vous a pas traversé l'esprit, j'imagine. Ne pensez pas que je sois condescendant. Je sais à quel point vous voulez attraper ce salopard, mais je regrette qu'on ne m'ait pas averti plus tôt, avant que ça ne prenne une importance telle pour tout le monde.

— J'ai essayé de vous appeler, ce matin, lui rappela Carol. Vous ne m'avez toujours pas dit où vous étiez.

Tony leva les mains dans un geste de conciliation.

— Je suis désolé. J'ai réagi un peu vivement. J'étais au lit, en train de dormir, le téléphone débranché. J'étais épuisé, et je savais que je ne pourrais pas me concentrer sur la rédaction de ce profil si je ne dormais pas. J'aurais dû consulter mon répondeur en me levant. Excusez-moi de m'être énervé.

Carol sourit.

— Je vous fais grâce pour cette fois. Gardez votre agressivité pour le jour où nous arrêterons le Bricoleur.

Tony fit la grimace.

— Ne devrions-nous pas dire « si jamais nous arrêtons le Bricoleur » ?

Il paraissait si vulnérable, les épaules voûtées, la tête baissée ! Carol ne put s'en tenir à la décision qu'elle avait prise de rester distante. Elle fit un pas en avant et serra Tony dans ses bras.

— Si quelqu'un peut réussir à faire ça, c'est vous, souffla-t-elle en frottant sa tempe contre son menton, comme un chat marquant son territoire.

Brandon regardait Tom Cross, horrifié.

— Vous avez fait quoi ? demanda-t-il.

— J'ai perquisitionné chez Mc Connell, dit Cross, belliqueux.

— Je pensais avoir été catégorique sur ce point. Nous n'avons pas le droit de faire ça. Nous avons arrêté ce type parce qu'il s'est bagarré dans la rue. Aucun juge, dans ce pays, ne trouvera cela suffisant pour le soupçonner de meurtre.

Cross sourit. Un rictus odieux.

— Avec tout le respect que je vous dois, monsieur, ça, c'était hier. Depuis que l'inspecteur Carol Jordan a établi que Mc Connell est allé en Russie, le tableau a changé. Après tout, peu de gens ont eu la possibilité de se procurer des blousons de cuir russes. Cela place d'emblée Mc Connell parmi les suspects. Et il y a plus d'un juge qui me doit une faveur.

— Vous auriez dû m'en parler avant, répliqua Brandon. Mon dernier mot d'ordre était : pas de perquisition.

— J'ai essayé de vous contacter, monsieur. Mais vous étiez en rendez-vous avec le chef, dit Cross aimablement. J'ai pensé que je ferais mieux de battre le fer pendant qu'il était chaud, car Mc Connell ne restera pas en garde à vue indéfiniment.

— Alors, vous avez encore perdu du temps à fouiller la maison de Mc Connell, dit Brandon, amer. Vous ne pensez pas que vous et vos hommes auriez pu vous occuper plus utilement ?

— Je ne vous ai pas encore dit ce que nous avons trouvé, déclara Cross.

Brandon sentit sa poitrine se contracter. Ce n'était pas un homme de prémonitions, mais le pressentiment qui le saisit à cet instant-là était aussi palpable que tous les faits qu'il avait examinés dans sa vie.

— Réfléchissez bien à ce que vous allez me dire, Cross, dit-il.

Cross eut une seconde de perplexité, mais il était trop excité par ce qu'il avait à dire pour s'inquiéter de l'avertissement de Brandon.

— Nous le tenons, monsieur. Nous avons retrouvé une carte de Noël de la firme de Gareth Finnegan dans la chambre de Mc Connell. Et un pull-over exactement semblable à celui qui a disparu du placard d'Adam Scott, d'après sa petite amie. Et encore un double de contravention avec le numéro de plaque de Damien Connolly. Ajoutez ça à la connexion russe, et je crois qu'il est temps d'inculper ce salaud de pédé.

Extrait d'une disquette de trois pouces et demi intitulée: Sauvegarde 007 – Dossier amour 010

Bien entendu, le fait de se découvrir un penchant pour quelque chose n'implique pas nécessairement qu'on doive s'y adonner aveuglément. Lorsque j'ai abandonné le corps de Paul, cette fois sous un porche sombre dans une ruelle de Temple Fields, j'avais déjà choisi ma prochaine victime. Mais même si j'avais vécu une expérience magnifique avec Paul, je n'avais nulle intention de la revivre avec Gareth.

J'allais avoir de la chance la troisième fois. Gareth, je le savais, était un homme doué d'une belle imagination sexuelle. Cependant, en numérisant la pathétique prestation de Paul sur l'ordinateur, je savais qu'à cause de Gareth je n'aurais jamais l'occasion d'affiner ce talent extraordinaire que j'avais découvert en moi, chose que je déplorais vivement. Avec les possibilités dont je disposais, j'avais fait des films comme on n'en voit pas. Les *snuff movies* ultimes. J'aurais pu les commercialiser, gagner une fortune. Je sais qu'il existe un marché pour ça. Une foule de gens auraient payé des sommes folles pour voir Paul me baiser dans ses derniers spasmes avant de mourir sur le fauteuil de Judas. Quant à ce que j'ai fait avec Adam… Disons que personne n'a jamais vu un soixante-neuf comme celui-là.

Pour le plaisir, j'ai fait une visite au cimetière où Adam avait été enterré quelques semaines plus tôt. L'enterrement avait été retransmis au journal télévisé. J'avais enregistré, puis étudié la séquence, afin de pouvoir retrouver sa tombe. Après la tombée de la nuit, j'ai louvoyé entre les tombes et j'ai trouvé la sépulture d'Adam vingt minutes plus tard. J'ai ouvert la bombe de peinture rouge que j'avais apportée, puis vaporisé « branleur » sur un côté du monument en granit gris, et « tapette » de l'autre côté. Cela devrait donner à la police de quoi s'occuper l'esprit.

Le lendemain soir, en attendant que Gareth sorte du cabinet d'avocats où il était associé, j'ai passé le temps à jouir des proportions grandissantes qu'on accordait à mon cas dans le *Bradfield Evening Sentinel Times*. Cette fois, je faisais la première page.

Le Tueur homo frappe de nouveau ?

Le corps mutilé d'un homme nu a été retrouvé ce matin dans le village gay de Bradfield. La victime avait été abandonnée sur le seuil de la sortie de secours du club homosexuel le Shadowlands, *dans une ruelle derrière Canal Street, dans le quartier bien connu de Temple Fields.*

C'est la deuxième fois en deux mois qu'on retrouve le corps d'un homme, nu, dans la zone où les gays cherchent un partenaire sexuel. À présent, les habitants du quartier craignent qu'un tueur en série ne frappe l'importante communauté homosexuelle de la ville.

Nous devons la sinistre découverte d'aujourd'hui à Danny Surtees, trente-sept ans, propriétaire du night-

club, qui a trouvé le corps en arrivant au Shadowlands, *où il avait rendez-vous avec son comptable.*

Danny Surtees a déclaré : « Je rentre toujours par la sortie de secours, sur le côté du bâtiment. Je gare ma voiture dans la ruelle. Ce matin, quelque chose bloquait l'accès à la porte. Il y avait des sacs en plastique noir dessus. Quand j'ai saisi les sacs pour essayer de les enlever du pas de la porte, ils me sont restés dans les mains et j'ai vu qu'il y avait un corps en dessous. Il avait des blessures horribles. Il était impossible qu'il soit encore vivant. Je vais faire des cauchemars là-dessus le restant de mes jours. »

M. Surtees affirme que le seuil de la porte était désert quand il est sorti de son établissement, ce matin à 3 heures. La victime, qui aurait une trentaine d'années, n'a pas encore été identifiée. La police en a donné la description suivante : un homme blanc d'un mètre soixante-dix-huit, mince, avec des cheveux châtain foncé, des yeux noisette. Il a une cicatrice d'appendicite.

Un porte-parole de la police a déclaré : « Nous pensons que cet homme a été tué dans un autre endroit, puis qu'on a abandonné le corps dans la ruelle entre 3 et 8 heures du matin. Nous prions instamment toute personne présente la nuit dernière dans le quartier de Temple Fields de se présenter à la police, afin que nous puissions procéder par élimination. Toute information sera utilisée de façon absolument confidentielle. À ce stade de notre enquête, aucune preuve ne nous permet de rapprocher ce meurtre de celui d'Adam Scott, perpétré il y a deux mois. »

Carl Fellowes, employé à plein temps au Centre gay et lesbien de Bradfield, nous a confié : « La police dit qu'il n'y a pas de lien entre ces deux meurtres. Je ne sais pas ce qui m'inquiète le plus pour la communauté gay de cette ville : le fait qu'un cinglé se balade en liberté et tue des homosexuels, ou l'idée qu'ils soient deux à le faire. »

Je ne savais pas si je devais rire ou pleurer. Cependant, une chose était claire : l'affaire était loin d'être résolue. À l'évidence, j'avais réussi à semer l'ennemi.

Je repliai mon journal, terminai mon cappuccino et fis signe au serveur de m'apporter l'addition. D'une seconde à l'autre, Gareth allait sortir de l'immeuble où il travaillait et marcher jusqu'au tram par des rues noires de monde – c'était l'heure de sortie des bureaux. Je ne voulais pas le manquer.

10

« En général, messieurs, les gens adorent la violence ; et tout ce qu'ils veulent, dans un meurtre, c'est une belle effusion de sang ; un spectacle tapageur leur suffit. Mais le connaisseur éclairé a des goûts plus raffinés. »

Penny Burgess avait du chardonnay de Californie au frais. Elle alla s'en servir un verre à la cuisine, puis elle retourna dans son salon, juste à temps pour entendre le présentateur radio annoncer les titres des nouvelles du soir sur la station locale de la BBC. Rien de nouveau qui mérite de s'y attacher, pensa-t-elle, soulagée. Un cambriolage à main armée sur lequel elle pourrait se renseigner dès demain matin. La police interrogeait toujours un homme, dans l'affaire du tueur en série gay, mais pour le moment, il n'était l'objet d'aucun chef d'inculpation. Penny sirota son vin et alluma une cigarette.

Ils allaient devoir se décider rapidement, pensa-t-elle. Dès le lendemain matin, il leur faudrait soit trouver un motif pour l'inculper, soit le laisser partir. Jusqu'ici, personne n'avait glané le moindre indice sur l'identité du suspect, ce qui était assez étonnant. Pour une fois, le réservoir d'informations avait refusé de fuir. Penny décida d'aller jeter un coup d'œil sur les listes d'accusation des juges le lendemain matin. Les flics pourraient peut-être inculper leur suspect pour un délit anodin. Ainsi le garderaient-ils à demeure le temps de trouver la preuve nécessaire pour l'accuser des meurtres en série.

Au moment du bulletin météorologique, le téléphone sonna. Penny tendit la main vers le guéridon, près du canapé, et décrocha.

— Allô ? dit-elle.

— Penny ? C'est Kevin.

Alléluia ! pensa Penny. Elle se redressa sur le canapé, éteignit sa cigarette. Cependant, elle lui dit sobrement :

— Kevin, mon cher. Quoi de neuf ?

Elle fouilla fébrilement dans son sac, à la recherche de son stylo et de son bloc-notes.

— Il s'est passé quelque chose qui pourrait t'intéresser, dit l'inspecteur, prudent.

— Ce ne serait pas la première fois, répondit Penny de façon suggestive.

Ses rendez-vous sexuels occasionnels avec le très marié Kevin Matthews lui avaient procuré bien plus que des renseignements confidentiels sur les enquêtes de la police de Bradfield : Kevin s'était révélé l'un des meilleurs amants qu'elle ait jamais eus. Elle aurait voulu qu'il surmonte sa culpabilité catholique plus souvent.

— C'est tout à fait sérieux, protesta Kevin.

— Moi aussi, je suis sérieuse, tombeur.

— Écoute, tu la veux, cette info, ou pas ?

— Évidemment que oui. Surtout si c'est le nom du type que vous avez mis en garde à vue pour les meurtres homos.

Penny entendit Kevin inspirer bruyamment.

— Tu sais bien que je ne peux pas te dire ça. Il y a des limites.

Penny soupira. C'était là toute l'histoire de leurs relations.

— OK. Alors, que peux-tu me dire ?

— Popeye a été suspendu.

— On lui a retiré l'affaire ? dit Penny, le cerveau carburant à cent à l'heure. Tom Cross ? Suspendu ?

— Il ne travaille plus du tout, Pen. On l'a renvoyé chez lui dans l'attente de sanctions disciplinaires.

— Qui a décidé ça ?

Seigneur, c'était un scoop ! Qu'avait donc fait Tom Cross, cette fois ? Penny eut un moment de panique. Et s'il avait donné des infos à l'un de ses rivaux ? Elle entendit à peine la réponse de Kevin.

— John Brandon.

— Pourquoi donc ?

— On refuse de nous le dire, répondit Kevin. Mais avant d'être convoqué chez Brandon, Cross avait perquisitionné la maison du suspect.

— Une fouille légale ?

— D'après ce que je sais, il a agi officiellement, dit Kevin, prudent.

— Alors, que se passe-t-il, Kevin ? Popeye a fabriqué des preuves ou quoi ?

— Je ne sais pas, Pen, dit Kevin d'un ton plaintif. Écoute, il faut que j'y aille. Si je glane une autre information, je t'appelle, OK ?

— OK. Merci, Kev. Tu es génial, tu sais.

— Ouais. Je te rappelle très vite.

La communication fut coupée. Penny raccrocha, puis se leva d'un bond. Elle courut dans sa chambre, se débarrassant de son peignoir en chemin. Cinq minutes plus tard, elle dévalait les deux volées de marches entre son appartement et son garage. Dans la voiture, elle vérifia l'adresse sur son répertoire, répétant mentalement ce qu'elle allait dire quand on lui ouvrirait la porte.

Ce fut Tony qui se dégagea de l'étreinte le premier. Son corps s'écarta de celui de Carol. Huit centimètres les séparaient. Il mit un mètre entre eux.

Essayant de rester désinvolte, Carol déclara :

— Excusez-moi. Mais vous aviez l'air d'avoir besoin que quelqu'un vous prenne dans ses bras.

— Aucun problème, dit Tony avec raideur. Nous utilisons ce procédé sans arrêt en thérapie de groupe.

Pendant un moment, ils restèrent debout face à face, sans vraiment oser se regarder. Puis Carol vint se placer à côté de Tony, glissa la main sous son bras rigide et l'entraîna vers la cour de l'université.

— Alors, quand est-ce que je pourrai jeter un coup d'œil à ce profil ?

La conversation était redevenue neutre, mais Carol était encore trop près de Tony pour qu'il se sente vraiment à l'aise. Il était tendu, comme si une main glacée lui serrait la poitrine. Il s'efforça de parler d'une voix calme, normale.

— Je vais travailler encore deux heures ce soir, dit-il. Puis je m'y remettrai demain matin. Je devrais avoir une première mouture en début d'après-midi. 15 heures, ça vous irait ?

— Parfait. Ça vous ennuie si je reste avec vous ce soir pendant que vous travaillez ? Je pourrais relire quelques dépositions, et si je vais à Scargill Street, je n'aurai pas la paix.

Tony eut l'air dubitatif.

— Pourquoi pas ? dit-il.

— Je vous promets de ne pas vous harceler sexuellement, docteur Hill, plaisanta Carol.

— Dommage, dit Tony, feignant la déception.

« Regarde-toi, se dit-il, cynique. Tu arrives à paraître humain, à avoir l'air de savoir t'y prendre. »

— En fait, dit-il, j'hésite parce que je n'ai pas l'habitude de travailler avec quelqu'un dans les parages.

— Vous n'aurez même pas conscience de ma présence.

— Ça, j'en doute, dit Tony.

Elle pouvait interpréter cela comme un compliment, mais lui savait la vérité.

Penny pressa le bouton de sonnette de la maison individuelle en faux Tudor, dans l'une des rues les plus chics des quartiers sud de Bradfield. Même avec un salaire de divisionnaire, Tom Cross n'aurait pas dû pouvoir se permettre d'habiter là. Mais Popeye était connu pour avoir de la chance. Une réputation qui s'était affermie quelques années plus tôt, quand il avait gagné plusieurs milliers de livres en pariant sur des matches de foot. La fête qui avait suivi faisait désormais partie des annales de la police. À présent, il semblait avoir laissé son bon génie quelque part en chemin.

Une lumière s'alluma dans le vestibule. Quelqu'un se dirigea vers la porte d'un pas lourd, puis se métamorphosa en une masse amorphe derrière le verre coloré. La porte s'entrebâilla de quelques centimètres suspicieux. Penny pencha la tête et sourit à la forme derrière la porte.

— Je viens voir le divisionnaire Cross, dit-elle.

Son souffle forma un petit nuage blanc qui se mêla aux volutes de fumée de cigarette filtrant dans l'entrebâillement.

— Je suis Penny Burgess, du *Sentinel Times*, ajouta-t-elle.

— Je sais qui vous êtes, dit Cross d'un ton hargneux.

D'après son intonation, il était évident qu'il avait bu.

— Qu'est-ce que vous voulez ? grogna le policier.

— J'ai entendu dire que vous aviez eu un petit problème à votre travail…

— Vous avez mal entendu, dans ce cas. Et maintenant, fichez le camp !

— On va en parler dans tous les médias dès demain. Le *Sentinel Times* vous a toujours soutenu, monsieur Cross. Nous sommes de votre côté depuis le début de cette enquête. Je ne suis pas comme ces journalistes de Londres qui viennent ici pour remuer la merde. Si on vous a évincé de l'enquête, nos lecteurs ont le droit de connaître votre version des faits.

La porte était toujours entrouverte. Si elle avait réussi à en dire autant sans qu'il la lui claque au nez, Penny avait de bonnes chances de tirer de Cross quelque chose d'utilisable.

— Qu'est-ce qui vous fait croire qu'on m'a retiré l'affaire ? demanda-t-il avec méfiance.

— J'ai entendu dire que vous aviez été suspendu. J'ignore pourquoi, et c'est pour cette raison que j'aimerais que vous vous exprimiez, avant qu'on ne nous serve la version officielle.

Cross se renfrogna, et ses yeux globuleux parurent encore plus exorbités.

— Je n'ai rien à dire, déclara-t-il, comme si on lui arrachait ces mots de la bouche.

— Pas même de façon officieuse ? Vous voulez demeurer muet et les laisser ruiner votre réputation, après tout ce que vous avez fait pour la police ?

Cross ouvrit plus grand la porte et regarda dans la rue, devant chez lui.

— Vous êtes seule ? demanda-t-il.

— Même ma rédaction ignore que je suis là. J'ai juste appris qu'on vous avait évincé.

— Vous feriez mieux d'entrer une minute.

Penny passa le seuil et pénétra dans une entrée qui ressemblait à un catalogue Laura Ashley. Au bout du couloir, une porte à demi ouverte laissait filtrer des voix provenant de la télévision. Cross lui indiqua la direction opposée, la fit entrer dans un salon tout en longueur. Il y avait là, entre les rideaux, les tapis, le papier peint, les coussins, plus de motifs que dans une boutique de décoration. Ces divers ornements n'avaient qu'une chose en commun : ils étaient vert et beige.

— Quelle pièce charmante, déclara-t-elle.

— Vous trouvez ? Moi, je la déteste. Mais ma femme dit que c'est ce qu'on peut s'offrir de mieux si on y met le prix. Ce qui, selon moi, est le pire des arguments qui soit.

Cross se dirigea vers une armoire à liqueurs. Il sortit une carafe et se servit un verre bien tassé. Puis, comme s'il venait seulement d'y penser, il dit :

— Vous n'en voudrez pas, j'imagine, si vous conduisez.

— Exact, dit Penny en s'efforçant de prendre un ton chaleureux. Mieux vaut ne pas courir de risques, avec vos hommes sur les routes.

— Vous voulez savoir pourquoi ces salopards sans couilles m'ont suspendu ? demanda-t-il d'un ton belliqueux, en avançant la tête comme une tortue affamée.

Penny acquiesça d'un hochement de tête, sans oser sortir son calepin.

— Parce qu'ils préfèrent écouter un petit docteur merdeux plutôt qu'un vrai flic, voilà pourquoi.

Si Penny avait été un chien, ses oreilles se seraient dressées. Elle se contenta de hausser poliment les sourcils.

— Un docteur ? dit-elle.

— Ils ont demandé à un petit branleur de psy de faire notre boulot. Et il dit que ce salaud de pédé que nous avons coincé est innocent. Alors, les preuves, on n'a qu'à s'asseoir dessus. Je suis flic depuis vingt ans, et je me fie à mon instinct. On tient le salaud qui a commis ces crimes, je le sens dans mes tripes. J'ai simplement fait en sorte qu'on puisse le garder jusqu'à ce qu'on ait démêlé toute l'affaire.

Cross vida son verre et le posa violemment sur l'armoire.

— Et ils ont le culot de me suspendre !

Il avait fabriqué des preuves, alors. Bien qu'elle brûlât d'envie d'en savoir plus sur le mystérieux docteur, Penny sentait qu'il valait mieux laisser Cross décharger d'abord toute sa rancune.

— De quoi vous accusent-ils ? demanda-t-elle.

— Je n'ai rien fait de répréhensible, dit-il en se versant encore une bonne dose d'alcool. Le problème, avec ce maudit Brandon, c'est qu'il est assis derrière un bureau depuis si longtemps qu'il a oublié en quoi consiste notre métier. À savoir l'instinct, et un boulot de dingue. On n'a pas besoin d'un putain de psy avec des idées idiotes plein la tête !

— Qui est ce type, alors ? s'enquit Penny.

— Le Dr Tony Hill, de ce putain de ministère de l'Intérieur. Il reste tranquillement dans sa tour d'ivoire, et il nous explique comment attraper les criminels. Il en sait autant sur le métier de flic que moi sur la physique nucléaire. Mais quand le bon docteur dit : « Laissez partir la tantouze », Brandon répond :

« Oui, monsieur ; non, monsieur ; comme vous voudrez, monsieur. » Et parce que je ne suis pas d'accord, on me vire.

Cross avala encore du whisky, le visage rouge sous l'effet de la colère et de la boisson.

— N'importe qui penserait qu'on joue au Mastermind, pas qu'on a affaire à un salopard de pédé de merde qui a juste eu une sacrée veine, jusqu'ici. On n'a pas besoin d'un prétentieux avec un putain de « docteur » devant son nom pour attraper des salopards comme celui-là !

— Il serait donc juste de dire que vous désapprouvez l'orientation qu'a prise cette enquête ? s'enquit Penny.

Cross eut une moue méprisante.

— On peut dire ça comme ça, oui. Écoutez bien ce que je vous dis : s'ils relâchent ce fils de pute, on va se retrouver avec un autre cadavre sur les bras.

À la grande surprise de Tony, Carol se montra discrète, comme elle l'avait dit. Elle s'assit à son bureau, relut sa pile de dépositions, pendant qu'il travaillait à l'ordinateur. Loin de le distraire, sa présence l'apaisa. Curieux. Il n'eut aucune difficulté à reprendre son profil là où il l'avait laissé.

Comme dans les montagnes russes, il faut monter de plus en plus haut, pour compenser la descente qui a précédé. À cet égard, on peut noter trois signes d'escalade. Les blessures à la gorge sont devenues de plus en plus profondes, de plus en plus assurées. Les mutilations sexuelles sont passées de quelques entailles timides dans la zone génitale à la castration. Et les morsures qu'il pratique, prélevant ensuite la chair, ont augmenté en nombre et en profondeur. Cependant, il a réussi à garder une maîtrise de lui-même suffisante pour ne laisser aucun indice.

Il est difficile de déterminer s'il y a, ou non, une escalade dans la torture, étant donné qu'il semble user de méthodes différentes à chaque fois. Cependant, le fait qu'il ait besoin de ces différentes méthodes est, en soi, une forme d'escalade.

À en juger par le rapport du légiste, les événements s'enchaîneraient comme suit :

1. Capture, utilisation de menottes et de liens autour des chevilles.

2. Torture, incluant des actes motivés par un désir sexuel, tels que morsures et fellation.

3. Coup fatal porté à la gorge.

4. Mutilations génitales post mortem.

Qu'est-ce que cela nous révèle sur le tueur ?

1. Il a des fantasmes sophistiqués et très précis, qu'il met en pratique dans ses séances de torture.

2. Il dispose d'un lieu où tuer. Les quantités de sang et d'autres fluides corporels que ses actes l'obligent à faire disparaître seraient difficilement effaçables d'un environnement domestique habituel. Opérer en un tel lieu lui ferait prendre des risques énormes, ce qui serait en contradiction avec l'extrême prudence qui ressort de son comportement. Il lui est possible de se laver après les meurtres, ainsi que de brancher des projecteurs et d'utiliser une caméra vidéo. Il nous faut chercher un endroit comme un garage qui ferme à clé, une construction où il soit en sécurité, mais qui dispose par ailleurs de l'eau et de l'électricité. Il s'agit sans doute aussi d'un lieu isolé, afin qu'on ne puisse entendre les cris de ses victimes (il est fort probable qu'il leur enlève leur bâillon quand il les torture. Il voudra les entendre hurler et le supplier d'avoir pitié).

3. Il est obsédé par la torture, et il est suffisamment adroit de ses mains pour construire ses propres appareils de torture. Mais il ne semble pas avoir d'expérience dans le domaine de la boucherie, ni dans celui de la science médicale, à en juger par les entailles hésitantes et maladroites dans ses premières tentatives d'égorgement et de mutilations sexuelles.

Tony cessa de regarder son écran pour jeter un coup d'œil à Carol. Elle était totalement absorbée par sa lecture, fronçait les sourcils, comme souvent. Était-il fou de repousser ce qu'elle semblait lui offrir ? Après tout, qui mieux qu'elle pourrait comprendre la tension liée à son travail, les hauts et les bas que générait le fait de pénétrer dans la tête d'un psychopathe ? Carol était intelligente, sensible, et si elle s'impliquait dans une relation amoureuse avec le même sérieux que dans son travail, elle pourrait être assez forte pour l'aider à régler ses problèmes.

Soudain consciente qu'il la regardait, Carol leva les yeux et lui adressa un sourire fatigué. À cet instant, Tony prit sa décision. Pas question. Il avait suffisamment de mal à vivre avec ses problèmes sans laisser quelqu'un d'autre s'en mêler. Carol était beaucoup trop fine pour qu'il la laisse s'approcher davantage.

— Ça va ? s'enquit-elle.

— Je commence à le sentir, avoua Tony.

— Ça ne doit pas être agréable, dit Carol.

— Non, mais c'est ce pour quoi on me paie.

Carol hocha la tête.

— Et ça doit être satisfaisant, j'imagine. Et même excitant.

Tony eut un sourire malicieux.

— On pourrait dire ça comme ça. Je me demande parfois si cela fait de moi un être déviant, comme eux.

Carol rit.

— Comme moi. On dit que les meilleurs limiers sont ceux qui sont capables de raisonner comme les voleurs qu'ils traquent. Alors, si je veux être parmi les meilleurs dans ma profession, je dois être capable de penser comme un cambrioleur. Ce qui ne veut pas dire que j'aie envie de voler.

Curieusement réconforté par ces propos, Tony se tourna de nouveau vers l'écran de son ordinateur.

Le temps que passe le tueur avec ses victimes peut également nous donner des indications sur lui. Dans trois des quatre cas, le tueur semble être entré en contact avec ses victimes tôt dans la soirée, puis avoir abandonné leurs corps juste avant l'aube. Chose intéressante: dans le troisième cas, il est resté beaucoup plus longtemps avec sa victime – il l'a apparemment gardée en vie pendant presque deux jours. C'est le meurtre qui a eu lieu à Noël. Il se peut qu'il n'ait pas la possibilité de rester longtemps avec ses victimes, à cause de diverses contraintes dans sa vie, contraintes qui ont changé durant la période des fêtes. Il s'agit là, probablement, d'exigences plus professionnelles que domestiques, bien qu'il puisse avoir une relation avec quelqu'un qui serait retourné dans sa famille pour Noël, lui laissant ainsi le loisir de passer du temps avec sa victime. Autre hypothèse: s'il est resté plus longtemps avec Gareth Finnegan, c'était une façon pour lui de s'offrir un cadeau de Noël à lui-même. Il pourrait s'agir d'une récompense pour avoir si bien réussi sa prestation précédente.

Le court intervalle de temps entre le moment où il tue et celui où il abandonne le corps laisse à penser qu'il n'ingère ni alcool ni drogue à doses importantes pendant qu'il torture et qu'il tue. Il ne prendrait pas le risque d'être arrêté par la police pour une infraction au code de la route avec un homme dans son coffre, vivant ou mort. Il dispose probablement d'un véhicule en bon état. En effet, il ne peut courir le risque de se faire arrêter lors d'un contrôle de routine.

Tony enregistra le dossier et recula de l'écran, satisfait. Son analyse s'interromprait là pour ce soir. Le lendemain matin, il achèverait la liste détaillée des caractères distinctifs qu'on pouvait s'attendre à trouver chez le Bricoleur. Puis il proposerait plusieurs modes d'action possibles aux officiers de police chargés de l'affaire.

— Vous avez fini ? s'enquit Carol.

Il se tourna et la vit, détendue dans son fauteuil, ses dossiers fermés et empilés devant elle.

— Je n'avais pas réalisé que vous aviez terminé, dit-il.

— Depuis dix minutes, répondit-elle. Je ne voulais pas vous interrompre : vos doigts volaient sur le clavier.

Tony détestait que les autres l'étudient comme lui-même les étudiait. Dans l'un de ses cauchemars récurrents, il était son propre patient. Et il se réveillait chaque fois trempé de sueur.

— J'ai ma dose pour ce soir, dit-il.

Il fit une copie de son dossier sur une disquette, qu'il glissa dans sa poche.

— Je vais vous déposer chez vous, dit Carol.

— Merci, répondit Tony en se levant. Généralement, je ne prends pas ma voiture pour aller dans le centre. À vrai dire, je n'aime pas trop conduire.

— Je ne peux pas vous en blâmer. La circulation, c'est l'enfer.

Lorsque Carol s'arrêta devant la maison de Tony, elle dit :

— Je pourrais boire une tasse de thé ? Sans parler de faire pipi ?

Pendant que Tony mettait la bouilloire sur le feu, Carol monta discrètement à l'étage pour aller aux toilettes. En redescendant, elle entendit sa propre voix sur le répondeur de Tony. Elle s'arrêta sur les dernières marches et l'observa à son insu, penché sur son répondeur, un stylo et un bloc à la main, écoutant ses messages. Elle s'était familiarisée avec son visage, sa silhouette, chose dont elle tirait un réel plaisir. Sa voix se tut, puis il y eut un *bip*.

— Salut, Tony, c'est Pete, annonça une autre voix. Je dois être à Bradfield jeudi prochain. Tu pourrais m'héberger mercredi soir ? Et m'offrir une bière ? J'ai appris que tu avais été nommé conseiller sur l'enquête du Tueur homo, alors toutes mes félicitations. J'espère que tu attraperas ce salopard.

Bip.

— Anthony, mon chéri, où peux-tu bien être ? Je suis sur mon lit, je t'attends. Nous avons quelque chose à terminer, tous les deux, mon amour.

Tony se redressa et regarda fixement le répondeur. La voix était sexy, excitée.

— Ne crois pas que tu puisses...

Tony tendit la main et coupa brusquement le son.

« Et avec ça, tu n'as personne dans ta vie », pensa Carol avec amertume. Elle s'avança vers la porte, entra dans la pièce.

— Oublions le thé. On se verra demain, dit-elle d'une voix glaciale, mais tremblante.

Tony pivota sur ses talons, le regard paniqué.

— Ce n'est pas ce que vous croyez, bafouilla-t-il sans réfléchir. Je n'ai jamais vu cette femme de ma vie !

Carol tourna les talons, sortit de la pièce, puis remonta le couloir. Alors qu'elle ouvrait la porte d'entrée, Tony déclara d'un ton froid :

— Je vous dis la vérité, Carol, même si cela ne vous regarde pas.

Elle se tourna à moitié vers lui, réussit à sourire et dit :

— Vous avez tout à fait raison. Ce ne sont pas mes affaires. À demain, Tony.

Elle ferma la porte, et ce bruit résonna dans la tête de Tony comme le son d'un marteau-piqueur.

Extrait d'une disquette de trois pouces et demi intitulée : Sauvegarde 007 – Dossier amour 011

Lorsque Gareth eut pour moi une ébauche de sourire dans le tram, je pensai que mes rêves étaient sur le point de se réaliser. Suite à une surchauffe soudaine à mon travail, et à cause de toutes les heures supplémentaires que cela avait impliquées, je n'avais pu le suivre que pendant une semaine.

Son image avait bercé toutes mes soirées, avant que je m'endorme. Quelle que fût l'heure à laquelle je rentrais, sa voix résonnait dans mon oreille, pleine de désir. Mais il fallait que je le voie, en chair et en os. J'avais réglé mon réveil pour avoir tout le temps de rester devant chez lui avant qu'il ne sorte pour aller travailler, mais mon épuisement était tel que j'avais dormi sans entendre la sonnerie. Lorsque je me réveillai, je compris que ma seule chance était de rattraper son tramway et de monter dedans une ou deux stations après lui.

Le tram stoppait quand j'arrivai à l'arrêt. Je scrutai la foule du premier wagon d'un regard avide, mais je ne le vis pas. L'angoisse monta dans ma gorge comme de la bile. Puis je l'aperçus. Il était assis près de la porte, dans le deuxième wagon. Je me frayai un chemin dans la foule, poussant des voyageurs, et je réussis à me placer à côté de lui. Mes genoux touchèrent les siens. À ce contact, il leva la tête. Ses yeux gris se plissèrent à chaque coin, un sourire flotta sur ses lèvres. Je lui rendis son sourire et lui dis :

— Excusez-moi.

— Je vous en prie, dit-il. Ce tram est bondé.

Je voulais poursuivre la conversation, mais pour une fois, je ne trouvai rien à dire. Il se replongea dans son *Guardian*, et je dus trouver un bon angle pour l'avoir dans mon champ de vision, tout en donnant l'impression de regarder le paysage. Ce n'était pas grand-chose, je le sais, mais c'était un début. Il savait que j'existais. À quoi je ressemblais. À présent, ce ne pouvait plus être qu'une question de temps.

Shakespeare avait raison quand il disait : « La première chose à faire, c'est de tuer tous les avocats. » Ainsi, il y aurait moins de menteurs en liberté, et ce serait déjà ça. À quoi m'attendais-je de la part d'un homme qui, un jour, déblatère au bénéfice de la victime, et le lendemain défend l'accusé ?

Je me garai à la première intersection après la maison de Gareth. De là, je pourrais le voir rentrer chez lui sans qu'il me repère, grâce aux vitres teintées du 4 × 4. Il n'y avait pas de haies autour de sa maison, aussi pouvais-je voir son salon depuis mon poste d'observation.

Je connaissais ses habitudes, à présent. Il arrivait chez lui à 18 heures passées de quelques minutes. Il allait dans la cuisine prendre une canette de Grolsh. Puis il retournait dans le salon, où il buvait sa bière et regardait la télé. Au bout de vingt minutes environ, il allait se chercher à manger dans la cuisine – une pizza, un plateau télé, des pommes de terre en robe des champs. À l'évidence, la cuisine n'était pas son fort. Quand nous serions ensemble, je devrais prendre en charge cette partie de notre vie commune.

Après les nouvelles, il sortait du salon, sans doute pour travailler dans quelque autre partie de la maison. J'imaginais des livres de droit, sur des étagères en pin. Ensuite, soit il regardait de nouveau la télé, soit il allait au pub du coin boire quelques bières.

Gareth avait besoin de quelqu'un dans sa vie, me disais-je en attendant qu'il rentre chez lui. J'étais exactement la personne qu'il lui fallait. J'allais m'offrir Gareth en cadeau de Noël.

À 17 h 15, une Golf blanche se gara sur une place de parking, juste avant la maison de Gareth. Une femme en sortit. Elle se tourna vers la banquette arrière et prit une serviette bourrée de dossiers, ainsi qu'un sac à main à bandoulière. Je me dis qu'elle me rappelait quelqu'un, tandis qu'elle marchait sur le trottoir. Petite, avec des cheveux châtain clair noués en chignon sur la nuque, de grosses lunettes à monture d'écaille, un chemisier blanc avec un jabot en dentelle, un tailleur noir.

Quand elle tourna dans le jardin de Gareth, j'eus beaucoup de mal à en croire mes yeux. Durant les quelques secondes qu'il lui fallut pour arriver à la porte, je me dis qu'elle devait être son notaire, son assureur, une collègue venue déposer des dossiers. N'importe qui. *N'importe qui*.

Puis elle ouvrit son sac et en sortit une clé. Dans ma tête, je hurlai : « Non ! » alors qu'elle insérait la clé dans la serrure et entrait. La porte du salon s'ouvrit, et elle laissa tomber sa serviette sur le canapé. Puis elle disparut. Elle revint dix minutes plus tard, enveloppée dans le peignoir en éponge blanc de Gareth.

Je n'avais jamais autant approuvé Shakespeare.

C'était une saison où l'on est censé être joyeux, aussi m'efforçai-je de ne pas laisser ma déception influer sur mon humeur. À la place, je me concentrai sur ma prochaine invention. Je voulais quelque chose d'approprié à ce moment de l'année, un bon vieux symbole chrétien bien barbare. On ne peut pas faire grand-chose avec une crèche et des langes, aussi m'octroyai-je une licence artistique et allai-je pêcher à l'autre bout de la vie du Christ.

Les Romains ont sans doute emprunté aux Carthaginois cette façon de punir qu'on appelle la crucifixion. À l'origine, il s'agissait de châtier uniquement les esclaves – ce qui semblait convenir, puisque je ne voyais désormais Gareth que dans ce rôle-là. Par la suite, les Romains ont usé davantage de la crucifixion. Ils appliquaient ce châtiment à tous les autochtones qui avaient la témérité de mal se conduire après qu'ils les avaient conquis et les avaient fait ployer sous leur joug – pardon, après qu'ils avaient fait d'eux des êtres civilisés.

Selon la tradition, le félon était flagellé. Puis on l'obligeait à porter la croix par les rues, jusqu'à la place où l'on avait planté un grand pieu dans la terre. On clouait alors l'homme à la croix, et on le hissait sur le pieu par un système de poulies. Ses pieds étaient parfois cloués, parfois liés au poteau. Il arrivait que la mort par épuisement soit quelque peu accélérée par les soldats, qui cassaient les jambes de la victime, ce qui devait lui octroyer une plongée bienvenue dans l'inconscience. Cependant, pour remplir mes objectifs, je décidai d'opter pour une croix de Saint-André, plus décorative. En outre, cela exercerait une tension plus grande sur les muscles de Gareth.

11

« Mais qui était la victime à présent, vers quelle demeure se hâtait-il ? Car il n'était assurément pas fou au point de s'embarquer dans une croisière pour trouver quelqu'un à tuer. Non ! Il s'était trouvé la victime idoine quelque temps auparavant, un vieil ami intime. »

Brandon regardait sombrement la feuille de papier dans la machine. Tom Cross n'avait sans doute jamais collé avec l'idée qu'il se faisait du flic parfait, mais il avait toujours su attraper un criminel. Mais le cirque de ce soir remettait toute sa carrière en cause. Combien d'autres personnes Cross avait-il fait passer pour coupables sans que personne s'en rende compte ? Si Brandon n'avait pas lui-même contourné la loi et entraîné Tony dans cette fouille illégale, personne n'aurait mis en doute la « preuve » avec laquelle Tom Cross était revenu. Personne, excepté Stevie Mc Connell, n'aurait su que deux des trouvailles de Cross étaient fabriquées. La simple pensée des conséquences que cela aurait entraînées fit couler un filet de sueur froide dans le dos de Brandon.

Cross n'avait pas laissé d'autre choix à Brandon que de le suspendre. L'audience disciplinaire qui ne manquerait pas de s'ensuivre serait pénible pour toutes les parties concernées, mais c'était là le cadet des soucis de Brandon. Il avait de plus graves préoccupations : les effets de cette histoire sur le moral de la brigade. La seule façon pour lui d'y remédier était de prendre l'entière responsabilité de cette affaire. Il ne lui restait plus qu'à convaincre le chef. Avec un soupir, Brandon tira la page de la machine et en inséra une autre.

Son mémo au directeur de la crime fut bref et direct. Ensuite, il ne lui resta plus qu'une chose à faire avant de pouvoir ramper jusque chez lui et se mettre au lit. En soupirant, il regarda la pendule. 23 h 30. Il repoussa la machine et se mit à écrire sur une feuille qui portait son en-tête.

À l'inspecteur Kevin Matthews

De la part de John Brandon – A D D (brigade criminelle)

Objet : Steven Mc Connell

Suite à la suspension du divisionnaire Cross, j'assurerai le commandement de la brigade. Nous n'avons aucun élément pour inculper Mc Connell d'autre chose que d'agression. Mc Connell devra être relâché sous caution quand une date de jugement aura été fixée pour l'inculpation d'agression. Une autre caution sera exigée, afin qu'il revienne à Scargill Street dans une semaine environ. Nous pourrons ainsi l'interroger plus avant si d'autres preuves se font jour.

Vu son refus de nous donner des informations sur ses fréquentations, ainsi que les noms des gens qu'il aurait pu présenter à Gareth Finnegan et Adam Scott, nous devrons prendre en filature toute personne avec laquelle il entrera en contact. Il faudra également obtenir une autorisation de mise sur écoute de sa ligne téléphonique, arguant du fait qu'il connaissait Scott et Finnegan et qu'il avait eu un contact avec Damien Connolly, celui-ci étant dans l'exercice de ses fonctions.

Nos investigations sur ces quatre meurtres en série devraient se poursuivre dans plusieurs directions. Il y aura une réunion sur l'affaire pour les officiers de police chargés de l'enquête, demain, à midi.

Brandon signa le mémo et scella l'enveloppe. Comment se faire des amis et influencer les gens, songea-t-il en descendant au rez-de-chaussée pour aller voir le sergent de permanence. Brandon pria pour que Tony Hill ne se trompât pas sur Stevie Mc Connell. Si Tom Cross avait eu raison de suivre son instinct, ce ne serait plus seulement le moral de la brigade criminelle qui serait en danger.

Carol s'affala sur la table du salon, le menton posé sur ses avant-bras croisés, une main chatouillant le ventre de Nelson.

— Qu'en penses-tu, mon garçon ? Ce n'est qu'un menteur de plus, un salaud de plus, ou quoi ?

— Rrrr, ronronna le chat, les yeux fermés.

— Je pensais bien que tu allais dire ça. Je suis d'accord avec toi, j'ai le chic pour dégoter des types impossibles, soupira Carol. Tu as raison. J'aurais dû garder mes distances. C'est ce qui arrive quand on attaque le premier. On se prend le choc en retour. Mais généralement, c'est plus direct que ça. Au moins, maintenant, je sais pourquoi il ne bougeait pas. Alors, autant se passer de lui, mon chat. La vie est suffisamment dure comme ça, sans en plus devoir jouer le deuxième violon.

— Rrrr, approuva Nelson.

— Il doit me prendre pour une imbécile, s'il s'attend que je croie qu'une parfaite étrangère laisse des messages comme ça sur son répondeur.

— Rooooor, protesta Nelson en roulant sur le dos et en tapotant les doigts de Carol avec ses pattes.

— Parfait. Toi aussi, tu trouves ça ridicule. Mais ce type est psychologue. Il y avait une façon bien plus crédible de se justifier : il n'avait qu'à dire qu'il avait rompu avec elle et qu'elle ne voulait pas comprendre, au lieu de prétendre qu'il recevait des coups de fil d'une inconnue.

Carol se frotta les yeux pour chasser le sommeil, bâilla et se leva.

La porte du débarras que Michael utilisait comme bureau s'ouvrit, et le jeune homme s'encadra dans l'embrasure de la porte.

— J'ai cru entendre des voix. Tu pourrais me parler, tu sais. Moi, au moins, je réponds.

Carol lui adressa un sourire las.

— Nelson aussi. Ce n'est pas de sa faute si nous ne comprenons pas le langage chat. Je ne voulais pas te déranger. J'ai vu que tu travaillais.

Michael se dirigea vers l'armoire à liqueurs et se servit un petit scotch.

— Je ne faisais que tester le jeu. Je cherchais à débusquer d'éventuels problèmes techniques. Ça n'a rien de bien compliqué. Comment s'est passée ta journée ?

— Affreux. Ils nous ont installés à Scargill Street. L'enfer. Imagine qu'on t'oblige subitement à revenir au boulier pour faire tes calculs, et tu auras une idée de mes conditions de travail. L'ambiance est merdique, et Tony Hill m'agace. À part ça, tout est merveilleux.

Carol suivit l'exemple de Michael et se servit un verre.

— Tu veux en parler ? demanda-t-il en se posant sur l'un des accoudoirs du canapé.

— Merci. Mais je ne préfère pas.

Carol avala son verre d'un trait, frissonna sous l'effet de l'alcool et reprit :

— Au fait, je t'ai apporté un jeu de photos. Quand pourras-tu y jeter un coup d'œil ?

— Demain soir, ça irait ?

Carol étreignit Michael.

— Merci, frérot, dit-elle.

— Mais c'est un plaisir, dit-il, la serrant à son tour. Tu sais à quel point les défis m'excitent.

Carol avait à peine éteint la lumière que Nelson bondit au pied de son lit. C'était rassurant de sentir sa chaleur contre ses jambes, mais ça ne remplaçait pas le corps contre lequel elle avait espéré se blottir, un peu plus tôt dans la soirée. Bien entendu, dès qu'elle posa la tête sur l'oreiller, elle n'eut plus sommeil. Elle était épuisée, mais son esprit tournait à cent à l'heure. Si seulement ce sentiment de gêne entre elle et Tony pouvait disparaître dès le lendemain après-midi ! Pour Carol, l'humiliation demeurerait, soit, mais elle était une adulte, une professionnelle. Sachant qu'il n'était pas disponible, elle ne le mettrait plus dans une position difficile. Et puisqu'il savait qu'elle savait, peut-être serait-il plus détendu. De toute façon, le profil leur donnerait de nombreuses occasions de communiquer en terrain neutre. Elle était impatiente de voir ce qu'il avait trouvé.

De l'autre côté de la ville endormie, Tony était allongé dans son lit. Il fixait le plafond, traçait des cartes imaginaires en s'inspirant des fissures dans le plâtre. Il savait qu'il était inutile d'éteindre sa lampe de chevet. Le sommeil le fuirait, et dans l'obscurité, il ressentirait aussitôt cette lente sensation d'étouffement due à la claustrophobie. Compter les moutons ne l'avait jamais attiré. Quant à devenir son propre thérapeute, c'était provoquer l'insomnie à coup sûr.

— Pourquoi a-t-il fallu que tu téléphones, ce soir, Angelica ? murmura-t-il. J'aime beaucoup Carol Jordan. Je n'ai pas l'intention de la laisser entrer dans ma vie, mais je ne voulais pas la blesser. Tes sous-entendus sexuels sur le répondeur ont dû être comme un camouflet pour elle, après que je lui avais dit qu'il n'y avait personne dans ma vie. Un observateur extérieur dirait que nous nous connaissons à peine, que nous avons eu ce soir des réactions exagérées. Mais les observateurs extérieurs ne peuvent comprendre les liens, l'intimité qui surgissent comme par enchantement lorsqu'on participe à une chasse à l'homme, et que chaque seconde qui passe rapproche la prochaine victime de sa mort.

Tony poussa un soupir. Au moins n'avait-il pas révélé la seule chose qui eût convaincu Carol de sa bonne foi, la vérité qu'il avait gardée bien muselée au fond de lui. Que disait-il à ses patients, déjà ? « Laissez tout sortir. Peu importe ce que vous dites, parler est le premier moyen d'alléger la souffrance. »

— Rien que des conneries, dit-il, amer. Ce n'est qu'un tour de passe-passe de plus, destiné à légitimer ma curiosité. Si j'avais dit la vérité à Carol, cela n'aurait en rien soulagé ma douleur. Cela m'aurait seulement donné encore plus l'impression d'être une merde. Que des vieillards soient impuissants, à la rigueur. Mais un homme de mon âge qui ne peut pas bander, c'est ridicule.

Le téléphone sonna, faisant sursauter Tony. Il roula sur lui-même, attrapa tant bien que mal le combiné.

— Allô ? dit-il d'une voix hésitante.

— Anthony, enfin ! Tu m'as manqué !

Une bouffée de colère monta en lui au son de cette voix langoureuse, sexy, mais retomba en un instant. À quoi bon lui en vouloir ? Ce n'était pas elle, le problème, mais lui.

— J'ai eu ton message, dit-il, se résignant.

Angelica n'était pas responsable du malaise qui s'était installé entre Carol et lui. Un malaise qui n'aurait pas existé s'il avait été un homme, un vrai. À quoi bon envisager des relations avec des femmes charmantes et normales ? Il aurait tout gâché avec Carol, comme il l'avait fait chaque fois qu'une femme s'était approchée un peu trop près. Le mieux qu'il pouvait espérer, c'était le sexe par téléphone. Au moins cela générait-il des rapports à peu près équitables. Les hommes pouvaient simuler non seulement un orgasme, mais une érection.

Angelica rit.

— J'avais pensé te faire une surprise. J'espère que tu n'es pas trop fatigué pour un petit jeu.

— Je ne suis jamais trop fatigué pour tes petits jeux, dit Tony, ravalant le dégoût de lui-même qui menaçait de prendre le dessus.

« Considère cela comme une thérapie », se dit-il.

Il s'allongea et laissa la voix couler sur lui, tandis que sa main glissait de sa poitrine vers son sexe.

Les femmes de ménage discutaient près de l'ascenseur quand Penny Burgess sortit au troisième étage, où le *Bradfield Evening Sentinel Times* avait ses bureaux. Elle traversa la salle de rédaction, appuyant au passage sur les interrupteurs, chantant tout bas, et faux. Elle balança son sac sur le bureau où se trouvait son ordinateur et alluma celui-ci. Elle se connecta à la banque de données du journal et cliqua sur la touche « recherche ». Cinq possibilités s'affichèrent.

1. Sujet
2. Nom
3. Signature
4. Date
5. Photos

Penny cliqua sur 2. À « Nom de famille », elle tapa « Hill », à « Prénom », « Tony », et à « Titre », elle tapa « Dr ».

Puis, calée contre le dossier de son fauteuil, elle attendit que l'ordinateur fasse le tri parmi les informations stockées dans son immense mémoire, tout en ouvrant son paquet de cigarettes et en allumant sa première de la journée. Elle n'avait tiré que deux bouffées quand la réponse apparut sur l'écran : l'ordinateur avait trouvé six sources d'informations.

Penny les fit défiler. Elles apparurent dans un ordre chronologique inversé. Le premier document était un article du *Sentinel* datant de deux mois, écrit par l'une des nouvelles journalistes. Bien qu'elle l'ait lu, à l'époque, Penny l'avait complètement oublié. En le relisant, elle émit un léger sifflement.

DANS LA TÊTE D'UN TUEUR

L'homme que le ministère de l'Intérieur a choisi pour faire la chasse aux tueurs en série s'est exprimé aujourd'hui sur le dernier meurtre qui a terrorisé la communauté gay de la ville.

Le criminologue Tony Hill mène depuis un an une étude de grande envergure financée par le gouvernement, qui conduira à la création d'une unité de profilage des criminels, semblable à celle du FBI dans Le Silence des agneaux.

Le Dr Hill, trente-quatre ans, a dirigé le service psychiatrique de haute sécurité de l'hôpital Blamires, où se trouvent les fous criminels les plus dangereux de Grande-Bretagne, notamment David Harney, auteur de plusieurs tueries, et le tueur en série Keith Pond, surnommé le Fou de l'Autoroute.

Le Dr Hill déclare : « Ce n'est pas pour avoir mon avis sur ces différents meurtres que la police a fait appel à moi. Aussi n'en sais-je pas plus que vos lecteurs. »

Soit le Dr Hill avait menti à sa collègue, soit il n'avait commencé à travailler que sur le meurtre suivant. Quoi qu'il en soit, Penny voyait déjà comment exploiter cela de façon à plaire à son rédacteur en chef. Le gros titre serait *LA POLICE SUIT LA PISTE DU BEST*[1] *DANS SA CHASSE AU TUEUR*.

Penny lut rapidement la suite de l'article, mais n'apprit rien qu'elle ne sût déjà. Une chose l'intéressa, cependant. Le troisième meurtre était suffisamment différent des autres pour que le Dr Hill ait avancé l'idée qu'il pouvait y avoir deux tueurs en liberté. Une hypothèse qui semblait avoir sombré dans l'oubli un peu vite. Il faudrait qu'elle interroge Kevin à ce sujet, la prochaine fois qu'elle réussirait à l'avoir au téléphone.

La coupure de presse suivante était un article du *Guardian*. Il annonçait la mise en place d'un projet du ministère de l'Intérieur visant à créer une unité de répression contre les criminels récidivistes, à l'échelle nationale. Ce projet serait basé à l'université de Bradfield.

1. Abréviation de *Bradfield Evening Sentinel Times*. Jeu de mots avec *best*, « meilleur », en anglais – la meilleure piste. (N. d. T.)

Dans l'article, Penny glana d'autres informations sur la carrière du Dr Hill, qu'elle s'empressa de noter dans son calepin. Ce n'était pas un imbécile, ce type. Il faudrait qu'elle le manie habilement. Elle se tapota les dents avec son stylo et se demanda pourquoi le *Sentinel Times* n'avait pas fait un grand article sur ce projet, avec un portrait du Dr Hill. Peut-être d'autres qu'elle avaient-ils essayé et les avait-on éconduits. Il faudrait qu'elle vérifie auprès de ses collègues.

Les deux articles suivants provenaient d'un grand quotidien national. C'était une enquête en deux parties sur les tueurs en série que le journal avait fait paraître au moment de la sortie du *Silence des agneaux*. Le Dr Hill était cité dans les deux articles. Il évoquait, dans les grandes lignes, le travail des profileurs.

Les deux dernières coupures de presse traitaient de l'un de ses plus éminents patients, Keith Pond, surnommé le Fou de l'Autoroute. Pond avait kidnappé cinq femmes sur des aires de stationnement d'autoroute. Après quoi, il les avait violées, puis sauvagement assassinées. Au moment de son procès, seuls deux des corps avaient été retrouvés. Mais à l'issue de nombreuses séances de thérapie avec le Dr Hill, Pond avait révélé en quels lieux se trouvaient les trois autres cadavres. La famille éplorée de l'une des victimes avait considéré que Tony Hill avait fait là un miracle. Dans l'une des deux parties de l'article, le journaliste avait tenté de faire un portrait du Dr Hill, mais il disposait de trop peu d'informations pour approfondir. Ce qui ne l'avait pas empêché de faire un bon papier.

Tony Hill, qui ne s'est jamais marié, se consacre entièrement à son travail. L'un de ses anciens collègues a dit de lui : « Tony est un drogué du boulot. Il est marié à son métier. Son désir le plus cher est de comprendre comment fonctionnent ses patients. Il est probablement le seul psychologue, dans ce pays, à pouvoir pénétrer aussi aisément dans ces esprits déviants et à en découvrir les ressorts. Il m'est arrivé de penser qu'il communiquait plus facilement avec les auteurs de tueries qu'avec les types normaux. »

Le Dr Hill vit seul et est connu pour ne pas fréquenter ses collègues en dehors de son travail. Excepté l'étude de la psychologie des tueurs en série, son seul hobby serait la randonnée. Quand il a un week-end libre, il prend sa voiture et va marcher au bord des lacs ou dans le Yorkshire.

— Ça m'a tout l'air d'être un rigolo, dit Penny tout haut, en griffonnant des notes sur son calepin.

Elle revint au sommaire, où elle sélectionna la cinquième option. De nouveau, elle tapa le nom de Tony pour une recherche de photos. La banque de données lui révéla qu'il n'y avait qu'une seule photo disponible. Penny cliqua pour la voir et regarda avidement le visage qui était apparu sur l'écran. C'était la deuxième fois qu'elle le voyait, mais à présent, elle savait qui était le nouveau copain de Carol Jordan.

Penny se cala contre le dossier de son fauteuil, tout en savourant sa troisième cigarette, et remarqua que la salle de rédaction commençait à se remplir. Un coup de fil rapide, et elle irait s'offrir un petit déjeuner à la cantine. Elle tira le téléphone vers elle, composa le numéro personnel de Kevin Matthews. Il répondit à la deuxième sonnerie.

— Inspecteur Matthews, marmonna-t-il d'une voix endormie.

— Salut, Kev, c'est Penny, dit-elle, goûtant le silence stupéfait qui suivit l'annonce de son nom. Désolée de te déranger, mais j'ai pensé que tu préférerais répondre à mes questions chez toi plutôt qu'au bureau.

— Q… quoi ? bégaya-t-il.

Puis, d'une voix étouffée :

— Oui, c'est pour mon travail. Rendors-toi, chérie.

— Depuis combien de temps le Dr Tony Hill travaille-t-il avec la brigade ?

— Comment as-tu entendu parler de ça ? Merde, c'était censé rester top secret ! explosa-t-il, son agacement se changeant en colère.

— Tss, tss, Kev, elle ne va jamais se rendormir si tu cries comme ça. Peu importe comment je l'ai appris, remercie juste le Ciel de pouvoir mettre ta main sur ton cœur et jurer que tu n'y es pour rien. Depuis combien de temps, Kev ?

Il s'éclaircit la voix.

— Quelques jours seulement.

— C'est Brandon qui a eu l'idée ?

— Exact. Écoute, je ne peux vraiment pas parler de ça. C'est censé rester confidentiel.

— Il établit un profil du tueur, non ?

— À ton avis ?

— Il travaille avec Carol Jordan ? Elle est toute dévouée à Brandon sur ce coup-là, n'est-ce pas ?

— Elle est officier de liaison. Écoute, il faut que je te laisse. On reparlera de tout ça plus tard, OK ? dit-il d'un ton qui se voulait menaçant mais qui n'impressionna pas Penny.

La journaliste sourit et souffla la fumée de sa cigarette.

— Merci, Kev. À charge de revanche.

Elle raccrocha, quitta la banque de données et ouvrit un nouveau dossier.

« Exclusif. Par Penny Burgess », tapa-t-elle. Tant pis pour le petit déjeuner. Elle avait des choses bien plus intéressantes à faire.

À 8 h 30, Tony était de nouveau devant son écran. Curieusement, son intermède érotique avec Angelica l'avait rasséréné, alors qu'il s'était attendu à éprouver de la culpabilité. S'autoriser à prendre du plaisir avec Angelica l'avait libéré et détendu, d'une certaine façon. Chose surprenante, ça l'avait excité de l'entendre débiter des fantasmes hauts en couleur. Son érection n'avait pu durer suffisamment longtemps pour qu'il jouisse, mais personne n'étant témoin de son échec, cela ne lui avait pas semblé important. Encore quelques coups de téléphone d'Angelica, et peut-être pourrait-il envisager la réalité du sexe autrement qu'avec un affreux sentiment de panique.

Mais ce qu'il lui fallait, à présent, c'était un calme parfait. Il avait déjà donné l'ordre à sa secrétaire de ne pas lui passer d'appels. Il coupa le son sur son téléphone personnel. Rien ni personne n'allait interrompre le cours de ses pensées. Son impression de satisfaction se poursuivit quand il relut ce qu'il avait écrit la veille. Il était prêt à s'exposer, à donner ses conclusions sur le cas du Bricoleur.

Il prit sa Thermos, se servit une tasse de café et respira profondément.

Nous avons affaire à un tueur en série qui va probablement tuer de nouveau, à moins qu'on ne l'arrête. Le prochain meurtre aura lieu le huitième lundi suivant le meurtre de Damien Connolly, à moins qu'un événe-

ment n'accélère le processus. Qu'est-ce qui pourrait pousser le tueur à bout et générer un phénomène d'escalade à un niveau extrême ? Un événement catastrophique entraînant la perte de ce qu'il utilise pour maintenir son fantasme en vie, par exemple. Vu qu'il se sert de cassettes vidéo, la disparition ou la détérioration de ses bandes pourrait lui faire perdre le contrôle de lui-même. Autre scénario possible : qu'on accuse un innocent de ses crimes. Cela représenterait un tel affront pour son ego qu'il pourrait commettre le prochain meurtre en avance sur le programme.

À mon avis, il a déjà choisi sa cinquième victime, et il se familiarise avec son mode de vie, note ses allées et venues. Il y a de fortes chances pour que l'homme en question ne soit pas connu de la communauté gay. Cet homme sera, selon toutes probabilités, un hétérosexuel vivant comme tel.

Le fait que la dernière victime soit un officier de police est gênant. Il est fort probable qu'il s'agissait d'un choix, et non d'un accident ou d'une coïncidence. Le tueur envoie là un message aux policiers chargés de l'enquête. Il demande que nous reconnaissions son existence, que nous le prenions au sérieux. Il nous dit également qu'il est le meilleur. Il peut nous capturer, mais nous, nous sommes incapables de l'avoir.

Il est possible qu'il jette de nouveau son dévolu sur un officier de police, peut-être même sur l'un de ceux travaillant sur l'enquête. Mais cela ne suffira pas en soi pour que le tueur le choisisse. Il faudra qu'il corresponde aux critères impartis par le tueur à la victime type, critères grâce auxquels les meurtres prennent leur pleine signification pour lui. Je recommande vivement à tous les officiers de police correspondant au profil des victimes d'être d'une vigilance extrême en toutes circonstances, de noter la présence de tout véhicule suspect garé près de chez eux, de voir si on les suit sur le trajet aller et retour de leur travail, ou lors de sorties en ville.

Notre tueur est probablement un homme de race blanche, âgé de vingt-cinq à trente-cinq ans et mesurant au moins un mètre quatre-vingts. Il a une bonne musculature, une force considérable dans la partie supérieure du corps. Il est droitier. Il n'a pas une tête de malfrat, mais une apparence éminemment normale, un comportement qui ne suscite pas la suspicion. C'est le genre de type qui ne retient pas l'attention et qu'on ne soupçonne pas d'être un tueur récidiviste. Il pourrait avoir des tatouages, ou des cicatrices de blessures qu'il se sera faites lui-même, mais ils ne seront probablement pas apparents.

Il connaît bien Bradfield, et très bien Temple Fields. Cela implique qu'il habite et sans doute qu'il travaille en ville. Je ne pense pas qu'il soit de passage, ni qu'il ait habité là dans le passé et y soit revenu pour tuer. Il n'existe aucune constante géographique notable, concernant les lieux de travail et d'habitation de ses victimes, hormis le fait qu'elles habitent toutes à proximité d'une ligne de tramway. La maison de la première victime est très probablement la plus proche géographiquement du lieu de travail ou d'habitation du tueur. Si l'on considère le milieu social et le style de vie des victimes, et partant du principe que le tueur s'en tient à un genre d'environnement qu'il connaît et comprend, je dirais que le tueur est propriétaire de sa résidence plutôt que locataire et qu'il habite une maison plutôt qu'un appartement. Les maisons des victimes ont probablement une plus grande valeur que celle du tueur, car, d'une certaine façon, ce sont des hommes qu'il admire. Il aimerait devenir ce qu'ils sont.

Tout porte à croire qu'il est d'une intelligence supérieure, mais, selon moi, il n'a pas de diplôme universitaire. Ses bulletins scolaires sont probablement déconcertants. Il devait être souvent absent et avoir des notes très variables. Il aura toujours été en deçà de son potentiel ou des espoirs que l'on fondait en lui. La plupart des tueurs en série ont une carrière en dents de scie, passent d'un travail à l'autre, se font plus souvent licencier qu'ils ne donnent leur démission.

Cependant, cet homme fait preuve d'une extraordinaire maîtrise de lui-même dans l'exécution de ses meurtres. Aussi peut-on s'attendre qu'il soit capable de conserver un emploi stable, peut-être un poste à responsabilités requérant une capacité d'anticipation. Néanmoins, je ne pense pas que son travail le mette beaucoup en contact avec ses semblables, vu qu'il n'a pas des relations normales avec les autres.

Ses victimes travaillent toutes dans le secteur tertiaire, à l'exception de Damien Connolly, ce qui me laisse à penser que le tueur évolue dans un environnement professionnel similaire. Je ne serais pas surpris de le voir travailler dans un domaine en rapport avec la haute technologie, peut-être les ordinateurs. C'est une sphère professionnelle où les gens peuvent conserver de bons emplois, sans avoir de qualités relationnelles significatives. Les gens qui ne collent pas à la norme passent très bien dans l'univers étrange de la création de logiciels. Mieux, on tient généralement à eux, car ils sont difficilement remplaçables. Je doute que notre tueur soit un créateur avant-gardiste dans le domaine des logiciels, mais je ne serais pas étonné qu'il soit programmeur à haut niveau. Il s'entend probablement mal avec ses chefs, ayant tendance à se montrer insoumis et ergoteur.

Sa profession, ses aspirations, sa façon de se vêtir et sa maison font de lui un homme de la classe moyenne, bien qu'il puisse être issu du prolétariat. Socialement, il est isolé. Ce n'est pas nécessairement un solitaire, mais il ne se lie pas avec les gens. Il se sent différent. Il a probablement acquis une sociabilité superficielle, mais d'une certaine façon, son comportement sonne faux. C'est l'homme qui rit trop fort, qui pense faire une plaisanterie quand il blesse profondément son interlocuteur, qui donne souvent l'impression de rêver éveillé, d'être enfermé dans son monde à lui. Il n'a pas vraiment d'amis. Il se joindra à un groupe, mais n'aura jamais de relations privilégiées avec un membre du groupe. Ses échecs relationnels restent une énigme pour lui. Il préfère être seul avec ses fantasmes, car s'il est entouré de gens, il ne peut contrôler totalement la situation.

Il est fort possible qu'il ne vive pas seul. S'il vit avec quelqu'un, ce sera une femme plutôt qu'un homme. Parce qu'il est sexuellement attiré par les hommes et ne peut l'assumer, il ne vivra en aucun cas avec un homme. Ses relations avec les femmes peuvent être de nature sexuelle, mais il ne sera pas un très bon amant. Il manquera d'enthousiasme et aura souvent du mal à avoir une érection et/ou à la conserver. Cependant, il ne sera pas impuissant durant l'exécution de ses crimes et sera capable, j'en suis quasiment certain, de consommer l'acte sexuel avec ses victimes, quelle que soit la nature de cet acte.

Tony s'interrompit et regarda fixement par la fenêtre. Parfois, il se sentait prisonnier du schéma de l'œuf et de la poule. Avait-il une capacité d'empathie avec ses patients parce qu'il ne connaissait que trop bien les frustrations et les problèmes liés à l'impuissance, ou ses déficiences sexuelles s'étaient-elles accentuées précisément pour qu'il puisse mieux faire son travail ? « Est-ce vraiment important ? » se demanda-t-il, agacé. Il se passa la main dans les cheveux et se concentra de nouveau sur l'écran.

S'il vit avec une femme, celle-ci ne soupçonnera pas que son amant est un tueur. Par conséquent, il est très probable que, d'instinct, elle lui fournisse un alibi, car elle est profondément convaincue que ça ne peut pas être lui. Tout suspect dont l'alibi tient grâce à sa femme ou sa petite amie ne saurait être innocenté pour cette raison.

C'est une personnalité extrêmement structurée, un fou avec une grande maîtrise de soi. Le genre qui pique une colère parce que sa petite amie a oublié d'acheter ses céréales préférées. Il pense que ses actes sont parfaitement justifiés et qu'à travers ses crimes, il fait ce que tout le monde a envie de faire. Pour lui, les autres n'ont simplement pas le courage d'agir.

Il a l'impression que le monde entier conspire contre lui. Comment se fait-il qu'un être aussi doué et intelligent que lui ne soit pas le patron de l'entreprise qui l'emploie ? Comment se fait-il qu'un garçon aussi charmant que lui ne sorte pas avec un mannequin vedette ? Parce que le monde s'est ligué contre lui. Il a le point de vue égocentrique de l'enfant gâté et ne voit rien des effets de son comportement sur les autres. Tout ce qu'il voit, c'est la façon dont les événements l'affectent, lui.

C'est un rêveur éveillé : ses fantasmes sont très élaborés et lui paraissent avoir plus de sens que la réalité. Son univers fantasmatique est la zone dans laquelle il se retranche par choix, mais aussi chaque fois qu'il essuie une rebuffade ou rencontre un obstacle dans sa vie quotidienne. Ses fantasmes doivent très probablement comporter une part de violence, de sexe. Il pourrait également être fétichiste. Ses fantasmes ne sont pas figés. Ils perdent de leur pouvoir et doivent évoluer. Il est persuadé de pouvoir réaliser ses fantasmes de violence sans que quiconque soit capable de l'arrêter.

Il a la certitude d'être plus intelligent que la police et a pris un soin extrême à effacer tous les indices qui auraient pu être analysés par le labo, raison pour laquelle, selon moi, le fragment de peau de cerf est un canular des plus grossiers. Le tueur suit probablement l'enquête de très près et doit s'étrangler de rire pendant que nous cavalons partout pour essayer de retrouver l'origine de ce morceau de cuir. Et même si la police y parvient, nous aurons beau fouiller dans la garde-robe du tueur quand nous l'aurons arrêté, aucun de ses vêtements ne correspondra à ce fragment, j'en suis presque sûr. S'il a un casier judiciaire, ce sera sans doute pour délinquance juvénile. Les délits qu'il aurait commis seraient parmi les suivants : vandalisme, pyromanie sans gravité, vol, cruauté envers des enfants plus jeunes ou des animaux, agression sur la personne de professeurs. Néanmoins, à un moment donné de son parcours, notre tueur a acquis une très grande maîtrise de soi, et il est peu probable qu'il ait commis des délits à l'âge adulte.

Il se tiendra au courant de l'enquête, et plus on parlera de lui, plus il s'épanouira, à condition que les articles de presse lui donnent l'impression de faire son éloge. Il est intéressant de noter que la tombe d'Adam Scott a été profanée peu après le deuxième meurtre. Par ce biais, le tueur peut avoir essayé de donner une image encore plus retentissante de ses crimes. Il est possible qu'il ait des contacts avec des officiers de police, et dans ce cas, il essaiera de les utiliser pour obtenir des informations sur les progrès de l'enquête. Tout officier de police ayant le sentiment qu'on cherche à lui soutirer des renseignements devrait en référer aussitôt à ses supérieurs de la brigade criminelle.

Tony enregistra son texte, puis le relut. Certains des psychologues avec lesquels il avait travaillé consacraient une partie du profil à l'enfance du tueur telle qu'ils la voyaient et établissaient aussi une liste de comportements possibles du tueur durant son adolescence. Pas Tony. Il aurait le temps de se préoccuper de ça quand ils tiendraient un suspect sérieux. Il n'oubliait jamais qu'il avait affaire à des flics qui faisaient la part la plus rude du travail – des hommes comme Tom Cross, qui se fichaient complètement de l'enfance de leur suspect.

À l'évocation de Tom Cross, Tony poussa un lourd soupir. Convaincre le divisionnaire de la valeur du profil allait être un cauchemar.

La première édition du *Bradfield Evening Sentinel Times* fut dans les rues juste avant midi. Les gens qui cherchaient un appartement, un travail ou une bonne affaire s'empressèrent d'acheter un journal aux vendeurs ambulants, sans même regarder la première page. Ils se précipitèrent sur la rubrique des petites annonces, tenant leur quotidien grand ouvert, au bénéfice des passants qui pouvaient voir la une et la dernière page. Toute personne curieuse des gros titres du jour pouvait donc lire : *L'homme responsable de la chasse au tueur évincé*. Sur le quart inférieur droit de la page, une photo de Tony, avec le titre suivant : *Les flics de la crime suivent la piste du BEST*. Si la curiosité des passants avait été suffisamment piquée pour qu'ils achètent leur propre exemplaire, ils pouvaient lire le titre suivant, en plus petits caractères : *Le psy de choc qu'on a choisi participe à la chasse au Tueur homo (voir article en page 3).*

Dans un bureau, à un étage élevé, au-dessus des rues animées de Bradfield, un meurtrier regardait fixement le journal et sentait l'excitation monter. Les choses s'agençaient magnifiquement. On aurait pu croire que la police mettait en scène ses fantasmes, prouvant que les désirs deviennent parfois réalité.

Extrait d'une disquette de trois pouces et demie intitulée : Sauvegarde 007 – Dossier amour 012

Ils étaient tous dehors, dans les rues, en train d'acheter des cadeaux de Noël. J'étais dans mon donjon, je m'assurais que j'aurais un Noël inoubliable. Même si ce Noël allait être le dernier de Gareth sur cette terre, le moindre détail de cette fête serait gravé dans sa mémoire aussi clairement que sur ma bande vidéo.

J'organisai notre rendez-vous avec un soin infini. La présence possible de la salope m'empêchant de le capturer chez lui, comme je l'avais fait avec Adam et Paul, il me fallut trouver un scénario de substitution.

Je lui envoyai une invitation. Songeant que le soir de Noël serait déjà retenu, par la famille ou par la salope, je choisis le 23 décembre. Je formulai mon invitation en des termes auxquels il ne pourrait résister, je le savais, et qu'il n'oserait jamais montrer à la salope. La dernière phrase – « Entrée uniquement sur invitation » – constituait une touche futée. Cela impliquait qu'il lui faudrait apporter avec lui la seule preuve tangible d'un contact entre nous.

Les indications portées au dos le conduiraient, s'il voulait voir avant de venir, à un cottage isolé situé dans les landes, en altitude, entre Bradfield et les Yorkshire Dales. À l'opposé de Start Hill Farm et de mon donjon. Je prévoyais que le cottage serait à louer pour Noël. Mais je n'avais pas l'intention de laisser Gareth vivre jusque-là.

Ce fut un vrai cliché de soir de Noël : croissant de lune d'un blanc d'os, étoiles scintillantes comme des éclats de diamants, prés et haies lourds de givre. Je m'arrêtai sur la petite route qui traversait la lande, où deux véhicules n'auraient pas pu se croiser. Cette route conduisait au cottage et à deux fermes. Au loin, j'apercevais les deux tracés lumineux des voitures, sur la route de Bradfield, tel un ruban d'étincelles jeté par une fée.

Je mis mes feux de détresse, sortis du 4 × 4 et ouvris le capot. Je plaçai les outils dont j'avais besoin à portée de ma main, puis je m'adossai contre l'aile et attendis. Il gelait, mais cela m'était égal. J'avais bien calculé mon coup. Je patientais depuis seulement cinq minutes quand j'entendis le bruit d'un moteur peiner dans la côte abrupte. Les lumières tournèrent dans le virage, juste en dessous, et je m'avançai d'un pas en agitant frénétiquement le bras, l'air inquiet et frigorifié.

La vieille Ford Escort de Gareth s'arrêta net devant le 4 × 4. Je fis quelques pas hésitants vers lui, alors qu'il ouvrait sa portière et sortait.

— Vous avez un problème ? s'enquit-il. Je crains de ne rien connaître à la mécanique, mais je pourrais peut-être vous déposer quelque part…

Je souris.

— Merci de vous être arrêté, dis-je.

Il s'approcha, mais je vis qu'il ne me reconnaissait pas. Je le détestai à cause de cela.

Je retournai au 4 × 4, me penchai sur le moteur, lui fis signe de venir.

— Ce n'est rien de grave, dis-je. J'ai simplement besoin de trois mains. Si vous pouviez juste maintenir cette pièce en place, pendant que je dévisse ce boulon avec ma clé…

Je lui désignai la pièce en question. Gareth se pencha sous le capot. Je pris ma clé à molette et lui en donnai un bon coup sur la tête.

Cinq minutes plus tard, il était ligoté plus solidement qu'une oie dans le coffre de sa voiture. J'avais les clés de sa Ford, son portefeuille, et l'invitation que je lui avais envoyée. Je redescendis, retraversai la ville. Puis j'allai à la ferme, où je balançai ce corps évanoui au bas des marches de la cave, sans plus de cérémonie. Je n'avais pas le temps de faire plus, à ce moment-là, pas si je voulais retourner au 4 × 4. Je ramenai la voiture de Gareth en ville, la laissai à Temple Fields, dans une ruelle derrière Crompton Gardens. Personne ne fit attention à moi. Ils étaient tous trop occupés à s'amuser. Une petite marche de dix minutes à travers la ville, et je fus à la gare.

Après vingt minutes dans le train et une marche rapide d'un quart d'heure, j'arrivai à ma voiture. Je m'en approchai avec prudence. Aucun signe de vie, aucun indice d'une présence humaine venue la voir en mon absence. Je conduisis jusqu'à Start Hill Farm en sifflotant *Écoutez ! chantent les anges*.

Lorsque j'allumai les lumières de la cave, les yeux gris de Gareth flamboyèrent de colère à mon endroit. Cela me plut. Après la terreur pathétique de Paul et d'Adam, ça changeait agréablement de voir un homme qui avait du cran. Le son étouffé qui venait de sous son bâillon ressemblait plus à un grognement furieux qu'à une plainte.

Je me penchai vers lui et dégageai les cheveux sur son front d'une caresse. Tout d'abord, il écarta vivement la tête, puis il se calma, resta immobile, le regard calculateur.

— C'est mieux, dis-je. Inutile de se battre, inutile de résister.

Il acquiesça d'un hochement de tête, puis grogna, me désignant son bâillon du regard. Je m'agenouillai à côté de lui et tirai sur un coin du sparadrap chirurgical. Une fois que j'eus une bonne prise, je l'arrachai d'un coup. C'est plus gentil que de le faire tout doucement.

Gareth se décoinça la mâchoire, lécha ses lèvres sèches. Il me regarda d'un air furieux.

— Vous parlez d'une fête ! lâcha-t-il d'un ton méprisant, la voix tremblant un peu.

— C'est exactement ce que tu mérites, dis-je. Tu étais fait pour moi, mais tu t'es mis avec cette salope. Et tu as essayé de me le cacher.

L'éclat de ses yeux se voila.

— Vous êtes… commença-t-il.

— C'est exact, coupai-je. Maintenant, tu sais pourquoi tu es là.

Ma voix était froide comme les pierres du sol. Je me levai brusquement et allai jusqu'à l'établi, où j'avais préparé mon matériel.

Gareth recommença à parler, mais je me déconnectai du son de sa voix. Je savais à quel point les avocats pouvaient se montrer persuasifs, et je n'avais pas l'intention de le laisser me détourner de mon objectif.

J'ouvris le sac fermé avec un zip et en sortis le tampon de chloroforme. Je retournai auprès de

Gareth et m'agenouillai à côté de lui. D'une main, je saisis ses cheveux, et de l'autre, je lui appliquai le tampon sur la bouche et le nez. Il lutta avec de tels mouvements convulsifs que je me retrouvai avec une touffe de cheveux dans la main. Heureusement que j'avais mes gants en latex, sinon ses cheveux m'auraient laissé des coupures. Mieux valait que j'évite de mêler mon sang au sien.

Lorsqu'il fut complètement inconscient, je lui ôtai ses vêtements en les découpant. Je pris la sangle du fauteuil de Judas, la lui passai sous les bras, puis la serrai autour de sa poitrine. J'avais fixé une poulie rudimentaire et un palan à l'une des poutres du plafond. J'attachai le crochet à la sangle, puis je hissai le corps de Gareth avec le palan, jusqu'à ce qu'il oscille comme du gui dans le vent. Une fois qu'il fut en l'air, il ne me fallut que quelques minutes pour défaire les menottes et le fixer à mon arbre de Noël.

J'avais rivé deux planches au mur, en forme de croix de Saint-André, puis j'avais collé dessus une bonne couche de rameaux d'épicéa. À chaque branche de la croix, j'avais fixé des lanières de cuir, que j'attachai à ses poignets, puis à ses chevilles. J'ouvris les mains de Gareth et les collai sur la croix, avec un sparadrap en travers des paumes. Ensuite, j'ôtai le crochet et laissai les lanières des poignets supporter toute la tension. Son corps s'affaissa de façon alarmante, et pendant un moment, je craignis de n'avoir pas utilisé des entraves suffisamment résistantes. Il y eut un bref craquement du cuir sur le bois, puis ce fut le silence. Il pendait comme un apôtre martyr sur le mur du donjon.

Je préparai mon marteau et le ciseau tranchant que j'avais choisis pour faire le travail. Nous allions être ensemble jusqu'au soir de Noël. J'avais bien l'intention de savourer chaque minute de ces quarante-huit heures.

12

« Très peu d'hommes commettent un crime pour des raisons philanthropiques ou patriotiques... La majorité des meurtriers sont des personnages très incorrects. »

Les quatre inspecteurs assis dans l'ex-bureau de Tom Cross restèrent imperturbables tandis que John Brandon leur donnait les raisons officielles de la suspension du divisionnaire.

— Il ne faut plus penser à cela et faire avancer cette enquête, déclara-t-il brusquement. Et avec Mc Connell, où vous en êtes ?

— J'ai suivi vos ordres, monsieur, répondit Kevin. Nous l'avons laissé partir un peu avant minuit, et depuis, une équipe le suit. Jusqu'ici, il n'a pas bougé une oreille. Il est rentré directement chez lui, et il s'est couché, à en juger par l'absence de lumière. Il était debout ce matin à 8 heures. Il est allé travailler. J'ai un gars dans la salle de gym, qui se fait passer pour un nouveau membre, et un autre dehors, dans la rue.

— Continuez la surveillance, Kevin. Autre chose ? Dave ? Il est sorti un truc intéressant de l'ordinateur ?

— Nous vérifions un grand nombre de plaques minéralogiques, et nous surveillons tous les types ayant commis des délits impliquant des gays, depuis les bagarres jusqu'aux attentats à la pudeur. Nous allons également confronter ces listes avec celles des gens ayant passé des vacances en Russie. Don Merrick a pu obtenir les noms dans des agences de voyages. Une fois que nous aurons le profil, plusieurs suspects devraient émerger, mais c'est difficile, monsieur.

Carol intervint :

— Quelques-unes des associations d'haltérophiles ont dit qu'elles nous fourniraient les listes de leurs membres qui sont allés en Russie ou ont participé à des compétitions contre des équipes russes.

Dave fit la grimace.

— Ô Seigneur, encore des listes, dit-il.

— J'ai un contact dans le commerce du cuir, déclara Stanfield. Le plus gros importateur du Royaume-Uni. Je l'ai interrogé sur le fragment de cuir, et d'après lui, vu que c'est du cerf, ça ne peut pas être le blouson d'un paysan ou d'un jardinier. Plutôt celui de quelqu'un avec un certain poids, mais pas vraiment de pouvoir. Un inspecteur de police, par exemple, ajouta Stanfield en souriant. Ou un fonctionnaire de mairie en passe de réussir. Ou encore un second, sur un bateau.

Dave sourit à son tour.

— Je vais dire aux types de HOLMES de garder un œil sur les anciens du KGB.

Brandon allait ajouter quelque chose, mais il fut interrompu par la sonnerie du téléphone. Il se saisit du combiné et dit :

— Brandon à l'appareil.

Son visage perdit toute expression.

— Oui, monsieur, dit-il. J'arrive tout de suite.

Il raccrocha doucement et se leva.

— Le chef aimerait savoir comment le journal du soir a pu réussir à publier un article pareil.

Brandon traversa la pièce et s'arrêta juste avant de sortir, la main sur la poignée de la porte.

— Que l'officier de police qui a lavé notre linge sale dans la soie de Mlle Burgess prie pour que je réussisse à persuader le chef de ne pas faire de lui un exemple.

Il eut un sourire glacial à l'égard de Carol.

— De lui, ou d'elle, ajouta-t-il.

Tony ferma son bureau à clé. Il adressa un sourire joyeux et un petit signe de la main à sa secrétaire.

— Je sors déjeuner, Claire. Je serai probablement au *Café Genet*, à Temple Fields. L'inspecteur Jordan doit arriver à 15 heures, mais je serai rentré. OK ?

— Vous êtes sûr de ne pas vouloir rappeler les journalistes ? lança Claire alors qu'il sortait.

Tony fit volte-face, puis continua de marcher vers la sortie, mais à reculons.

— Quels journalistes ? demanda-t-il.

— Tout d'abord cette Penny Burgess, du *Sentinel Times*. Elle téléphone toutes les demi-heures depuis ce matin. Les journaux nationaux appellent depuis une heure, et également Radio Bradfield.

Tony haussa les sourcils, dérouté.

— Mais pourquoi ? dit-il. Ils ont dit ce qu'ils voulaient ?

Claire brandit le numéro du *Sentinel Times* qu'elle était sortie acheter subrepticement au marchand de journaux du campus.

— Je ne suis pas psychologue, Tony, mais je pense que ça doit avoir un rapport avec ceci.

Tony s'arrêta net. Même de l'autre bout du bureau, il pouvait lire les gros titres et voir sa photo en première page du journal. Telle une aiguille attirée par un aimant, il s'approcha du journal, jusqu'à pouvoir lire le nom de Penny Burgess sur les deux articles.

— Je peux ? demanda-t-il d'une voix rauque, en tendant la main vers le journal.

Il feuilleta le *Sentinel Times* à la hâte, à la recherche de l'article complet qui le concernait. Avec un sentiment d'horreur grandissant, il lut :

Le Dr Hill est bien armé pour pénétrer l'esprit tordu du Tueur homo. Outre ses deux doctorats et une grande expérience des fous criminels qui ont terrorisé notre société, il est réputé pour sa détermination.

L'un de ses collègues déclare à son propos : « Tony est marié à son métier. Il ne vit que pour travailler. Si quelqu'un est capable d'attraper le Tueur homo, c'est Tony Hill. Ce n'est plus qu'une question de temps, j'en suis convaincu. Tony est impitoyable. Il se reposera seulement quand la police aura coincé ce salopard. »

— Seigneur, gronda Tony.

Hormis le fait qu'aucun collègue digne de ce nom n'avait pu faire ce genre de déclaration, l'article était une vraie provocation à l'égard du tueur. Un défi. Que le Bricoleur trouverait le moyen de relever, Tony n'en doutait pas. Il balança le journal sur la table et le considéra en fronçant les sourcils.

— C'est sans gêne, dit sa secrétaire avec sympathie.

— C'est foutrement irresponsable, oui, grommela-t-il. Oh, et puis peu importe. Je vais déjeuner. Si M. Brandon appelle, dites-lui que je suis absent pour la journée.

Il se dirigea vers la porte.

— Et l'inspecteur Jordan ? demanda Claire. Si jamais elle téléphone ?

— Dites-lui que j'ai quitté le pays.

Il s'arrêta alors qu'il avait déjà ouvert la porte.

— Non, je plaisantais. Dites-lui que je serai là pour notre rendez-vous.

Kevin Matthews descendit sa chope de bière et fit signe à la serveuse de lui en servir une autre.

— Même si c'est une fausse piste, il lui a tout de même fallu trouver ce morceau de cuir hyper rare, non ? dit-il, insistant auprès de Carol et de Merrick. La même chose ?

Merrick acquiesça d'un hochement de tête.

— Je vais prendre un café, cette fois, Kevin, dit Carol. Et puis, regardez le menu, voulez-vous ? J'ai comme l'impression que ma séance de travail avec le doc va durer, et il a la manie d'oublier de manger.

Kevin commanda les consommations, puis il se tourna vers Carol. Avec l'obstination qui lui avait valu sa promotion, il dit :

— J'ai raison, non ? Non seulement il a eu les moyens de se procurer ce morceau de cuir, mais il sait qu'il s'agit d'un truc quasiment introuvable.

— Exact, dit Carol.

— Ce n'est donc pas une perte de temps d'essayer de savoir d'où vient ce morceau de cuir.

— Je n'ai jamais dit ça, répondit Carol, patiente. Et maintenant, est-ce que vous allez m'expliquer ce qui s'est passé avec Tom Cross, ou dois-je prendre exemple sur notre tueur et vous soumettre à la torture ?

Pendant que Kevin répondait à Carol, l'attention de Merrick faiblit. Il avait déjà entendu l'histoire dix fois. Il s'adossa au bar et observa la clientèle. Le *Sackville Arms* n'était pas le pub le plus proche du poste de police de Scargill Street, mais on y servait de la Tetley du Yorkshire à la pression et de la Boddington de Manchester, ce qui en faisait le lieu de rendez-vous des policiers du quartier. L'établissement était situé à la frontière de Temple Fields, ce qui constituait un atout supplémentaire aux yeux des officiers de police du quartier, à l'époque où Scargill Street était encore en activité. Les prostituées ou les malfrats désireux de glisser un renseignement à l'oreille de la police pouvaient le faire discrètement. Cependant, durant les mois où Scargill était resté en attente de rénovation, le pub avait changé de façon subtile. On sentait désormais un fossé très net entre les clients et les policiers. Les inspecteurs qui avaient tenté de recruter de nouveaux informateurs parmi la faune présente avaient reçu un accueil plutôt froid. Bien qu'un tueur en série se baladât en liberté, personne ne voulait reprendre le pli d'informer la police après avoir arrêté de le faire.

— Qu'en pensez-vous, Don ? dit Carol, tirant Merrick de ses pensées.

— Désolé, madame, j'étais à des kilomètres d'ici. Qu'est-ce que je pense de quoi ?

— À mon avis, il serait temps que nous ayons notre propre réseau de renseignements dans le milieu de la prostitution, plutôt que de toujours s'en remettre aux filles de la brigade des mœurs.

— Peu importe les putes, dit Merrick. Il nous faut en savoir plus sur la communauté homosexuelle. Je ne parle pas des gars qui assument et qui sortent au *Hell Hole*, mais des discrets, ceux qui ne s'affichent pas. Ce sont eux qui pourraient avoir croisé notre tueur. D'après ce que j'ai pu lire sur les tueurs en série, ils ne tuent pas forcément la première fois. Il leur arrive de ne pas terminer le travail. Comme l'Éventreur du Yorkshire. Aussi avons-nous peut-être un petit gars terrorisé qui s'est fait torturer. Ça pourrait être une piste.

— Et Dieu sait que nous avons besoin d'une piste ! intervint Kevin. Mais comment identifier ces homos discrets ?

Carol déclara, l'air sérieux :

— Quand tu es dans le doute, adresse-toi à un policier.

— Quoi ? fit Kevin.

— Il y a des officiers de police gays, expliqua Carol. Plus que tous les autres, ils doivent savoir garder un profil bas. Ils pourraient nous dire comment procèdent les homos.

— Cela ne répond pas à la question, protesta Kevin avec obstination. S'ils sont si doués pour passer inaperçus, comment on les repère ?

— La police nationale a une association d'officiers de police homosexuels, des hommes et des femmes. Pourquoi ne pas les contacter de façon confidentielle et demander leur aide ? Quelqu'un parmi eux doit bien avoir des contacts à Bradfield.

Merrick regarda Carol avec admiration, Kevin avec frustration. Tous deux se demandaient pourquoi Carol Jordan avait toujours une solution à n'importe quel problème.

Tom Cross baissa les yeux sur la première page du *Sentinel Times*. Un petit sourire de satisfaction narquoise fit remonter le bout de sa cigarette. Mlle Burgess avait cru mener le jeu, mais c'était le contraire qui s'était produit. Il l'avait eue, elle avait fait exactement ce qu'il voulait.

Il y aurait beaucoup d'hommes en colère, aujourd'hui, dans la police de Bradfield. C'était la revanche de Tom Cross. Mais quelqu'un d'autre allait être furieux : le tueur. Quand il lirait le journal, ce soir, il allait être extrêmement contrarié.

Tom Cross éteignit sa cigarette et but une gorgée de thé. Il replia le journal, le posa sur la table, devant lui, et regarda par la fenêtre du café. Il alluma une autre cigarette. Il avait fait en sorte de provoquer le Tueur homo. Ainsi, celui-ci commencerait à faire moins attention. Et à la première erreur que commettrait Stevie Mc Connell, Tom Cross lui sauterait dessus. Il allait montrer à ces salopards en charge de la brigade comment on attrapait un tueur.

Tony fut de retour dans son bureau à 14 h 50. Ce qui fut malgré tout insuffisant pour battre Carol sur le terrain de la ponctualité.

— L'inspecteur Jordan est là, annonça Claire dès qu'il ouvrit la porte du bureau. Elle attend à l'intérieur. Je lui ai dit que vous n'alliez pas tarder.

Tony sourit à sa secrétaire d'un air contraint. En refermant sa main sur la poignée de la porte, il serra les paupières et prit une profonde inspiration. Puis, plaquant sur son visage ce qu'il espérait être un sourire de bienvenue, il ouvrit la porte et pénétra dans son bureau. En entendant la porte s'ouvrir, Carol, qui regardait par la fenêtre, tourna la tête. Tony referma la porte derrière lui et s'y adossa.

— Vous avez la tête d'un homme qui a mis le pied dans une flaque, remarqua Carol.

— Alors, je progresse, dit Tony, ironique. Généralement, j'ai l'impression d'avoir plongé dans des sables mouvants.

Carol fit un pas vers lui. Elle avait répété ce qu'elle allait lui dire.

— Inutile de vous sentir mal à l'aise avec moi. Hier soir, j'ai découvert que vous ne m'aviez pas dit la vérité, et je l'ai très mal pris. Mais pourquoi ne pas oublier tout ça et nous concentrer sur la chose la plus importante entre nous ?

— Qui est ? dit Tony du ton impersonnel du thérapeute, plus dégagé que provocateur.

— Œuvrer ensemble à coincer ce tueur.

Tony s'éloigna de la porte et se dirigea vers ce havre de sécurité qu'était son fauteuil. Son bureau se dressait entre eux comme un rempart.

— Ça me va tout à fait, déclara-il avec un sourire crispé. Vous savez, je suis beaucoup plus doué pour les relations professionnelles que pour le reste. Dites-vous que vous vous en tirez bien.

Carol alla s'asseoir de l'autre côté du bureau. Elle croisa les jambes et posa ses mains sur ses genoux.

— Alors, voyons un peu ce profil, dit-elle.

— Nous ne sommes pas obligés de nous comporter comme des étrangers, dit Tony gentiment. J'ai du respect pour vous, et j'admire votre ouverture d'esprit. Écoutez, avant… avant l'incident d'hier soir, il me semble que nous étions sur le point de devenir amis. Était-ce une si mauvaise chose ? Ne pourrions-nous pas opter pour l'amitié ?

Carol haussa les épaules.

— Ce n'est pas facile quand on a montré ses faiblesses.

— Montrer à quelqu'un qu'il vous plaît n'est pas nécessairement une faiblesse, d'après moi.

— Je me sens idiote, dit Carol, sans trop savoir pourquoi elle s'ouvrait ainsi à lui. Je n'avais aucun droit d'espérer quoi que ce soit de vous. Et maintenant, je suis furieuse contre moi-même.

— Et contre moi, j'imagine, dit Tony.

Les choses se révélaient moins traumatisantes qu'il ne l'avait craint. Sa technique n'était pas trop rouillée, pensa-t-il avec soulagement.

— Surtout contre moi, dit Carol. Mais je peux gérer ça. L'important, pour moi, c'est que nous parvenions à notre but.

— C'est également ce qui compte pour moi. C'est assez rare, dans mon métier, de rencontrer un officier de police qui comprend ce que j'essaie de faire.

Il prit les papiers sur son bureau.

— Carol... Cela n'a rien à voir avec vous, vous savez. Mais avec moi. J'ai des problèmes personnels qu'il faut que je règle.

Carol le regarda dans les yeux longuement, intensément. Il ressentit un début de panique quand il réalisa qu'il ne pouvait déchiffrer ce regard. Il n'avait aucune idée de ce qu'elle ressentait.

— À propos de problèmes, il y a du travail qui nous attend, non ? dit-elle d'une voix froide.

Carol resta assise, seule, dans le bureau de Tony, avec le profil du tueur qu'il avait établi. Il l'avait laissée le lire pendant qu'il travaillait avec sa secrétaire, dans le bureau d'à côté. Il avait de la correspondance en retard, depuis que Brandon l'avait kidnappé, quelques jours plus tôt. Carol ne se rappelait pas avoir été aussi fascinée par un rapport de police de toute sa carrière. Si c'était là l'avenir des méthodes d'investigation criminelle, elle tenait absolument à y prendre part. Elle finit par achever la lecture du rapport. Il lui restait une feuille volante.

Points à éclaircir :

1. L'une des victimes a-t-elle dit à un ami, ou à un parent, avoir été l'objet de sollicitations homosexuelles indésirables ? Et si oui, quand, où, et de la part de qui ?

2. Le tueur est un prédateur. Sa première rencontre avec les victimes a probablement lieu longtemps avant qu'il ne les tue – plutôt plusieurs semaines que quelques jours. Où les rencontre-t-il ? Ce pourrait être en un lieu aussi banal qu'un pressing, la boulangerie où elles achètent leurs sandwiches, le garage où elles changent de pneus. Vu qu'elles habitaient près du réseau de tramways, nous devrions, à mon avis, voir si les victimes prenaient le tram pour aller travailler ou pour sortir le soir. Je suggérerais qu'on opère des recherches plus poussées dans la vie privée des victimes, qu'on épluche leurs relevés bancaires, leurs factures de cartes de crédit, qu'on recueille toutes sortes d'anecdotes sur elles, auprès des collègues, des petites amies, des membres de la famille. Ce pourrait être un moyen de découvrir des suspects.

3. Les victimes gardaient-elles leur soirée du lundi libre pour une quelconque raison ? Gareth Finnegan a menti à sa petite amie quant à l'emploi de sa soirée. Un des autres aurait-il également menti ?

4. Où le tueur commet-il ses meurtres ? Il est peu probable que ce soit chez lui. Il faut que ce soit un endroit suffisamment grand pour qu'il ait pu construire et utiliser les appareils de torture dont il semble avoir usé dans ses meurtres. Ce pourrait être un garage isolé, avec un bon système de verrouillage. Ou un local, dans des bâtiments industriels déserts la nuit. Le tueur vit à Bradfield, c'est pratiquement certain, mais il se peut qu'il dispose d'une propriété rurale isolée.

5. Il a dû trouver des informations sur les appareils de torture quelque part, afin de pouvoir construire les siens. Ce pourrait être utile de voir auprès des librairies et des bibliothèques si l'un de leurs clients s'est enquis de livres sur la torture ou s'il en a commandé.

Carol revint en arrière de quelques feuillets, relut deux paragraphes qui l'avaient particulièrement frappée la première fois. Elle avait du mal à croire que Tony ait pu, aussi rapidement, faire une synthèse des piles de rapports qu'elle lui avait confiés. Sans compter qu'il avait tiré de ces pages les points clés qui, pour la première fois, donnaient à Carol une image de l'homme qu'elle chassait. Même si cette image restait floue.

Mais le profil faisait naître en elle un certain nombre de questions. Dont une au moins n'avait pas effleuré Tony, semblait-il. Elle se demanda s'il avait jugé ce point hors sujet et si c'était la raison pour laquelle il n'en avait pas fait mention. Dans un cas comme dans l'autre, il fallait qu'elle sache. Et qu'elle trouve un moyen de l'interroger là-dessus sans que cela ressemble à un affront.

Extrait d'une disquette de trois pouces et demie intitulée : Sauvegarde 007 – Dossier amour 013

Cela me déplaisait vraiment de laisser Gareth en suspens, mais je devais l'abandonner pour faire une petite course. Dans sa voiture, j'avais trouvé une carte de Noël que le cabinet d'avocats pour lequel il travaillait envoyait à ses clients privilégiés, une carte déjà signée par tous les associés. Avec un stylo-plume, un pochoir et le sang de Gareth, j'avais écrit, en lettres capitales :

JOYEUX NOËL À TOUS VOS LECTEURS. UN CADEAU TRÈS SPÉCIAL VOUS ATTEND DANS LES BUISSONS DE CARLTON PARK, DERRIÈRE LE KIOSQUE À MUSIQUE. COMPLIMENTS DE SAISON. SIGNÉ : LES GRIFFES DU PÈRE NOËL.

Écrire avec du sang n'avait pas été simple. Ça n'arrêtait pas de coaguler sur le bout de la plume, et je devais la nettoyer toutes les trois lettres. Heureusement, je ne manquais pas d'encre.

J'ai adressé une enveloppe à bulles au directeur du *Bradfield Evening Sentinel Times* et mis la carte dedans, ainsi qu'une cassette vidéo que j'avais faite quelques semaines plus tôt, quand j'avais commencé à planifier mon rendez-vous avec Gareth. J'avais déjà décidé de changer quelque peu mon *modus operandi*. Temple Fields allait devenir un lieu à risque. Même si les pédés étaient trop soûls ou trop défoncés pour être attentifs, la police allait être plus vigilante. Mais le chemin au milieu des buissons de Carlton Park est un lieu de drague presque aussi connu.

Un dimanche matin, tôt, quand l'endroit était désert, j'avais pris mon 4 × 4 pour aller à Carlton Park avec ma caméra vidéo. J'avais ouvert sur le kiosque à musique et sa structure en fer forgé ouvragé. J'avais tourné autour, le filmant sous tous les angles. Cela ne prendrait pas longtemps avant que quelqu'un reconnaisse le décor. Après tout, Carlton Park est le plus grand parc dans les limites de la ville, et la fanfare vient jouer là tous les dimanches, d'avril à septembre. J'avais gardé délibérément la caméra à hauteur du plexus solaire, plutôt que sur l'épaule. En effet, j'ai lu que dans certains cas, on a pu estimer la taille exacte de la personne d'après l'angle qu'elle a utilisé pour filmer ou photographier. Si un type du labo devait tirer des conclusions de ce film, autant que ce soit des conclusions erronées.

Puis j'avais laissé le kiosque derrière moi et remonté le chemin en direction des buissons. J'avais filmé la zone où je pensais abandonner le corps, puis j'avais arrêté la caméra. Je n'avais croisé personne en rebroussant chemin vers la voiture. Ce n'était sans doute pas plus mal, vu que je souriais diaboliquement, en imaginant le directeur du *Sentinel* perplexe devant mon message.

Cette missive avait deux autres objectifs : grâce à elle, on retrouverait le corps de Gareth plus vite, donc la machine publicitaire aurait du carburant en abondance dans une période traditionnellement pauvre en événements. Et puis, la police courrait partout pour essayer de trouver qui avait accès à ces cartes de vœux et s'exciterait pour rien.

Les flics pourraient même en conclure qu'une relation de travail de Gareth avait décidé de l'éliminer et d'abandonner son corps dans un lieu de drague homosexuelle pour brouiller les pistes. Tout à fait le genre de chose que ferait un client insatisfait et cinglé. Avec un peu de chance, ils pourraient également faire passer un sale quart d'heure à la salope.

J'allai jusqu'au centre-ville pour poster mon paquet à la poste centrale. Il y avait suffisamment de gens énervés qui envoyaient leurs cadeaux à la dernière minute pour qu'on ne fasse pas attention à moi. Je m'arrêtai dans une boutique de spiritueux sur le chemin du retour et m'achetai une bouteille de champagne. Généralement, je ne bois pas quand je travaille, mais c'était une occasion particulière.

Quand je rentrai, Gareth, à moitié inconscient, marmonnait de façon incompréhensible.

— Le Père Noël est là ! lançai-je joyeusement, en descendant les marches.

Je fis sauter le bouchon du champagne et nous en servis deux coupes. J'en apportai une à Gareth. Je me hissai sur la pointe des pieds, puis soulevai doucement sa tête ballante. Je portai la coupe à ses lèvres et l'inclinai.

— Tu vas aimer ça, dis-je. C'est du Dom Pérignon millésimé.

Ses yeux s'écarquillèrent. Pendant un moment, il eut l'air perplexe, puis il se souvint et posa sur moi un regard de haine pure. Mais il mourait de soif et ne put résister au champagne. Il l'avala goulûment, sans le goûter un seul instant. Puis il me rota dans la figure, avec un air d'étrange satisfaction.

— Tu n'as pas apprécié, dis-je avec colère. Tu n'apprécies aucune des bonnes choses de la vie !

Je reculai et lui cassai la coupe sur le visage. Elle se brisa sur son nez, coupa sa joue en lambeaux. Je me félicitais que tatie Doris ne revienne pas. On lui avait offert ces six coupes de cristal fragile en cadeau de mariage, et elle ne s'en était jamais servie, terrifiée à l'idée que quelqu'un pourrait en casser une. Elle avait eu raison d'être inquiète. Gareth secoua la tête.

— Tu es le diable, articula-t-il avec difficulté. Le diable en personne.

— Non, dis-je, je ne suis pas le diable. Je suis la justice. Tu te souviens ? La justice, ce que tu es censé représenter.

— Espèce de malade, d'être abject, répliqua-t-il.

J'avais du mal à croire qu'il ait encore l'énergie de faire le fanfaron. Le moment était venu de lui montrer qui dominait la situation. J'avais déjà cloué ses mains à la croix avec deux ciseaux tranchants. Le sang avait coagulé autour, noir et sec. À présent, c'était au tour de ses pieds.

Lorsqu'il me vit prendre mes outils sur l'établi, il finit par craquer.

— Ce n'est pas la peine, dit-il, désespéré. Tu peux encore me relâcher. Ils ne vous retrouveront jamais. Je n'ai pas la moindre idée de l'endroit où nous sommes. Je ne sais pas qui vous êtes, où vous habitez, ce que vous faites comme métier. Vous pourriez quitter Bradfield. Ils ne vous retrouveraient jamais.

J'avançai d'un pas. Des larmes noyaient ses yeux et débordaient, ruisselant sur le sang qui maculait ses joues.

— S'il vous plaît, murmura-t-il. Il n'est pas trop tard. Même si vous avez tué ces hommes. C'est vous qui les avez tués ?

Il était intelligent, je devais lui accorder ça. Trop intelligent pour son bien. Il venait juste de s'attirer encore plus de souffrances. Je tournai les talons et reposai le ciseau sur l'établi. Qu'il pense que je me ravisais. Qu'il pense, toute la nuit, que j'allais avoir pitié. Cela n'en rendrait le jour de Noël que meilleur.

Je fermai la porte de la cave derrière moi et montai au premier me mettre au lit, avec mes vidéos et ma bouteille de champagne presque pleine. C'était le meilleur Noël que j'aie jamais eu. Je me souvenais de toutes ces années d'espoir fou, quand je priais pour que cette fois, ma mère m'achète des présents comme aux autres enfants. Mais elle n'a jamais fait que me laisser tomber. À présent, j'avais compris que la seule personne qui me donnerait jamais ce dont je mourais d'envie, c'était moi. Je savais, pour la première fois de ma vie, que je pouvais m'attendre à passer le même genre de Noël que les autres gens : un Noël avec des surprises, du plaisir, du sexe.

13

« En déchiffrant ses actes au moyen des traces muettes qu'il a laissées derrière lui, la police a compris que ces derniers temps, il a dû flâner sur les lieux du crime. Et la raison pour laquelle il agit est surprenante. Parce qu'il apparaît immédiatement que le meurtre n'était pas seulement pour lui un moyen d'arriver à ses fins, mais également une fin en soi. »

Le *Wunch of Bankers* était l'un des rares abreuvoirs du centre-ville où Kevin Matthews ne craignait pas de rencontrer Penny Burgess. Un pub délirant avec du rap tonitruant et un décor de *soap opera* était le dernier endroit où il risquait de tomber sur un autre flic et où Penny avait des chances de croiser un collègue.

Kevin fit la grimace à la première gorgée de son café amer, tapi sous une spirale de mousse, qui ressemblait davantage à un détergent industriel qu'à un cappuccino. Mais où était-elle, bordel ? Il regarda sa montre pour la vingtième fois. Elle avait promis d'être là à 16 heures au plus tard, et il était 16 h 10. Il repoussa la tasse de café à moitié pleine, prit son imper sur la banquette. Il allait se lever quand la porte à tambour du pub siffla en tournant et recracha Penny. Elle lui fit un signe de la main et se dirigea droit vers sa table.

— Tu avais dit 16 heures, grommela Kevin en guise d'accueil.

— Seigneur, Kevin, tu deviens pointilleux en vieillissant, se plaignit Penny.

Elle déposa un petit baiser sur sa joue, puis s'assit sur le siège à côté de lui.

— Va me chercher l'une de ces eaux minérales soi-disant parfumées aux fruits des bois, dit-elle.

Lorsque Kevin revint avec un verre déjà dégoulinant de condensation, Penny posa une main de propriétaire sur l'intérieur de sa cuisse.

— Merci, dit-elle en sirotant son verre. Alors, qu'est-ce qui se passe ? Pourquoi as-tu voulu me voir si vite ?

— Le journal d'aujourd'hui, répondit-il d'une voix sans timbre. Tu as touché en plein dans le mille.

— Oh, tant mieux, dit Penny. Peut-être allons-nous avoir enfin des résultats. Un suspect contre lequel vous auriez des preuves, par exemple.

— Tu ne comprends pas. Ils cherchent la taupe. Le chef a passé un savon à Brandon, ce matin, et résultat, la police des polices a mis une enquête sur pied pour déterminer l'origine de la fuite. Il faut que tu me couvres, Penny, dit Kevin d'un ton désespéré.

Penny prit tout son temps pour allumer une cigarette.

— Penny, tu m'écoutes ? dit Kevin.

— Évidemment que je t'écoute, chéri, répliqua-t-elle d'un ton machinalement apaisant, songeant déjà à son papier du lendemain. Simplement, je ne comprends pas pourquoi tu te mets dans tous tes états. Tu sais bien qu'un bon journaliste ne révèle jamais ses sources. Quel est le problème ? Tu penses que je ne suis pas une assez bonne journaliste ?

Avec effort, Penny s'obligea à écouter la réponse de Kevin plutôt que la voix dans sa tête qui débitait des gros titres.

— Ce n'est pas que je ne te fasse pas confiance, dit Kevin avec impatience. Ce sont mes collègues qui m'inquiètent. Tout le monde va vouloir se dédouaner, si bien que tous ceux qui sont au courant, pour nous, vont se déboutonner devant la police des polices. Et une fois qu'ils sauront que nous sommes… enfin, tu sais bien, tout sera dit. Je l'aurai dans le baba.

— Mais personne n'est au courant de notre liaison. En tout cas, je n'ai jamais rien dit, répondit Penny calmement.

— Moi aussi, je pensais que personne ne savait. Puis Carol Jordan a dit quelque chose qui m'a laissé penser qu'elle n'ignorait rien.

— Et tu crois que Carol Jordan va te dénoncer aux Affaires internes ? demanda Penny, sans réussir à cacher son incrédulité.

Elle avait eu peu de contacts avec l'officier de police le plus en vogue à la brigade criminelle, mais ce qu'elle savait de Carol Jordan ne l'incitait pas à la classer dans la catégorie des mouchards.

— Tu ne la connais pas, dit Kevin. Elle est sans pitié. Elle veut arriver au sommet, et si le fait de me lâcher aux loups en chemin lui permet de gravir un échelon, elle n'hésitera pas.

Penny secoua la tête, exaspérée.

— Tu exagères. Même si Carol Jordan a découvert, d'une façon mystérieuse, que nous nous voyons, elle est bien trop occupée à tirer parti de sa mission avec le Dr Hill pour prendre la peine de te sacquer. En plus, si tu envisages la situation de façon rationnelle, elle n'a rien à gagner à se faire une réputation de donneuse auprès des policiers.

Kevin secoua la tête, dubitatif.

— Je ne sais pas, Penny, tu n'as pas idée de ce que c'est, ce boulot. Nous travaillons tous dix-huit heures par jour et nous n'arrivons à rien.

Penny lui caressa l'intérieur de la cuisse.

— Chéri, tu es trop stressé. Écoute-moi. Si quelqu'un te dénonce, les flics des Affaires internes vont nous convoquer. Ils chercheront à corroborer les dires des uns et des autres. Dans ce cas, je dirai que ma source, c'est Carol Jordan. Ça devrait brouiller les pistes, non ?

Le sourire de Kevin valait le détour. Ce sourire, et deux ou trois autres choses. Rassuré, il bondit sur ses pieds.

— Merci, Pen. Écoute, il faut que je parte. Mais je t'appelle dès que possible, OK ?

Il se pencha vers elle et l'embrassa avec passion. Avant même qu'il ait atteint la porte du pub, l'intro de Penny avait pris forme.

La police de Bradfield va employer des moyens nouveaux pour traquer le tueur en série qui s'est vanté d'avoir fait quatre victimes et sème la terreur comme jamais.

Mais les officiers de police venus en renfort ne s'emploieront pas à rechercher le monstrueux Tueur homo. Leur travail consistera à espionner d'autres policiers. Certains dirigeants, dans la police, sont tellement alarmés par la véracité des articles du Sentinel Times *sur les meurtres qu'ils ont mis en place une chasse à la taupe à grande échelle. Leur objectif : découvrir la source de nos reportages. Au lieu d'attraper le tueur, les chasseurs de taupe vont traquer ceux de leurs collègues qui pensent que le public a le droit de savoir la vérité.*

Carol ouvrit la porte du bureau et dit :

— J'ai fini. On peut se voir ?

Tony leva les yeux de l'ordinateur d'un air absent.

— Oui, bien sûr. Laissez-moi juste une minute.

Et il termina ce qu'il était en train de faire.

Carol repartit dans le bureau de Tony et prit une profonde inspiration. Elle avait beau s'efforcer de rester sur le terrain du travail, elle ne pouvait s'empêcher d'éprouver une profonde attirance pour cet homme.

Quelques minutes plus tard, Tony la rejoignit. Il se percha sur le bord de son bureau, ses cheveux hérissés à force de les ébouriffer quand il se concentrait.

— Alors ? dit-il. Quel est le verdict ?

— Je suis impressionnée, répondit-elle. Tout devient cohérent. Mais il y a deux petites choses qui me chiffonnent.

— Seulement deux ? s'enquit Tony, prêt à rire.

— Vous revenez plusieurs fois sur le fait que le tueur doit être fort, pour maîtriser ses victimes, puis les transporter. Mais vous émettez également l'hypothèse qu'il les place dans une position de faiblesse, au départ. Je me demandais s'ils ne seraient pas deux.

— Continuez, dit Tony, sur un ton presque chaleureux.

— Je ne voulais pas dire deux hommes, mais un homme et quelqu'un qui semble vulnérable. Peut-être un adolescent ou, plus vraisemblablement, une femme. Voire quelqu'un dans un fauteuil roulant. Un partenaire dans le crime. Comme Ian Brady et Myra Hindley.

Carol prit les papiers, les tassa sur la tranche. Tony ne disait toujours rien. Au bout d'un moment, voyant son visage sans expression, elle ajouta :

— Vous y avez sans doute déjà pensé. Je me demandais seulement si nous devions garder cette hypothèse présente à l'esprit.

— Désolé, je ne voulais pas avoir l'air de vous ignorer, s'empressa de dire Tony. Je considérais de nouveau cette idée, la confrontais à ce que nous savons, ainsi qu'au profil. Le fait que le tueur agisse en solo ou non est l'une des premières questions que je me suis posées. J'ai décidé que selon toute probabilité, il tuait en solitaire. Des cas comme les meurtres des Moors, où des gens se mettent à deux pour perpétrer des atrocités, sont extrêmement rares. Et puis, je m'attendrais alors à trouver davantage de variations dans les procédés et dans la pathologie, si deux personnes opéraient de concert. Il est difficile de croire que leurs fantasmes puissent coïncider à ce point. Mais c'est intéressant que vous ayez eu cette idée. Car s'il travaille avec une femme, cela explique qu'il puisse approcher ses victimes d'aussi près sans qu'elles réagissent.

Assis dans son fauteuil, Tony regardait par la fenêtre, les sourcils froncés. Il réfléchissait.

Carol restait immobile sur son siège. Finalement, Tony se tourna vers elle et dit :

— Je vais rester sur ma théorie d'un tueur en solo. Votre idée est intéressante, mais je ne vois pas d'éléments suffisamment convaincants pour abandonner le scénario le plus probable.

— OK, je comprends, dit Carol calmement. Mais avez-vous pensé à un travesti ? Comme vous l'avez dit, une femme pourrait s'approcher des victimes sans provoquer de réaction de défense. Et si la femme n'était qu'un homme masqué ? Cela n'aurait-il pas le même effet ?

Pendant une minute, Tony parut interloqué.

— Vous devriez peut-être poser votre candidature pour travailler avec nous quand l'unité de profilage sera mise en place, dit-il, impressionné.

Carol sourit.

— La flatterie ne vous mènera nulle part.

— Je suis sérieux. Je pense que vous avez les qualités requises pour faire ce genre de travail. Je ne suis pas infaillible, vous voyez. Je n'avais pas réellement envisagé le fait qu'il puisse s'agir d'un travesti. Pourquoi ai-je occulté cette possibilité ? dit-il, réfléchissant tout haut. Pour quelque raison inconsciente, j'aurais rejeté cette hypothèse avant que mon esprit l'ait clairement formulée…

Carol ouvrit la bouche pour parler, mais il dit :

— Non, attendez une minute, laissez-moi trouver.

Il se passa de nouveau les mains dans les cheveux, remettant ses épis noirs en place.

Carol se tut, songeant que cet homme était aussi vaniteux que les autres, incapable d'accepter qu'une chose ait pu lui échapper. « Arrête de te raconter des histoires, se morigéna-t-elle, cesse de te dire qu'il est différent. »

— Bien, dit Tony, d'un ton satisfait. Nous avons affaire à un sadique sexuel, d'accord ?

— D'accord.

— Le sadomasochisme est le *trip* de pouvoir des fétichistes. Mais le fait de se travestir est l'opposé de ça. Le travesti veut assumer le rôle soi-disant plus faible qu'a la femme dans la société. Le travesti est persuadé que les femmes ont un pouvoir subtil, le pouvoir lié à leur sexe. Le fait de se travestir trouve là sa cause et ne saurait être plus éloigné des actes de pouvoir générateurs de douleur qui font jouir les sadiques. On n'est pas à la télé. Pour convaincre ses victimes qu'elles ont affaire à une femme et non à un homme travesti, le tueur devrait avoir un sens du déguisement très poussé, tout en étant un sadique sexuel. Deux choses qui ne vont pas du tout ensemble, expliqua Tony, l'air de conclure.

« Cela est également vrai pour les transsexuels, ajouta-t-il. Probablement encore plus vrai, d'ailleurs, à cause de la thérapie qu'ils sont obligés de suivre avant qu'on accepte de les opérer.

— Ainsi, vous excluez cette hypothèse, dit Carol, se sentant déraisonnablement abattue.

— Je n'exclus jamais rien. Je risquerais de passer pour un imbécile. Cependant, je répugne à inclure cette possibilité dans un profil. Ça pourrait inciter les gens à aller dans la mauvaise direction. Mais gardons cette hypothèse présente à l'esprit. Vous raisonnez bien, dit-il.

Il sourit, ce qui gomma la note paternaliste de sa remarque.

— Comme je l'ai dit au départ, ensemble, nous pouvons trouver la solution de l'énigme.

— Vous êtes absolument convaincu qu'il ne peut s'agir d'une femme ? s'enquit-elle.

— Les traits psychologiques ne collent en rien avec une psyché féminine. Pour prendre le trait le plus frappant, ce tueur est un obsessionnel, ce qui est une caractéristique plutôt masculine. Combien de femmes connaissez-vous qui traînent sur les quais de gare, sous la pluie, et notent les numéros des trains ?

— Et ce syndrome, dont j'ai oublié le nom, dans lequel les gens sont obsédés par quelqu'un au point de se rendre la vie infernale ? Je croyais que c'étaient surtout les femmes qui souffraient de ça.

— Le syndrome de Clérambault, dit Tony. Oui, ce sont principalement les femmes qui en sont victimes. Mais elles ne se polarisent que sur un individu, et celui des deux qui a toutes les chances de mourir, c'est celui qui souffre, et qui parfois finit par se suicider. En fait, les obsessions et compulsions des femmes sont différentes de celles des hommes. Les obsessions masculines ont un rapport avec la maîtrise. Les hommes collectionnent des timbres et les classent ; ils possèdent une petite culotte de chaque femme avec laquelle ils ont couché. Ils ont besoin de trophées. Les obsessions des femmes sont davantage liées à la soumission. Une femme atteinte du syndrome de Clérambault qui épouserait l'objet de son désir deviendrait probablement l'épouse idéale, selon les critères d'un phallocrate.

— Je vois ce que vous voulez dire, dit Carol, qui répugnait à abandonner la seule idée nouvelle qui lui donnait l'impression d'avoir contribué à l'élaboration du profil.

— Ajoutez à cela la force physique en œuvre ici, continua Tony, voyant la réticence de Carol. Vous êtes en bonne condition physique. Vous êtes sans doute même plus forte qu'on ne pourrait le penser, vu votre taille. Je ne fais qu'une demi-douzaine de centimètres de plus que vous. Mais combien de temps vous faudrait-il pour sortir mon corps du coffre d'une voiture, puis pour le jeter par-dessus un mur ? Pourriez-vous me balancer sur votre épaule et me porter à travers Carlton Park, jusqu'aux buissons ? Maintenant, considérez que toutes les victimes étaient plus grandes et plus lourdes que moi.

Carol eut un sourire chagrin.

— OK, vous avez gagné. Je suis convaincue. Mais j'avais pensé à autre chose.

— Je vous écoute.

— La raison que vous avancez pour justifier les intervalles entre les meurtres me paraît un peu faible.

— Vous avez remarqué cela aussi, dit-il d'un ton ironique. Moi non plus, elle ne me satisfait pas. Mais je n'en ai pas trouvé d'autre. C'est la première fois que je suis confronté à un tel *modus operandi*. Tous les tueurs récidivistes que je connais ou dont j'ai étudié l'histoire répondent au phénomène d'escalade.

— J'ai une théorie qui pourrait résoudre le problème, dit Carol.

Tony se pencha vers l'avant, l'air concentré.

— Expliquez-la-moi, Carol.

Carol prit une profonde inspiration. Elle avait désiré l'attention de Tony, mais maintenant qu'elle l'avait, elle n'était pas sûre de s'en trouver bien.

— Je me souviens de ce que vous m'avez dit, il y a quelques jours, à propos des intervalles entre les meurtres.

Elle ferma les yeux et récita, de mémoire :

— Chez la plupart des tueurs en série, les intervalles entre les meurtres tendent à diminuer de façon dramatique. Ce sont leurs fantasmes qui déclenchent les meurtres, et la réalité n'est jamais vraiment à la hauteur de ces fantasmes, quels que soient les raffinements qu'ils apportent à leurs crimes. Mais plus ils vont loin, plus leur sensibilité s'émousse et plus ils ont besoin de stimuli pour obtenir les sensations fortes que leur procure le fait de tuer. Aussi les meurtres doivent-ils être de plus en plus rapprochés dans le temps. Shakespeare a dit : « Comme si l'appétit grandissait à mesure. » Est-ce exact ?

— C'est remarquable, souffla Tony. Pouvez-vous le faire aussi avec les yeux, ou bien est-ce seulement sonore ?

Exaspérée, Carol lcva les yeux au ciel.

— Uniquement sonore, j'en ai peur. Quoi qu'il en soit, quand j'ai lu ce passage, dans le profil, dans lequel vous suggérez qu'il doit travailler dans l'informatique, j'ai eu un déclic. La question que vous n'avez pas posée et qui vous tracasse, à l'évidence, c'est : pourquoi les vidéos ne lui font-elles pas moins d'effet à mesure que le temps passe ?

Tony acquiesça d'un hochement de tête. La question que soulevait Carol était d'importance, et précisément celle qui le gênait.

— Supposons, pour le simple plaisir d'argumenter, que la première vidéo ait eu le pouvoir de le calmer pendant douze semaines. Il avait déjà lancé le processus de capture de sa deuxième victime, et il s'est présenté une belle occasion de tuer avant qu'il n'en ressente un besoin irrépressible. Il n'a pas pu laisser passer une telle occasion. Après coup, il a réalisé qu'il s'était écoulé huit semaines entre les deux meurtres et il a décidé que ce serait sa fréquence. Jusqu'ici, les vidéos lui ont permis de respecter cet intervalle. Mais peut-être que ça va changer.

Carol secoua la tête.

— C'est plausible, mais je ne suis pas convaincue.

Tony sourit.

— Mais j'espère bien ! Moi non plus, je ne suis pas convaincu. Il doit y avoir une meilleure explication, mais je ne vois pas laquelle.

— Quelles sont vos connaissances en informatique ? s'enquit-elle.

— Je sais où se trouve le bouton pour allumer et pour éteindre la machine. Et je sais utiliser le logiciel dont j'ai besoin pour mon travail. Autrement, je suis nul.

— Eh bien, nous sommes deux. Mon frère, en revanche, est un petit génie de l'informatique. Il est associé dans une société qui fabrique des jeux vidéo. En ce moment, son associé et lui mettent au point un système bon marché qui permettra aux gens d'insérer des images d'eux-mêmes dans les jeux. En d'autres termes, ce ne sera plus Schwarzie qui dégommera les méchants dans *Terminator 2*, mais Tony Hill. Ou Carol Jordan.

« Le matériel permettant de scanner des bandes vidéo et de les entrer dans un ordinateur existe déjà. Je crois qu'on appelle ça des images numérisées. Quoi qu'il en soit, une fois que vous avez entré ces images dans l'ordinateur, vous pouvez les manipuler à satiété. Vous pouvez incorporer des photographies ou des morceaux d'autres vidéos. Et faire des surimpressions. Lorsqu'ils ont disposé des premiers appareils, il y a six mois, Michael m'a montré un petit film qu'il avait réalisé. Il avait enregistré une partie du congrès des Conservateurs et entré dans l'ordinateur un guide d'éducation sexuelle en vidéo. Il avait découpé les visages de tous ces ministres en train de faire leur discours et les avait mis dans le guide en surimpression.

Carol rit au souvenir de cette scène.

— Ce n'était pas complètement net, mais croyez-moi, on n'avait jamais vu John Major et Margaret Thatcher en aussi bons termes !

Tony fixait Carol, silencieux, éberlué.

— Vous plaisantez ? dit-il.

— C'est l'explication au fait que ces vidéos lui suffisent pendant huit semaines.

— Ça voudrait dire que c'est un vrai crack, comme votre frère ?

— Je ne pense pas, dit Carol. D'après ce que j'ai compris, la procédure est plutôt simple. Mais les logiciels et les périphériques sont extrêmement onéreux – de l'ordre de deux mille à trois mille livres par logiciel. Par conséquent, soit le tueur travaille pour une société où il dispose de ces éléments à sa guise et où il peut travailler sur ses propres créations sans être dérangé, soit c'est un fou d'informatique avec de gros revenus.

— Ou un voleur, ajouta Tony, plaisantant à moitié.

— Ou un voleur, admit Carol.

— Je ne sais pas, dit Tony, dubitatif. Cela résout le problème, mais c'est complètement tordu.

— Parce que le Bricoleur ne l'est pas ? rétorqua Carol d'un ton belliqueux.

— Oh, si, il est tordu, mais je ne suis pas sûr qu'il soit également doué en informatique.

— Il construit des appareils de torture. Ce serait beaucoup plus facile avec un logiciel de dessin. Quelque chose le stabilise pendant huit semaines. Pourquoi pas ça ?

— C'est une possibilité, Carol, rien de plus à ce stade. Pourquoi ne feriez-vous pas une enquête préliminaire, histoire de voir si votre idée tient la route ?

— Vous ne voulez pas l'inclure dans le profil ? dit Carol, déçue.

— Je ne veux pas mettre en doute des choses qui me paraissent quasiment certaines en incluant une hypothèse encore très hasardeuse. Vous l'avez dit vous-même, ce sont de simples spéculations, les miennes, qui vous ont donné cette idée. Une idée intelligente. Et je ne la rejette pas. Mais ça va être suffisamment compliqué comme ça de faire passer le concept du profil. Nous devrons briser la résistance des récalcitrants. Quant à ceux qui sont pour, ils peuvent contester certains points. Ne prêtons pas le flanc à la critique, d'accord ? Présentons-leur un truc bien ficelé, bien emballé, bien ancré dans la réalité, que les tireurs embusqués ne puissent pas le descendre d'emblée.

— Très bien, dit-elle, sachant au fond d'elle-même qu'il avait raison.

Elle prit une feuille de papier et un crayon.

— Voir les fabricants de logiciels et les consultants de Bradfield et de la région, marmonna-t-elle, tout en écrivant. Voir avec Michael le matériel et les logiciels nécessaires, puis éplucher les listes d'acheteurs. Voir les vols récents.

— Les clubs d'informaticiens amateurs, ajouta Tony.

— Merci, oui, dit Carol, ajoutant cela à sa liste. Ô mon Dieu, l'équipe de HOLMES va m'adorer.

Elle se leva.

— Ça va prendre un certain temps, dit-elle. Je ferais mieux de m'y mettre tout de suite. J'emporte le profil pour M. Brandon. Nous allons avoir besoin de vous pour le présenter.

— Pas de problème, dit Tony.

— Parfait, dit Carol. Enfin une chose qui n'en pose pas.

Par la vitre du tram, Tony regardait passer les lumières de la ville, brouillées par la pluie. L'intérieur du wagon, chaud, propre, sans graffitis, avait quelque chose d'un cocon. Alors qu'il approchait des feux de signalisation, le chauffeur appuya sur son klaxon, qui rappelait une corne de brume. Un klaxon de dessin animé. Un bruit lié à l'enfance, se dit Tony.

Il cessa de regarder par la fenêtre pour observer discrètement la demi-douzaine de passagers du tramway. Tout était bon pour se distraire de l'étrange sensation de vide qu'il éprouvait, maintenant qu'il avait rendu son profil. Pourtant, son travail n'était pas terminé. Carol devait faire le point avec lui tous les jours, *dixit* Brandon.

Tony aurait aimé pouvoir soutenir sa théorie du jeu vidéo, mais des années de pratique l'avaient rendu prudent. L'idée était bonne. Si les recherches de Carol étaient concluantes, Tony l'appuierait auprès de ses collègues. Mais pour la crédibilité de son profil, mieux valait éviter d'affoler d'emblée le flic de base.

Tony se demanda comment se passait la soirée, pour les policiers. D'après Carol, les équipes chargées de l'affaire sillonneraient Temple Fields, interrogeraient les habitués du quartier, verraient si le profil dressé de Tony leur rappelait quelqu'un. Avec un peu de chance, ils pourraient pêcher quelques noms figurant déjà dans les données de HOLMES.

— Prochain arrêt Bank Vale. Bank Vale prochain arrêt, annonça la voix électronique, dans le tramway.

Avec un sursaut, Tony réalisa qu'il avait dépassé le centre-ville depuis longtemps et qu'il approchait des limites extérieures de Carlton Park, à un kilomètre et demi de chez lui. Le tram s'arrêta à Bank Vale, repartit. Tony quitta son siège, prêt à descendre à l'arrêt suivant.

Il marcha d'un pas vif dans ces rues proprettes de banlieue, passa devant les terrains de sport de l'école, contourna le bosquet, dernier vestige du bois auquel Woodside devait son nom. Tony jeta un coup d'œil aux arbres. « Le chemin qui traverse le bois doit être complètement désert », se dit-il avec ironie. Les femmes seules, pour commencer, avaient cessé d'emprunter ce chemin. Puis les enfants, à qui leurs parents anxieux interdisaient d'y aller. Aujourd'hui, c'étaient les hommes qui apprenaient à vivre avec le danger.

Tony tourna dans sa rue, goûtant le calme de l'impasse. Il trouverait le moyen d'occuper sa soirée. Peut-être irait-il au supermarché en voiture, s'achèterait-il les ingrédients nécessaires pour un poulet tandoori. Il pourrait louer une cassette. Rattraper son retard dans ses lectures.

Alors qu'il tournait la clé dans la serrure, le téléphone se mit à sonner. Tony lâcha sa serviette et courut décrocher, après avoir fermé la porte d'un coup de pied. Il décrocha, mais avant qu'il ait pu dire quoi que ce soit, la voix d'Angelica coula dans son oreille comme un doux sirop.

— Anthony, chéri, tu es tout essoufflé. On dirait que ton cœur palpite à cause de moi.

Il avait réussi à éviter d'y penser pendant tout le trajet jusque chez lui, mais il savait que c'était ça qu'il attendait.

Brandon n'avait pas éteint sa lampe de chevet depuis une minute que le téléphone sonna.

— Tu étais bien naïf d'éteindre la lumière, murmura Maggie, alors qu'il s'éloignait de son corps doux et chaud pour décrocher le combiné.

— Brandon, grogna-t-il.

— Monsieur, c'est l'inspecteur Matthews, dit la voix fatiguée. Les gars viennent de coincer Stevie Mc Connell. Au port de Seaford. Il allait prendre le ferry pour Rotterdam.

Brandon s'assit et entraîna la couette avec lui, ignorant les protestations de Maggie.

— Qu'est-ce qu'ils ont fait ?

— Eh bien, monsieur, ils ne pouvaient pas faire grand-chose, vu qu'il a été libéré sous caution.

— Ils l'ont gardé ?

Brandon était sorti du lit. Il tendit la main vers le tiroir où il rangeait ses sous-vêtements.

— Oui, monsieur. Ils l'ont arrêté. Il est dans le bureau des douaniers.

— Arrêté pour quoi ?

— Agression sur la personne d'un officier de police.

La voix de Kevin évoqua une image dans l'esprit de Brandon, le sourire narquois du chat du Cheshire.

— Ils ont téléphoné pour savoir ce qu'ils devaient faire ensuite, et j'ai préféré vous poser la question avant d'agir.

« N'en fais pas trop », pensa Brandon avec agacement. Mais il dit simplement :

— Je pensais que c'était évident. Arrêtez-le pour entrave à la bonne marche de la justice et ramenez-le à Bradfield.

Brandon enfila un caleçon à la hâte, puis il se pencha pour attraper son pantalon, sur le dos d'une chaise.

— Alors, cette fois, nous le faisons passer en jugement, et nous demandons aux magistrats de ne pas le libérer sous caution ?

La voix de Kevin était si sucrée qu'elle risquait de lui coûter ses dents, et pas pour cause de caries.

— C'est généralement ce que nous faisons quand nous avons des présomptions suffisantes, inspecteur. Merci de m'avoir tenu informé.

— Une dernière chose, monsieur, dit Kevin, onctueux.

— Quoi ? grommela Brandon.

— Les gars ont procédé à une autre arrestation.

— Une autre arrestation ? Mais qui d'autre ont-ils dû arrêter ?

— Le divisionnaire Cross, monsieur. Il a essayé d'empêcher Mc Connell d'embarquer à bord du ferry en employant la force, semble-t-il.

Brandon ferma les yeux et compta jusqu'à dix.
— Mc Connell est blessé ?
— Apparemment pas, monsieur. Juste un peu secoué. Mais le divisionnaire a un œil au beurre noir.
— Bien. Qu'ils laissent Cross rentrer chez lui. Et qu'ils lui demandent de m'appeler demain. OK, inspecteur ?
Brandon raccrocha. Il se pencha pour embrasser sa femme, qui avait repris possession de la couette et était roulée dedans comme un loir en hibernation.
— Mmm, murmura Maggie. Tu es sûr que tu dois y aller ?
— Ce n'est pas de gaieté de cœur, crois-moi, mais je veux être là quand ils vont ramener ce prisonnier. C'est le genre de type qui risquerait de tomber dans la cage d'escalier.
— Un problème d'équilibre ?
Brandon secoua la tête, l'air sinistre.
— Pas de son côté, non. Mais d'autres personnes agissent parfois comme des déséquilibrés, chérie. Nous avons déjà eu un franc-tireur ce soir. Je ne veux plus prendre de risques. Je rentre dès que je peux.
Quinze minutes plus tard, Brandon pénétrait dans la salle de la brigade. Kevin Matthews était affalé sur une table, à l'autre bout de la pièce, la tête dans les bras. En s'approchant de lui, Brandon entendit son léger ronflement. Il se demanda quand, pour la dernière fois, un membre de la brigade avait dormi une nuit entière. Or, c'était quand les officiers de police étaient fatigués et s'énervaient du manque de résultats qu'ils commettaient les plus graves erreurs. Brandon préférait ne pas être l'homme dont on se souviendrait encore dans dix ans pour avoir

orchestré une formidable erreur judiciaire. Il ferait tout pour que ça n'arrive pas. Un seul problème, se dit-il avec ironie, en s'asseyant en face de Kevin : pour rester au plus près de l'enquête, il lui faudrait lui-même se soumettre à ces horaires absurdes qui provoquaient les erreurs précitées.

Le téléphone sonna. Kevin remua, mais ne se réveilla pas. Avec un sourire de compassion, Brandon tendit la main vers le combiné et décrocha.

— Brigade criminelle. Brandon à l'appareil.

Il y eut un moment de silence, de trouble. Puis une voix tendue déclara :

— Monsieur ? Sergent Merrick à l'appareil. Monsieur, nous avons un autre corps.

Extrait d'une disquette de trois pouces et demie intitulée : Sauvegarde 007 — Dossier amour 014

Amener Gareth à Carlton Park fut moins facile que je ne l'avais imaginé. Je croyais avoir méticuleusement fait mes repérages, et j'avais pensé pouvoir emprunter la route d'accès utilisée par les jardiniers. Mais j'avais oublié les congés de Noël : la route était fermée aux automobilistes par deux piquets métalliques fichés dans l'asphalte et maintenus en place par de gros cadenas. J'aurais probablement pu me glisser sur le côté – le 4 × 4 aurait aisément écrasé les petits buissons au bord de route –, mais j'aurais alors laissé des empreintes de pneus, et peut-être même des traces de peinture. Or, je n'avais pas l'intention de laisser Gareth me priver de ma liberté. Aussi cette solution était-elle à exclure.

Je garai la voiture derrière la remise où les employés du parc rangeaient leur matériel. Là, au moins, on ne me voyait pas, ni de la route, ni du parc. De toute façon, il n'y avait pas grand monde dehors, à 2 heures du matin, une nuit de Noël.

Je sortis du 4 × 4 et jetai un coup d'œil alentour. La remise était exclue. Elle avait une alarme. Mais les dieux me sourirent. Sur le côté de l'appentis, j'aperçus un vieux chariot à bagages en bois, comme ceux des porteurs sur les quais de gare, à l'époque où il y avait encore des hommes qui ne se sentaient pas humiliés par le fait de porter des bagages. Les jardiniers s'en servaient probablement pour transporter des plantes à travers le parc. Je le poussai jusqu'à la voiture et fis basculer le corps nu de Gareth dessus. Je coinçai deux grands sacs-poubelle noirs autour du corps et vaporisai une huile lubrifiante sur les moyeux, afin de faire taire un vilain grincement. Puis je me dirigeai furtivement vers les buissons.

De nouveau, j'eus de la chance. Je ne vis personne. Je passai derrière le kiosque à musique avec le chariot, en direction des buissons qui couvraient la pente assez raide. Au bord du chemin, je poussai le chariot sur le petit remblai herbeux, puis à l'orée des buissons. Ensuite, afin de ne pas laisser d'empreintes de pas sur le sol meuble, je grimpai sur le chariot et fis rouler le corps de Gareth jusqu'à son extrémité, puis dans les buissons. Je reculai, sautai sur le chemin et tirai le chariot derrière moi. Les buissons avaient l'air un peu écrasés, mais Gareth était hors de vue. Avec un peu de chance, on ne le découvrirait pas avant que le facteur ne distribue mon message de Noël au directeur du journal.

Dix minutes plus tard, le chariot avait retrouvé sa place d'origine, et je sortais du parc par la grille donnant sur l'arrière. Je pris ensuite une petite rue, de l'autre côté de l'église. Même s'il n'y avait pas grand risque qu'on me repère, j'attendis d'être en vue de la route principale avant d'allumer mes phares. Contrairement à Temple Fields, Carlton Park était le genre de quartier où un insomniaque fouineur remarquerait un véhicule bizarre au milieu de la nuit.

Je conduisis jusqu'à la maison et dormis douze heures, me réveillant à temps pour passer deux heures passionnantes à mon ordinateur avant d'aller travailler. Heureusement, ce fut une nuit chargée, et de nombreux problèmes m'empêchèrent de spéculer sur le contenu du *Sentinel Times* du lendemain.

Les journalistes se montrèrent à la hauteur de mes espoirs, malgré le peu de temps qu'ils avaient eu pour faire bon usage de mon message. À l'évidence, ils étaient allés directement chez les flics et les avaient persuadés de prendre la missive au sérieux. J'étais en première page, avec en prime une photo de mon message.

LE TUEUR ALERTE LE BEST !

On a découvert le corps nu et mutilé d'une victime d'un tueur psychopathe, dans un parc de la ville, à la suite d'un message bizarre adressé au Sentinel Times.

Le tueur, qui a signé « les griffes du Père Noël », a révélé, dans une sinistre carte de vœux, qu'il avait abandonné le corps à Carlton Park. Ce communiqué fou semble avoir été écrit avec du sang. Il a été griffonné sur une carte de vœux de l'un des plus importants cabinets d'avocats de la ville.

Il était accompagné d'une vidéo amateur du lieu où serait déposé le corps, que le personnel du BEST a immédiatement reconnu grâce au kiosque à musique très particulier de Park Hill.

Alertée par les reporters du BEST, la police a envoyé des policiers en uniforme et en civil dans la zone du parc mentionnée dans la carte de vœux. Après de brèves recherches dans les buissons longeant le sentier derrière le kiosque, comme c'était indiqué dans la vidéo, un agent de police a découvert le corps d'un homme.

Selon des sources policières, le corps était nu. L'homme avait la gorge tranchée et son corps était mutilé. On pense qu'il pourrait avoir été torturé avant sa mort. Cette zone de Carlton Park est connue comme un lieu de drague homosexuelle. Mais pour le moment, la police ne rattache pas ce meurtre à ceux de deux jeunes gens dont on a retrouvé les corps il y a quelques mois, dans le « village gay » de Temple Fields. Le corps n'a pas encore été identifié, et la police n'a pas donné de description de la victime, qui aurait une trentaine d'années.

Le paquet, posté le soir de Noël à Bradfield, est arrivé au Sentinel Times *avec le courrier du matin. Il était adressé au responsable de l'actualité, Matt Smethwick. M. Smethwick déclare : « J'ai d'abord pensé qu'on nous faisait une mauvaise plaisanterie, car je connais l'un des avocats du cabinet en question. Puis j'ai réalisé que mon ami était parti faire du ski à l'étranger. Ce ne pouvait donc être lui qui avait posté ce paquet. J'ai aussitôt appelé la police, qui, heureusement, a pris la chose au sérieux. »*

Ainsi que je m'y attendais. C'était le moment de me prendre au sérieux. Malgré ce que disaient les autorités, l'idée que Gareth fût le troisième d'une série devait leur être rapidement venue à l'esprit. En tout cas, ça n'avait pas échappé aux journalistes, qui profitèrent de cette dernière découverte pour remettre les meurtres d'Adam et de Paul au goût du jour. Quand la dernière édition arriva en kiosque, ils avaient même trouvé un universitaire qui leur avait pondu une belle déclaration.

DANS LA TÊTE D'UN TUEUR

L'homme que le ministère de l'Intérieur a choisi pour faire la chasse aux tueurs en série s'est exprimé aujourd'hui sur le dernier meurtre qui a terrorisé la communauté gay de la ville.

Le criminologue Tony Hill mène depuis un an une étude de grande envergure financée par le gouvernement, qui conduira à la création d'une unité de profilage des criminels, semblable à celle du FBI dans Le Silence des agneaux.

Le Dr Hill, trente-quatre ans, a dirigé le service psychiatrique de haute sécurité de l'hôpital Blamires, où se trouvent les fous criminels les plus dangereux de Grande-Bretagne, notamment David Harney, auteur de plusieurs tueries, et le tueur en série Keith Pond, surnommé le Fou de l'Autoroute.

Le Dr Hill déclare : « Ce n'est pas pour avoir mon avis sur ces différents meurtres que la police a fait appel à moi. Aussi n'en sais-je pas plus que vos lecteurs. Je répugne à émettre des jugements hâtifs, mais si l'on insistait, je dirais qu'il est tout à fait possible que les meurtres d'Adam Scott et de Paul Gibbs aient été commis par la même personne.

« À première vue, ce dernier meurtre paraît similaire, mais il y a plusieurs dissemblances cruciales. Tout d'abord, le corps a été retrouvé dans un autre endroit. Même si Carlton Park est également un lieu de drague homosexuelle, l'ambiance n'y est pas la même qu'à Temple Fields. Et puis, l'envoi du message au Sentinel Times *est une différence notable. Il ne s'est rien produit de tel dans les deux autres cas, et le tueur ne fait pas référence aux meurtres précédents. Cela m'incite à penser que nous pourrions avoir affaire à deux individus distincts, si ce n'est plus. »*

Et ainsi de suite, le tout dans la même veine. Je me dis que la pensée du Dr Hill n'allait pas m'empêcher de dormir la nuit. Il était temps, selon moi, de donner au pouvoir en place quelques leçons qu'il n'était pas près d'oublier.

14

« Un homme n'est pas obligé de mettre ses yeux, ses oreilles et ses facultés de compréhension dans sa poche quand il est confronté à un meurtre. S'il ne se trouve pas dans un état comateux, il doit voir, j'imagine, qu'un meurtre est plus ou moins bien réussi, du point de vue du bon goût. Les meurtres ont leurs petites différences et leurs nuances dans le mérite, comme les statues, les tableaux, les oratorios, les camées, et ainsi de suite. »

Tony était allongé dans son bain, un petit verre de cognac à portée de main. Détendu, épuisé, il se demandait depuis quand il ne s'était pas senti aussi bien. Ses expériences au téléphone avec Angelica, ajoutées à la conviction d'avoir fait du bon travail sur son profil, lui avaient donné un regain d'optimisme. Peut-être n'était-il pas obligé d'aller mal. Peut-être pouvait-il rejoindre le reste des humains, ceux qui maîtrisaient les événements, qui assimilaient le passé et se créaient un univers qui leur convenait.

— Je peux changer ma vie, déclara-t-il à haute voix.

Le téléphone sans fil sonna. Dans un mouvement lent, coulant, Tony le prit. Cet appareil ne recélait plus de terreurs pour lui, à présent.

— Allô ? dit-il d'un ton joyeux.

— Tony, c'est John Brandon. Je vous envoie une voiture. On en a un autre.

Tony se redressa dans son bain, l'eau montant et redescendant, comme dans une expérience de laboratoire maritime.

— Vous êtes sûr ?

— Carol Jordan et Don Merrick étaient sur les lieux cinq minutes après l'appel.

Tony ferma très fort les yeux.

— Ô Seigneur, grogna-t-il. Où est-ce ?

— Dans les toilettes publiques de Clifton Street. À Temple Fields.

Tony se mit debout et sortit de la baignoire.

— On se voit là-bas, dit-il d'une voix lasse.

— OK, Tony. La voiture devrait être chez vous d'ici cinq minutes.

— Je serai prêt.

Tony coupa la communication et sortit de la salle de bains tout en s'essuyant. Le cerveau en ébullition, il enfila un jean, un tee-shirt, une chemise, un sweat-shirt, un blouson de cuir. Il se souvint du froid glacial qu'il pouvait faire la nuit, et il mit une deuxième paire de chaussettes. On sonna à la porte d'entrée au moment où il finissait de lacer ses chaussures montantes.

La tension qui régnait dans la voiture de police rendait impossible toute pensée constructive. Ils fonçaient dans les rues sombres, la lumière bleue tournoyante du gyrophare éclaboussant l'orange surnaturel des réverbères. Son escorte, deux flics machos à la fois taciturnes et affichant une maîtrise parfaite de la situation, ne donnait guère envie d'engager la conversation. Tous pneus hurlants, ils s'engagèrent dans Clifton Street. À la vue des rubans jaunes qui interdisaient l'accès à la partie médiane de la rue, le conducteur freina brutalement.

On leva le ruban jaune pour laisser passer Tony. Il se dirigea vers le milieu de la route, où un essaim de véhicules de police et une ambulance semblaient garés n'importe comment. Alors qu'il s'approchait, il vit les lettres lumineuses indiquant les toilettes publiques briller faiblement dans l'ombre de la bâtisse. Près de l'ambulance, il repéra Don Merrick, qu'on ne pouvait pas rater avec sa tête enturbannée. Tony se fraya un passage jusqu'à lui, parmi des officiers de police indifférents. Merrick parlait avec animation dans un téléphone portable. Il fit un signe rapide à Tony pour lui indiquer qu'il l'avait vu et termina sa conversation téléphonique par ces mots :

— Très bien, merci. Désolé de vous avoir dérangé.

— Sergent, dit Tony, je cherche M. Brandon. Ou l'inspecteur Jordan.

Merrick acquiesça d'un hochement de tête.

— Ils sont tous les deux à l'intérieur. Vous allez vouloir jeter un coup d'œil aussi, j'imagine.

— Qui a trouvé le corps ?

— Une pute. Elle a prétendu que toutes les toilettes pour dames étaient occupées et qu'elle avait dû aller dans celles des handicapés. Moi, je parierais qu'elle était avec un client. Il aura décampé dès qu'il a senti pointer les ennuis.

Du coin de l'œil, Tony vit Carol sortir des toilettes. Elle se dirigea droit vers lui.

— Merci d'être venu, dit-elle, alors que Merrick s'éloignait et continuait à passer des coups de fil.

— Si je disais que je n'aurais voulu rater ça pour rien au monde, on risquerait de mal interpréter mes paroles, dit Tony avec une ironie désabusée. Pourquoi croyez-vous qu'il s'agisse du Bricoleur ?

— La victime est nue. On lui a tranché la gorge. À l'évidence, on l'a amenée ici en fauteuil roulant, puis on l'a fait basculer par terre. Sur le corps, il y avait la première page du *Sentinel Times* d'hier soir, la dernière édition, déclara Carol, la voix tendue, l'œil hagard. Nous l'avons provoqué, n'est-ce pas ?

— Non. Le journal peut l'avoir provoqué, mais pas nous, dit Tony. Cependant, je ne m'attendais pas qu'il réagisse aussi vite.

Merrick revint vers eux et leur dit avec entrain :

— Il semblerait que j'aie localisé le fauteuil roulant. Il y en a un qui a disparu à l'accueil de la maternité, à l'hôpital, dans la soirée.

— Bien joué, Don, dit Carol. On va jeter un coup d'œil ? demanda-t-elle à Tony.

Il hocha la tête et la suivit, tandis qu'elle se frayait un passage dans la foule des officiers de police, jusqu'à l'entrée des toilettes. Tony entra lentement dans les lieux, établissant un inventaire mental du décor : tomettes en caoutchouc noir, avec des cercles en relief, murs carrelés gris et noir, apparemment sans motif précis, graffitis provocateurs, air froid, humide, odeur de désinfectant masquant à peine les relents de pisse. Les toilettes pour hommes étaient à gauche, celles des femmes à droite. La cabine pour les handicapés se trouvait sur la droite, juste à l'entrée des toilettes pour dames. Brandon et Kevin Matthews se tenaient dans l'embrasure de la porte et regardaient à l'intérieur. Tony vint communier avec eux dans un silence sinistre. Un photographe était à l'intérieur. Adossé à un mur latéral, il faisait des clichés qui allaient secouer un futur jury, à condition que les hommes de Brandon puissent lui livrer le Bricoleur. Toutes les trois secondes, la lumière blanche du flash gravait la scène sur la rétine des hommes qui regardaient.

Tony observa intensément le corps étalé sur le sol. Il était nu, comme l'avait dit Carol, mais il n'était pas propre. Il y avait des traces d'une substance noire et huileuse sur ses genoux, ses coudes et sur l'une de ses chevilles, ainsi que des taches de sang sur le corps. L'entaille à la gorge était large, mais sans doute pas assez profonde, se dit Tony, pour avoir causé la mort. D'après ce qu'il pouvait voir, les organes sexuels étaient intacts. Cependant, le rectum de l'homme, son anus et les chairs tendres avoisinantes avaient été sauvagement prélevés avec une lame tranchante. Tony éprouva un profond soulagement, qui l'obligea à reconnaître ce à quoi il s'était interdit de penser : il avait craint, tout comme Carol, que ses activités n'aient poussé le Bricoleur à rompre son cycle de huit semaines et à frapper de nouveau. Depuis que Brandon l'avait appelé, cette affreuse crainte était perchée sur son épaule comme un oiseau de proie malveillant.

Tony se tourna vers Brandon et déclara brutalement :

— Ce n'est pas lui. Nous avons affaire à un imitateur.

Dans l'ombre, au bout de Clifton Street, le col de son manteau relevé, Tom Cross observait cette agitation rituelle sur le lieu d'une enquête criminelle. Il eut un petit sourire, se glissa davantage dans l'ombre, sortit son carnet de la poche intérieure de son manteau et arracha une page. Dans la faible lueur du réverbère, il écrivit :

Cher Kevin, je vous parie un shilling ou une montre en or que le Tueur homo n'a pas dégommé celui-là. Mes meilleures pensées,

Tom

Seaford avait été une expérience embarrassante, pénible, mais Tom Cross n'était pas un homme à laisser l'humiliation l'empêcher de poursuivre son but. Il plia la feuille de papier en quatre et inscrivit dessus : « Inspecteur Kevin Matthews, personnel. » Il se fraya un chemin parmi la foule, jusqu'à ce qu'il capte l'attention d'un agent, derrière le ruban jaune.

— Vous savez qui je suis, n'est-ce pas, mon gars ? demanda Cross.

L'agent acquiesça d'un hochement de tête hésitant, jetant un rapide coup d'œil à droite et à gauche, pour voir qui était témoin de son échange avec la brebis galeuse actuelle de la brigade.

Cross lui tendit son petit mot.

— Veillez à ce que l'inspecteur Matthews lise ça. Vous êtes un bon gars.

— Oui, monsieur, dit l'agent promptement, en enfermant le papier dans sa main gantée.

— Je me souviendrai de vous quand je reprendrai le collier, dit Cross par-dessus son épaule, en retournant parmi les badauds.

Il coupa par une ruelle pour regagner sa Volvo, garée devant la sortie de secours d'un night-club. Sa journée était loin d'avoir été satisfaisante, et la matinée à venir ne recelait aucune promesse d'amélioration. Mais il était convaincu d'avoir dit la vérité à Kevin Matthews, dans son message. Ses actes n'avaient donc pas été vains.

— Le légiste arrivera à la même conclusion que moi, dit Tony avec obstination. Quelle que soit la personne qui a tué ce type, il ne s'agit pas de notre tueur.

Bob Stanfield fronça les sourcils.

— Je ne vois pas comment vous pouvez en être si sûr. Tout cela à cause de quelques taches !

— Ce n'est pas seulement le fait que le corps n'était pas propre, dit Tony.

Puis il énuméra les différents points en se servant de ses doigts.

— Il n'est pas dans la bonne tranche d'âge. Il a à peine vingt ans. Loin d'être un homosexuel honteux, il était très connu dans la communauté gay. À 3 heures du matin, vous l'aviez identifié.

Kevin Matthews opina de la tête.

— Chaz Collins, bien connu de la brigade des mœurs. Un ex-prostitué qui travaillait dans un bar et aimait l'amour brutal.

— Absolument, dit Tony. Et puis, il n'y a aucune marque sur son pénis, ni sur ses testicules, alors que notre tueur a montré une violence croissante à l'égard de ces organes. La presse sait seulement que les victimes ont été mutilées. Nous n'avons pas dit comment, ni en quels endroits. Ce tueur a donc décidé de se débarrasser de toute la région anale. J'imagine qu'il a sodomisé la victime avant de la tuer, et il a voulu s'assurer que le labo ne retrouverait pas de sperme.

Tony s'interrompit pour se verser une autre tasse de café de la Thermos que la cantine avait fait monter avec le chariot du petit déjeuner. John Brandon leur avait commandé de quoi se restaurer pendant leur réunion du matin.

— Le fauteuil roulant, intervint Carol. Il a pris un grand risque en le volant à la maternité de l'hôpital. Or, notre tueur a toujours fait preuve d'une extrême prudence, jusqu'ici.

— Et puis, la victime n'a pas été torturée, ajouta Kevin, la bouche pleine de pâté à la saucisse et aux œufs. Du moins, pas de façon évidente.

Mais Bob Stanfield ne renonçait pas.

— OK. Et s'il s'y prenait différemment pour nous faire croire qu'il s'agit d'un imitateur ? S'il essayait délibérément de nous égarer ? Après tout, le profil du Dr Hill nous a avertis qu'il pourrait changer de méthode si la presse ne lui rendait pas justice.

Tony continua de se préparer un œuf-bacon à sa façon. Il versa de la sauce brune en auréole autour du jaune, referma la bouteille, creva le jaune pour qu'il se mélange avec la sauce et déclara :

— En théorie, ça tient. Il est très possible qu'il tue pour afficher sa virtuosité. Ce meurtre n'aurait pas été planifié aussi longtemps à l'avance que les autres. Il pourrait donc avoir choisi une victime d'un genre différent. Mais le mode d'action serait resté le même.

— Mais il est resté le même, insista Stanfield. Le môme a eu la gorge tranchée, comme les autres. Et ce salopard l'a charcuté. Comment pouvez-vous affirmer qu'il n'a pas été torturé quand vous voyez l'état de son cul ?

— Si c'était mon style, je parierais à cent contre un que Chaz Collins n'est pas mort à la suite de son égorgement. Je parierais qu'il a été étranglé, puis égorgé, pour qu'on le prenne pour une nouvelle victime du tueur en série. À mon avis, c'est une séance de baise un peu brutale qui a mal tourné. Chaz se débattait pendant qu'il se faisait sodomiser, et son partenaire l'a attrapé par la gorge pour le calmer. En jouissant, il a serré trop fort, et il s'est retrouvé avec un cadavre sur les bras. Il s'est dit que le seul moyen de s'en sortir était de faire passer ce crime pour un meurtre du tueur en série, et au cas où nous n'aurions pas capté le message, il a laissé le journal d'hier sur le corps.

— C'est très plausible, dit Brandon, qui tentait vainement de nettoyer ses doigts graisseux avec un mouchoir en papier qu'il avait sorti de sa poche.

— Je crois que Tony a raison, dit Carol, très sûre d'elle. Ma première réaction a été de me dire qu'il s'agissait de la cinquième victime, mais plus j'y pense, plus je me dis que ce n'est pas le cas. Vous savez ce qui m'incite le plus à penser cela ?

Quatre paires d'yeux la fixèrent d'un air perplexe. Jamais elle n'avait senti peser une telle pression sur elle, même dans le box des témoins.

— Hier, on n'était pas lundi.

Tony sourit. Stanfield leva les yeux au ciel. Kevin hocha la tête, dubitatif, et Brandon déclara :

— Vous pensez que le choix d'un soir de la semaine est si important que ça pour lui ?

Carol hocha la tête.

— À l'évidence, une raison impérative le pousse à agir le lundi, une raison d'ordre pratique ou ésotérique. Et cette raison, quelle qu'elle soit, est très importante pour lui. Je ne pense pas qu'il abandonnerait ce rituel juste pour nous faire un pied de nez.

— Je suis d'accord avec Carol, intervint Kevin. Pas seulement à cause du choix d'un soir précis, mais pour tout le reste.

Stanfield eut l'air surpris.

— Eh bien, je suis en minorité, on dirait, déclara-t-il avec bonne humeur. Un cas sur lequel enquêter à part, donc. Qui va s'en charger, alors ?

Brandon poussa un soupir.

— J'en toucherai un mot au divisionnaire Sharples, au poste central. Je vais lui refiler le bébé.

— Il est en arrêt maladie, lui rappela Kevin d'un air absent.

— Bien. Dans ce cas, l'affaire va échoir à un inspecteur destiné à manquer de chance ce matin. Je sais que les événements d'hier soir nous ont empêchés d'accorder au profil du Dr Hill toute l'attention qu'il mérite, mais je crois que nous devrions…

Brandon fut interrompu par un coup frappé à la porte.

— Entrez, dit-il, s'efforçant de gommer toute irritation de sa voix.

Le sergent de garde entra avec deux enveloppes.

— Elles viennent juste d'arriver, monsieur. L'une vient du labo, l'autre du légiste, dit-il en les posant sur le bureau, devant Brandon.

Le temps que celui-ci sorte une liasse de papiers de chaque enveloppe, le sergent était déjà reparti.

Les autres masquèrent leur impatience, tandis que Brandon passait rapidement sur les découvertes préliminaires du légiste.

— « Cher John, lut-il tout haut, je sais que vous attendez désespérément quelque chose de celui-là, car à première vue, on pourrait penser que notre tueur en série a enfin laissé des indices. Or, je ne pense pas que ce meurtre soit l'œuvre de notre homme. Chaz Collins était déjà mort par asphyxie quand on lui a tranché la gorge. Il a probablement été étranglé manuellement. En outre, je ne pense pas qu'il ait été égorgé avec le même objet tranchant que les précédents. D'après l'aspect de la blessure, il s'agit d'une lame plus longue, et plus épaisse. Ça ressemble à un couteau de cuisinier pour couper les légumes, alors que selon moi, comme vous le savez, les autres ont été tués avec un couteau à désosser. Je situerais l'heure de la mort entre 20 et 22 heures hier soir. Je vous enverrai un rapport complet dès que… » Bla, bla, bla. Voilà, il semblerait que vous ayez raison, Tony.

— Heureusement que j'ai accepté de jouer dans votre camp à temps, dit Bob Stanfield en tendant la main à Tony. Autrement, j'aurais eu l'air d'un con.

Carol souriait intérieurement. Grâce à Dieu, le reste de l'équipe commençait à comprendre que

Tony avait des choses importantes à dire. C'était étonnant de voir à quel point l'atmosphère était différente, maintenant que Cross était parti.

Kevin bougea sur sa chaise, mal à l'aise, et reprit :

— Et au labo, qu'est-ce qu'ils disent ? Ils ont quelque chose sur nos précédentes victimes, ou seulement des observations préliminaires sur Chaz Collins ?

Brandon feuilleta les autres papiers.

— Préliminaires… préliminaires… préliminaires…

Soudain, il prit une brève inspiration.

— Seigneur ! marmonna-t-il, à la fois dégoûté et déconcerté.

— Qu'y a-t-il, monsieur ? s'enquit Carol.

Brandon passa la main sur son visage allongé, puis fixa de nouveau le papier, comme pour s'assurer qu'il avait bien lu.

— Ils ont étudié les brûlures sur le corps de Damien Connolly, pour essayer de déterminer par quoi elles avaient été occasionnées.

Tony s'immobilisa, sa dernière bouchée de sandwich à mi-chemin de sa bouche.

— Alors, quel est le verdict ? demanda brutalement Bob Stanfield.

— C'est vraiment fou, dit Brandon. D'après les gars du labo, il se serait servi d'accessoires pour décorer les glaçages de gâteaux.

— Bien sûr, souffla Tony d'un air rêveur, un léger sourire éclairant son regard. Une fois qu'on vous le dit, c'est évident.

Il eut soudain conscience que les quatre autres le regardaient. Seule Carol paraissait inquiète. Les autres avaient des expressions qu'il avait déjà vues : circonspection, aversion, dégoût, incompréhension.

— Un cinglé pur jus, dit Stanfield, amer.
Personne ne savait s'il parlait du tueur ou de Tony.

Le jour où Penny Burgess avait repris la rubrique criminelle du *Bradfield Evening Sentinel Times*, elle avait résolu d'avoir de meilleurs informateurs qu'aucun de ses prédécesseurs masculins. Elle avait rapidement réalisé que les rituels mâles du cigare et de la loge maçonnique resteraient pour elle des mondes fermés, mais elle avait décidé qu'il ne s'y passerait rien qu'elle ne sache.

Il n'était donc pas étonnant que le téléphone, chez elle, ait sonné deux fois entre 6 et 7 heures ce matin. Les deux appels émanaient d'officiers de police, qui lui avaient dit la même chose: l'homme interrogé sur les meurtres du Tueur homo avait été arrêté pour avoir tenté de quitter le pays. Pas de nom, mais le suspect serait présenté devant les magistrats ce matin et placé de nouveau en garde à vue pour avoir tenté d'entraver le cours de la justice. Après la découverte d'une cinquième victime qui avait tenu Penny éveillée jusqu'à plus de 2 heures du matin, le lien entre les deux événements était évident.

Penny sourit d'un air rêveur, en buvant sa deuxième tasse d'Earl Grey corsé. Ce soir, elle ferait encore la première page. Si toutefois le rédacteur en chef et l'avocat ne perdaient pas la boule. Elle déposa sa tasse et son bol de céréales dans l'évier, puis elle prit son manteau. Dans un cas comme dans l'autre, ç'allait être une journée intéressante.

Carol avait été désignée pour aller au tribunal s'assurer que tout se passerait comme prévu devant les magistrats. Stanfield et Kevin avaient une foule de petites enquêtes de routine à effectuer, et Tony était parti à Leeds, où il avait un rendez-vous de longue date avec un chercheur en psychologie. Il leur fallait, avait-il dit à Carol, discuter de certains aspects, ésotériques pour elle, de son étude sur l'unité de profilage. « La planification conceptuelle », lui avait-il expliqué, quand ils avaient trouvé quelques minutes après la réunion.

Il aurait aussi bien pu lui parler de la mécanique quantique, pensa-t-elle ironiquement, tout en montant l'escalier du tribunal en courant, son col relevé pour lutter contre un vent d'est qui promettait de la neige fondue avant le dîner. Il allait lui falloir apprendre une foule de choses, si elle voulait que sa candidature pour un poste dans cette unité de profilage soit prise au sérieux.

Toute pensée concernant l'unité de profilage s'envola dès qu'elle eut passé le contrôle de sécurité et tourné dans le long couloir où donnaient une demi-douzaine des cours de justice. Au lieu des criailleries et des apostrophes habituelles des petits délinquants et de leurs familles déprimées, Carol se retrouva face à une foule grouillante de journalistes. Jamais elle n'avait assisté à un tel déferlement de la part des médias un samedi matin, le jour généralement le plus calme de la semaine, au tribunal. Au cœur de la foule, elle aperçut Don Merrick, le dos tourné à la salle d'audience, l'air épuisé.

Carol pivota aussitôt sur ses talons. Mais c'était trop tard. Elle n'avait pas seulement été repérée, mais reconnue par une demi-douzaine de journalistes. Alors qu'elle tournait au coin du couloir, ils se lancèrent tous à ses trousses. Sauf Penny Burgess, qui eut un sourire las à l'adresse de Don Merrick.

— Apparemment, vous n'êtes pas la seule à avoir reçu un coup de fil, tôt ce matin, déclara-t-il, cynique.

— Malheureusement, non, sergent. En tout cas, mes amis semblent s'intéresser davantage à votre chef qu'à vous.

— Elle est plus jolie, dit Merrick.

— Oh, je ne suis pas d'accord.

— C'est ce que j'ai cru comprendre, dit Merrick sèchement.

Penny haussa les sourcils.

— Il faudrait que je vous offre un verre un de ces jours, Don.

Merrick secoua la tête.

— Je ne pense pas, mon petit. Ma femme n'apprécierait pas.

Penny sourit.

— Sans parler de votre chef. Bien, Don. Maintenant que le gros de la troupe est parti en fanfare sur les traces de Carol Jordan, allez-vous me laisser user de mon droit civique de rapporter les propos des magistrats ?

Don Merrick s'écarta de la porte et lui fit signe d'entrer.

— Je vous en prie, dit-il. Mais souvenez-vous, mademoiselle Burgess : les faits, rien que les faits. Nous ne voulons pas faire courir de risques à des innocents, n'est-ce pas ?

— Comme ceux que leur fait courir le Tueur homo ? demanda Penny, doucereuse, avant de se glisser dans la salle d'audience.

Brandon fixait Tom Cross d'un air incrédule. Le visage du divisionnaire exprimait un profond contentement de soi, le contour multicolore de son œil étant la seule fausse note dans ce tableau d'autosatisfaction béate.

— Juste entre vous et moi, John, dit-il, vous devez admettre qu'on m'a sacqué à cause de Mc Connell.

Or ce macchabée, hier soir, ce n'était pas une victime du Tueur homo, n'est-ce pas ?

Peu impressionné par l'absence de cendriers dans le bureau de l'adjoint au directeur de la crime, Cross alluma une cigarette et souffla un joyeux nuage de fumée dans l'air.

Brandon fit des efforts désespérés, mais il ne trouva pas les mots. Pour une fois, il était sans voix.

Cross chercha vaguement un endroit où lâcher sa cendre et se décida pour le sol, où il l'étala avec le bout de sa chaussure.

— Alors, quand est-ce que vous voulez que je revienne travailler ? demanda-t-il.

Brandon se cala contre le dossier de son siège et regarda fixement au plafond.

— Si cela ne tenait qu'à moi, vous ne retravailleriez jamais dans cette ville, dit-il d'un ton léger.

Cross s'étouffa avec une grande bouffée de fumée. Brandon baissa les yeux vers lui et goûta ce moment.

— Bon Dieu, vous aimez plaisanter, vous, bafouilla le divisionnaire.

— Je n'ai jamais été aussi sérieux de ma vie, dit Brandon froidement. Je vous ai convoqué ce matin pour vous mettre en garde. Hier après-midi, vous vous êtes rendu coupable d'une agression caractérisée sur la personne de Steven Mc Connell. Le dossier reste ouvert, Cross. Si vous vous mêlez de nouveau de cette enquête, je n'hésiterai pas à vous inculper. Je serai même ravi de le faire. Je ne laisserai pas ternir la réputation de cette brigade par quelque officier de police que ce soit, en service ou suspendu.

Alors que les mots de Brandon se frayaient un chemin dans son esprit, Cross pâlit, puis vira au rouge brique sous l'effet de la colère et de l'humiliation. Brandon se leva.

— Maintenant, sortez de mon bureau et de mon poste de police.

Cross se remit debout, tel un homme en état de choc.

— Vous allez regretter ce que vous venez de dire, Brandon ! bégaya-t-il, hors de lui.

— Ne me le faites pas regretter, Tom. Dans votre propre intérêt, ne me le faites pas regretter.

Réfléchissant à toute allure, Carol conduisit les journalistes dans le petit salon attenant à la cafétéria des avocats.

— OK, OK, dit-elle, s'efforçant de calmer leurs braillements avec des mouvements de bras exagérés. Laissez-moi deux minutes, et je reviens répondre à vos questions, d'accord ?

Ils parurent hésiter. Deux ou trois, dans le fond, eurent tendance à dériver vers la porte et la salle d'audience.

— Écoutez, dit-elle en se massant la mâchoire, j'ai affreusement mal. J'ai une rage de dents, et si je ne téléphone pas à mon dentiste avant 10 heures, je n'ai aucune chance qu'il me prenne aujourd'hui entre deux clients. Soyez gentils. Dans quelques minutes, je suis tout à vous, promis.

Carol s'efforça d'avoir un sourire douloureux. Puis elle se dirigea vers la cafétéria. Il y avait un téléphone, sur le mur du fond, qu'elle décrocha. Elle prit bien soin de sortir son carnet, de chercher la bonne page, puis elle composa le numéro du tribunal qu'elle connaissait par cœur.

— Salle d'audience numéro un, s'il vous plaît.

Elle attendit qu'on la lui passe, puis elle dit au greffier :

— C'est Carol Jordan. Pourrais-je parler à l'avocat du ministère public ?

Quelques instants plus tard, elle l'avait au bout du fil.

— Eddie ? Carol Jordan. J'ai une trentaine de journalistes, ici, qui attendent l'arrivée de Steven Mc Connell. Ils sont prêts à tirer les conclusions les plus fausses de cet incident. Alors, j'ai pensé que vous préféreriez peut-être le faire rentrer maintenant, pendant que je les tiens enfermés ici avec une conférence de presse improvisée. Pourriez-vous arranger ça avec le greffier ?

Elle patienta, pendant que l'avocat parlait au greffier.

— Ça marche, Carol, dit-il. Merci.

Continuant à jouer la comédie, Carol raccrocha et griffonna quelque chose dans son agenda. Puis elle prit une profonde inspiration et retourna vers la horde sauvage.

Extrait d'une disquette de trois pouces et demie intitulée : Sauvegarde 007 — Dossier amour 015

Damien Connolly, une vraie caricature d'agent de police. Je n'aurais pu trouver mieux pour donner une leçon à la police, même en cherchant pendant un an. Mais il était déjà là, sur ma liste, l'un de mes dix favoris. Il fut plus difficile à avoir que les autres. Ses heures de travail correspondaient rarement aux miennes. Mais comme disait ma grand-mère, on n'a jamais rien sans rien.

Je le capturai de la manière habituelle.

— Excusez-moi de vous déranger, mais ma voiture est en panne, et j'ignore où se trouve la cabine téléphonique la plus proche. Puis-je utiliser votre téléphone pour appeler un dépanneur ?

La facilité avec laquelle je franchis le seuil de leurs maisons est presque risible. Trois hommes sont morts, et ils négligent de prendre les précautions les plus élémentaires. J'ai presque eu de la peine pour Damien, car c'est le seul de tous qui n'ait pas trahi ma confiance. Mais ce garçon allait me servir d'exemple. Je devais montrer à la police à quel point elle était inutile. C'était exaspérant pour moi de le reconnaître, mais la communauté gay avait absolument raison : quand des hommes prétendument gays se font tuer, les flics ne lèvent pas le petit doigt. Tuer l'un des leurs serait le moyen infaillible de les faire réagir. Ils seraient enfin obligés de m'accorder la reconnaissance et le respect que je méritais.

Pour marquer le coup, j'avais préparé quelque chose d'un peu spécial pour Damien. Un châtiment dont on use à l'occasion pour faire un exemple frappant, dissuader les autres d'agir de même. À travers l'histoire, on a eu recours à ce châtiment dans les cas de haute trahison, quand des hommes avaient comploté pour tuer le roi. Tout à fait approprié à mon cas, ai-je songé. En effet, qu'était Damien, sinon un membre du groupe qui me neutraliserait, s'il le pouvait ?

Le plus ancien témoignage de l'usage d'un tel traitement en Angleterre date de 1238. Un petit noble avait pénétré dans le pavillon royal à Woodstock dans l'intention de tuer Henri III, qui se trouvait là pour une partie de chasse. Pour montrer à tout autre traître potentiel que le roi prenait au sérieux les atteintes à sa vie, l'homme fut condamné à être écartelé par des chevaux, puis décapité.

À l'évidence, je ne pouvais faire descendre quatre chevaux dans la cave, aussi avais-je dû inventer mon propre dispositif. J'avais construit un système de cordes et de poulies fixées au sol et au plafond, reliées à l'un de ces treuils puissants qu'on utilise sur les yachts. Chaque corde se terminait par un bracelet en acier. J'attachai les quatre bracelets autour des poignets et des chevilles de Damien. J'avais trouvé les bonnes longueurs de cordes et les tensions idoines, puis j'avais suspendu Damien en l'air, ses membres écartés en un grand X humain, ses pathétiques parties génitales pendouillant au milieu comme de la viande chez un boucher.

Le chloroforme eut un effet plus marqué sur lui que sur les autres. Dès qu'il revint à lui, il fut pris de violents vomissements, or il n'est pas simple de vomir quand on est suspendu à un mètre vingt du sol. Heureusement que je lui avais enlevé son bâillon, sinon il se serait étouffé avec son vomi, et le plaisir de le punir m'aurait été enlevé.

Il était totalement abasourdi. Il ne comprenait pas pourquoi il était là.

— Parce que je t'ai choisi, lui dis-je. Tu as eu la malchance d'exercer le mauvais métier. Maintenant, je vais t'interroger, comme tu le fais avec tes suspects.

En cherchant quelque chose d'utilisable dans la cuisine de tatie Doris, j'avais trouvé ses moules à glaçage. Ses gâteaux de Noël étaient de véritables œuvres d'art que n'importe quel boulanger de Bradfield aurait eu du mal à égaler. Une année, oncle Henry l'avait appelée pendant qu'elle préparait le grand gâteau, et j'avais pris les petits moules, dans le but de l'aider. Je ne devais pas avoir plus de six ans.

Quand elle était revenue, après avoir aidé à je ne sais quelle tâche dégoûtante à la ferme, et qu'elle avait vu le résultat de mes efforts, elle était devenue folle furieuse. Elle avait pris le cuir sur lequel oncle Henry affûtait ses rasoirs, et elle avait frappé si violemment qu'elle avait déchiré ma chemise. Après quoi, j'avais atterri dans ma chambre, sans dîner, et j'avais croupi là pendant presque vingt-quatre heures, avec seulement un seau pour pisser. Je savais qu'il me fallait trouver un usage approprié à ses précieux moules à glaçage.

Il y avait un chalumeau dans la cave. Je m'en servis pour chauffer les moules, afin de laisser ma marque sur Damien. Ce fut assez beau de voir fleurir des étoiles écarlates quand les rosaces rougies au fer entrèrent en contact avec sa peau blême. Ce fut également très efficace. Il me dit tout ce que je voulais savoir et des tas de conneries dont je me fichais éperdument. Je regrettais seulement qu'il n'enquêtât pas sur mes précédents travaux. J'aurais pu avoir la confirmation que la police pataugeait.

Je décidai de déposer les restes à Temple Fields une fois de plus. J'avais mis à profit le temps de latence depuis Gareth pour trouver de nouveaux sites sans risques où laisser mon ouvrage. L'arrière-cour de *La Reine de cœur* était parfaite : isolée et déserte la nuit. Mais elle se repeuplerait le lendemain, ce qui me donnait l'assurance que Damien ne resterait pas trop longtemps dans le froid.

Le moment était venu de pimenter un peu le jeu. Dans ce but, peu après Adam, j'avais ouvert la malle, au grenier, qui contient les souvenirs de mon passé que j'ai gardés. L'un de ces souvenirs est un blouson de cuir que m'avait donné un ingénieur, dans une usine maritime, en remerciement d'une nuit qu'il n'était pas près d'oublier. Je déchirai des bandes de cuir de la manche, jusqu'à ce que j'obtienne quelque chose qui pourrait rester coincé sur un clou ou derrière le coin coupant d'une serrure. Ensuite, je mis l'échantillon de cuir dans un tiroir. Puis je découpai le reste du blouson en petits morceaux, les fourrai dans un sac en plastique avec des coquilles d'œufs et des épluchures de légumes et partis en ville avec le 4 × 4. Je me débarrassai du sac dès que je trouvai une benne à ordures. Quand j'aurais besoin du cuir, les vestiges du blouson seraient depuis longtemps enterrés dans quelque décharge anonyme.

J'éprouvai un frisson de plaisir à l'idée de toutes ces heures de travail que les flics allaient perdre à essayer de retrouver l'origine de cet étrange petit morceau de cuir. Mais jamais ils ne pourraient établir de lien avec moi. Hormis toute autre considération, personne, à Bradfield, n'avait jamais vu ce blouson sur moi.

Cette fois, je réussis à avoir plus de publicité que jamais. La police admettait enfin qu'un seul cerveau avait présidé à ces quatre meurtres. Les flics avaient finalement réalisé que le moment était venu de me prendre au sérieux.

Damien rayé de la carte et dans mon ordinateur, je devais encore m'occuper d'une dernière personne avant de revenir à mon projet initial. Je ne pouvais m'employer à trouver un homme digne de moi, un partenaire qui serait mon égal et me respecterait, tant que je n'aurais pas puni l'homme qui avait osé me traiter publiquement avec un tel mépris.

Le Dr Tony Hill, l'imbécile qui n'avait même pas réalisé que Gareth Finnegan était l'un de mes corps, serait ma cible. Il avait proféré des insultes à mon égard. Il avait dédaigné mon travail, refusant de reconnaître toutes mes œuvres. Il n'avait aucune idée du calibre de l'esprit auquel il se mesurait. Il allait devoir payer pour son arrogance.

Je ne pouvais m'empêcher de considérer sa destruction comme un défi. N'aurait-ce pas été le cas de n'importe qui ?

15

« Ne peuvent-ils s'en tenir à cette bonne vieille méthode consistant à trancher des gorges, sans ajouter d'aussi abominables innovations ? »

Le bruit d'une foule grondante accueillit Carol quand elle referma la porte de l'appartement derrière elle. Michael, affalé sur l'un des canapés, ne leva même pas les yeux du match de rugby.

— Salut, petite sœur, dit-il. Encore dix minutes et je suis à toi.

Carol jeta un coup d'œil à l'écran de télé. Des géants boueux, aux couleurs de l'Angleterre et de l'Écosse, étaient étalés dans l'herbe, à l'issue d'une mêlée.

— Très raffiné, marmonna-t-elle. J'ai besoin d'une bonne douche.

Quinze minutes plus tard, le frère et la sœur partageaient une bouteille de lambrusco pour fêter la victoire de l'Angleterre.

— J'ai imprimé des trucs pour toi, dit Michael.

Carol se ranima.

— Des choses significatives ?

Michael haussa les épaules.

— Je ne sais pas ce qui est significatif pour toi. Ton tueur a utilisé cinq objets de forme différente pour faire les marques. J'ai isolé celles-ci en cinq motifs séparés. On obtient quelque chose qui ressemble à un cœur, et quelques lettres de forme rudimentaire. Un A, un D, un G et un P. Cela évoque quelque chose pour toi ?

Carol eut un frisson involontaire.

— Oh, oui, plein de choses. Tu as les papiers ici ?

Michael acquiesça d'un hochement de tête.

— Dans ma serviette.

— J'y jetterai un coup d'œil dans deux minutes. En attendant, puis-je de nouveau faire appel à tes lumières ?

Michael vida son verre, puis se resservit.

— Je ne sais pas. As-tu les moyens de t'offrir mes services ?

— Dîner, nuit et petit déjeuner dans l'auberge de ton choix dès que j'ai un week-end de libre, proposa Carol.

Michael fit la grimace.

— Dans ce cas, je toucherai ma retraite avant d'avoir pu profiter du bon air en ta compagnie. Et si tu faisais mon repassage pendant un mois ?

— Quinze jours.

— Trois semaines.

— Marché conclu, dit Carol.

Elle lui tendit la main, et Michael la serra.

— Alors, qu'est-ce que tu veux savoir, petite sœur ?

Carol lui exposa sa théorie sur la manipulation informatique des vidéos du tueur.

— Qu'en penses-tu ? lui demanda-t-elle, anxieuse.

— C'est très possible, dit-il. La technologie existe, et ce ne sont pas des logiciels difficiles à utiliser. J'y arriverais en faisant les pieds au mur. Cependant, il s'agit d'un gros investissement. Disons trois cents livres pour la carte graphique, quatre cents pour la carte Real Magic, plus trois cents à cinq cents livres pour un convertisseur numérique décent, et au moins mille livres pour un scanner sophistiqué. Mais le plus cher, ce sont les logiciels. Il n'en existe qu'un susceptible de faire ce dont tu parles avec de bons résultats : le Vicom 3 D Commander. Nous l'avons acheté. Il nous a coûté près de quatre mille livres, et c'était il y a six mois. La dernière amélioration en date nous a encore coûté huit cents livres. Le manuel d'utilisation est épais comme un dictionnaire.

— Il y a donc peu de gens qui pourraient avoir ce genre de logiciel ?

Michael émit un grognement.

— Ça, c'est sûr. Des professionnels comme nous, des studios de production vidéo et des passionnés de haut niveau.

— On trouve ces logiciels facilement ? Il suffit d'aller dans une boutique pour les acheter ? s'enquit Carol.

— Pas vraiment. Nous nous sommes adressés directement à Vicom. Nous voulions qu'ils nous fassent une démo avant de nous lancer dans des frais pareils. Des spécialistes de logiciels en vendent, mais ils n'en ont pas des tonnes en stock. De toute façon, ce serait de la vente par correspondance. La plupart du matériel informatique se vend comme ça.

— Et les autres choses dont tu as parlé, beaucoup de gens en ont ?

— Déjà beaucoup plus. À vue de nez, je dirais que le matériel vidéo touche deux à trois pour cent du marché, et le scanner peut-être quinze pour cent. Mais si tu veux traquer ton tueur, tu devrais commencer par Vicom, lui conseilla Michael.

— Tu crois qu'ils nous laisseraient jeter un coup d'œil à leurs dossiers clients ?

Michael eut l'air perplexe.

— Là, je n'en sais pas plus que toi. Tu n'es pas un concurrent, et il s'agit d'une enquête criminelle. On ne peut jamais savoir. Ils seraient peut-être heureux de coopérer. Après tout, le tueur utilise leur matériel. Ça peut leur faire de la publicité. Je peux retrouver le nom du type à qui on a eu affaire. Il était directeur des ventes. Un Écossais, avec le genre de nom dont on ne sait jamais où est le prénom. Grant Cameron, Campbell Elliott... Ça me reviendra.

Pendant que Michael cherchait dans ses agendas, Carol remplit de nouveau son verre et goûta le picotement du vin sur son palais. Ces derniers temps, les plaisirs s'étaient faits rares. Mais si sa théorie débouchait sur quelques pistes, tout cela pourrait changer.

— Je l'ai ! s'exclama Michael. Fraser Duncan. Passe-lui un coup de fil lundi, dis que tu appelles de ma part. Il serait temps que tu avances, petite sœur.

— Ce n'est pas faux, dit Carol, qui le pensait. Je le mérite, crois-moi.

Kevin Matthews était allongé sur le grand lit aux draps froissés. Il regardait la femme qui le caressait.

— Mmm, murmura-t-il. C'était bon.

— Mieux qu'à la maison ? demanda Penny Burgess en passant ses doigts dans les boucles auburn qui couvraient la poitrine de Kevin.

— Juste un peu mieux, dit-il en riant.

Il tendit la main vers la vodka-Coca bien tassée que lui avait servie Penny, un peu plus tôt.

— Je suis étonnée que tu aies pu t'échapper ce soir, dit Penny en avançant, sensuelle, pour que ses mamelons touchent ceux de Kevin.

— Nous avons fait tellement d'heures supplémentaires, ces derniers temps, qu'elle s'est habituée à me voir revenir seulement pour dormir.

Penny se laissa tomber lourdement sur Kevin, lui coupant le souffle.

— Je ne voulais pas parler de Lynn, dit-elle, mais de ton travail.

Kevin lui attrapa les poignets et engagea une lutte pour se débarrasser d'elle. Lorsqu'ils s'arrêtèrent, allongés côte à côte, à bout de souffle, il déclara :

— Il n'y avait pas grand-chose à faire, à vrai dire.

Penny ricana, incrédule.

— Ah, ouais ? Hier soir, Carol Jordan découvre le corps numéro cinq, le suspect se fait arrêter alors qu'il va quitter le pays, et tu me dis qu'il n'y a pas grand-chose à faire ? Allons, Kevin, c'est à moi que tu parles.

— Tu te trompes sur toute la ligne, chérie, dit Kevin, magnanime. Toi et tous tes copains des médias.

Il avait rarement l'occasion de remettre Penny à sa place, et il avait bien l'intention d'en tirer le plus de satisfaction possible.

— Que veux-tu dire ?

Penny se redressa sur un coude et remonta inconsciemment la couette sur son corps. On ne s'amusait plus, on travaillait.

— Premièrement, le tueur en série n'a rien à voir avec le corps découvert hier soir. Nous avons affaire à un imitateur. L'autopsie l'a prouvé sans le moindre doute. Il s'agit simplement d'un crime sexuel de plus. Le poste central de police devrait avoir classé l'affaire d'ici quelques jours, avec l'aide des mœurs, déclara Kevin.

Penny mordit à l'hameçon et dit, d'un ton suave, la mâchoire crispée :

— Et puis ?

— Et puis quoi, chérie ?

— Tu as dit « premièrement ». Il doit y avoir un deuxièmement.

Kevin sourit, d'un air tellement suffisant que Penny prit la décision de le laisser tomber dès qu'elle pourrait se le permettre.

— Oh, oui. Deuxièmement, Stevie Mc Connell n'est pas le tueur.

Pour une fois, Penny resta sans voix. L'information en elle-même était choquante. Mais ce qu'elle trouvait encore plus choquant, c'était que, sachant cela, Kevin ne lui ait rien dit. Il avait laissé le journal de Penny publier un article qui allait la faire passer pour une journaliste mal informée.

— Vraiment ? dit-elle, de ce ton supérieur dont elle n'avait plus usé depuis le jour où elle avait quitté la pension avec joie et pris la décision d'adopter un accent plus populaire.

— Absolument, dit Kevin. Nous le savions avant qu'il n'essaie de quitter le pays.

Kevin s'adossa contre les oreillers, délicieusement conscient du regard de haine concentrée que Penny dardait sur lui.

— Alors, c'était quoi, cette comédie au tribunal, ce matin ? s'enquit-elle, sur un ton dont son professeur de diction eût été fier.

Kevin sourit d'un air narquois.

— Eh bien, nous avions déjà tous plus ou moins décidé que Mc Connell n'était pas notre homme. Mais Brandon le faisait filer, aussi, lorsqu'il a tenté de quitter le pays, avons-nous été plus ou moins obligés de l'arrêter. À ce moment-là, il commençait à devenir évident que Mc Connell n'était pas le Tueur homo. En outre, il ne colle pas avec le profil que Tony Hill a établi du tueur.

— Je n'en crois pas mes oreilles, dit Penny sèchement.

— Quoi ? Tu as un problème, chérie ?

— Un tout petit putain de problème, articula Penny en détachant chaque syllabe d'un ton cassant. Es-tu en train de me dire que non seulement vous avez mis un innocent en détention préventive, mais qu'en plus, vous avez laissé la presse diffuser une information comme quoi cet homme était très probablement le Tueur homo ?

Kevin se redressa contre les oreillers et but une gorgée de vodka, tout en tendant la main pour ébouriffer les cheveux de Penny. Elle s'écarta de lui d'un mouvement brusque.

— Ce n'est pas si grave, dit-il d'un ton condescendant. Personne ne peut organiser un lynchage ni rôder autour de sa maison tant qu'il est à l'ombre. Et puis, le fait de laisser entendre que nous avons attrapé le tueur pourrait inciter le vrai tueur en série à se mettre en rapport avec nous.

— Tu veux dire que vous essayez de le pousser à tuer de nouveau ? s'enquit Penny en élevant la voix.

— Bien sûr que non ! protesta Kevin, indigné. Je veux dire qu'ainsi, le vrai tueur pourrait se manifester. Comme il l'a fait après avoir tué Gareth Finnegan.

— Seigneur, dit Penny, songeuse. Comment peux-tu rester là et me dire qu'il ne peut rien arriver à Stevie Mc Connell dans sa prison ?

Tandis que Penny Burgess et Kevin Matthews discutaient de la moralité de la détention préventive de Stevie Mc Connell, dans le bâtiment C de la prison de Sa Majesté, à Barleigh, trois hommes se relayaient pour montrer à Stevie ce qui arrivait, en prison, aux délinquants coupables de crimes sexuels. Un maton se tenait à l'extrémité de la passerelle, impassible, apparemment sourd aux cris et aux supplications de Mc Connell. Et dans les landes, sur les hauteurs de Bradfield, un tueur impitoyable apportait les touches finales à un instrument de torture qui aiderait le monde à comprendre que l'homme emprisonné n'était pas l'auteur de quatre châtiments en série parfaitement exécutés.

La salle de HOLMES bourdonnait d'une activité discrète. Les analystes fixaient leurs écrans et pianotaient sur leurs claviers. Carol trouva Dave Woolcott assis dans son bureau, en train de picorer des *fish and chips* sans enthousiasme. Il leva les yeux quand elle entra et réussit à lui adresser un piètre sourire.

— Je pensais que vous étiez en congé, ce soir, dit-il.

— Mais j'espère bien ! Mon frère m'a promis un seau de pop-corn pour moi toute seule si j'arrive au cinéma avant le début du film. Je passais juste pour donner quelque chose.

Carol posa deux sacs en plastique sur le bureau de Dave. Des magazines d'informatique aux couvertures brillantes glissèrent des sacs.

— Je vais vous exposer ma théorie, dit-elle. Enfin, c'est plutôt un pressentiment.

Pour la troisième fois, Carol expliqua comment, selon elle, le tueur entrait des vidéos dans son ordinateur et les modifiait au gré de ses fantasmes.

Dave l'écouta avec intérêt, hochant la tête au fil de l'exposé.

— Je trouve ça tout à fait convaincant, dit-il simplement. J'ai lu ce profil plusieurs fois. Le Dr Hill dit que les vidéos des meurtres suffisent à nourrir les fantasmes du tueur pendant huit semaines, ce dont je ne suis pas convaincu. Mais votre idée me paraît sensée. Alors, que voudriez-vous que je fasse ?

— Michael pense qu'en cherchant les possesseurs du Vicom 3 D Commander, nous pourrions tomber sur lui. Moi, je n'en suis pas si sûre. Il est possible que l'entreprise où travaille le tueur ait le logiciel et qu'il fasse les manipulations sur son lieu de travail. Mais pour éviter de courir des risques, il lui faudrait scanner et numériser les images chez lui. Aussi ai-je pensé qu'il pourrait être utile de faire le tour des revendeurs de convertisseurs numériques et de cartes graphiques. Nous pouvons trouver ces revendeurs par les petites annonces des magazines spécialisés, vu que tous ces périphériques s'achètent par correspondance. Nous pourrions également contacter les clubs d'informaticiens amateurs. Si vous avez des hommes disponibles, évidemment.

Dave poussa un soupir.

— Vous rêvez, Carol.

Il prit un magazine, qu'il feuilleta.

— Je devrais pouvoir faire une liste, ce soir et demain. Et dès lundi matin, on enverra deux officiers faire une petite tournée. Je ne sais pas quand mes analystes auront le temps d'entrer les données, mais je veillerai à ce que ce soit fait. OK ?

Carol sourit.

— Vous êtes génial, Dave.

— Je suis un martyr, Carol. Mon plus jeune fils vient de faire deux dents, que je n'ai même pas encore pu voir.

— Je pourrais rester et vous aider à compulser ces magazines, proposa Carol à contrecœur.

— Oh, laissez tomber. Allez donc vous amuser. Il est temps que l'un de nous deux se distraie un peu. Qu'est-ce que vous allez voir ?

Carol fit la grimace.

— C'est un double programme, le programme spécial du samedi soir : *Le Sixième Sens* et *Le Silence des agneaux*.

Le rire de Dave poursuivit Carol jusqu'à sa voiture.

Le cri sembla jaillir du creux de son ventre. Son orgasme le secoua comme un train fou. Tony éprouva un formidable sentiment de soulagement.

— Ô Seigneur, grogna-t-il.

— Oh, oui, oui ! haleta Angelica. Je jouis encore, oh, Tony, Tony…

La voix de la jeune femme se changea en un sanglot.

Tony s'allongea sur son lit. Sa poitrine se soulevait, l'odeur de la sueur et du sexe planait autour de lui. Il avait l'impression d'avoir été libéré d'un fardeau si ancien qu'il en avait oublié le poids. Était-ce ça qu'on ressentait, quand on était guéri ? Avait-on la sensation d'avoir abandonné son passé comme on dépose des sacs de charbon dans une soute ? Ses patients éprouvaient-ils cela après s'être déchargés de leurs problèmes en lui parlant ?

Dans son oreille, il entendait la respiration encore haletante d'Angelica. Au bout de quelques minutes, elle dit :

— Waouh. Ça n'a jamais été aussi bon. J'adore la façon dont tu me fais l'amour.

— C'était bon pour moi aussi, dit Tony, sincère.

Pour la première fois depuis qu'ils avaient commencé cette étrange thérapie et qu'ils s'adonnaient à ces jeux sexuels, il n'avait eu aucun problème pour bander. Dès le départ, il avait été dur comme un roc. C'était la première fois depuis des années qu'il jouissait sans problème. D'accord, Angelica n'était pas vraiment dans la pièce avec lui, mais il venait de faire un pas de géant dans la bonne direction.

— Nous nous entendons parfaitement, constata Angelica. Jamais personne ne m'a mise dans un tel état d'excitation.

— Tu fais ça souvent ? demanda Tony.

Angelica rit, un rire sexy, provocateur.

— Tu n'es pas le premier.

— Cela ne m'étonne pas. Tu es une véritable experte en la matière, assura Tony, sans être totalement hypocrite.

Elle avait été une parfaite thérapeute pour lui. Ça, en tout cas, c'était vrai.

— Je suis très sélective en ce qui concerne mes partenaires, dit Angelica. Tout le monde n'apprécie pas ce que j'ai à offrir, ajouta-t-elle.

— Il faudrait être drôlement bizarre, pour ne pas aimer ça. Moi, en tout cas, j'apprécie.

— J'en suis ravie, Anthony. Tu ne sauras jamais à quel point. Maintenant, il faut que j'y aille, dit-elle du ton soudain professionnel que Tony avait appris à associer à la fin de leurs entretiens.

— C'était particulièrement bien ce soir. On se reparlera bientôt.

La communication fut coupée. Tony débrancha le téléphone et s'étira. Ce soir, avec Angelica, et pour la première fois de sa vie, il avait joui d'une sensation protectrice qui l'avait apaisé sans l'étouffer. Sa grand-mère, il le savait, l'avait aimé et s'était occupée de lui. Mais ils n'étaient pas démonstratifs, dans sa famille, et l'amour de cette femme avait été pratique, brusque, satisfaisant surtout ses besoins émotionnels à elle. Les femmes avec lesquelles Tony avait eu des relations amoureuses dans le passé avaient toutes été, il s'en rendait compte à présent, à l'image de sa grand-mère. Grâce à Angelica, il osait espérer que ce mode relationnel était enfin brisé. Il en souffrait depuis trop longtemps.

Sa vie sexuelle avait débuté plus tard que celle de ses amis, en partie parce que son corps avait rechigné à s'épanouir. Jusqu'à son dix-septième anniversaire, il avait été, de loin, le plus petit de sa classe, condamné à sortir avec des filles de treize ou quatorze ans qui avaient aussi peur du sexe que lui. Et puis, tout à coup, il avait grandi de douze centimètres en cinq mois. Quand il était entré à l'université, il avait perdu sa virginité avec gaucherie. Le couvre-lit en chenille lui avait laissé des marques de friction pendant plusieurs jours. Sa petite amie, soulagée d'être enfin débarrassée de sa virginité, l'avait laissé tomber au bout de quelques jours.

À l'université, il avait été trop timide et trop studieux pour progresser dans la science érotique. Et puis, quand il avait commencé à travailler sur son doctorat, il était tombé fou amoureux d'un jeune professeur de philosophie. Parce qu'il était brillant et intéressant, il l'avait séduite. Mais Patricia avait mis un terme à leur relation, en lui disant sans hésiter que c'était à cause de ses piètres performances au lit.

— Regarde les choses en face, chéri, lui avait-elle dit. Tu es un cerveau, mais au lit, tu es nul.

Depuis ce moment-là, les choses n'avaient fait qu'empirer. Les deux dernières femmes que Tony avait fréquentées avaient vu en lui le parfait gentleman, l'homme qui ne pensait pas uniquement à les attirer dans son lit. Jusqu'au moment où elles l'y avaient entraîné et avaient découvert combien ses érections étaient rares. Tony savait depuis longtemps à quel point il était difficile de convaincre une femme que le fait qu'il ne bandait pas était sans rapport avec elle.

— Elles en ont simplement eu assez de voir leur ego bafoué, dit-il tout haut.

Peut-être avait-il enfin trouvé un moyen d'affronter le passé et d'avancer. Encore quelques nuits comme celle-ci avec Angelica, et peut-être, oui, peut-être serait-il prêt à essayer de passer à l'acte pour de bon. Il se demanda si les services d'Angelica allaient jusque-là. Il lui fallait peut-être penser à poser des jalons.

Brandon lut le feuillet qui se trouvait sur son bureau et se frotta les yeux pour se réveiller. Dave Woolcott et lui avaient passé la soirée à parcourir des dizaines de rapports. Ceux-ci avaient fleuri à la suite des enquêtes effectuées après que le système HOLMES avait mis au jour un certain nombre de corrélations. Mais malgré leurs efforts pour découvrir un fil conducteur qui les mènerait au tueur, ils n'avaient rien trouvé qui ressemblât à une piste.

— Peut-être cette idée que Carol a eue sera-t-elle le déclic, fit Dave en bâillant.

— Nous avons essayé tout le reste, dit Brandon, l'air déprimé. Nous ne sommes plus à ça près.

— Elle est drôlement intelligente, remarqua Dave. Elle va diriger la boutique, un de ces jours.

Il n'y avait aucune amertume chez lui, seulement une admiration lasse. Un autre bâillement déforma son visage.

— Rentrez chez vous, Dave. Il y a combien de temps que vous n'avez pas vu Marion autrement qu'endormie ?

Dave émit un grognement.

— Ne commencez pas, monsieur. De toute façon, j'allais partir. Il n'y a pas grand-chose à faire. Je reviendrai demain, pour finir la liste de ces revendeurs de logiciels.

— OK, mais pas trop tôt, vous entendez ? Occupez-vous de votre famille. Prenez le petit déjeuner avec eux.

Avant de suivre lui-même son propre conseil, Brandon voulait relire les dépositions des témoins et les impressions des officiers de police. Il y avait forcément quelque chose là-dedans qui conduirait à une piste. Lorsqu'il eut relu la moitié de la pile, il ne se sentit plus la moindre motivation pour continuer. L'idée d'aller se blottir contre le corps chaud de Maggie était terriblement tentante.

Brandon soupira et se concentra sur la feuille suivante. Sa concentration fut interrompue par la sonnerie insistante du téléphone.

— Brandon, soupira-t-il.

— Sergent Murray, à l'entrée. Désolé de vous déranger, monsieur, mais aucun des inspecteurs n'est là pour le moment. Et il y a un monsieur auquel j'ai pensé que vous voudriez parler. C'est un voisin de Damien Connolly, monsieur.

Brandon était déjà debout.

— J'arrive, dit-il.

L'homme, à la réception, était assis sur le banc de bois qui courait tout le long du mur, la tête baissée. Une barbe naissante commençait à couvrir le bas de ses joues. Quand Brandon apparut, il leva la tête. Vingt-huit, vingt-neuf ans, estima Brandon. Bronzé grâce à des séances d'UV, des cernes noirs sous les yeux. Un homme d'affaires, à en juger par le costume sombre et la cravate en soie pendant de travers sous le premier bouton de la chemise ouverte. Il avait le côté chiffonné et l'œil rouge de quelqu'un qui a voyagé si longtemps qu'il ne sait plus ni quel jour on est, ni dans quelle ville il se trouve. Voir qu'on pouvait être plus fatigué que lui sembla redonner une énergie toute neuve à Brandon.

— Monsieur Harding ? dit-il joyeusement. John Brandon, adjoint au directeur de la crime. Je suis chargé de l'enquête sur la mort de Damien Connolly.

L'homme hocha la tête.

— Terry Harding. J'habite dans la rue où vivait Damien, quelques numéros plus loin.

— Le sergent Murray me dit que vous pourriez avoir une information pour nous.

— C'est exact, dit Terry Harding, la voix lourde de fatigue. J'ai vu un étranger sortir du garage de Damien en voiture, le soir où il a été tué.

Extrait d'une disquette de trois pouces et demie intitulée : Sauvegarde 007 — Dossier amour 016

J'avais déjà commencé à travailler sur le cas du Dr Tony Hill avant même d'en avoir fini avec Damien Connolly. Cela me semblait d'une ironie délicieuse, que son nom, tout comme celui de Damien, soit déjà sur ma liste en tant que partenaire potentiel. Si j'avais eu besoin d'une quelconque confirmation quant au fait que j'agissais bien en le punissant, c'était réglé.

Je savais donc déjà où il habitait, où il travaillait, et quelle tête il avait. Je savais à quelle heure il partait de chez lui le matin, quel tram il prenait pour aller travailler, et combien de temps il restait dans son petit bureau à l'université.

Je n'ai réalisé à quel point tout s'agençait superbement qu'au moment où les choses ont commencé à prendre une direction que je n'avais pas prévue, et qui me déplut. Je n'avais jamais pensé que l'intelligence fleurissait parmi les officiers de police de Bradfield, mais les derniers événements survenus m'ont fait sortir de mes gonds. Ils avaient arrêté un faux coupable !

Leur incroyable manque d'intelligence et de sens psychologique n'a d'égal que celui des médias, qui calquent leurs communiqués sur les dires de la police, tels des moutons. J'eus du mal à croire, en prenant le *Sentinel Times* sur le pas de ma porte, qu'un homme en garde à vue aidait la police à résoudre *mes* meurtres. L'arrestation était intervenue à l'issue d'une agression dans la rue, sur la personne d'un officier de police. Comment pouvaient-ils s'imaginer que quelqu'un qui avait pris autant de précautions que moi finirait dans un combat de rue, à Temple Fields ? C'était là une insulte à mon intelligence. Pensaient-ils réellement que j'étais incapable de me maîtriser ?

Je lus et relus l'article, ne pouvant croire à une telle sottise. La colère faisait rage en moi. J'avais l'impression d'avoir une indigestion, de l'aérophagie, une boule couverte de piquants dans mon ventre. Je voulais faire quelque chose de méchant, de dramatique, quelque chose qui leur prouverait à quel point ils se trompaient.

Je soulevai mes poids jusqu'à ce que mes muscles tremblent et que mes appareils fussent couverts de sueur. Mais la colère refusait de capituler. Je fonçai au premier, m'assis à mon ordinateur et travaillai sur les vidéos de Damien que j'avais enregistrées sur mon disque dur. Quand j'eus fini, je me dis que l'équipe nationale de gymnastes russes eût été fière de pouvoir réaliser une telle gymnastique sexuelle. Mais rien ne me satisfaisait. Rien ne me libérait de ma colère.

Heureusement, contrairement à eux, je ne suis pas stupide. Je sais à quel point la colère non maîtrisée peut être dangereuse pour moi. Il me fallait la brider, l'utiliser pour créer, en faire mon alliée. Je me forçai donc à la canaliser de manière constructive. Je réfléchis scrupuleusement à la façon dont j'allais capturer le Dr Hill et à ce que j'allais faire de lui quand je l'aurais à ma merci. Je le laisserais en suspens – littéralement.

Squassation et *strappado*. L'Inquisition espagnole, qui savait exactement comment tirer le maximum des moyens à sa disposition, dompta simplement la force la plus puissante de la planète, la force de gravité. Tout ce qu'il vous faut, c'est un treuil, une poulie, quelques cordes et une pierre massive. Vous liez les mains de la victime dans son dos, puis vous passez la corde dans la poulie. Ensuite, vous attachez la pierre aux pieds de la victime. Dans son livre *Les Sévices horribles de l'Inquisition*, publié en 1770, John Marchant a décrit cette torture efficace de façon fort éloquente :

Il est ensuite tiré vers le haut, jusqu'à ce que sa tête arrive au niveau de la poulie. On le laisse ainsi suspendu pendant quelque temps, de sorte que le poids énorme qui pèse à ses pieds étire affreusement ses articulations et ses membres. Puis, d'un seul coup, on le laisse retomber, en relâchant la corde, mais on l'arrête brusquement avant qu'il n'atteigne le sol, et dans cette secousse terrible, ses bras et ses jambes se disloquent, à la suite de quoi il endure une souffrance des plus raffinées.

Les Allemands ajoutèrent à cela un raffinement qui me plut. Derrière la victime, ils plaçaient un rouleau à pointes, de sorte que, pendant sa descente, les pointes déchirent son dos. À la fin, son corps n'était plus qu'une masse sanguinolente et disloquée. J'envisageai d'user moi aussi de ce perfectionnement, mais après avoir jonglé avec ma maquette, je ne pus parvenir à une réalisation satisfaisante de l'appareil sur l'ordinateur. Il aurait fallu que je lui menotte les mains sur le ventre, ce qui aurait rendu la *squassation* et le *strappado* moins efficaces. Restons simples, tel est mon credo.

Je dessinai mes plans, puis construisis ma machine, resserrant ma toile autour du Dr Hill. Il pouvait toujours penser qu'il allait pénétrer dans ma tête, il n'avait rien compris.

Je brûlais d'envie de commencer. Je comptais les heures.

16

« “Maintenant, mademoiselle R., supposons que j’apparaisse à votre chevet vers minuit, armé d’un couteau à découper, que diriez-vous ?”

À quoi la fille confiante a répondu :

“Oh, monsieur Williams, si c’était qui que ce soit d’autre, j’aurais peur. Mais dès que j’entendrais votre voix, je serais tranquillisée.”

Pauvre fille. Le scénario de M. Williams se fût-il réalisé, elle aurait vu quelque chose dans ce visage cadavérique, perçu quelque chose dans cette voix sinistre, qui eût définitivement troublé sa tranquillité. »

Quand le téléphone sonna, Carol fut d’abord indignée. Puis elle se dit qu’à 8 h 10, un dimanche matin, ça ne pouvait être qu’un appel professionnel. Elle bougea en émettant un long ronchonnement qui fit dresser les oreilles de Nelson. Le bras de Carol émergea de sous les couvertures, tâtonna sur la table de nuit. Elle trouva le téléphone et grommela :

— Jordan.

— C’est le réveil par téléphone.

« Cette voix est trop joyeuse », songea Carol avant de lui trouver un nom.

— Kevin, dit-elle. J’espère que vous avez une bonne raison.

— J'ai une excellente raison. Que diriez-vous à un témoin qui a vu le tueur sortir en voiture du garage de Damien Connolly ?

— Répétez-moi ça, marmonna-t-elle.

Kevin s'exécuta, et ses propos catapultèrent Carol en position assise, au bord du lit.

— Ce type est venu tard hier soir. Il était en voyage d'affaires à l'étranger. Brandon l'a interrogé. Il veut qu'on soit tous là à 9 heures, dit Kevin, excité comme un gamin le soir de Noël.

— Vous auriez pu m'appeler plus tôt, espèce de salopard !

Il ricana.

— J'ai pensé que vous aviez besoin de sommeil. C'est bon pour la peau.

— Qu'est-ce que c'est que ces conneries…

— Non, je ne suis là moi-même que depuis cinq minutes. Pouvez-vous amener le doc avec vous ? J'ai essayé de l'appeler, mais ça ne répond pas.

— OK, je vais faire un saut chez lui et voir si j'arrive à le réveiller. Il semble avoir l'habitude de débrancher son téléphone. Ça se voit qu'il n'est pas flic, ajouta-t-elle.

Carol raccrocha brusquement et se dirigea vers la douche. La pensée que Tony pouvait avoir débranché son téléphone parce qu'il était avec la femme du répondeur lui traversa l'esprit. À cette idée, son estomac se contracta.

— Espèce de conne, de salope, marmonna-t-elle alors que l'eau coulait sur elle.

À 8 h 40, elle appuyait sur la sonnette de Tony. Au bout de quelques minutes, la porte s'ouvrit. Le regard trouble, se battant avec la ceinture de son peignoir, Tony la dévisagea d'un air interrogateur.

— Carol ?

— Désolée de vous réveiller, dit-elle de façon formelle. Vous ne répondiez pas au téléphone. Il y a une réunion à 9 heures. Nous avons un témoin.

Tony se frotta les yeux, l'air perplexe.

— Vous feriez mieux d'entrer, dit-il.

Il remonta le couloir, laissant Carol refermer la porte derrière elle.

— Désolé pour le téléphone. Je me suis endormi tard, alors je l'ai débranché. Pouvez-vous m'attendre pendant que je prends une douche et que je me rase ? Autrement, j'irai tout seul. Je ne veux pas que vous soyez en retard à cause de moi.

— Je vais attendre, dit Carol.

Elle prit le journal sur le paillasson et le feuilleta, adossée au mur, guettant les indices de la présence d'une troisième personne. Elle se sentit déraisonnablement contente quand elle eut la certitude qu'il n'y avait pas d'autre femme. Elle avait beau savoir que ses réactions étaient puériles, ça n'allait pas pour autant les faire cesser du jour au lendemain. Elle allait juste devoir les masquer jusqu'à ce qu'elles disparaissent. Et elles disparaîtraient, puisque ses sentiments ne trouvaient aucun écho chez Tony.

Dix minutes plus tard, Tony reparut, en jean et en chemise sport, les cheveux humides et bien coiffés.

— Désolé, dit-il, mais mon cerveau ne fonctionne pas tant que je n'ai pas pris de douche. Maintenant, parlez-moi de ce témoin.

Carol lui raconta le peu qu'elle savait tandis qu'ils se dirigeaient vers la voiture.

— Ce sont de bonnes nouvelles, dit Tony, enthousiaste. La première vraie piste, non ?

Carol haussa les épaules.

— Tout dépend de ce qu'il pourra nous dire. Si le tueur conduisait une Ford Escort rouge, ça ne nous en dit pas plus sur son cas. Il nous faudra des informations conséquentes, qu'on puisse confronter à ce qu'on a déjà. Peut-être quelque chose qui aille dans le sens de l'hypothèse du jeu vidéo.

— Oh, oui, l'hypothèse du jeu vidéo. Ça donne quelque chose ?

— J'en ai discuté avec mon frère. Il dit que c'est tout à fait réaliste, dit Carol froidement.

Elle se sentait traitée avec condescendance.

— Formidable ! s'exclama Tony. J'espère vraiment que ça va marcher. Je n'essayais pas de vous décourager, vous savez. Je dois travailler en équilibrant les probabilités, et votre théorie ne s'intégrait pas dans mon éventail de paramètres. Mais c'est le genre d'idée géniale dont nous allons avoir besoin dans cette unité nationale de profilage. Je pense réellement que vous devriez envisager d'y collaborer.

— Je ne crois pas que l'idée de travailler avec moi après cette enquête vous plairait, répliqua Carol, les yeux fixés sur la route.

Tony prit une profonde inspiration.

— C'est la première fois que je rencontre un officier de police avec qui j'aie envie de travailler.

— Même si j'empiète sur votre vie privée ? s'enquit-elle, amère, se détestant de remuer ainsi le couteau dans la plaie.

Tony soupira.

— Je croyais que nous étions d'accord pour devenir amis ? Je sais que je…

— Parfait, coupa-t-elle, regrettant d'avoir mis le sujet sur le tapis. Soyons amis. À votre avis, quelles sont les chances de Bradfield Victoria dans la Coupe du monde ?

Stupéfait, Tony se tourna sur son siège et regarda fixement Carol. Il vit un sourire fleurir au coin de sa bouche. Et ils se retrouvèrent tous les deux en train de rire.

Le gouvernement avait restreint le budget alloué aux prisons, aussi les employés du pénitencier de Barleigh faisaient-ils le strict minimum. Résultat, les prisonniers se battaient vingt-trois heures sur vingt-quatre. Stevie Mc Connell était étendu sur le flanc, sur l'un des lits superposés de la cellule qu'il occupait seul. Suite à l'agression qui lui avait laissé deux coquards, quelques côtes cassées, et tellement de bleus qu'il n'aurait pu les compter, il avait demandé et obtenu d'être mis en isolement. Il avait subi de tels sévices sexuels que l'idée de s'asseoir ne l'effleurait même plus.

Il avait beau clamer qu'il n'était pas le Tueur homo, tout le monde s'en fichait, aussi bien les détenus que les matons. Il avait réalisé que les gardiens avaient pour lui autant de mépris que les prisonniers, lorsqu'il avait entendu qu'on vidait les seaux hygiéniques dans sa rangée.

Pour ce qu'il en savait, les choses se présentaient mal pour lui. Le simple fait qu'il fût derrière les barreaux le condamnait aux yeux de la plupart des gens. Tout le monde devait penser que le Tueur homo ne ferait plus de victimes, maintenant que Stevie Mc Connell était en prison. Quand on l'avait relâché, après la première série d'interrogatoires, il avait réalisé avec tristesse que tout le monde l'évitait à son travail, aussi bien le personnel que les clients. On ne lui accordait plus que des regards fuyants.

Un verre dans un bar de Temple Fields, où il était un habitué depuis des années, lui avait suffi à comprendre que même la solidarité gay avait vécu, en ce qui le concernait. La police et la presse pensaient sans nul doute qu'elles tenaient leur psychopathe. Et tant que les flics n'auraient pas arrêté le Tueur homo, Bradfield ne serait pas un lieu très accueillant pour Stevie Mc Connell. Cette décision de partir pour Rotterdam, où un ami dirigeait un club de gym, lui avait paru sensée, sur le moment. Il ne lui était pas venu à l'esprit qu'ils le fileraient.

Et tout cela lui était arrivé parce qu'il avait volé au secours d'un officier de police ! L'ironie de la chose ne lui échappait nullement. Ce grand sergent devait probablement remercier le Ciel d'avoir été assommé avec une brique et penser qu'autrement, il eût été la prochaine victime du Tueur homo. Or, la seule victime, ce soir-là, avait été Stevie Mc Connell.

Étendu là, considérant son avenir avec lucidité, Stevie prit une décision. Grimaçant de douleur, il roula de sa couchette et ôta sa chemise. Il gémissait, tellement ses côtes lui faisaient mal. Avec ses dents et ses ongles, il défit laborieusement les coutures de la toile de jean. Avec l'extrémité coupante d'un ressort de son matelas, il effilocha les bords du tissu, afin de pouvoir le déchirer en bandes fines, qu'il tressa pour leur donner une meilleure résistance. Il noua une extrémité de ce lien autour de son cou en un nœud serré, puis il grimpa sur le lit du haut. Il attacha l'autre extrémité de sa courte corde au rail inférieur de ce même lit.

Après quoi, à 9 h 17, par un dimanche matin ensoleillé, il se jeta par-dessus bord, la tête la première.

Comme une société à deux doigts de la faillite qui vient de réaliser une vente inespérée, Scargill Street bourdonnait d'activité. Dans la salle de HOLMES, des officiers de police, rivés à leurs écrans, travaillaient sur cette nouvelle information, évaluaient les nouvelles correspondances crachées par le système informatique.

Dans son bureau, Brandon tenait un conseil de guerre avec Tony et quatre inspecteurs. Tous avaient à la main une photocopie des notes de Brandon sur son entretien avec Terry Harding. L'adjoint au directeur de la crime n'avait dormi que cinq heures, mais l'idée d'avancer enfin dans cette enquête lui avait insufflé une énergie toute neuve. Seuls des cernes profonds trahissaient sa fatigue.

— Récapitulons, déclara-t-il. Vers 19 h 15, le soir où Damien Connolly a été tué, un homme est sorti de son garage dans un 4 × 4 de couleur sombre. Il est descendu de voiture pour refermer la porte du garage, et c'est à ce moment-là que notre témoin l'a bien vu. La description qu'il en donne est la suivante : un homme blanc, entre un mètre soixante-quinze et un mètre quatre-vingts, âgé de vingt à quarante-cinq ans, ayant peut-être un catogan. Il portait des chaussures de sport blanches, un jean et un long ciré. Cette nuit, l'équipe de HOLMES a passé en revue les véhicules correspondant à la description du 4 × 4, parmi ceux dont on avait relevé les numéros à Temple Fields. La plupart des propriétaires de ces véhicules ont déjà été interrogés, mais on va tous les réinterroger, maintenant qu'on a le témoignage de Terry Harding. Bob, je veux que vous vous chargiez de ça et que vous vérifiiez leurs alibis.

— Très bien, patron, dit Stanfield.

— Oh, et puis, Bob ? Pouvez-vous trouver quelqu'un qui vérifiera si Harding a bien passé la semaine au Japon, en voyage d'affaires ? Je ne veux rien négliger.

Stanfield acquiesça d'un hochement de tête.

— J'envoie une voiture pour Harding à 11 heures, poursuivit Brandon en jetant un coup d'œil à la liste qu'il avait faite dans sa cuisine, à 7 heures du matin. Carol, je veux que vous l'interrogiez. Voyez quelle compagnie de taxis il a utilisée pour aller à l'aéroport. Essayez d'avoir des horaires un peu plus précis. Tony, j'aimerais que vous gardiez cela secret. Peut-être pourrez-vous nous suggérer des stratégies qui aideraient le témoin à se souvenir un peu plus finement de cet homme. Voyez si nous pouvons obtenir une description précise du suspect.

— Je ferai de mon mieux, répondit Tony. Je devrais pouvoir au moins faire la différence entre les choses dont il se souvient vraiment et celles dont il croit se souvenir.

Brandon lui lança un drôle de regard, mais poursuivit sans insister :

— Kevin, je veux que vous réunissiez des hommes qui feront le tour de tous les concessionnaires de voitures et rassembleront le maximum de posters et de brochures sur les 4 × 4. Nous les montrerons à M. Harding. Peut-être pourra-t-il en identifier un de façon formelle.

— Nous allons faire ça, monsieur. Voulez-vous que nous retournions voir les voisins des précédentes victimes, au cas où quelqu'un aurait repéré le même véhicule ? demanda Kevin avidement.

Brandon réfléchit à la question quelques instants.

— Voyons déjà si nous progressons aujourd'hui, dit-il au bout d'un moment. Refaire une enquête de voisinage monopoliserait beaucoup d'hommes et nécessiterait du temps. Et si ça se trouve, ce ne sera pas utile. Cela dit, ça vaut sans doute la peine d'aller interroger les autres voisins de Connolly, car à présent, nous avons du solide à leur proposer. Bonne idée, Kevin. Et vous, Dave, qu'avez-vous trouvé qui pourrait nous intéresser ?

Woolcott exposa toutes les actions en cours dans l'équipe de HOLMES.

— Vu que nous sommes dimanche, je n'ai pas encore contacté le centre des permis de conduire. Je préfère d'ailleurs les appeler quand nous aurons un profil plus précis du véhicule. Plus nous leur fournirons d'informations, moins nous aurons de possibilités à étudier en retour. Si Harding peut nous donner la marque, le modèle et l'année, ou au moins éliminer un certain nombre de modèles, nous demanderons au centre des permis de conduire de nous communiquer une liste de tous les véhicules correspondant à cette description à travers le Royaume-Uni. Puis nous interrogerons les propriétaires des véhicules en question, en commençant par Bradfield et en élargissant à partir de là.

Brandon hocha la tête.

— Quelqu'un aurait autre chose ?

Tony leva la main.

— Puisque vous interrogez les voisins, suggéra-t-il, vous pourriez peut-être élargir un peu le champ d'investigation.

Tous les yeux étaient braqués sur lui, mais il ne sentait que le regard de Carol. Ce qui s'était passé entre eux avait aiguisé son désir d'être utile dans la capture du Bricoleur.

— Ce type est un prédateur, je pense que tout le monde est d'accord là-dessus. Il a dû observer les faits et gestes de Damien Connolly pendant quelque temps avant de le capturer. Or, nous sommes en plein hiver, et ce n'est pas idéal de surveiller quelqu'un dans le froid. Aussi les probabilités sont-elles grandes pour qu'il ait espionné Damien depuis sa voiture. Il ne s'est sans doute pas garé à proximité. Il aurait été trop facilement repérable, dans une si petite rue. À mon avis, il a dû se garer dans la rue du bas, perpendiculaire à celle de Damien. Il se sera placé à un endroit où il avait la maison dans son champ de vision. Peut-être quelqu'un aura-t-il remarqué un véhicule nouveau, garé là pendant de longs intervalles de temps.

— Bon raisonnement, dit Brandon. Kevin, pouvez-vous vous charger de ça ?

— Ce sera fait, monsieur. Je vais mettre les gars là-dessus.

— Et les filles, aussi, dit Carol d'une voix douce. Et peut-être pourrions-nous leur demander de ne pas se concentrer uniquement sur les 4 × 4. Si ce type est aussi prudent que nous le pensons, il pourrait n'utiliser cette voiture que pour kidnapper ses victimes et se servir d'une autre pour ses repérages, au cas où un voisin curieux le remarquerait.

— Qu'en pensez-vous, Tony ? demanda Brandon.

— Cela ne me surprendrait pas, dit Tony. Il pourrait même utiliser des voitures de location.

Dave Woolcott grogna.

— Ô mon Dieu, ne me faites pas ça !

— Et les autres angles d'attaque suggérés par le Dr Hill, on laisse tomber pour le moment ? intervint Bob Stanfield.

Brandon eut une moue de mécontentement. D'une certaine façon, l'euphorie s'était évanouie durant la réunion. La masse de travail à venir semblait trop lourde, l'idée de trouver le tueur presque aussi utopique que douze heures plus tôt, avant que Terry Harding ne pénètre dans le poste de police.

— Exact. Ne le prenez pas mal, Tony, mais vos suggestions sont des hypothèses, et là, pour la première fois, nous avons des faits.

— Pas de problème, dit Tony. Un témoignage passe toujours en premier.

— Et l'idée de Carol pour cette histoire d'ordinateur ? On continue ? s'enquit Dave.

— Même chose que pour Tony, dit Brandon. C'est un pressentiment, pas un fait.

— Sans vouloir vous offenser, monsieur, dit Carol, déterminée à ne pas se laisser évincer, même si Terry Harding identifie formellement la marque et le modèle du véhicule, nous pourrions rester bloqués là-dessus. Il nous faut d'autres facteurs d'élimination pour resserrer notre champ d'investigation. Si j'ai vu juste en ce qui concerne l'ordinateur, nous aurons affaire à un si petit nombre d'individus qu'il serait significatif de pouvoir recouper les deux informations.

Brandon réfléchit un moment. Puis il dit :

— Bien vu, Carol. OK, vous pouvez continuer là-dessus, Dave, mais pas en priorité. Seulement quand des hommes se libèrent de l'enquête principale. Bien, est-ce que chacun sait ce qu'il a à faire ?

Il parcourut l'assemblée du regard, notant les divers hochements de tête.

— OK, conclut Brandon, l'air sombre. Alors, allons-y.

— Et que la force soit avec nous, souffla Kevin à Carol comme ils sortaient du bureau.

— Je préfère la force à la presse à scandale, déclara-t-elle sèchement, lui tournant le dos. Tony, pourrions-nous trouver un coin tranquille et mettre au point la stratégie à adopter lors de cet interrogatoire ?

— Le seul moyen de lui soutirer plus d'informations serait de l'hypnotiser, dit Tony à Carol.

Ils discutaient dans le couloir, après avoir passé une heure avec Terry Harding.

— Vous pouvez le faire ?

— Je connais la technique de base. À en juger par les mouvements de ses yeux et par sa gestuelle corporelle, il a dit la vérité à propos de ce qu'il a vu, n'a rien inventé, rien exagéré. Aussi pourrait-il se souvenir d'autres détails sous hypnose, surtout si nous avons des photos à lui montrer.

Dix minutes plus tard, Carol revenait avec un tas de brochures automobiles que les hommes de Kevin avaient récupérées chez les concessionnaires de la ville.

— C'est ce qu'il nous faut ? demanda-t-elle.

Tony hocha la tête.

— Tout à fait. Vous êtes sûre que vous voulez que j'essaie ?

— Ça peut valoir la peine, dit Carol.

Ils retournèrent dans la salle d'interrogatoire, où Terry Harding finissait sa tasse de café.

— Puis-je y aller ? demanda-t-il, plaintivement. Je dois prendre l'avion pour Bruxelles demain, et je n'ai même pas défait mon sac.

— Ce ne sera plus très long, monsieur, dit Carol en s'asseyant à la table. Le Dr Hill aimerait essayer quelque chose avec vous.

Tony eut un sourire rassurant.

— Nous avons des photos du genre de véhicule que vous avez vu sortir du garage de Damien. Ce que j'aimerais faire, si vous êtes d'accord, serait de vous mettre dans un état d'hypnose léger, puis vous demander de les regarder.

Harding fronça les sourcils.

— Je ne peux pas simplement les regarder ?

— Sous hypnose, vous aurez plus de chances de reconnaître le bon modèle, expliqua Tony d'un ton apaisant. Vous êtes un homme très occupé, monsieur Harding. Depuis l'incident, vous avez voyagé à l'autre bout du monde, vous avez eu d'importantes réunions d'affaires, et vous n'avez probablement pas assez dormi. Tout cela pour vous dire que la partie consciente de votre esprit aura mis de côté les détails de ce que vous avez vu, dimanche dernier. En utilisant l'hypnose, je pourrais sans doute faire resurgir ces informations.

Harding paraissait dubitatif.

— Je ne sais pas. En admettant que vous réussissiez à me plonger dans cet état, vous pourriez me faire dire n'importe quoi.

— Ce n'est pas le cas, malheureusement. Autrement, les hypnotiseurs seraient tous milliardaires, plaisanta Tony. Comme je vous l'ai dit, je ne ferai que libérer des choses que vous avez enterrées parce qu'elles n'étaient pas importantes.

— Que dois-je faire ? s'enquit Harding, suspicieux.

— Juste écouter le son de ma voix et faire ce que je vous dirai, répondit Tony. Vous allez vous sentir un peu bizarre, très détendu, mais vous garderez le contrôle tout le long de la séance. J'utilise une technique appelée programmation neurolinguistique. C'est très relaxant, je vous le promets.

— Dois-je m'allonger ?

— Non. Et je ne vais pas faire osciller une montre sous vos yeux. Êtes-vous disposé à essayer ?

Carol retint sa respiration. Elle regardait Harding, dont le visage afficha une succession d'expressions diverses. Finalement, il acquiesça.

— Je doute que vous réussissiez à me mettre en état d'hypnose, dit-il. Je suis un homme qui sait contrôler son esprit. Mais je suis prêt à essayer.

— OK, dit Tony. Je veux que vous vous détendiez. Fermez les yeux si ça vous est plus facile.

Maintenant, je veux que vous plongiez en vous-même…

Euphoriques suite à leur succès, Carol et Tony se précipitèrent dans la salle de la brigade criminelle. Bob Stanfield était debout devant la fenêtre. Les épaules voûtées, il regardait la rue trempée de pluie en contrebas. Entre ses doigts se consumait une cigarette qu'il avait oubliée. Il baissa les yeux vers sa main, et Carol lança, d'un ton léger :

— Réjouissez-vous. Vous n'aurez peut-être pas d'autres occasions de le faire.

Stanfield fit volte-face et déclara, amer :

— Vous n'êtes pas au courant, apparemment.

— Au courant de quoi ? s'enquit Carol en marchant vers lui.

— Stevie Mc Connell s'est pendu.

Carol trébucha et se rattrapa à un bureau. Ses oreilles se mirent à siffler, et elle pensa s'évanouir. Instinctivement, Tony s'avança vers elle et l'escorta jusqu'à une chaise.

— Respirez profondément, Carol. Profondément, et lentement, dit-il d'une voix douce, en se penchant vers elle et en regardant son visage blême avec attention.

Elle ferma les yeux, enfonça ses ongles dans les paumes de ses mains et fit ce qu'il disait.

— Désolé, dit Stanfield. Moi aussi, ça m'a fichu un coup.

Carol leva les yeux et repoussa ses cheveux de son front soudain moite.

— Que s'est-il passé ?

— Apparemment, il s'est fait tabasser hier. Des violences sexuelles terribles, d'après tous les témoignages. Alors, ce matin, il a déchiré sa chemise et il s'est pendu avec. Ces putains de matons n'ont rien remarqué, ajouta-t-il, furieux.

— Le pauvre type, souffla Carol.

— Ça va chier, reprit Stanfield. Je suis content de ne pas être directement impliqué. Au moins, ce n'est pas moi qui vais écoper. Brandon est intouchable, alors ça va être un pauvre connard d'inspecteur qui va porter le chapeau.

Carol le regarda comme si elle avait envie de le frapper.

— Parfois, Bob, vous me pompez vraiment l'air, dit-elle froidement. Où est Brandon ?

— En bas, dans la salle de HOLMES. Probablement planqué, pour éviter de rencontrer le chef.

Ils trouvèrent Brandon et Dave Woolcott enfermés dans le bureau minuscule qui jouxtait la grande pièce.

— Nous avons une identification formelle du véhicule, monsieur, dit Carol, dont l'enthousiasme avait quelque peu faibli depuis qu'elle avait vu Stanfield. Nous savons quelle voiture le tueur conduisait.

Penny Burgess quitta la route principale pour prendre la piste forestière qui conduisait au milieu des bois. Son but : un parking et une aire de pique-nique, au cœur de la forêt. C'était l'un des endroits où elle aimait marcher. Elle traversait les bois à pied, puis elle grimpait jusque sur les crêtes de grès nu, où le vent la lavait des scories accumulées pendant la semaine. Elle en avait réellement besoin, après ces trois jours de dur labeur, de grands articles et de nuits tronquées.

À la radio, la chanson prit fin, et le speaker enchaîna :

— Et maintenant, les dernières nouvelles.

Suivit le générique des informations, puis une femme déclara, d'une voix trop légère par rapport au sujet :

— Les dernières nouvelles sur Northern Sound. Un homme que la police de Bradfield avait interrogé à propos des meurtres en série qui ont terrorisé la ville a été retrouvé mort ce matin dans sa cellule de la prison de Barleigh.

Sous le choc, Penny leva le pied de l'accélérateur et piqua une tête vers l'avant quand la voiture cala.

— Merde ! s'exclama-t-elle, sa main se précipitant sur le bouton de la radio pour monter le son.

— On pense que Steven Mc Connell s'est suicidé en se pendant avec une corde confectionnée avec ses propres vêtements. Mc Connell, directeur d'une salle de gym en ville, avait été arrêté la semaine dernière à la suite d'une bagarre dans le village gay, poursuivit la journaliste, comme si elle annonçait les résultats du concours de l'Eurovision. Il avait été relâché sous caution, puis arrêté alors qu'il tentait de fuir le pays. Un porte-parole du ministère de l'Intérieur a déclaré qu'une enquête serait ouverte sur les circonstances de sa mort. L'économie ne s'est jamais mieux portée, a dit aujourd'hui le Premier ministre…

Penny remit le moteur en route, fit un demi-tour périlleux dans le chemin et repartit en direction de la route. C'était aussi bien qu'elle ait déjà décidé de laisser tomber Kevin, songea-t-elle. Car après l'article qu'elle se préparait à écrire, elle ne pensait pas qu'il veuille jamais la revoir.

Tony tambourinait sur le dos du siège du taxi du bout des doigts, victime d'une curieuse agitation. Il avait quitté Scargill Street, sachant qu'il n'avait rien à y faire pendant que les officiers de police travaillaient sur la seule véritable preuve qu'ils avaient. Dans ce maelström d'activité folle et de honte, ils n'avaient vraiment pas besoin de lui. En effet, Tony leur rappelait toutes les raisons pour lesquelles il n'avait jamais été convaincu de la culpabilité de Stevie Mc Connell.

Sa seule consolation : il était certain qu'Angelica allait appeler ce soir. Alors que le taxi glissait dans les rues vides et mouillées, Tony répéta mentalement ce qu'il allait dire à cette femme. Il se sentait une confiance en lui toute nouvelle, éprouvait la certitude que ce soir, il n'aurait pas de problèmes, qu'il avait finalement vaincu son démon grâce à la thérapie sexuelle d'Angelica. Elle ne pouvait imaginer ce que ses coups de fil représentaient pour lui. Elle l'avait aidé plus qu'elle ne s'en doutait. Et il allait le lui dire. Satisfait d'avoir la situation bien en main, Tony poussa un soupir d'aise et chassa le Bricoleur de son esprit.

Penny Burgess ouvrit une canette de Guinness, alluma une cigarette, puis son ordinateur. Après avoir passé quelques coups de fil pour affiner la version des événements entendue à la radio, elle se sentit gonflée de l'enthousiasme du juste, que seuls les politiciens, les journalistes et les prêtres fondamentalistes semblent capables d'éprouver. Elle inhala un long jet de fumée, réfléchit quelques instants, puis commença à marteler les touches de son clavier.

Le tueur en série de Bradfield vient de faire une cinquième victime : le bodybuilder Stevie Mc Connell s'est pendu hier dans sa cellule. La police avait laissé entendre que Mc Connell était le Tueur homo, provocation cynique pour faire réagir le vrai tueur.

Mais ce petit jeu tordu s'est achevé en tragédie quand Mc Connell, trente-deux ans, s'est pendu à l'aide d'une corde tressée avec sa propre chemise. Il l'a attachée à la couchette du haut, dans sa cellule de la prison de Barleigh, où il était seul. Puis il s'est jeté dans le vide et s'est étranglé.

Hier soir, un officier de police travaillant sur l'affaire du Tueur homo a admis : « Nous savions depuis plusieurs jours que Stevie Mc Connell n'était pas le tueur. »

Après avoir subi une agression barbare de la part de ses codétenus, la veille, Mc Connell avait supplié le personnel de la prison de le mettre seul dans une cellule. Les prisonniers n'aiment pas les délinquants sexuels, et ils ont tendance à faire connaître leur sentiment. Mc Connell a été sauvagement tabassé, et sexuellement violenté.

Les gardiens, dit-on, ont fait la sourde oreille pendant le passage à tabac de Stevie Mc Connell. Et puis hier, dimanche, ils l'ont laissé sans surveillance dans sa cellule, suffisamment longtemps pour qu'il puisse mettre fin à ses jours. Un porte-parole du ministère de l'Intérieur a déclaré qu'une enquête concernant l'incident serait ouverte.

Mc Connell avait été arrêté pour agression, après être venu au secours d'un officier de police qui s'était fait attaquer par un troisième homme, dans le village gay de Temple Fields. Le policier était sorti incognito. Stevie Mc Connell a ensuite tenté de fuir le pays pendant qu'il était en liberté surveillée. La police l'a de nouveau arrêté alors qu'il allait prendre un ferry pour la Hollande, puis elle a persuadé les juges de le remettre en garde à vue.

L'une de nos sources, dans la police, nous a révélé : « Nous avons fait en sorte que les gens croient Mc

Connell coupable. Les tueurs en série sont très vaniteux, et nous pensions que le tueur serait si vexé que nous désignions une autre personne que lui qu'il craquerait et prendrait contact avec nous. Tout cela a terriblement mal tourné. »

Un ami de Mc Connell a déclaré, hier soir : « Les policiers de Bradfield sont des assassins. Pour moi, ils ont tué Stevie. Lorsqu'ils l'ont arrêté, ils lui ont fait subir toutes sortes de pressions. Même s'ils l'ont laissé sortir après, on n'oublie pas de telles calomnies. On l'évitait à son travail, et dans les bars gays. C'est pour ça qu'il a décidé d'en finir. C'est un drame. Pire, c'est un drame absurde. Cela n'a pas fait progresser la police d'un millimètre. »

Penny alluma une autre cigarette et relut sa copie.

— Je t'ai réglé ton compte, Kevin, dit-elle tout bas, en sauvegardant l'article, puis en le transmettant à l'ordinateur du journal par son modem.

Ensuite, comme si cette pensée venait juste de lui traverser l'esprit, elle tapa :

Mémo pour le service infos.

De Penny Burgess, rubrique criminelle.

Je prends demain, lundi, comme jour de congé, pour avoir fait des heures supplémentaires la semaine dernière et avoir travaillé aujourd'hui. J'espère que cela ne pose pas trop de problèmes !

— Une Land Rover Discovery, gris métallisé ou bleu nuit ? répéta Dave Woolcott en griffonnant sur un bloc.

— C'est ce qu'a dit l'homme, acquiesça Carol.

— Très bien. Vu que nous sommes dimanche, je ne peux obtenir des informations complètes du centre des permis de conduire sur tous les véhicules correspondant à cette description.

— Ce que nous pourrions faire, cependant, c'est envoyer des hommes chez les vendeurs de voitures d'occasion de qualité et leur demander l'identité de toutes les personnes qui ont acheté une Land Rover bleue, suggéra Kevin.

Comme tous les autres, il était pris d'un sentiment d'excitation à peine tempéré par la nouvelle de la mort de Mc Connell.

— Non, dit Brandon. Ce serait une perte de temps pour les hommes en question. Rien ne prouve que le tueur en série ait acheté son véhicule à Bradfield. Attendons jusqu'à demain matin. À partir de là, on foncera.

Tous parurent déçus, même s'ils reconnaissaient la pertinence de l'argument de Brandon.

— Dans ce cas, monsieur, dit Carol, j'aimerais travailler avec Dave à établir des listes de revendeurs de matériel informatique et de logiciels, afin que nous soyons prêts à agir dès que des hommes pourront être mobilisés pour passer des coups de fil.

— Bonne idée, Carol, approuva Brandon.

Puis, se tournant vers les autres, il ajouta :

— Et nous, si nous retournions chez nous, voir si nous n'avons pas oublié à quoi ressemblent nos maisons ?

Tony était étendu sur le canapé, essayant de se persuader qu'il jouissait de ce luxe consistant à regarder la télé, quand on sonna à la porte. L'idée d'avoir de la compagnie vola au secours de son ennui et le catapulta sur ses pieds, puis jusqu'au bout du couloir. Il ouvrit la porte, souriant déjà.

Son sourire s'évanouit en partie quand il comprit qu'il n'avait pas de chance. Il y avait une femme sur le pas de la porte, mais ce n'était ni une amie ni une collègue. Elle était grande, bien charpentée, avec des traits marqués et une mâchoire carrée. Elle dégagea son visage de ses longs cheveux sombres et dit :

— Je suis vraiment désolée de vous déranger, mais ma voiture est tombée en panne, et je ne sais pas où trouver une cabine publique. Je me demandais si je pourrais utiliser votre téléphone. Je paierai la communication, bien sûr...

Sa voix s'éteignit, et elle sourit d'un air d'excuse.

Extrait d'une disquette de trois pouces et demi intitulée : Sauvegarde 007 — Dossier amour 017

Lorsque je vis le sergent Merrick au *Sackville Arms*, je crus m'évanouir. Je savais que les inspecteurs de Scargill Street fréquentaient ce pub, et c'était uniquement pour ça que j'étais là. Je voulais savoir ce qui se disait dans la brigade criminelle. Je voulais les entendre parler de moi et de mes exploits. Je ne m'attendais pas du tout à me retrouver face à un visage familier qui me ferait baisser les yeux.

Je me tenais dans un coin, discrètement, lorsque je vis Merrick entrer. J'envisageai de partir, puis je me dis que cela risquait d'attirer l'attention sur moi. Je ne voulais pas qu'il me reconnaisse et me suive, quelles que soient les raisons qu'il ait de le faire. Et puis, pourquoi aurais-je dû laisser un policier me priver de la pause que j'avais pour déjeuner ?

Mais je ne réussissais pas à calmer mes crampes d'estomac, car Merrick pouvait me repérer et venir me parler. Je n'avais pas peur de lui. Simplement, je ne voulais pas qu'il me voie. Par chance, il était avec deux de ses collègues, et ils étaient trop occupés à discuter – de moi, probablement. S'ils avaient su ! – pour prêter attention à quoi que ce soit d'autre. Je reconnus la femme qu'on avait vue dans les journaux, l'inspecteur Carol Jordan. Je n'avais jamais vu l'autre homme, mais j'enregistrai ses traits pour plus tard. Des cheveux carotte, une peau très pâle, des taches de rousseur, des traits enfantins. Et bien entendu, Merrick, dépassant les autres de trente bons centimètres, avec un drôle de pansement sur la tête. Je me demandai dans quelles circonstances il s'était blessé.

Je n'avais jamais haï Merrick comme j'en avais haï d'autres, même si je lui devais plusieurs gardes à vue. Il ne m'avait jamais témoigné le même mépris que ses confrères. Quand il m'arrêtait, il ne se moquait jamais de moi. Mais je voyais qu'il me considérait tout de même comme un objet, comme quelqu'un qui ne méritait pas le respect. Il n'avait jamais compris qu'en vendant mon corps aux marins, j'avais un objectif. Mais ce que j'ai pu faire à cette époque est hors de propos. Désormais, je suis une autre personne. Ce qui s'est passé à Seaford me semble aussi éloigné du contexte actuel qu'une histoire vue au cinéma.

Étrangement, le fait de me retrouver en présence des officiers de police qui me recherchaient était assez excitant. Quelle sensation forte, d'être seulement à quelques mètres de mes chasseurs ! Leur sixième sens n'était pas suffisamment développé pour qu'ils flairent leur proie. Même Carol Jordan n'a rien perçu. Vive l'intuition féminine !

Cette rencontre m'avait donné tant de force que le journal du lendemain m'a fait un choc, comme si on venait de me frapper avec un sac de sable. Je traversais la grande salle des ordinateurs quand j'ai vu la première édition du *Sentinel Times* sur le bureau d'un jeune ingénieur. *Un cinquième corps pour le Tueur homo*, me criait le journal.

J'aurais voulu me mettre en colère, hurler, balancer des choses par la fenêtre. Comment osaient-ils ? Mon œuvre est si personnelle, comment avaient-ils pu confondre ce corps, dû à un imitateur maladroit, avec l'un des miens ?

En retournant dans mon bureau, je tremblais de rage contenue. J'aurais bien demandé à l'ingénieur si je pouvais jeter un coup d'œil sur son journal, mais je craignais que ma voix ne trahisse mon trouble. J'aurais voulu me précipiter au kiosque le plus proche et acheter un exemplaire du *Sentinel*. Mais c'eût été là une faiblesse impardonnable. Le secret du succès, me dis-je, c'était de se conduire normalement. Surtout ne rien faire qui puisse laisser penser à mes collègues qu'il se passait quelque chose d'inhabituel dans ma vie.

Je m'assis donc à mon bureau, bricolai une partie de logiciel qui avait besoin d'être revue. Mais le cœur n'y était pas. Cet après-midi-là, je ne fis rien qui justifiât mon salaire. Vers 16 heures, n'y tenant plus, je me saisis de mon téléphone et composai le numéro qui me mettrait à l'écoute de Bradfield Sound.

La nouvelle était le scoop du jour, en toute logique.

— Le corps de l'homme retrouvé dans le quartier de Temple Fields tôt ce matin n'est pas la cinquième victime du tueur en série qui terrorise la communauté gay de Bradfield, nous a révélé la police, cet après-midi.

Le speaker poursuivit et je sentis ma colère s'envoler, le vide en moi se combler encore une fois.

Je raccrochai violemment, sans plus attendre. Ils avaient fini par voir clair au moins sur un point. Par leur faute, j'avais vécu quatre heures en enfer. Chacune de ces heures durant lesquelles j'avais souffert serait une heure ajoutée aux souffrances du Dr Tony Hill, je m'en fis la promesse.

Parce que la police de Bradfield venait de se rendre coupable de la pire des absurdités. Le Dr Tony Hill, l'homme stupide qui n'avait pas su reconnaître tous mes crimes comme étant les miens, avait été nommé consultant officiel de la brigade criminelle dans l'enquête sur le tueur en série. Les pauvres imbéciles, ils s'illusionnaient totalement.

17

« Dans un meurtre de volupté pure, totalement désintéressé, sans témoin hostile à supprimer, sans butin à gagner, sans revanche à mener à bien, il est clair que se hâter serait gâcher la chose. »

Tony essayait de se persuader qu'il faisait un cauchemar, tant la douleur était violente. Il n'avait jamais réalisé qu'il existait autant de douleurs différentes. Cet élancement sourd dans sa tête, cette brûlure dans sa gorge sèche, cette impression de déchirement dans ses épaules, et les crampes, tels des coups de poignard dans ses cuisses et dans ses mollets. Tout d'abord, la douleur bloqua toute autre sensation. Les paupières crispées, il n'était plus qu'un bloc de souffrance absolue.

Peu à peu, il apprit à ruser avec son extrême douleur. Il comprit qu'en portant son poids sur ses pieds, les crampes disparaîtraient lentement et que cette atroce sensation de déchirement dans ses épaules s'apaiserait quelque peu. Sa souffrance devenant plus supportable, il réalisa qu'il avait mal au cœur. Une nausée tapie au creux de son estomac menaçait de déborder à tout moment. Dieu seul savait depuis combien de temps il était suspendu là. Lentement, plein d'appréhension, il ouvrit les yeux et leva la tête.

Ce mouvement fit fuser une douleur très vive dans son cou et dans ses épaules.

Tony regarda autour de lui.

Et le regretta aussitôt.

Il sut immédiatement où il se trouvait. La pièce était violemment éclairée par des spots au plafond. Les murs étaient blanchis à la chaux, le sol de pierre brute maculé de taches sombres. Il n'avait nul besoin de les examiner pour savoir qu'il s'agissait des traces laissées par le sang qui avait giclé là.

Face à lui, l'œil aveugle d'une caméra sur un trépied. Une lumière rouge, sur le côté, lui apprit qu'on enregistrait son examen de la pièce. Sur le mur du fond, un support en métal magnétique, où étaient rangés, verticalement, tout un assortiment de couteaux. Dans un coin de la pièce, il vit les engins de torture : un chevalet et une chose étrange ressemblant à un fauteuil. Il savait ce que c'était, mais il avait oublié le nom. Un objet religieux, vaguement chrétien… Un fauteuil de Judas, voilà, c'était ça. Et sur le mur, une espèce d'énorme croix de bois, tel un symbole chrétien horriblement perverti. Un léger gémissement s'échappa des lèvres de Tony.

Il s'efforça ensuite de faire le point sur sa propre situation. Il était nu, le froid de la cave lui avait donné la chair de poule. Ses mains étaient attachées derrière son dos, ses bras maintenus dans une tension terrible par une corde ou une chaîne, de toute évidence fixée au plafond. Cette haussière était suffisamment serrée pour forcer la partie supérieure de son corps à ployer vers l'avant, le laissant plié en deux à partir de la taille.

Tony réussit à se hisser sur la pointe des pieds et à tourner son corps sur le côté. Du coin de l'œil, il aperçut une solide corde en nylon montant depuis ses poignets, passant dans une poulie au plafond, longeant le plafond, passant dans une autre poulie, puis dans un treuil.

— Seigneur, coassa-t-il.

Il redoutait de regarder ses pieds, de peur de voir ses pires craintes confirmées, mais il se força à baisser les yeux. Ainsi qu'il l'avait craint, ses chevilles étaient emprisonnées dans des bracelets de cuir, lesquels étaient attachés à une nacelle de corde supportant une lourde dalle de pierre. Un frisson involontaire le secoua, mettant encore plus au supplice ses muscles affreusement douloureux. Tony s'y connaissait en tortures. Pour traiter ses patients, il avait dû étudier l'histoire du sadisme. Mais même dans ses heures les plus sombres, il n'avait jamais imaginé qu'il devrait faire face à un destin pareil.

Son esprit anticipait déjà la suite. Il serait hissé au plafond. Ses muscles s'étireraient, puis se déchireraient. Après quoi, le treuil redonnerait du mou à la corde. Il descendrait d'un bon mètre, puis on l'immobiliserait d'un coup. Le poids de la dalle de pierre, toujours entraînée dans son mouvement vers le bas à une vitesse de dix mètres par seconde, finirait le travail, disloquant ses articulations, le laissant pendouiller dans un fouillis de membres désarticulés. S'il avait de la chance, le choc et la douleur le plongeraient dans l'inconscience. Le *strappado*, élevé au rang d'art par l'Inquisition espagnole. Inutile d'avoir recours à la torture high-tech.

Pour tenter d'échapper à la panique totale dans laquelle son savoir l'avait plongé, Tony se força à reconstituer les faits depuis le départ. La femme à la porte, tout partait de là. En la faisant entrer chez lui, Tony avait éprouvé un sentiment de familiarité. Il était certain de l'avoir déjà vue quelque part.

Cependant, s'il avait réellement rencontré quelqu'un d'aussi laid, il s'en serait souvenu. Il l'avait précédée dans le couloir, puis dans son bureau. Il avait alors senti une vague odeur, étrangement médicale, chimique, avant qu'une main ne se glisse sur le côté de son cou et ne lui plaque un tampon froid et dégoûtant sur le visage. Un coup de pied derrière son genou pour le déséquilibrer et le faire tomber. Il avait lutté, mais vu le poids de la femme sur lui, cela n'avait duré que quelques instants. Puis il avait perdu connaissance.

Ensuite, il avait dérivé d'un monde de ténèbres à un monde de lumière, seulement conscient du tampon qui semblait le renvoyer dans le néant dès qu'il luttait pour reprendre conscience, jusqu'à ce qu'il finisse par revenir à lui, dans la chambre de torture du Bricoleur. Une phrase surgit dans son esprit : « Quand un homme sait qu'il va être pendu le lendemain, cela peut lui donner une capacité de concentration remarquable. » Dans ces terribles événements, il y avait un indice qui pouvait lui permettre d'échapper à ce qui semblait inévitable. Tony le savait. Il ne lui restait plus qu'à trouver cet indice.

S'était-il complètement trompé dans son profil ? La femme qui l'avait kidnappé était-elle le Bricoleur ? Était-ce elle, le tueur ? Ou bien était-elle la complice qui jouissait du vice de son maître ? De nouveau, Tony se repassa en esprit tout ce dont il pouvait se souvenir. Il fit réapparaître l'image de la femme. D'abord les vêtements. Un imper beige, avec une ceinture, comme celui de Carol. Dessous, un chemisier blanc, dont les boutons étaient ouverts jusqu'à la naissance des seins – de beaux seins. Un jean, des chaussures de sport. Les chaussures de sport. « Même marque, même modèle que les miennes », se dit Tony. Mais tout cela n'avait rien de significatif, songea-t-il. Cela prouvait seulement le soin qu'apportait le Bricoleur à ne pas être pris. La femme avait choisi sa tenue dans un but précis : si jamais elle laissait des fibres, celles-ci ne présenteraient aucun intérêt, car elles pouvaient provenir des vêtements de Carol ou de ceux de Tony. En effet, Carol était venue chez lui suffisamment souvent pour laisser des fibres.

Le visage de la femme n'évoquait rien de spécial non plus. Elle était grande, pour une femme – au moins un mètre soixante-quinze –, avec une structure osseuse solide, qui allait avec sa taille. Même sa mère n'aurait pu la trouver belle, avec sa mâchoire carrée, son nez légèrement bulbeux, sa grande bouche, ses yeux étrangement écartés. Même si elle était bien maquillée, quoiqu'un peu trop, elle pouvait difficilement faire des merveilles, avec la tête qu'elle avait. Tony était certain qu'ils ne s'étaient jamais trouvés dans la même pièce, bien qu'il l'eût peut-être croisée dans la rue, à la station de tram, ou sur le campus.

Les chaussures de sport. Pour quelque raison mystérieuse, il en revenait toujours aux chaussures. Si seulement la douleur pouvait s'arrêter un moment, qu'il arrive à se concentrer ! Tony tendit les jambes, essayant de soulager quelque peu ses épaules de cette tension affreusement douloureuse. Le demi-centimètre qu'il gagna ne fut pas suffisant. De nouveau, une peur viscérale le saisit, et il cilla pour chasser une larme.

Qu'avaient-elles, ces chaussures ? Tony se concentra autant qu'il put et se représenta de nouveau la femme. Et soudain, il comprit : les pieds étaient trop grands. Même pour une femme de cette taille. Dès qu'il eut pris conscience de cela, il se souvint des mains. D'abord des gants en cuir noir, puis des gants en latex sur de grandes mains, aux doigts épais et forts. La personne qui l'avait amené ici n'avait pas toujours été une femme.

Carol appuya de nouveau sur la sonnette. Où diable était-il ? Les lumières étaient allumées, les rideaux tirés. Peut-être était-il sorti s'acheter une pizza, poster une lettre, louer une cassette. Avec un soupir frustré, Carol tourna les talons et redescendit la rue. Puis elle tourna dans le passage qui courait entre la rue de Tony et les maisons derrière la sienne et entra dans la cour de Tony.

La voiture était là, à sa place.

— Oh, merde, geignit Carol.

Elle fit le tour de la voiture, s'avança vers la maison, regarda par la fenêtre de la cuisine. La lumière du couloir projetait une pâle lueur dans la pièce. Aucun signe de vie. Pas d'assiettes sales, ni de bouteilles vides.

En dernier recours, Carol essaya d'ouvrir la porte de derrière. Sans succès.

— Ah, les hommes, grommela-t-elle en repartant vers sa voiture à grands pas. Cinq minutes et je me tire, mec.

Elle se laissa tomber sur son siège.

Dix minutes s'écoulèrent, mais personne ne se montra.

Carol remit le moteur en marche et repartit. Au bout de la rue, elle jeta un coup d'œil au pub, de l'autre côté du carrefour. Ça valait la peine d'essayer, se dit-elle. Il lui fallut moins de trois minutes pour parcourir les salles enfumées et bondées. Tony n'était pas au *Farewell to Arms*.

Alors, où pouvait-il être allé un dimanche soir, à pied ? « N'importe où, se dit-elle. Il doit avoir d'autres amis que toi. Il ne t'attendait pas. Tu es seulement passée pour convenir d'un rendez-vous demain. »

Carol abandonna et rentra chez elle. L'appartement était vide. Michael, elle s'en souvint tout à coup, était sorti dîner avec une femme qu'il avait rencontrée dans une foire commerciale. Carol décida d'oublier le monde et d'aller se coucher. Mais tout d'abord, elle allait laisser un message à Tony. Si elle débarquait deux matins de suite sans prévenir, il pourrait commencer à devenir nerveux. Le répondeur se déclencha après deux sonneries, mais il n'y avait pas de message d'annonce, seulement une série de *clic*, suivis par le *bip*.

— Bonsoir, Tony, dit-elle. Je ne sais pas si votre répondeur marche, donc j'ignore si vous aurez ce message. Il est 21 h 20, et je ne vais pas veiller très tard. Je serai au bureau assez tôt demain, pour travailler sur la piste des revendeurs de matériel informatique. M. Brandon nous convoque à 15 heures, demain après-midi, pour une réunion. Si vous voulez me voir avant, passez-moi un coup de fil. Je serai dans la salle de HOLMES ou dans la salle de la brigade.

Assise avec Nelson sur ses genoux et un verre bien tassé à portée de la main, Carol pensa au travail qui l'attendait. La liste des sociétés qui vendaient les périphériques et les logiciels dont le Bricoleur avait besoin pour créer ses propres images était terriblement longue. Elle avait demandé à Dave de ne pas commencer à travailler dessus avant qu'elle ait pu contacter Fraser Duncan. La liste de clients de Vicom serait plus courte, et ils pourraient la confronter à celle des propriétaires de Land Rover Discovery.

— Nous allons y arriver, Nelson, dit-elle. Mais ça a intérêt à valoir le détour.

Le claquement de talons hauts sur les dalles de pierre coupa ce délire de douleur comme un fil passe dans du beurre. Tony ne savait plus si c'était le jour ou la nuit, ni combien de temps s'était écoulé depuis qu'on l'avait arraché à sa vie. Il se força à rester vigilant, alors que le bruit s'approchait de lui, par-derrière. Elle descendait dans la cave. Au pied de l'escalier, le cliquetis des talons cessa. Tony entendit un ricanement rauque. Lentement, un pas après l'autre, il l'entendit se rapprocher. Il sentait qu'elle le regardait.

Elle prit son temps, fit le tour de son corps entravé, avant de réapparaître dans son champ de vision. Pendant quelques instants, Tony resta interloqué par la beauté du corps de cette femme. Si l'on excluait la tête, elle aurait pu poser dans un magazine de charme. Elle se tenait debout, les jambes légèrement écartées, les poings sur les hanches. Elle portait un kimono de soie rouge largement ouvert sur une guêpière extraordinaire, ouverte au niveau des mamelons et fendue à l'entrejambe. Des bas noirs gainaient des jambes magnifiques, musclées. Elle portait des talons aiguilles noirs. Sous son kimono se dessinaient des bras et des épaules très musclés. D'où il était, Tony la trouvait aussi sexy qu'un cataplasme au kaolin.

— Tu as deviné, Anthony, ça y est ? dit-elle d'une voix traînante.

Le fait qu'elle ait insisté sur son nom, son nom entier, fut le dernier tour apporté au Rubik's Cube de sa mémoire. L'esprit tournant à cent à l'heure, Tony déclara :

— J'imagine qu'il est hors de question de te demander deux comprimés de paracétamol, Angelica ?

De nouveau le ricanement rauque.

— Ravie de constater que tu n'as pas perdu ton sens de l'humour.

— Non, seulement ma dignité. Je ne m'attendais pas à cela, Angelica. Rien, dans nos conversations téléphoniques, ne laissait prévoir que c'était cela que tu me réservais.

— Tu n'avais aucune idée de qui j'étais, n'est-ce pas ? dit Angelica, la fierté visible dans ses yeux.

— Oui et non. Je ne savais pas que tu étais la personne qui avait tué ces hommes. Mais je savais que tu étais la femme qu'il me fallait.

Angelica fronça les sourcils, comme si elle ne savait trop que répondre. Elle se détourna et vérifia le bon fonctionnement de la caméra.

— Il t'aura fallu du temps pour t'en apercevoir. Tu as une idée du nombre de fois où tu m'as raccroché au nez ?

La voix n'était pas blessée, mais furieuse.

Tony sentit le danger et s'efforça de trouver des mots apaisants.

— C'était parce que j'avais un problème, ce n'était pas à cause de toi.

— Tu avais un problème avec moi, dit-elle en se dirigeant vers le banc de pierre qui courait le long d'un mur.

Elle prit une autre cassette et revint vers la caméra.

Tony fit une nouvelle tentative.

— C'est exactement le contraire, dit-il. J'ai toujours eu des problèmes, dans mes relations avec les femmes. C'est pour ça que je ne savais pas comment m'y prendre avec toi, au début. Mais ça s'est arrangé. Considérablement. Tu le sais. Tu sais que nous étions merveilleusement bien ensemble. Grâce à toi, j'ai l'impression d'avoir dépassé tous mes problèmes.

« Tu as été plus maligne que moi, tu sais. Je croyais que le tueur était un homme. J'aurais dû être plus futé.

Lui tournant le dos, Angelica introduisit la cassette dans la caméra vidéo. Puis elle fit volte-face et dit :

— Tu ne m'aurais jamais capturée. Et maintenant que tu es hors jeu, personne d'autre ne m'aura.

Ignorant la menace, Tony continua de bavarder, luttant pour garder une voix chaleureuse et égale.

— J'aurais dû comprendre que tu étais une femme. La subtilité, l'attention portée aux détails, le soin que tu prenais à ne laisser aucun indice derrière toi. Tout cela était la signature d'un esprit féminin. J'ai été stupide de ne pas le voir.

Angelica eut un petit sourire narquois.

— Vous êtes tous les mêmes, vous, les psychologues.

Elle avait craché ce mot comme si c'était une obscénité.

— Vous n'avez aucune imagination.

— Mais moi, je ne suis pas comme eux, Angelica. OK, j'ai fait cette erreur cruciale, mais je parie que j'en sais plus sur toi qu'aucun d'entre eux. Parce que tu m'as laissé voir ton esprit de l'intérieur, ton être. Et pas seulement à travers tes meurtres. Tu m'as laissé voir une vraie femme, une femme qui comprend ce qu'est l'amour. Mais j'imagine qu'ils ne t'ont pas comprise, n'est-ce pas ? Ils ne te croyaient pas quand tu leur disais que tu avais une âme de femme emprisonnée dans un corps d'homme. Oh, ils devaient prétendre le contraire, j'imagine, ils devaient se montrer condescendants avec toi, te parler de façon méprisante. Mais au fond d'eux-mêmes, ils te prenaient pour un monstre, n'est-ce pas ? Moi, je n'ai jamais pensé ça, crois-moi.

La voix de Tony s'enroua alors qu'il arrivait au bout de sa tirade. Il avait la bouche sèche, mais au moins l'adrénaline qui courait dans ses veines semblait-elle lui faire l'effet d'un analgésique.

— Que sais-tu de moi ? demanda-t-elle durement.

La souffrance visible dans ses yeux formait un étrange contraste avec la pose provocante qu'elle avait adoptée.

— J'ai besoin d'un verre si nous devons parler, dit Tony.

Tony misait sur deux choses : le narcissisme d'Angelica exigeait qu'elle parle de ses exploits à quelqu'un, et elle avait besoin de connaître l'analyse qu'il avait faite de son cas. S'il avait la moindre chance de sauver sa peau, c'était en établissant une relation avec elle. Un verre serait la première brique du mur. Plus elle le verrait comme un individu et non comme un minable, plus il aurait de chances de s'en tirer.

Angelica lui lança un regard mauvais. Puis, avec un mouvement de tête qui fit tournoyer ses longs cheveux, elle se dirigea vers un évier scellé dans le mur. Elle ouvrit le robinet et jeta un coup d'œil autour d'elle, en quête d'un récipient quelconque.

— Je vais chercher un verre, marmonna-t-elle en passant devant lui.

Elle remonta les marches dans un bruit de talons.

La petite victoire de Tony lui procura un réel soulagement. Angelica fut absente à peine trente secondes. Elle revint avec une grosse tasse blanche. « La cuisine est au-dessus », en déduisit Tony, alors qu'elle retournait à l'évier. Elle marchait avec aisance sur ses talons. Son pas était mesuré, féminin. C'était intéressant, car elle avait dû revenir à une façon de se déplacer plus masculine, sous le stress du kidnapping et du meurtre. C'était la seule façon d'expliquer le témoignage de Terry Harding, qui avait vu un homme sortir du garage de Damien Connolly.

Angelica remplit la tasse et s'approcha de Tony avec prudence. Elle saisit ses cheveux, tira sa tête en arrière de façon affreusement douloureuse pour lui et versa de l'eau glacée dans sa bouche. La moitié du liquide descendit le long de son menton, mais boire lui fit vraiment du bien.

— Merci, haleta-t-il, alors qu'elle reculait.

— On devrait toujours se montrer accueillant avec ses invités, dit-elle, sardonique.

— J'espère rester un invité quelque temps, répondit Tony. Je t'admire, tu sais. Tu as du style.

De nouveau, elle fronça les sourcils.

— Ne me raconte pas de conneries, Anthony. Tu ne t'en sortiras pas par la flatterie.

— Ce ne sont pas des conneries, protesta-t-il. J'ai passé des jours et des nuits à étudier dans le détail tout ce que tu as fait. J'ai pénétré dans ta tête. Comment pourrais-je ne pas t'admirer ? Comment pourrais-je ne pas être impressionné ? Les autres hommes que tu as amenés ici ne savaient pas qui tu étais, ce que tu étais capable de faire.

— C'est vrai, je dois t'accorder cela. On aurait dit des mômes geignards, effrayés, stupides, dit Angelica, pleine de mépris. Ils ont été incapables de voir ce qu'une femme comme moi pouvait faire pour eux. C'étaient des imbéciles, des traîtres, des pervers.

— C'est parce qu'ils ne te connaissaient pas aussi bien que moi.

— Tu n'arrêtes pas de dire ça. Prouve-le. Prouve que tu me connais.

— Fraser Duncan ? Bonjour, c'est l'inspecteur principal Carol Jordan, de la police de Bradfield, dit-elle.

Carol ne s'était jamais habituée à énoncer son titre entier pour se présenter. Elle avait toujours le sentiment que quelqu'un allait bondir et crier :

— Oh, non, tu n'es pas inspecteur principal ! Nous t'avons démasquée !

Heureusement, cela n'arriva pas aujourd'hui.

— Oui ?

La voix était prudente.

— En fait, c'est mon frère, Michael Jordan, qui m'a suggéré de vous appeler. Il pense que vous pourriez peut-être m'aider dans une enquête que nous menons actuellement.

— Oh, oui !

Le climat se radoucit.

— Comment va Michael ? Il est content du logiciel ?

— Je crois que c'est son jouet favori, répondit Carol.

Fraser Duncan rit.

— Un jouet très cher, inspecteur. Bien, que puis-je faire pour vous ?

— Je voulais vous parler du Vicom 3D Commander. De façon tout à fait confidentielle. Nous travaillons sur une grande enquête criminelle, et j'ai pensé que notre tueur pourrait se servir de votre logiciel pour créer ses propres vidéos, peut-être même pour y entrer d'autres éléments. Ce serait possible, n'est-ce pas ?

— Ce serait même très facile.

— Est-ce que vous gardez les coordonnées de vos clients ? s'enquit Carol.

— Effectivement. Nous ne faisons pas de la vente directe, mais quiconque achète un Commander nous laisse son identité, puisque ça lui donne accès à une ligne gratuite pour l'aider à s'en servir. En outre, il sera tenu au courant, en priorité, de nos dernières nouveautés.

Duncan était volubile, à présent.

— Dois-je comprendre que vous désirez avoir accès à notre fichier clients, inspecteur ?

— C'est exact, monsieur. Il s'agit d'une enquête criminelle. Cette information pourrait être déterminante. J'insiste sur le fait que cela restera absolument confidentiel. Je veillerai personnellement à ce que vos données soient effacées de notre système dès que nous aurons fini, dit Carol, s'efforçant de ne pas avoir l'air de mendier.

— Je ne sais pas, dit Duncan, hésitant. Je ne suis pas certain d'avoir envie que vous et vos collègues alliez tambouriner à la porte de mes clients.

— Ça ne se passera pas comme ça, monsieur Duncan. Absolument pas. Nous entrerons cette liste dans l'ordinateur central de la police et la confronterons avec les données déjà existantes. Nous agirons à partir des corrélations qui s'établiront avec les gens déjà répertoriés dans l'ordinateur.

— C'est le tueur en série que vous essayez d'attraper ? s'enquit brusquement Duncan.

Carol se demanda ce qu'il désirait entendre. Puis elle dit, prenant le risque :

— Oui.

— Laissez-moi vous rappeler, inspecteur. Simplement pour m'assurer que vous êtes bien la personne que vous prétendez être.

— Je vous en prie.

Elle lui donna le numéro du central de la police.

— Demandez-leur de vous passer la salle de HOLMES, à Scargill Street.

Carol passa les cinq minutes suivantes dans une espèce d'impatience fiévreuse. Le téléphone eut à peine le temps de sonner une fois que le combiné était déjà plaqué contre son oreille.

— Inspecteur Jordan, dit-elle.

— Tu me dois une faveur, petite sœur.

— Michael !

— Je viens juste de dire à Fraser Duncan que tu es une petite dame tout à fait honorable et qu'il peut te faire confiance, en dépit de ce qu'il a pu entendre sur la police.

— Je t'aime, petit frère. Maintenant, raccroche, que cet homme puisse m'appeler !

En une heure, les données de Vicom étaient dans le réseau informatique HOLMES, grâce à Dave Woolcott et aux miracles de la technologie moderne.

Carol s'assit à côté de Dave pendant qu'il travaillait sur l'un des terminaux.

— OK, dit-il. Le centre des permis de conduire nous a donné la liste de toutes les personnes possédant une Land Rover Discovery gris métallisé ou bleu nuit dans un rayon de trente-cinq kilomètres autour de Bradfield. Nous avons également la liste, grâce à Vicom, des gens qui ont acheté le Commander. J'appuie sur cette touche, je descends jusqu'en bas de ce menu, je choisis cette option… et il ne nous reste plus qu'à attendre.

Pendant une longue et terrible minute, rien ne se passa. Puis l'économiseur d'écran disparut, et un message apparut.

Deux correspondances trouvées.
Afficher les correspondances ?

Dave appuya sur une touche, et deux noms suivis de deux adresses apparurent sur l'écran.

1. Philip Crozier, 23 Broughton Crag, Sheffield Road, Bradfield BX4 6JB.
2. Christopher Thorpe (liste 1), Angelica Thorpe (liste 2), 14 Gregory Street, Moorside, Bradfield BX6 4LR.

— Qu'est-ce que ça veut dire ? s'enquit Carol, pointant son doigt sur « liste 2 ».

— La Land Rover est enregistrée au nom de Christopher Thorpe, et c'est Angelica qui a acheté le logiciel, expliqua Dave. Eh bien, nous avons deux infos. Voyons si elles sont utilisables ou non.

Penny Burgess marchait à grands pas sur le sol calcaire fissuré de Malham Pavement. Le ciel était bleu, lumineux, comme au début du printemps. Les herbes sauvages des landes commençaient à prendre une teinte plus verte que marron. De temps à autre, des alouettes chantaient. Deux choses redonnaient vie à Penny : enquêter sur une bonne histoire, et grimper dans les landes des Yorkshire Dales. Dehors, au grand air, elle se sentait aussi libre que les alouettes, n'éprouvait plus la moindre tension. Pas d'article à rendre dans l'heure, pas de contacts à rassurer, pas de coup d'œil à jeter derrière elle pour s'assurer qu'elle conservait son avance sur ses rivaux. Rien que le ciel, les landes, l'extraordinaire paysage parsemé de roches calcaires, et elle.

Sans raison précise, la pensée de Stevie Mc Connell s'imposa à elle. Il ne verrait plus jamais le ciel, il ne se promènerait plus, il n'assisterait plus au changement des saisons. Grâce à Dieu, Penny pouvait faire en sorte que quelqu'un paie pour cette perte inhumaine.

La demeure de Philip Crozier était une maison étroite, moderne, à trois étages et attenante à ses voisines. Un garage intégré occupait la quasi-totalité du rez-de-chaussée. Carol était assise dans la voiture de police, observant les lieux.

— On y va, madame ? demanda le jeune inspecteur qui était au volant.

Carol réfléchit quelques instants. Idéalement, il aurait fallu que Tony soit avec elle. Elle avait essayé de l'appeler chez lui. Pas de réponse. Claire, sa secrétaire, disait qu'il n'était pas encore arrivé au bureau. Elle était surprise, vu qu'il avait un rendez-vous à 9 h 30. Carol était retournée voir sa maison, mais celle-ci n'avait pas changé depuis la veille. « Il est parti s'éclater avec sa copine. Il a bien choisi son moment, si ça lui fait rater la capture du Bricoleur », songea-t-elle méchamment. Puis elle regretta aussitôt cette pensée infantile. Puisque Tony ne l'accompagnait pas, elle aurait aimé avoir Don Merrick avec elle. Mais Don enquêtait sur d'autres pistes, révélées par l'identification de la Land Rover. Elle n'avait trouvé pour l'accompagner que l'inspecteur Morris, en stage à la brigade criminelle depuis trois mois.

— Nous ferions aussi bien d'aller voir s'il est là, dit Carol. Bien qu'il soit probablement à son travail.

Ils remontèrent l'allée. Carol nota que l'herbe était fraîchement tondue et les peintures bien entretenues. La maison ne collait pas vraiment avec le profil de Tony. Elle ressemblait davantage aux demeures des victimes, pour ce qui était de sa valeur marchande. Carol appuya sur la sonnette et recula d'un pas. Ils allaient abandonner et retourner à la voiture quand elle entendit le pas lourd de quelqu'un qui descendait au rez-de-chaussée. La porte s'ouvrit. Apparut un homme trapu, noir, vêtu d'un pantalon de jogging gris et d'un tee-shirt rouge. Il n'aurait pu être plus différent de l'homme décrit par Terry Harding. Le cœur de Carol sombra de quelques degrés dans sa poitrine. Puis elle se dit que Crozier n'était peut-être pas le seul à se servir de son logiciel et de sa Land Rover. Ça valait tout de même la peine de l'interroger.

— Oui ? dit-il.

— Monsieur Crozier ?

— C'est exact. Que puis-je faire pour vous ? demanda-t-il d'une voix détendue, avec un fort accent de Bradfield.

Carol montra sa carte et se présenta.

— Pourrions-nous entrer et parler un moment avec vous, monsieur ?

— À quel sujet ?

— Votre nom a surgi dans une enquête de routine, et j'aimerais vous poser quelques questions en vue de vous rayer de notre liste.

Crozier fronça les sourcils.

— Quel genre d'enquête ?

— Si nous pouvions juste entrer, monsieur…

— Non. Attendez. Qu'est-ce que ça veut dire ? J'essaie de travailler, moi.

Morris vint se placer à côté de Carol.

— Ce n'est pas la peine de faire des difficultés, monsieur. C'est juste un interrogatoire de routine.

— M. Crozier ne fait pas de difficultés, inspecteur, dit Carol froidement. Je réagirais exactement comme vous à votre place, monsieur. Une voiture dont la description correspond à la vôtre est impliquée dans une affaire sur laquelle nous enquêtons. Il faut que nous puissions vous éliminer de la liste des suspects. Nous allons voir plusieurs autres personnes pour la même raison. Cela ne prendra pas longtemps.

— Très bien, soupira Crozier. Entrez.

Ils le suivirent à l'étage et se retrouvèrent dans un salon communiquant avec la cuisine. Il y avait peu de meubles, mais ils étaient beaux. Crozier leur fit signe de s'asseoir dans des fauteuils en cuir et en bois. Puis il se laissa tomber sur un autre fauteuil.

Morris sortit son bloc-notes et l'ouvrit à une page nouvelle avec ostentation.

— Vous travaillez chez vous, alors ? s'enquit Carol.

— Exact. Je suis animateur *free-lance*.

— De dessins animés ? dit Carol.

— Je fais essentiellement des animations dans le domaine scientifique. Si vous voulez quelque chose pour votre centre de cours par correspondance qui vous montre comment les atomes entrent en collision, je suis votre homme. Alors, qu'est-ce que vous voulez savoir ?

— Vous possédez une Land Rover Discovery ?

— Exact. Elle est dans le garage.

— Pouvez-vous me dire si vous vous en êtes servi lundi dernier ? demanda Carol.

— Impossible. J'étais à Boston, dans le Massachusetts.

Carol lui posa les questions de routine permettant d'établir précisément ce qu'il avait fait, et auprès de qui elle pouvait vérifier l'information. Puis elle se leva. Le moment était venu de poser la question cruciale, qui devait apparaître comme banale.

— Merci de votre aide, monsieur Crozier. Une dernière chose. Est-ce que quelqu'un a les clés de votre maison et peut venir ici en votre absence ? Quelqu'un qui aurait pu emprunter votre voiture ?

Crozier secoua la tête.

— Je vis seul. Je n'ai ni chat, ni plantes vertes, si bien que personne n'a besoin de venir quand je suis absent. Il n'y a que moi qui aie les clés.

— Vous êtes sûr de ça ? Pas de femme de ménage, pas de collègue qui viendrait utiliser votre ordinateur ?

— J'en suis sûr. Je fais mon ménage moi-même. Je travaille seul. J'ai rompu avec ma petite amie il y a deux mois, et j'ai changé les serrures, OK ? Personne n'a les clés, sauf moi.

Crozier commençait à devenir irritable.

— Et personne n'aurait pu emprunter vos clés pour en faire un double sans que vous vous en aperceviez ? insista Carol.

— Je ne vois pas comment. Je n'ai pas l'habitude de les laisser traîner. Et puis, l'assurance de la voiture stipule que je suis le seul conducteur du véhicule. Personne ne l'a jamais conduite, à part moi, dit Crozier, dont l'agacement se faisait plus sensible. Si quelqu'un a commis un acte criminel avec une voiture semblable à la mienne et portant le même numéro, c'est qu'il a utilisé de fausses plaques minéralogiques, OK ?

— J'entends ce que vous me dites, monsieur Crozier. Je puis vous assurer que si les informations que vous m'avez données se révèlent exactes après vérification, vous n'entendrez plus jamais parler de nous. Je vous remercie de nous avoir consacré du temps.

Une fois dans la voiture, Carol déclara :

— Trouvez-moi un téléphone. Je veux essayer d'appeler de nouveau le Dr Hill. Je ne peux pas croire qu'il soit sorti sans prévenir la seule fois où nous avons vraiment besoin de lui.

Extrait d'une disquette de trois pouces et demi intitulée : Sauvegarde 007 — Dossier amour 018

C'est risible. Ils choisissent un homme qui n'est même pas capable de voir quelles punitions j'ai infligées, et ils l'emploient pour me capturer ! Le Dr Tony Hill est censé donner de moi un profil basé sur son analyse de mes meurtres. Quand ce compte rendu sera publié, d'ici de nombreuses années, après que j'aurai rendu l'âme dans mon lit de manière naturelle, les historiens auront tout loisir de comparer son profil avec la réalité et de rire des erreurs grossières de cette pseudo-science.

Jamais il n'approchera de la vérité. Je déclare ça pour mémoire.

Je suis né à Seaford, dans le Yorkshire, l'un des ports de commerce et de pêche les plus importants du pays. Mon père était marin dans la marine marchande, premier officier sur un pétrolier. Il parcourait le monde, puis il nous revenait. Mais sa femme était une mauvaise épouse, doublée d'une mauvaise mère. Je réalise à présent que la maison était toujours en désordre, les repas irréguliers et peu appétissants. La seule chose pour laquelle elle était douée, la seule chose qu'ils pouvaient partager, c'était la boisson. Si la soûlographie par couple était une discipline olympique, ils auraient gagné la médaille d'or.

Quand j'ai eu sept ans, mon père n'est plus revenu à la maison. Bien entendu, ma mère m'a accusé d'être un mauvais fils. Elle a dit que mon père était parti à cause de moi et qu'à présent, j'étais l'homme de la maison. Mais je n'ai jamais pu me montrer à la hauteur de ses espérances. Elle exigeait toujours trop de moi et usait davantage du blâme que des éloges à mon égard. J'ai passé plus de temps enfermé dans le placard que les manteaux de la plupart des gens.

Sans le chèque de mon père, ma mère s'est retrouvée à dépendre des aides sociales, qui suffisaient à peine pour vivre, sans parler de boire. Lorsque la société immobilière a récupéré la maison, nous sommes allés vivre chez des parents à Bradfield, pendant un temps, mais leur désapprobation lui pesait. Aussi sommes-nous revenus à Seaford, où elle a travaillé pour la deuxième industrie en plein essor de la ville : la prostitution. Je me suis habitué à ces défilés de marins ivres, dégoûtants, qui entraient et sortaient d'un pas traînant de ces successions d'appartements sordides et de studios meublés où nous vivions. Nous étions toujours en retard pour le loyer et déménagions généralement à la cloche de bois, avant que les huissiers ne deviennent vraiment méchants.

Je me suis mis à détester cette affreuse copulation assortie de grognements dont j'étais le témoin permanent, et je passais le plus clair de mon temps dehors, dormant souvent sur les docks. J'ai pris l'habitude de harceler des mômes plus jeunes que moi pour avoir leur argent, afin de pouvoir manger. Je changeais d'école presque aussi souvent que nous changions de maison. Aussi n'ai-je jamais eu de très bons résultats. Pourtant, je me savais plus brillant que la plupart des autres enfants, qui eux étaient simplement bêtes.

Dès que j'ai eu seize ans, j'ai quitté Seaford. Je connaissais suffisamment les hommes pour savoir que je ne voulais pas devenir comme eux. Et puis, au fond de moi, je me sentais différent. J'ai pensé qu'en retournant dans une grande ville comme Bradfield, il me serait plus facile d'obtenir ce que je voulais. L'un des cousins de ma mère m'a trouvé un emploi dans l'entreprise d'électronique où il travaillait.

À cette époque, j'ai découvert qu'habillé en femme, j'étais mieux dans ma peau. J'avais mon propre studio meublé, aussi pouvais-je le faire aussi souvent que je voulais. J'ai commencé à prendre des cours du soir d'informatique, et j'ai finalement obtenu des qualifications convenables. C'est à ce moment-là que ma mère a hérité d'une maison à Seaford. Son frère la lui avait léguée.

J'ai eu l'opportunité d'un travail à Seaford : informaticien à la compagnie locale du téléphone. Je n'avais pas vraiment envie de retourner là-bas, mais cet emploi était trop intéressant pour que je le refuse. Je ne suis jamais allé voir ma mère. Je ne pense pas qu'elle ait même jamais su que j'étais là.

L'une des rares choses à mettre au crédit de Seaford, c'est qu'on peut y prendre facilement le ferry pour la Hollande. J'y allais un week-end sur deux, parce que à Amsterdam, je pouvais sortir habillé en femme sans que personne cille. Là-bas, j'ai rencontré beaucoup de transsexuels et de travestis, et plus je leur parlais, plus je réalisais que je leur ressemblais. J'étais une femme, emprisonnée dans un corps d'homme. Cela expliquait pourquoi les filles ne m'avaient jamais beaucoup intéressé, sur le plan sexuel. Et même si je trouvais les hommes attirants, je savais que je n'étais pas une tapette. Les homosexuels me dégoûtent, en prétendant avoir des relations normales, alors que tout le monde sait que seuls un homme et une femme peuvent s'assortir convenablement.

Je suis allé voir les docteurs à l'hôpital de Leeds, où se pratiquent les opérations pour changer de sexe, dans le nord de l'Angleterre. Ils n'ont pas voulu de moi. Leurs psychologues étaient stupides et aveugles, comme tout le monde dans cette profession. Mais j'ai réussi à trouver un médecin, à Londres, qui m'a prescrit le traitement hormonal dont j'avais besoin. Bien entendu, je ne pouvais pas continuer à travailler pendant que je le prenais, mais j'ai parlé au patron. Il m'a dit qu'il me donnerait de bonnes références pour un autre travail après mon opération, quand je serais une femme.

J'ai dû aller à l'étranger pour me faire opérer, et ç'a été beaucoup plus cher que je ne le pensais. Je suis allé voir ma mère. Je lui ai demandé si elle acceptait d'hypothéquer la maison pour pouvoir me prêter l'argent. Elle m'a ri au nez.

Aussi ai-je suivi son exemple : je me suis vendu sur les docks. C'est étonnant de voir le prix que les marins paient pour avoir un travesti. Ils sont fous d'excitation à l'idée de se taper un être qui a des seins et une bite. Et puis, je n'étais pas comme les autres prostitués, je ne dépensais pas tout en boisson ou en drogue. Mon argent n'allait pas dans la poche d'un maquereau. J'ai tout mis de côté, jusqu'à ce que je puisse m'offrir l'opération.

Quand je suis revenu à Seaford, même ma propre mère ne m'a pas reconnu. Je n'étais rentré que depuis quelques jours quand elle a fait une overdose tragique de comprimés et d'alcool. Personne n'a été surpris. Oui, docteur, vous pouvez ajouter ma mère sur la liste.

Avec les qualifications, l'expérience et les références que j'avais, je n'ai eu aucun mal à trouver un travail d'analyste-programmeur de haut niveau à la compagnie du téléphone de Bradfield. L'argent que m'a rapporté la vente de la maison, à Seaford, m'a permis d'acheter ma maison à Bradfield, et j'ai entrepris de trouver un homme digne de moi avec qui partager ma vie.

Et le Dr Tony Hill prétend me comprendre, sans rien savoir de tout cela ? Eh bien, dans très peu de temps, je vais tout lui raconter. C'est dommage, mais il ne pourra pas le noter.

18

« La vérité, c'est que je suis un homme très particulier, dans tout ce qui a trait au meurtre ; et peut-être poussé-je ma délicatesse trop loin. »

Don Merrick pénétra dans la salle de HOLMES en mâchant un double hamburger de cinq centimètres d'épaisseur.

— Comment vous arrangez-vous pour que ces nulles de la cantine vous cuisinent des choses mangeables ? demanda Dave Woolcott.

Merrick lui fit un clin d'œil.

— Mon charme naturel, dit-il. Je choisis la plus laide, et je lui dis qu'elle me rappelle ma mère quand elle était jeune.

Il s'assit et étendit ses longues jambes.

— J'ai vérifié la demi-douzaine de Land Rover que votre sergent m'a donnée. Néant. Deux des conducteurs sont des femmes, deux autres ont des alibis en béton pour au moins deux des soirées en question, un homme a une sclérose en plaques – il n'a donc pas pu faire le travail –, et le sixième a vendu sa Land Rover à un garage des Midlands il y a trois semaines.

— Très bien, soupira Dave. Donnez la liste à l'un des archivistes, qu'on puisse mettre ce dossier à jour.

— Où est le chef ?

— Carol, ou Kevin ?

Merrick haussa les épaules.

— Pour moi, l'inspecteur Jordan est toujours le chef.

— Elle est en vadrouille, à la chasse à l'oie sauvage, dit Dave.

— Elle a eu des résultats, alors ? dit Merrick.

— Deux pistes possibles.

— Je peux jeter un coup d'œil ? demanda Merrick.

Dave fourragea dans ses papiers et trouva trois feuillets agrafés. Sur le premier, les deux corrélations. Merrick fronça les sourcils et passa à la deuxième page : une photocopie des résultats d'une recherche criminelle sur la personne de Philip Crozier. Aucun délit connu. Il étudia la troisième page en toute hâte, une page où figuraient deux Christopher Thorpe. L'un d'eux habitait le Devon. Il avait eu plusieurs condamnations pour vol. La dernière adresse connue du deuxième était à Seaford. Il avait été condamné pour toute une série de délits avant sa majorité : agression sur la personne d'un gardien de but, bris de fenêtres à l'école, vol à l'étalage. Il y avait aussi une demi-douzaine de condamnations à l'âge adulte, toutes pour prostitution. Merrick avala bruyamment sa salive et revint à la première page.

— Merde, dit-il.

— Qu'y a-t-il ? demanda Dave, soudain alarmé.

— Là. Christopher Thorpe, celui de Seaford.

— Ouais. Carol a découvert que ce n'était pas le même que le nôtre. Il a été condamné pour prostitution masculine, mais celui de Bradfield semble être marié, car la femme habitant à la même adresse porte son nom. Et puis, regardons les choses en face : les prostitués du port de Seaford ne se baladent pas en Land Rover Discovery.

Merrick secoua la tête.

— Non, vous avez tout compris de travers. Je connais le Christopher Thorpe de Seaford. J'ai travaillé à la brigade criminelle de Seaford avant de venir ici, vous vous souvenez ? Je l'ai arrêté deux fois pour prostitution. Christopher Thorpe était en train de changer de sexe, à l'époque. Il avait déjà des seins, et il essayait de gagner suffisamment d'argent pour se faire opérer. Devinez quel était son nom de guerre, Dave ? Christopher Thorpe n'est pas marié à Angelica Thorpe. Christopher Thorpe *est* Angelica Thorpe.

— Merde ! dit Dave à son tour.

— Dave, où est Carol, bordel ?

Angelica se tenait devant lui, les mains sur les hanches.

— Tu ne peux pas, hein ? Tu ne peux pas le prouver parce que tu ne sais rien de ma vie.

— Tu as absolument raison, en un sens, Angelica, répondu Tony, prudent. Mais je crois connaître un peu les grandes lignes de ta vie. Ta mère n'a pas bien su t'aimer. Peut-être buvait-elle trop, ou était-elle droguée, ou peut-être ne comprenait-elle pas les besoins d'un petit enfant. Dans tous les cas, elle ne t'a pas donné l'impression d'être aimée quand tu étais petite. Ai-je raison ?

Angelica fronça les sourcils.

— Continue. Creuse ta tombe.

Tony eut un frémissement de peur au bas de la colonne vertébrale. Et s'il s'était totalement trompé ? Et si cette femme était l'exception à toutes les statistiques que Tony avait en tête depuis le début de l'enquête ? Et si elle était l'unique tueur en série issu d'une famille aimante et unie ? Écartant ses doutes comme un luxe qu'il ne pouvait s'offrir pour le moment, Tony se lança.

— Ton père était souvent absent pendant ton enfance. Il ne t'a jamais montré qu'il était fier de toi, même si tu faisais tout ce que tu pouvais pour lui inspirer cette fierté. Ta mère attendait trop de toi. Elle ne cessait de te dire que tu étais l'homme de la maison, et quand tu te comportais comme l'enfant que tu étais, elle te le faisait payer.

Le visage d'Angelica se tordit dans un spasme trahissant la véracité de ce récit.

— Continue, grinça-t-elle, la mâchoire crispée.

— Ce n'est pas facile pour moi de parler, plié en deux comme ça. Tu ne pourrais pas donner un peu de mou à la corde, me laisser me redresser un peu ?

Elle fit non de la tête, eut une moue boudeuse, comme un enfant.

— Je ne peux pas bien te voir, dans cette position, risqua Tony. Tu as un corps fabuleux. Tu le sais, j'imagine. Or, si c'est la dernière chose qu'il m'est donné de voir, laisse-moi au moins en apprécier la beauté.

Elle inclina la tête sur le côté, comme si elle se repassait ses propos pour en vérifier l'authenticité.

— D'accord, concéda-t-elle. Mais cela ne veut pas dire que la situation ait changé, ajouta-t-elle en se dirigeant vers le treuil.

Elle donna du mou. Environ trente centimètres.

Tony ne put réprimer un cri lorsque la douleur fusa dans ses épaules, soudain libérées de la tension qui les avait étirées à la limite de la dislocation.

— Ça va passer, dit Angelica durement, en retournant se poster près de la caméra. Continue à parler, ordonna-t-elle. J'ai toujours aimé les histoires pleines d'imagination.

Tony se redressa, luttant contre la douleur.

— Tu étais une enfant brillante, haleta-t-il. Plus brillante que les autres. Ce n'est jamais simple de se faire des amis quand on est plus intelligent que les autres. Et peut-être as-tu déménagé plusieurs fois, changé d'école.

Angelica avait retrouvé le contrôle d'elle-même. Son visage demeura impassible quand il dit :

— Ce n'était pas simple de se faire des amis. Tu savais que tu étais différente des autres, mais au départ, tu n'arrivais pas à trouver pourquoi. Puis tu as grandi, et tu as compris. Tu n'étais pas comme les autres garçons, parce que tu n'étais pas un garçon. Les filles ne t'intéressaient pas, sexuellement, mais pas parce que tu étais gay. Oh, non. Simplement parce que tu étais toi-même une fille. Finalement, tu as découvert qu'habillée en femme, tu te sentais bien dans ta peau. Tel était ton destin : être une femme.

Tony s'interrompit et eut un sourire contraint.

— Comment je m'en tire, jusqu'ici ?

— Très impressionnant, docteur, dit-elle froidement. Je suis fascinée. Continue.

Tony bougea ses épaules, soulagé de découvrir que les dégâts semblaient seulement temporaires. Il prit une grande inspiration et poursuivit :

— Tu as décidé de devenir la personne que tu étais réellement, la femme cachée au plus profond de toi. J'ai tellement de respect pour toi, Angelica, quand je pense à ce que tu t'es imposé à toi-même. Je sais à quel point c'est difficile de convaincre les médecins de vous prendre au sérieux. Et puis, les hormones, l'électrolyse, vivre en étant à moitié un homme, à moitié une femme en attendant l'opération. Et ensuite, la douleur provoquée par l'opération.

Tony secoua la tête, l'air songeur.

— Je sais que je n'aurais pas le courage d'en passer par là, conclut-il.

— Ce n'était pas facile.

Ces mots étaient sortis de la bouche d'Angelica, presque malgré elle.

— Je veux bien te croire, approuva Tony avec sympathie. Et après tout ça, tu t'es demandé si ça en valait le coup, quand tu as vu que l'insensibilité, la bêtise, le manque de psychologie que tu savais être l'apanage des hommes n'avaient pas disparu parce que tu étais femme. C'étaient toujours les mêmes salauds, incapables de reconnaître une femme exceptionnelle quand elle leur offrait son amour et sa tendresse sur un plateau.

Tony marqua une pause, étudia l'expression d'Angelica, essayant de déterminer si le moment était venu de tenter le tout pour le tout. Il n'y avait plus aucune froideur dans les yeux d'Angelica. Elle paraissait presque malheureuse.

— Ils t'ont rejetée, n'est-ce pas ? Adam Scott, Paul Gibbs, Gareth Finnegan, Damien Connolly. Ils n'ont pas voulu de toi.

Angelica secoua violemment la tête, comme pour nier le passé.

— Ce n'est pas qu'ils n'aient pas voulu de moi. Ils m'ont déçue. Ils m'ont trahie.

— Raconte-moi, dit Tony gentiment, priant pour que sa technique durement acquise ne lui fasse pas défaut.

— Pourquoi devrais-je te le raconter ? cria-t-elle en avançant d'un pas et en le giflant si fort qu'il sentit le goût du sang quand sa joue s'écrasa contre ses dents. Tu ne vaux pas mieux qu'eux. Et cette salope, cette pute blonde que tu baises ?

Tony avala le sang chaud et salé qui coula dans sa bouche.

— Tu veux parler de Carol Jordan ? dit-il, cherchant à gagner du temps.

— Tu sais très bien de qui je veux parler. Je sais que tu l'as baisée, n'essaie pas de me mentir, siffla-t-elle. Espèce de traître, de salopard !

De nouveau, sa main s'écrasa sur la figure de Tony, si fort qu'il entendit craquer ses vertèbres cervicales.

Des larmes lui montèrent aux yeux. La vérité ne marcherait pas. Elle ne lui vaudrait que des châtiments supplémentaires. Priant pour réussir à mentir avec conviction, Tony plaida sa cause.

— Angelica, dit-il, ce n'était qu'un coup. Histoire de me calmer. Tu m'avais tellement excité avec tes coups de fil. Je ne savais pas quand tu allais rappeler, ni même si tu allais jamais rappeler.

Il joua la colère.

— J'avais envie de toi, et tu ne me disais pas comment je pouvais faire pour t'avoir. Angelica, je faisais comme toi avec les autres. Je remplissais un vide, en attendant une femme digne de moi. Tu ne crois tout de même pas qu'une simple flic allait satisfaire mes fantasmes !

Angelica recula d'un pas, son expression trahissant le choc qu'elle ressentait.

— Nous sommes différents, toi et moi, poursuivit Tony, poussant son avantage. Les autres ne te méritaient pas. Mais nous deux, nous sommes à part. Tu dois le savoir, tu te souviens de nos coups de fil. Ne sentais-tu pas qu'il se passait quelque chose d'extraordinaire, entre nous ? N'est-ce pas ce que tu souhaites ? Tu ne veux pas tuer. Pas vraiment. Ces meurtres se sont produits seulement parce que ces hommes étaient indignes de toi, parce qu'ils t'avaient déçue. Ce que tu veux, c'est un homme digne de toi. Ce que tu veux, c'est de l'amour. Angelica, ce que tu veux, c'est moi.

Pendant un long moment, elle le regarda fixement, les yeux agrandis, la bouche ouverte. Puis l'embarras la domina.

— N'utilise pas ce mot avec moi, espèce d'enculé ! bégaya-t-elle. Ne le redis jamais !

Sa voix n'était plus qu'un cri rauque. Soudain, elle pivota sur ses talons et quitta la pièce en courant.

— Je t'aime, Angelica ! cria Tony d'un ton désespéré aux pas qui s'éloignaient. Je t'aime !

Carol et l'inspecteur Morris étaient sur le seuil d'une petite maison mitoyenne, dans Gregory Street.

— Ils doivent être à leur travail, remarqua Morris après leur quatrième coup de sonnette.

— On dirait, oui, dit Carol.

— On revient plus tard ?

— Essayons de frapper aux portes, suggéra Carol. Voyons si des voisins sont là. Peut-être pourront-ils nous dire à quelle heure les Thorpe rentrent de leur travail.

Morris avait l'air d'un flic qui aurait préféré endiguer une manifestation d'étudiants.

— Oui, madame, dit-il d'une voix lasse.

— Vous allez en face. Moi, je prends ce côté de la rue.

Carol le regarda traverser la rue d'un pas lourd, tel un mineur à la fin de sa journée. Elle secoua la tête en soupirant, puis reporta son attention sur le numéro douze. C'était beaucoup plus le genre d'environnement dans lequel Tony voyait évoluer leur tueur. Penser à Tony la contraria de nouveau. Mais où était-il, bordel ? Elle avait vraiment besoin de ses dernières données, sans parler d'un minimum de soutien dans sa quête, que tout le monde semblait considérer comme une perte de temps. Il n'aurait pu choisir plus mal son moment pour disparaître. C'était impardonnable. Il aurait au moins pu téléphoner à sa secrétaire, au lieu de laisser Carol dans l'ignorance et l'obliger à s'excuser à chaque appel.

Il n'y avait pas de sonnette au numéro douze. Aussi Carol s'abîma-t-elle les phalanges des doigts en frappant au lourd panneau de bois. La femme qui lui ouvrit avait une quarantaine d'années. On aurait dit une caricature d'actrice de *soap opera*. De ses cheveux teints en blond platine, elle avait fait une espèce de choucroute chancelante. Elle portait un pull noir moulant, décolleté sur ses seins fatigués, un caleçon bleu brillant, des chaussures blanches à talons aiguilles, et une fine chaîne en or à la cheville. Une cigarette pendait à un coin de sa bouche.

— C'est pour quoi, mon petit ? demanda-t-elle d'une voix nasillarde.

— Désolée de vous déranger.

Carol sortit sa carte.

— Je suis l'inspecteur principal Carol Jordan, de la police de Bradfield. Je voulais voir vos voisins d'à côté, les Thorpe, au numéro quatorze, mais il n'y a personne chez eux, semble-t-il. Savez-vous à quelle heure ils rentrent de leur travail ?

La femme haussa les épaules.

— Mystère, ma belle. Cette rosse rentre et sort à n'importe quelle heure.

— Et M. Thorpe ? s'enquit Carol.

— Quel M. Thorpe ? Il n'y a pas de M. Thorpe, à côté, mon petit.

La femme eut un rire coassant.

— Vous ne l'avez jamais vue, apparemment, continua-t-elle. Il faudrait qu'un homme soit aveugle ou vraiment en manque pour épouser une mégère pareille. Alors, pour quelle raison vous la recherchez ?

— Ce n'est qu'une enquête de routine, dit Carol.

La femme eut une moue méprisante.

— Ne me servez pas ce genre de conneries, dit-elle. J'ai vu suffisamment d'épisodes de *The Bill* pour savoir qu'on n'envoie pas des inspecteurs pour des enquêtes de routine. Il serait temps que vous mettiez ce chameau derrière des barreaux, si vous voulez mon avis.

— Et pourquoi cela, madame…

— Goodison, Bette Goodison. Comme Bette Davis. Parce que c'est une salope asociale et laide à faire peur, voilà pourquoi.

Carol sourit.

— Je crains que ça ne constitue pas un délit, madame Goodison.

— Non, mais le meurtre, c'est un délit, non ? coassa Bette Goodison d'un air triomphant.

Carol déglutit.

— C'est là une accusation grave, dit-elle.

Bette Goodison tira une dernière bouffée de sa cigarette, puis elle l'envoya dinguer avec brio dans le caniveau.

— Je suis heureuse de vous l'entendre dire. Ça n'avait pas l'air d'être l'avis de vos copains du poste de police de Moorside.

— Je suis désolée que vous ayez eu l'impression que mes collègues ne vous prenaient pas au sérieux, dit Carol. Peut-être pourriez-vous me dire de quoi il s'agit ?

S'il vous plaît, mon Dieu, faites que ce ne soit pas la même chose que dans l'affaire de l'Éventreur du

Yorkshire. Le meilleur ami du tueur avait dit à la police qu'il le suspectait, et la police n'y avait prêté aucune attention.

— Prince, voilà de quoi il s'agit.

Pendant quelques secondes délirantes, Carol eut la vision de la petite star du rock américain, enterrée au fond du jardin d'un pavillon de Bradfield. Elle se ressaisit, puis demanda :

— Prince ?

— Notre berger allemand. Elle se plaignait toujours de lui, cette Angelica Thorpe. Et elle n'avait aucune raison de le faire. Ce chien lui rendait service. Il suffisait que quelqu'un passe sur le trottoir, devant chez nous, pour qu'il nous en avertisse. Une alarme aussi efficace que ce chien lui aurait coûté une fortune. Enfin, il y a quelques mois – c'était en août, le week-end avant Bank Holiday[1] –, nous rentrons de travailler, Col et moi, et Prince n'est plus là. Il est impossible qu'il ait pu sortir de cette cour, et il aurait sauté au cou de quiconque serait entré. Il ne peut y avoir qu'une seule raison à sa disparition : il a été assassiné, déclara Bette Goodison en piquant la poitrine de Carol de son index pour montrer l'importance de son propos. Cette Thorpe l'a empoisonné, et elle s'est débarrassée du corps pour qu'il n'y ait pas de preuve. Cette femme est un assassin !

En temps normal, Carol aurait fui ce genre de conversation comme la peste, mais elle recherchait le Bricoleur, et toute chose sortant de l'ordinaire la mettait en alerte.

1. Fête nationale anglaise, le dernier week-end d'août, quand les banques ferment. (*N.d.T.*)

— Comment pouvez-vous être aussi sûre qu'il s'agissait de Mlle Thorpe ? s'enquit-elle.

— C'est logique. Elle est la seule qui se soit jamais plainte de lui. Et le jour où il a disparu, elle était chez elle toute la journée. J'en suis certaine, parce qu'elle travaillait de nuit, toute la semaine. Et quand nous avons frappé à sa porte pour lui demander si elle savait quelque chose sur la disparition de Prince, elle nous a juste fait cet horrible sourire. J'aurais pu lui écraser la tête contre le mur, conclut Bette Goodison avec emphase. Alors, qu'allez-vous faire ?

— Je crains que, sans preuves, nous ne puissions pas faire grand-chose, dit Carol avec compassion. Vous êtes sûre, absolument sûre que Mlle Thorpe vit seule ?

— Qui voudrait vivre avec un cageot pareil ? Personne ne vient jamais la voir. Pas étonnant, remarquez, elle a l'air d'un travesti.

— Savez-vous par hasard quelle voiture elle a ?

— L'un de ces maudits 4 × 4 de yuppies. À quoi ça sert d'avoir une grosse voiture à Bradfield, je vous le demande ? On n'habite pas au bout d'un chemin de terre, hein ?

— Vous savez où elle travaille ?

— Je ne le sais pas et je m'en fiche.

Bette Goodison jeta un coup d'œil à sa montre.

— Et maintenant, si ça ne vous ennuie pas, mon feuilleton va commencer.

Carol regarda la porte se refermer sur Mme Goodison, et de vilains soupçons commencèrent à se former dans son esprit. Avant qu'elle ait pu sonner au numéro dix, son pager émit un *bip*. « Téléphonez à Don à Scargill Street. Extrême urgence », lut-elle.

— Morris ! cria-t-elle. Il faut trouver un téléphone. *Pronto*.

Épuisé, Tony avait sombré dans un délire cauchemardesque. Un bol d'eau glacée en pleine figure, et il fut de nouveau catapulté dans la réalité. Sa tête partit douloureusement en arrière.

— Oooh, grogna-t-il.

— Réveille-toi, dit Angelica durement.

— J'avais raison, non ? dit Tony, qui avait les lèvres enflées. Tu as eu le temps d'y penser, et tu sais que j'ai raison. Tu veux arrêter de tuer. Les autres devaient mourir. Ils le méritaient. Ils t'avaient déçue, trahie, ils n'étaient pas dignes de toi. Mais tout cela peut changer, à présent. Avec moi, ça peut être différent, parce que je t'aime.

Le masque rigide qu'était le visage d'Angelica se fissura, devint plus doux, plus tendre. Elle lui sourit.

— Ça n'a jamais été à cause du sexe, tu sais. J'ai toujours pu baiser. Les hommes me payaient pour ça. Très cher. C'est comme ça que j'ai pu m'offrir mon opération. Ils avaient toujours envie de moi.

Il y avait un étrange mélange de fierté et de colère dans la voix d'Angelica.

— Je comprends pourquoi, mentit Tony, s'efforçant d'avoir l'air de l'admirer et de la désirer. Mais ce que tu voulais réellement, c'était de l'amour, n'est-ce pas ? Tu voulais autre chose que du sexe sans amour dans les rues, ou du sexe sans visage au téléphone. Et tu le méritais. Oui, tu le mérites. C'est ça que je peux te donner, Angelica. L'amour, ce n'est pas seulement une attirance physique. L'amour, c'est le respect, l'admiration, la fascination, exactement ce que j'éprouve pour toi. Angelica, tu peux avoir ce que tu désires. Tu peux l'avoir avec moi.

Les émotions contradictoires qu'elle éprouvait se peignaient sur son visage. Tony voyait qu'une part d'elle-même voulait désespérément le croire, s'échapper dans la normalité, l'univers relationnel. Mais cette part d'elle-même devait lutter avec une estime de soi très faible – Angelica n'arrivait pas à imaginer qu'un homme bien puisse l'aimer.

— Je ne vois pas comment, répliqua-t-elle. Tu as essayé de me pister. Tu travailles pour les flics. Tu es de leur côté.

Tony secoua la tête.

— C'était avant que je ne réalise que tu étais la femme dont j'étais tombé amoureux au téléphone. Angelica, l'amour est le seul sentiment qui fasse taire le devoir. Oui, j'ai travaillé avec les policiers, mais je ne suis pas l'un des leurs.

— Quand on couche avec les chiens, on attrape des puces, dit-elle, méprisante. Tu as essayé de m'arrêter, Anthony. Et tu voudrais que je te croie ? Tu dois penser que je suis une imbécile.

— Je pense exactement le contraire. Les imbéciles, ce sont les policiers. Pour la plupart, ce sont des êtres limités, des puritains ennuyeux qui n'arriveraient pas à intéresser un psychologue plus de cinq minutes. Je ne leur ressemble pas une seconde, plaida-t-il désespérément.

Angelica secoua la tête, l'air plus triste que furieux.

— Tu travailles pour le ministère de l'Intérieur. Depuis le début de ta carrière, tu n'as fait que traquer des tueurs en série, pour les traiter ensuite. Et d'un seul coup, tu changerais de côté et tu me serais loyal ? Tu t'imagines que je vais croire ça ? Allons, Anthony !

Tony sentit son pouvoir fléchir. Son cerveau n'était plus assez vif pour tenir Angelica en respect. Pitoyablement, il dit :

— Je n'ai jamais traqué des gens, je n'ai fait que les traiter. Il n'y a que dans les endroits où je travaille que je peux trouver des esprits suffisamment complexes pour être intéressants. Et comparativement à eux, tu es ce qu'il y a de mieux. Tu es exceptionnelle. Je veux passer le reste de mes jours à m'exciter sur ton esprit. Je ne puis imaginer m'ennuyer un jour avec toi. Je pourrais te trouver terrifiante, mais pas ennuyeuse.

La lèvre inférieure d'Angelica avança vers l'avant, lui donnant l'air à la fois calculateur et irrité. Elle hocha la tête en direction de l'entrejambe de Tony, où pendait son pénis.

— Si tu me trouves attirante, comment se fait-il que ça ne se voie pas ?

C'était précisément la question à laquelle Tony n'avait aucune réponse.

— Qu'avons-nous exactement, Carol ? lui lança Brandon d'un air de défi.

Carol se mit à compter sur ses doigts, en arpentant le bureau de Brandon à grands pas.

— Nous avons un transsexuel. Pas un transsexuel ayant eu recours à la Sécurité sociale, mais un homme à qui on a refusé un changement de sexe dans les services de médecine officiels, et qui a donc dû se faire opérer à l'étranger et sans doute se prostituer pour financer ladite opération. Cette personne a été entendue par des psychiatres et jugée instable. Ce transsexuel possède un véhicule identique à celui conduit par un suspect dans le meurtre de Damien Connolly. Une voisine d'Angelica Thorpe est convaincue que celle-ci a tué son chien. L'animal a été tué quinze jours avant le premier meurtre. Angelica Thorpe a acheté un logiciel qui lui permettrait d'effectuer des transformations sur des bandes vidéo, ce qui correspond à l'une des théories sur le comportement du tueur – une de mes théories, mais validée par notre profileur. Elle habite même le genre de maison où Tony voyait vivre le tueur, argumenta Carol, véhémente.

— Quand elle s'appelait encore Christopher, il lui manquait une case, glissa Don Merrick.

— J'aimerais qu'on puisse avoir l'avis de Tony sur la question, dit Brandon.

— Moi aussi, dit Carol entre ses dents. Mais à l'évidence, il a trouvé quelque chose de plus intéressant à faire aujourd'hui.

Une pensée soudaine frappa Carol comme un sac de sable sur la nuque. Ses jambes se mirent à trembler, et elle se laissa tomber sur la chaise la plus proche.

— Ô mon Dieu ! haleta-t-elle.

— Qu'est-ce qu'il y a ? demanda Brandon, visiblement inquiet.

— Tony. Il n'a appelé personne ici depuis hier. Selon sa secrétaire, il avait deux réunions aujourd'hui, mais il n'est pas venu à son bureau, il n'a pas téléphoné. Il n'était pas chez lui hier soir, et il n'est toujours pas rentré.

Les propos de Carol planèrent dans la pièce comme un nuage de fumée empoisonnée. Une nausée la saisit, la faisant presque étouffer. Mais elle réussit à garder la face sous le regard attentif de Brandon.

D'une main tremblante, elle prit la copie du profil sur lequel travaillait Brandon. À la hâte, elle la feuilleta, jusqu'à ce qu'elle trouve ce qu'elle cherchait.

— « Il est possible qu'il jette de nouveau son dévolu sur un officier de police, peut-être même sur l'un de ceux travaillant sur l'enquête. Mais cela ne suffira pas en soi pour que le tueur le choisisse. Il faudra qu'il corresponde aux critères impartis par le tueur à la victime type, critères grâce auxquels les meurtres prennent leur pleine signification pour lui. Je recommande vivement à tous les officiers de police correspondant au profil des victimes d'être d'une vigilance extrême en toutes circonstances... » Réfléchissez, monsieur, plaida Carol. Pensez au profil de la victime. Tony y correspond tout à fait.

— Mais ça ne fait pas huit semaines. Il est trop tôt !

— Mais nous sommes lundi. Tony avait dit que le processus pouvait s'accélérer s'il se passait quelque chose de traumatisant pour le tueur. Pensez à Stevie Mc Connell, monsieur. On a attribué les crimes de notre tueur à quelqu'un d'autre. Regardez, c'est écrit ici, monsieur : « Autre scénario possible : qu'on accuse un innocent de ses crimes. Cela représenterait un tel affront pour son ego qu'il pourrait commettre le prochain meurtre en avance sur le programme. » Il faut que nous agissions, monsieur ! Immédiatement !

Brandon avait la main sur le téléphone avant même que Carol ait prononcé la dernière phrase.

La porte d'entrée ouvrait directement dans la maison. Le rez-de-chaussée n'aurait pu avoir un aspect plus normal. Pas de meubles de prix, dans le petit salon, une pièce néanmoins confortable avec son canapé et ses deux fauteuils recouverts de Dralon vert foncé. Il y avait une télévision, un magnétoscope, une chaîne stéréo modeste, et une table basse avec un exemplaire de *Elle*. Sur les murs, deux affiches encadrées représentant des baleines dans l'océan. Une seule étagère de livres : des classiques de la science-fiction, deux romans de Stephen King, et trois pavés de Jackie Collins.

Carol, Merrick et Brandon traversèrent prudemment la pièce, passèrent devant l'escalier et entrèrent dans la cuisine. C'était d'une propreté chirurgicale. Dans l'égouttoir, une tasse, une assiette, une fourchette, un couteau.

Brandon en tête, ils montèrent l'escalier étroit, construit entre les deux pièces du bas. La première chambre était aussi rose et vaporeuse qu'un milk-shake à la fraise. Même la coiffeuse, avec son volant de dentelle, était rose.

— Barbara Cartland, vous êtes battue, marmonna Merrick.

Brandon ouvrit la penderie, dévoilant une collection impressionnante de vêtements féminins. Carol se dirigea vers une commode rose et fouilla les tiroirs. Ils ne contenaient que des sous-vêtements affriolants, la plupart en satin rouge.

Ce fut Merrick qui pénétra le premier dans la chambre du fond. Dès qu'il ouvrit la porte, il sut que personne n'allait écrire aux journaux pour se plaindre des magistrats qui accordaient des mandats de perquisition sans preuves.

— Monsieur ! cria-t-il. Je crois que nous le tenons.

La pièce était meublée comme un bureau. Une grande table de travail, avec un ordinateur et des périphériques qu'aucun d'entre eux ne put identifier. D'un côté, un téléphone relié à un magnétophone sophistiqué. Dans un coin, une petite table de montage vidéo, près d'un classeur de rangement. Une table à roulettes, supportant une télévision et un magnétoscope, les deux haut de gamme. Deux pans de murs couverts d'étagères, bourrées de jeux vidéo, de cassettes vidéo, de cassettes audio, de disquettes, chaque boîtier soigneusement étiqueté en capitales. Le seul objet incongru : un fauteuil de repos, dont le cuir était arrimé à un cadre d'acier à la façon d'un hamac.

— Gagné, souffla Brandon. Bien joué, Carol.

— Par où on commence ? dit Merrick.

— Est-ce que l'un d'entre vous sait comment marche l'ordinateur ? demanda Brandon.

— Je crois que nous devrions laisser cela aux spécialistes, dit Carol. Il pourrait être programmé pour détruire les données si quelqu'un d'autre que son propriétaire essaie de pénétrer dans le système.

— OK. Don, vous prenez le classeur de rangement, je prends les vidéos, et Carol les cassettes.

Carol traversa la pièce, direction les étagères. Sur les deux premières douzaines de cassettes, de la musique, de Liza Minnelli à U2. Ensuite, une douzaine de bandes étiquetées AS et numérotées de un à douze. Suivaient quatorze cassettes étiquetées PG, puis quinze avec les initiales GF, huit marquées DC et six AH. L'enchaînement d'initiales ne pouvait être une simple coïncidence. Carol prit la première cassette étiquetée AH et, le cœur gros d'appréhension, l'inséra dans le magnétophone. Elle prit les écouteurs branchés sur la machine et les mit sur ses oreilles avec précaution. Elle entendit une sonnerie de téléphone, puis une voix si familière qu'elle en aurait pleuré.

— Allô ? dit Tony.

— Salut, Anthony, dit une voix pas totalement inconnue de Carol.

— Qui est-ce ? demanda Tony.

Un ricanement, bas, sexy.

— Tu ne devineras jamais. Tu n'as pas une chance sur un million.

« Ça y est, je me souviens, se dit Carol. La voix du répondeur. »

— OK, alors, dis-moi, dit Tony, curieux, aimable, entrant dans le jeu.

— Qui aimerais-tu que je sois, si je pouvais être n'importe qui au monde ?

— C'est un gag ? demanda Tony.

— Je n'ai jamais été aussi sérieuse. Je suis là pour réaliser tes fantasmes. Je suis la femme de tes rêves, Anthony. Je suis ton amante par téléphone.

Il y eut un moment de silence, puis Tony raccrocha violemment. Carol écrasa le bouton d'arrêt du magnétophone et ôta les écouteurs rageusement. Elle se retourna et vit Brandon transfiguré par l'image d'Adam Scott sur l'écran de télévision, étiré sur un chevalet, nu et apparemment inconscient.

— Monsieur, réussit-elle à articuler. Les cassettes. Elle a traqué Tony.

Tony essaya de rire. Un rire qui ressembla à un sanglot, mais il poursuivit malgré tout :

— Tu t'attends que j'aie une érection ? Ligoté comme ça ? Angelica, tu m'as endormi, kidnappé et laissé reprendre conscience tout seul dans une chambre de torture. Je suis navré de te décevoir, mais je n'ai aucune expérience du *bondage*. J'ai trop peur pour avoir une érection.

— Je ne vais pas te relâcher, tu sais. Pour que tu coures les retrouver !

— Je ne te demande pas de me relâcher. Je suis heureux d'être ton prisonnier, si c'est pour moi la seule façon de passer du temps avec toi. J'ai envie de te connaître, Angelica. Je veux te prouver que j'ai des sentiments pour toi, te montrer ce que c'est que d'être aimé. Je veux que tu saches de quel côté je suis.

Tony s'efforça de lui sourire d'une façon qui, d'après son expérience, plaisait aux femmes.

— Alors, montre-moi, ordonna Angelica.

Elle se caressa la poitrine, s'attarda sur ses bouts de seins. Puis sa main descendit vers son entrejambe.

— Je vais avoir besoin de ton aide. Tout comme j'avais besoin de toi au téléphone. Je me sentais tellement bien, grâce à toi. Je me sentais un homme. Aide-moi, plaida Tony.

Elle fit un pas vers lui, en ondulant comme une strip-teaseuse.

— Tu veux que je t'excite ? dit-elle d'une voix traînante.

— Je ne crois pas que je puisse y arriver comme ça, dit Tony. Pas avec mes bras attachés dans mon dos.

Angelica s'arrêta net et fronça les sourcils.

— Je t'ai dit que je ne te laisserais pas partir.

— Et j'ai dit que je ne te le demandais pas. Tout ce que te demande, c'est de menotter mes mains devant moi. Pour que je puisse te toucher.

De nouveau, il se força à sourire.

Elle le regarda, songeuse.

— Qu'est-ce qui me prouve que je peux te faire confiance ? Il faudrait que je détache tes mains, pour les menotter devant toi. Tu essaies peut-être de me berner.

— Je n'essaierai pas. Je t'ai donné ma parole. Si cela peut te rassurer, endors-moi de nouveau. Fais-le pendant que je suis inconscient, hasarda Tony.

La réaction d'Angelica lui permettrait d'évaluer ses chances.

Elle s'approcha de lui, par-derrière. Dans la tête de Tony, une voix cria avec exultation : « Oui ! » Il sentit la chaleur de la main d'Angelica entre les siennes, quand elle saisit les menottes et les leva d'un coup sec.

— Merde ! cria Tony, alors qu'il recevait de nouvelles décharges douloureuses le long des bras et dans les épaules.

Il entendit un déclic métallique quand le bracelet de métal qui rattachait les menottes à la corde s'ouvrit. Angelica lâcha les menottes, et Tony s'écroula sur les genoux. Ses jambes s'étaient dérobées sous lui.

— Seigneur ! jura-t-il en basculant en avant.

Son visage s'écrasa par terre. Il sentit la pierre brute érafler sa joue.

Angelica procéda rapidement : elle défit une menotte, saisit Tony par les cheveux et lui releva la tête. Tenant toujours le bras avec les menottes, elle passa devant lui et saisit son autre bras, juste sous le biceps. Puis elle le tira en travers de son tronc. Deux secondes plus tard, Tony avait de nouveau les mains menottées, devant lui, cette fois. Il était à genoux, tel un homme qui implore le Ciel, son inconfort encore accentué par les bracelets de cuir qui enserraient ses chevilles.

— Tu vois ? dit-il d'une voix hachée. Je t'avais dit que je ne tenterais rien.

Haletant légèrement, Angelica se tenait devant lui, les jambes écartées.

— Alors, montre-moi, exigea-t-elle.

— Il va falloir que tu m'aides à me relever. Je ne peux pas faire ça moi-même, protesta-t-il faiblement.

Elle se pencha et le prit de nouveau par les cheveux, le hissant sur ses pieds. Les jambes de Tony tremblaient. Ils étaient debout face à face, à cinq centimètres l'un de l'autre. La soie du kimono d'Angelica frôlait les mains de Tony. Il sentait la chaleur de son souffle sur la chair à vif de sa joue éraflée par la pierre.

— Embrasse-moi, dit-il tout bas.

Les putes ne peuvent jamais se résoudre à embrasser. Ce baiser fera toute la différence.

Il y eut comme une lueur dans les yeux d'Angelica, mais elle se pencha vers lui, lâcha ses cheveux et attira son visage vers elle. Tony dut rameuter la moindre petite parcelle de sa volonté pour ne pas broncher quand les lèvres d'Angelica entrèrent en contact avec les siennes, quand sa langue envahit sa bouche, passa sur ses dents, sur sa propre langue. « Ta vie en dépend, se dit-il. Tu as un plan. »

Il se força à lui rendre son baiser, se disant qu'il y avait des choses au monde plus terribles que ça et que cette femme en avait fait endurer certaines à ses précédentes victimes.

Pour Tony, ce fut le baiser le plus long de sa vie. Finalement, Angelica se détacha de lui et baissa les yeux vers son sexe, l'air critique.

— Je vais avoir besoin d'aide, dit Tony. J'ai eu une dure journée.

— Quel genre d'aide ? demanda Angelica, le souffle court, les lèvres entrouvertes.

À l'évidence, et contrairement à lui, elle n'avait aucune difficulté à s'exciter.

— Suce-moi. C'est la seule chose qui marche quand j'ai du mal à bander. Je connais ta bouche, à présent. Je sais que tu vas faire ça superbement. Je t'en prie, j'ai vraiment envie de te faire l'amour.

Il n'avait pas fini de parler qu'elle était à genoux, ses mains jouant avec les couilles de Tony. Tendrement, elle leva son pénis mou et le glissa dans sa bouche, sans le quitter des yeux. Tony tendit ses mains menottées et lui caressa les cheveux. Puis, avec une infinie lenteur, il attira Angelica encore plus près de lui, l'obligeant à baisser la tête, afin qu'elle ne puisse plus le voir.

Alors, avec ce qui lui restait de force, Tony leva les mains et écrasa les menottes sur l'arrière du crâne d'Angelica.

Le coup la prit par surprise, et elle s'étala entre les jambes de Tony, ses dents l'éraflant affreusement. Tony se laissa tomber en arrière et sentit un déchirement atroce dans ses chevilles. Alors qu'il touchait le sol, il se plia en deux vers l'avant, saisit la tête d'Angelica et la frappa violemment sur la pierre, jusqu'à ce qu'elle cesse de se débattre.

Avec peine, il se pencha par-dessus ce corps inerte, étendu à plat ventre, jusqu'à ce que ses doigts gourds atteignent les bracelets de cuir qui enserraient ses chevilles. Avec une maladresse à rendre fou, il s'évertua à défaire toutes les boucles qui le maintenaient attaché à la dalle de pierre. Après ce qui lui sembla durer des heures, il fut finalement libre. Il essaya de se relever, mais ses chevilles refusèrent de le porter. Elles cédèrent sous son poids, le catapultèrent de nouveau par terre, en faisant fuser une douleur atroce le long de ses jambes.

En gémissant, il se traîna sur le sol en direction de l'escalier. Il avait à peine parcouru deux mètres que le corps sur le sol poussa un grognement. Angelica leva la tête, le visage en sang. Lorsqu'elle le vit, elle rugit comme un animal blessé et entreprit de se remettre debout tant bien que mal.

Ils fouillaient désespérément le bureau d'Angelica, à la recherche d'un indice sur le lieu où elle perpétrait ses meurtres, leur frénésie augmentant à mesure que grandissait leur inquiétude pour Tony. Ils avaient vidé le contenu du classeur de rangement sur le sol. Chaque morceau de papier était scrupuleusement étudié, comme un indice possible de l'endroit où se trouvait la cave qui apparaissait dans les vidéos. Des factures, des garanties, des reçus, tout était passé en revue. Carol pataugeait dans un dossier de correspondance administrative, espérant tomber sur une lettre en rapport avec un bail ou une hypothèque révélant l'existence d'une autre propriété. Merrick fouillait méthodiquement les dossiers traitant du changement de sexe de Thorpe. Brandon avait déjà eu une fausse alerte, en tombant sur une liasse de lettres d'un notaire faisant allusion à une propriété à Seaford, mais il leur était rapidement apparu que ce dossier concernait la vente de la maison de la mère de Thorpe.

Ce fut Merrick qui trouva la clé du mystère. Il avait terminé de lire les dossiers concernant le changement de sexe et s'attaquait à une chemise « impôts » quand il tomba sur la lettre. Il la relut deux fois, pour s'assurer qu'il ne se berçait pas de faux espoirs.

— Je pense que ça pourrait être ça, monsieur, dit-il, prudent.

Il tendit la lettre à Brandon, une lettre à l'en-tête de Pennant, Taylor, Bailey et Cie, notaires.

— « Cher Christopher Thorpe, lut Brandon. Nous avons reçu une lettre de votre tante, Mme Doris Makins, vivant en Nouvelle-Zélande, nous autorisant à vous remettre les clés de Start Hill Farm, Upper Tontine Moor, près de Bradfield, dans le Yorkshire. En tant que notaires, nous avons le pouvoir de vous en laisser l'accès à des fins d'entretien et de surveillance. Veuillez prendre contact avec nos bureaux pour venir chercher les clés... »

— « Il se peut qu'il dispose d'une propriété rurale isolée », cita Carol en lisant par-dessus l'épaule de

Brandon. C'est ce que Tony a dit dans son profil. Et maintenant, c'est dans un endroit comme ça qu'elle le tient.

Une bouffée de colère la saisit, remplaçant la lente brûlure de la peur qui la rongeait depuis qu'ils avaient découvert les secrets macabres que recelait ce bureau.

Bandon ferma un instant les yeux et dit, sans desserrer les dents :

— Nous n'en savons rien, Carol.

— Et même si elle le tient, Tony est un type intelligent. Si quelqu'un peut se tirer d'affaire en baratinant, c'est Tony Hill, intervint Don.

— Inutile de tergiverser, dit Carol durement. Où se trouve Start Hill Farm ? Et dans combien de temps pouvons-nous y être ?

Tony regarda autour de lui, désespéré. La rangée de couteaux se trouvait à gauche, beaucoup trop haut. Alors qu'Angelica se relevait, il s'appuya sur le banc de pierre et se redressa. Sa main se referma sur le manche d'un couteau alors qu'Angelica se jetait sur lui en titubant, telle la vache à qui on a enlevé son veau.

Le poids d'Angelica et son élan firent retomber Tony sur le banc. Les mains d'Angelica cherchèrent sa gorge, serrèrent sa trachée si fort que des lumières blanches dansèrent devant les yeux de Tony. Juste au moment où il se disait qu'il n'allait pas pouvoir tenir plus longtemps, il sentit le flot chaud, humide et collant du sang contre son ventre. La prise d'Angelica se relâcha, devint molle comme un journal mouillé.

Avant qu'il ait pu réaliser ce qui se passait, Tony entendit des pas précipités dans l'escalier. Telle une folle vision du paradis, Don Merrick apparut au pied des marches, bientôt suivi de Brandon, qui resta bouche bée devant le tableau qui s'offrait à ses yeux.

— Bordel, souffla Brandon.

Carol se fraya un passage entre les deux hommes et regarda, sans comprendre, le carnage dont la cave avait été le théâtre.

— Il vous en a fallu du temps, haleta Tony.

Alors qu'il s'évanouissait, la dernière chose qu'il entendit fut son propre rire. Un rire hystérique.

Épilogue

Carol poussa la porte de la chambre. Tony était assis dans son lit, le dos appuyé sur des oreillers, le côté gauche de son visage enflé et couvert de bleus.

— Bonjour, dit-il.

Il sourit. Un pâle sourire. C'était tout ce qu'il pouvait offrir sans trop souffrir.

— Entrez, dit-il.

Carol referma la porte derrière elle et s'assit sur une chaise, près du lit.

— Je vous ai apporté des petites choses, dit-elle en laissant tomber un sac en plastique et une enveloppe capitonnée sur le couvre-lit.

Tony tendit la main pour prendre le sac. Carol tressaillit en voyant les bracelets de bleus autour de ses poignets enflammés. Il sortit un exemplaire d'*Esquire*, une boîte de pistaches et un gros volume contenant les œuvres complètes de Dashiell Hammett.

— Merci, dit-il, surpris de constater à quel point il était ému par ce choix de cadeaux.

— Je ne savais pas trop ce que vous aimiez, dit-elle, sur la défensive.

— Dans ce cas, vous avez une grande intuition. Le parfait officier de police.

— Un peu lente à la détente, dit Carol avec amertume.

Tony secoua la tête.

— John Brandon est venu, tout à l'heure. Il m'a expliqué comment vous aviez fait pour me retrouver. Je ne vois pas comment vous auriez pu arriver avant.

— J'aurais dû comprendre plus tôt que vous n'alliez pas disparaître à un moment aussi crucial. En lisant ce profil, j'aurais d'ailleurs dû réaliser tout de suite que vous pourriez être une cible et prendre des mesures pour vous protéger.

— C'est des conneries, Carol. Vous avez fait un travail remarquable.

— Non. Si j'avais été vraiment efficace, nous serions arrivés là-bas avant que vous n'ayez à… faire ce que vous avez fait.

Tony poussa un soupir.

— Vous voulez dire que vous auriez sauvé la vie d'Angelica ? Dans quel but ? Pour qu'elle passe des années dans le quartier de haute sécurité d'un hôpital psychiatrique ? Regardez les choses positivement, Carol. Vous avez fait économiser une fortune à l'État. Pas de procès onéreux, pas d'années d'incarcération, pas de traitements à payer. Merde, on va sans doute vous donner une médaille.

— Ce n'est pas à cela que je pensais, dit Carol. Je voulais dire que vous n'auriez pas eu à vivre en sachant que vous aviez tué quelqu'un.

— Je ne puis prétendre que c'était la conclusion idéale, mais j'apprendrai à vivre avec cette idée.

Il s'efforça de sourire.

— N'interprétez pas ça mal, mais la première chose que je vais faire, dès que je pourrai remarcher, sera d'aller vous acheter un nouvel imper, dit-il. Dès que je regarde votre imper, j'ai envie de hurler.

— Pourquoi ? demanda Carol, surprise.

— Vous ne savez pas ? Angelica portait le même imper quand elle a sonné chez moi. Ainsi, elle pouvait laisser des fibres sur le lieu du kidnapping : le labo aurait pensé qu'elles venaient d'un vêtement à vous.

— Génial, dit Carol, ironique. Comment vont vos chevilles, à propos ?

Tony fit la grimace.

— Les médecins disent qu'il n'y a probablement rien d'irréparable, mais il va falloir un certain temps pour que les ligaments déchirés guérissent. Et vous, vous avez passé une bonne journée ?

Carol fit la grimace.

— Affreuse. Vous auriez été dans votre élément, j'imagine. Vous aviez dit que le tueur avait besoin d'entretenir ses fantasmes et vous aviez raison. Angelica avait des bandes de toutes les conversations érotiques qu'elle avait eues au téléphone avec ses victimes, et elle avait volé la cassette du message d'annonce chez les hommes qui avaient un répondeur. Les spécialistes en informatique ont passé un certain temps à pénétrer dans son ordinateur, poursuivit Carol. Nous n'avions personne de vraiment compétent, mais mon frère Michael est venu et nous a arrangé ça.

Tony eut un sourire gêné.

— Je n'ai rien voulu dire, sur le moment, mais pendant quelque temps, je me suis posé des questions sur votre frère.

— Michael ? Vous plaisantez !

Tony eut une grimace embarrassée.

— Ça m'est venu quand vous avez émis l'hypothèse de la manipulation des images vidéo. Michael avait la capacité de le faire. Il fait partie du groupe d'âge concerné, il vit avec une femme sans avoir de relations sexuelles avec elle, il a accès à toutes les informations dont le tueur avait besoin concernant la façon dont travaillent la police et les experts en médecine légale. Si nous n'avions pas capturé Angelica, je me serais débrouillé pour me faire inviter à dîner, histoire de le rencontrer.

Carol secoua la tête.

— Vous voyez comme je suis lente à la détente ? J'avais accès aux mêmes informations que vous, et pas un seul instant je n'ai pensé à Michael comme à un suspect possible.

— Pas étonnant. Vous le connaissez suffisamment bien pour savoir que ce n'est pas un psychopathe.

Carol haussa les épaules.

— Est-ce que je sais ? Ce ne serait pas la première fois qu'un membre proche de la famille du tueur ferait cette erreur. C'est même arrivé à des épouses.

Tony eut un sourire fatigué.

— Quoi qu'il en soit, dites-moi ce que votre frère a découvert.

— L'ordinateur a été une vraie mine d'or. Angelica tenait un journal intime sur les meurtres. Elle voulait qu'il soit publié après sa mort. Vous avez déjà vu quelque chose de plus fou ?

— Oui, dit Tony. Faites-moi penser à vous montrer certains documents que j'ai sur les tueurs en série.

Carol frissonna.

— Merci, mais non. J'ai une copie du journal pour vous. J'ai pensé que ça vous intéresserait.

Elle désigna l'enveloppe d'un geste.

— Il est là-dedans. Et puis, comme vous le présumiez, elle avait filmé les meurtres en vidéo. Et comme je l'avais pensé, elle rentrait les bandes dans son ordinateur, et elle jouait avec les images pour nourrir ses fantasmes. C'est absolument terrifiant, Tony. Ça va au-delà du cauchemar.

Tony hocha la tête.

— Je ne dirai pas qu'on s'y habitue, parce qu'on ne s'y habitue jamais, si l'on doit rester efficace. Mais à un moment donné, vous arrivez au stade où vous êtes capable de reléguer ce genre d'horreurs dans un coin de votre cerveau.

— Ah, oui ?

— En théorie du moins. Reposez-moi la question d'ici quelques semaines, dit-il d'un air sinistre. Y a-t-il quelque chose dans ce journal, sur la façon dont elle choisissait ses victimes ?

— Presque rien, dit Carol, amère. Elle n'avait pas encore repéré sa première victime qu'elle y pensait déjà depuis des mois. Elle travaillait pour la compagnie du téléphone, elle était responsable de tout le réseau informatique. Apparemment, elle a travaillé dans une petite compagnie de téléphone privée, à Seaford, où elle a acquis l'expérience nécessaire pour obtenir cet emploi à Bradfield. Elle a utilisé l'ordinateur de la compagnie du téléphone pour obtenir les numéros des abonnés ayant passé des coups de fil réguliers aux services de téléphone rose, l'année dernière.

Carol s'interrompit, laissant en suspens la question évidente.

— Je faisais des recherches, dit Tony avec circonspection. J'ai publié un article sur le rôle des lignes de téléphone rose dans le développement des fantasmes chez les criminels récidivistes. Quelqu'un aurait dû dire à Angelica de ne pas tirer de conclusions hâtives.

Interprétant sa remarque comme un reproche voilé, Carol poursuivit :

— Elle a comparé ces noms aux listes électorales et a gardé les hommes qui vivaient seuls. Puis elle a vérifié qu'ils lui convenaient en surveillant leurs maisons. Elle avait une idée très précise du type physique qui l'intéressait. Et puis, elle voulait qu'ils soient propriétaires de leur maison, avec des revenus décents et de bonnes perspectives professionnelles. Vous réalisez ?

— Je ne réalise que trop bien, dit Tony d'un ton sinistre. Elle était persuadée de ne pas vouloir les tuer, mais les aimer. Cependant, ils l'obligeaient à tuer parce qu'ils la trahissaient. Elle ne cessait de se répéter que ce qu'elle voulait réellement, c'était un homme qui l'aimerait et vivrait avec elle.

« N'est-ce pas ce que nous voulons toutes ? » songea Carol, mais elle garda cette pensée pour elle.

— Quoi qu'il en soit, une fois qu'elle avait jeté son dévolu sur un homme, elle pavait son chemin de coups de fil cochons, dit Carol. C'est ainsi qu'elle les tenait, en se basant sur le fait que vous tous, espèces de pervers, ne pouvez résister au plaisir anonyme.

— Ouh, dit Tony en tressaillant. Pour ma défense, je dirai que j'étais poussé par un intérêt essentiellement scientifique. C'était la psychologie d'une femme faisant ce qu'Angelica faisait au téléphone qui m'intéressait.

Carol eut un sourire contraint.

— Au moins, je sais à présent que vous ne mentiez pas quand vous disiez ne pas connaître la femme qui laissait des messages érotiques sur votre répondeur.

Tony détourna la tête.

— Le fait de découvrir qu'un homme qui vous attirait prenait son pied grâce à des conversations érotiques au téléphone a dû être un vrai plaisir pour vous.

Carol demeura silencieuse, ne sachant trop que dire.

— J'ai écouté les bandes, admit-elle. Les vôtres sont très différentes des autres. À l'évidence, vous étiez mal à l'aise, la plupart du temps. Non pas que cela me regarde.

Toujours incapable d'affronter le regard de Carol, Tony déclara d'un ton sec, froid :

— J'ai un problème sexuel. Pour être précis, j'ai du mal à bander et à rester en érection. À vrai dire, une part de moi-même considérait ces conversations avec un intérêt professionnel. L'autre part en usait comme d'une sorte de thérapie. Cela peut donner l'impression que je suis un pervers, mais il m'est pratiquement impossible, avec le métier que je fais, de trouver un thérapeute que j'estime, à qui je fasse confiance et qui ne soit pas dans mon entourage professionnel immédiat.

Réalisant le mal que Tony avait eu à se confier, Carol tendit le bras et posa sa main sur celle du psychologue.

— Merci de m'avoir parlé. Ça n'ira pas plus loin. Et si cela peut vous rassurer, sachez que Brandon et moi sommes les seules personnes à avoir écouté entièrement ces bandes. Vous n'avez pas à vous inquiéter de ce qu'on pourrait dire dans votre dos au poste de police.

— C'est déjà ça, j'imagine, dit Tony. Alors, allez-y. Parlez-moi des coups de fil d'Angelica aux autres victimes.

— À l'évidence, ces hommes pensaient qu'il s'agissait de sexe sans engagement. Angelica pensait différemment. Dans son esprit, le fait qu'ils réagissent positivement à ses appels signifiait qu'ils étaient en train de tomber amoureux d'elle. Ce qui n'était pas le cas, malheureusement pour les hommes concernés. Et dès qu'ils montraient un intérêt pour une autre femme, ils signaient leur arrêt de mort. Hormis Damien. Elle l'a tué pour nous donner une leçon. Vous deviez être la deuxième leçon.

Tony frissonna.

— Pas étonnant qu'elle ait dû aller à l'étranger pour se faire opérer. Les psychologues de la Sécurité sociale ont dû rigoler de ses aspirations à devenir femme.

— Apparemment, ils ont décidé qu'elle n'était pas le bon client pour un changement de sexe, et ce à cause de son manque de lucidité concernant sa propre sexualité. Ils ont conclu qu'elle était un homosexuel qui ne pouvait assumer sa sexualité à cause de son éducation. Ils lui ont recommandé d'aller voir un sexologue, plutôt que de changer de sexe. Il y a eu une scène affreuse, à l'époque. Angelica a balancé l'un des psychologues à travers une porte en verre, dit Carol.

— Dommage qu'il n'ait pas porté plainte, dit Tony.

— Oui. Et vous serez heureux d'apprendre qu'aucun chef d'inculpation ne sera retenu contre vous.

— J'espère bien ! Je vous l'ai déjà dit : pensez à l'argent que je fais économiser aux contribuables. Quand je sortirai d'ici, peut-être pourrions-nous aller dîner pour fêter l'événement ? demanda-t-il timidement.

— J'en serais ravie. Mais cette histoire a eu une autre retombée positive.

— Quoi donc ?

— Penny Burgess a pris une journée de congé hier, pour aller marcher dans les Yorkshire Dales. Apparemment, sa voiture est tombée en panne, et elle s'est retrouvée bloquée le soir au milieu de la forêt. Elle a tout raté. Il y a une douzaine de lignes dans le *Sentinel Times* de ce soir, et elle n'en a pas écrit une seule !

Tony se laissa aller contre ses oreillers et fixa le plafond. Ils tentaient de faire bonne figure, se dit-il, et il soupçonnait Carol d'en avoir autant conscience que lui. Mais il en avait assez pour le moment. Il ferma les yeux et soupira.

— Ô mon Dieu, je suis désolée, dit Carol en se levant. Je ne me rendais pas compte. Vous devez être épuisé. Je vais m'en aller. Je vous laisse ça. Vous pourrez le lire quand vous vous en sentirez la force. Je pourrais passer demain, si vous voulez…

— Je crois que ça me ferait plaisir, dit Tony, prudent. Mais par moments, j'ai comme des vagues de fatigue.

Il entendit le bruit de ses pas se diriger vers la porte.

— Prenez bien soin de vous, dit Carol.

La porte se referma derrière elle. Tony se cala de nouveau contre ses oreillers. Il tendit la main vers l'enveloppe capitonnée. Bien qu'il ne réussît pas à avoir une conversation suivie, il était trop intrigué par le journal d'Angelica pour l'ignorer. Il sortit une grosse liasse de feuillets de format A4.

— Voyons de quelle étoffe tu étais faite, dit-il doucement. Quelle est l'histoire ? Comment te justifiais-tu ?

Avec avidité, il se mit à lire.

Étudier, avec lenteur et méthode, les épanchements de gens psychologiquement détruits était un travail de routine, pour Tony. Mais cette fois, c'était différent, il s'en aperçut au bout de quelques paragraphes. Le style était plus littéraire, plus maîtrisé, plus prenant que la plupart des divagations des autres criminels. Tony lut quelques pages, à la fois fasciné et écœuré. Ce n'était ni plus ni moins égocentrique que les autres témoignages qu'il avait lus, mais il y avait là une délectation qui donnait le frisson, et qui était inédite. Dans la plupart des récits de tueurs qu'avait lus Tony, les auteurs étaient essentiellement fiers de leur rôle sanguinaire. Mais là, on avait quelqu'un qui s'identifiait à ses victimes. Mais même cela n'expliquait pas pourquoi Tony se sentait aussi déstabilisé par ce qu'il lisait. Quoi que ce fût, cela le rendait de plus en plus réticent à poursuivre, contrairement à sa réaction habituelle. Il avait montré un tel enthousiasme à pénétrer dans l'esprit du tueur qu'il avait surnommé le Bricoleur, et maintenant qu'il avait tout sous les yeux, c'était comme s'il ne voulait pas savoir.

Alors qu'il se forçait à continuer, Tony finit par réaliser qu'il était touché. Ces mots l'émouvaient d'une façon nouvelle pour lui, parce que la vie résumée dans ces pages l'ébranlait plus sûrement qu'aucune autre jusqu'ici. Il suivait là les pas de sa propre Némésis, et ce n'était pas un voyage agréable.

Il posa les papiers sur le lit, incapable de continuer. Il voyait son destin reflété dans les corps brisés qu'Angelica avait minutieusement décrits. En tant que psychologue, il savait exactement ce qui lui arrivait. Il avait conscience d'être toujours en état de choc et de nier la réalité. Bien qu'il ne pût se sortir de l'esprit les événements survenus dans la cave, il y avait encore une distance entre lui et sa mémoire, comme s'il regardait ces faits de très loin.

Un jour, l'horreur de la nuit précédente allait lui revenir en fanfare, lui serait rejouée sur son œil intérieur en Cinémascope. Sachant cela, cette torpeur était une bénédiction.

Ayant été la cible d'un tueur en série, le risque de se retrouver de nouveau dans cette situation était infime, statistiquement. Mais cette idée ne le réconfortait pas. Il ne pouvait penser qu'à une chose : à ces heures passées dans la cave, à puiser dans son expérience, dans ses connaissances, pour trouver les mots magiques qui lui accorderaient quelques minutes de plus pour tenter de déterrer la clé de sa liberté.

Et puis, ce baiser. Le baiser de la pute, le baiser du tueur, le baiser de l'amante, le baiser du sauveur, tous mêlés en un seul. Un baiser de la bouche qui le séduisait depuis des semaines, la bouche dont les mots lui avaient donné de l'espoir pour son avenir, pour finalement le laisser en plan. Tout au long de sa carrière, Tony avait tenté de se frayer un chemin dans la tête de ceux qui tuent. Pour finir par devenir l'un d'eux, à cause d'un baiser de Judas.

— Tu as gagné, n'est-ce pas, Angelica ? dit-il tout bas. Tu me voulais, et maintenant, tu m'as.

Dans la même collection

Russell Andrews	L'affaire Gideon	7408
Brigitte Aubert	Rapports brefs et étranges avec l'ombre d'un ange	6842
Alex Barclay	Darkhouse	8265
Stéphanie Benson	Le diable en vert	6952
	La mort en rouge	7776
	Requiem en bleu	7854
Sallie Bissell	La forêt offensée	7822
Laurent Botti	Pleine brume	5579
Philippe Bouin	Les croix de paille	6177
	La peste blonde	6360
Denis Bretin, Andrea H. Japp, Xavier Mauméjean, Jean-Bernard-Pouy, François Rivière, Maud Tabachnik	Sable Noir	7952
Serge Brussolo	Le livre du grand secret	5704
	La fille aux cheveux rouges - 1 Le chemin de cendre	8196
	La fille aux cheveux rouges - 2 Les rivages incertains	8197
Philippe Carrese	Graine de courge	5494
Thomas H. Cook	Les instruments de la nuit	5553
Alec Covin	Les loups de Fenryder	7985
	Etats primitifs	8360
William Diehl	Eurêka	7787
James Elliott	Une femme en danger	4904
	Adieu Eddie !	6682
Linda Fairstein	L'épreuve finale	5785
	Un cas désespéré	6013
	La noyée de l'Hudson	6377
Giorgio Faletti	Je tue	7828
	Droit dans les yeux	8276
Robert Ferrigno	Frères de sang	7497
Karin Fossum	Celui qui a peur du loup	8130
	Le diable tient la chandelle	8287
G.M. Ford	Déclarée disparue	8163
Lisa Gardner	Jusqu'à ce que la mort nous sépare	5742
	La fille cachée	6238

	Tu ne m'échapperas pas	7811
	La vengeance aux yeux noirs	8059
Caroline Graham	Ange de la mort	6511
	Un corbeau au presbytère	7536
	Sang bleu	7798
April Henry	Une mort pour une vie	8199
Andrea H. Japp	La voyageuse	5705
	Petits meurtres entre femmes	5986
	Le ventre des lucioles	6361
	Le denier de chair	7406
	La saison barbare	7800
Iris Johansen	Course à mort	7411
	Dernière cible	7642
	Cadavres menteurs	8164
Brigitte Kernel	Un animal à vif	6608
	Autobiographie d'une tueuse	6871
Yasmina Khadra	Le dingue au bistouri	5985
David L. Lindsey	Mercy	3123
Robert Littell	L'amateur	7770
	La défection de A.J. Lewinter	8131
Henri Loevenbruck	Le testament des siècles	8251
John Lutz	JF partagerait appartement	3335
Michael Marshall	Les Hommes de Paille	7407
	Les morts solitaires	7799
	Le sang des anges	8228
Val McDermid	Le tueur des ombres	6778
	Au lieu d'exécution	6779
	La dernière tentation	7409
	Quatre garçons dans la nuit	8025
	La fureur dans le sang	8391
	Le chant des sirènes	8392
Denise Mina	Garnethill	6574
	Exil	6176
	Résolution	7405
	Sanctum	8249
Estelle Monbrun	Meurtre chez tante Léonie	5484
	Meurtre à Petite Plaisance	5812
(avec Anaïs Coste)	Meurtre chez Colette	6978
Viviane Moore	Tokyo des ténèbres	6437
Joyce Carol Oates	Le ravin	7853
Gemma O'Connor	Adieu à la chair	7777
Robert B. Parker	La femme perdue	7653
T. Jefferson Parker	Pacific Tempo	3261
	L'été de la peur	3712
David Pascoe	Fugitive	7984
Michael Prescott	L'arracheur de visages	6237
	Le tueur des bois	6661
Douglas Preston &	La chambre des curiosités	7619
Lincoln Child	Les croassements de la nuit	8227
Philip Rosenberg	La lutte des seigneurs	7608

Greg Rucka	Protection rapprochée	7315
	La pire des trahisons	7537
	Écran de fumée	7823
Jacques Sadoul	Carré de dames	5925
Boris Starling	Vendredi saint	6722
	Vipère noire	7652
Whitley Strieber	Billy	3820
Dominique Sylvain	Travestis	5692
	Techno bobo	6114
	Sœurs de sang	6573
	Vox	6755
	Passage du Désir	8026
Maud Tabachnik	Un été pourri	5483
	La mort quelque part	5691
	L'étoile du Temple	5874
	Le festin de l'araignée	5997
	Gémeaux	6148
	La vie à fleur de terre	6440
	La honte leur appartient	6913
Boston Teran	Méfiez-vous des morts	7410
Carlene Thompson	Tu es si jolie ce soir	5552
	Noir comme le souvenir	3404
	Rhapsodie en noir	5853
	Six de cœur	6732
Charles Todd	Héritage mortel	7340
	Les fantômes d'Osterley	8198
Fred Vargas	Debout les morts	5482
	Un peu plus loin sur la droite	5690
	Ceux qui vont mourir te saluent	5811
	Sans feu ni lieu	5996
	L'homme à l'envers	6277
	L'homme aux cercles bleus	6201
	Coule la Seine	6994
	Pars vite et reviens tard	7461
Michael White	Rêves de loups	7810

8392

Composition
Chesteroc Ltd

Achevé d'imprimer en Slovaquie
par NOVOPRINT
le 7 août 2011.

Dépôt légal août 2011.
EAN 9782290035283

ÉDITIONS J'AI LU
87, quai Panhard-et-Levassor, 75013 Paris

Diffusion France et étranger : Flammarion